Melinda Leigh
Stunde der Not

AF196709

Das Buch

Als zwei Kugeln Carsons Vater und Mutter töten, ist er sechs Jahre alt. Er ist ein kleines Kind, das von der Grausamkeit und den Gefahren der Welt noch keine Ahnung hat. Damit ist es jetzt vorbei, denn er kennt den Mörder. Und es darf keine Zeugen geben.

Der einzige, der Carsons Leben retten könnte, ist sein Onkel Grant, der als Soldat im Ausland stationiert ist. Doch als dieser zurückkehrt, fühlt es sich an, als hätte er ein Stück Krieg mit nach Hause gebracht. Zusammen mit der Nachbarin Ellie setzt er alles daran, Carson zu beschützen. Als ein unbekannter Mann Ellie mit einer Waffe auflauert und droht, ihre Familie umzubringen, wird langsam klar, dass es noch einen Zeugen gibt: Ellies Tochter Julia.

Die Autorin

Melinda Leigh, eine Wall-Street-Journal-Bestsellerautorin, war Bankerin, hat jedoch über diesem Beruf niemals das Leben vergessen. Bücher hat sie schon immer geliebt. Und in ihrer Babypause begann sie, selbst Bücher zu schreiben. Ihr erster Roman »She Can Run« wurde von den International Thriller Writers für die Auszeichnung als bester Debütroman nominiert. Sie ist Finalistin des RITA-Preises und konnte bereits drei Nominierungen für den Daphne-du-Maurier-Preis einheimsen. Sie lebt in einem nicht immer unbedingt ordentlichen Haus in einer Vorstadt, zusammen mit ihrem Mann, zwei Kindern, ein paar Hunden aus dem Tierheim und zwei geretteten Katzen. Unter melindaleigh.com können Sie mehr über die Autorin herausfinden.

MELINDA LEIGH

STUNDE DER NOT

THRILLER

Aus dem Amerikanischen von Irena Böttcher

Die amerikanische Ausgabe erschien 2014 unter dem Titel »Hour of Need«
bei Montlake Romance, Seattle.

Deutsche Erstveröffentlichung bei
AmazonCrossing, Amazon Media EU S.à r.l.
5 Rue Plaetis, L-2338, Luxembourg
August 2017
Copyright © der Originalausgabe 2014
By Melinda Leigh
All rights reserved.
Copyright © der deutschsprachigen Ausgabe 2017
By Irena Böttcher

Umschlaggestaltung: semper smile, München, www.sempersmile.de
Umschlagmotiv: © Tyler Gray / Getty
Lektorat und Korrektorat: Verlag Lutz Garnies, Haar bei München
www.vlg.de
Printed in Germany
By Amazon Distribution GmbH
Amazonstraße 1
04347 Leipzig, Germany

ISBN: 978-1-542-04725-8

www.amazon.de/amazoncrossing

Für Charlie.
Der in den letzten zwanzig Jahren mein bester Freund und
so viel mehr war.

KAPITEL 1

Die heutige Feier verbreitete das gleiche Gefühl von Bedeutungslosigkeit wie Lees Selbstvertrauen. Hochzeitstage sind normalerweise eine große Sache, und für diesen galt das ganz besonders. Vor etwas mehr als einem Jahr war Lee unsicher gewesen, ob Kate und er es überhaupt bis zu diesem Zehn-Jahres-Meilenstein schaffen konnten. Eigentlich hätte er glücklich sein müssen, doch er konnte das nagende Bewusstsein des Verrats nicht abschütteln.

Er hätte es ihr erzählen sollen.

Um genau zu sein, hätte er die Situation mit ihr durchsprechen sollen, bevor er sich endgültig festlegte. Ihr Interesse am Ergebnis war ebenso groß wie sein eigenes. Allerdings war es nicht die erste Entscheidung, die er allein getroffen hatte.

Der kalte Märzwind wehte um die Stuckfassade von *La Cusina*. Lee trat von der Backsteintreppe des italienischen Restaurants auf den Gehweg, geleitete seine Frau fürsorglich um eine Eispfütze herum. Ihre hohen Absätze waren sexy, aber nicht geeignet für vereiste Bürgersteige. Obwohl er sich wahrscheinlich keine Sorgen machen musste. Kate, eine national bekannte frühere Eisläuferin und inzwischen Trainerin, verbrachte ebenso viel Zeit auf dem Eis wie auf festem Boden. Sie schlenderten an der Bank und der Bäckerei vorbei, beide längst geschlossen.

»Vielleicht können wir nächstes Jahr am Hochzeitstag mehr unternehmen, als einfach nur essen zu gehen«, überlegte er laut. »Eine Kreuzfahrt wäre doch geradezu perfekt. Aruba, Jamaika …« Er summte den Anfang des Songs *Kokomo* von den Beach Boys.

»Mir reicht ein Abendessen im Restaurant.« Kate schmiegte sich enger an ihn, nutzte seinen massigen Körper als Schutz vor dem kalten Wind. Im Hinterland des Bundesstaates New York ließ der Frühling lange auf sich warten. »Wie oft waren wir seit Faiths Geburt auswärts essen? O ja – kein einziges Mal. Wenn Carson so schwierig gewesen wäre, hätte er sein Leben als Einzelkind verbringen müssen.«

Ihr sechsjähriger Sohn hatte ihnen von Anfang an das Leben leicht gemacht.

»Faiths Verhalten ist einfach nur ihr ausgeklügelter Plan, uns dazu zu bringen, ihr alles zu geben, was sie haben will«, erwiderte er. Ihre süße vier Monate alte Tochter verwandelte sich in eine heulende Sirene, sobald die Sonne unterging. Allerdings wussten sie beide, das Baby war nicht der einzige Grund dafür, warum sie sich schon eine ganze Weile lang keine Zeit mehr füreinander genommen hatten.

»Schlafentzug ist anerkanntermaßen eine Form der Folter.« Es war scherzhaft gemeint, doch Kates Lachen klang gezwungen, so, als würde sie die Feier des Hochzeitstags an diesem Abend nur rein mechanisch über sich ergehen lassen.

Die Hähnchenbrust Marsala rumorte in Lees Magen. Kate war den ganzen Abend so still gewesen. Machte sie sich wirklich nur Sorgen um das Baby? Oder war sie aus irgendeinem anderen Grund unglücklich? Er hatte in den letzten Wochen viel zu viel gearbeitet, sie hatten kaum Zeit miteinander verbracht. Paranoia krallte ihre Finger in sein Herz. Er wollte seine Frau auf keinen Fall verlieren. Diese Nächte, vor anderthalb Jahren, die er im Gästezimmer verbracht hatte, waren die einsamsten seines Lebens gewesen. Er hatte sich maßlos isoliert gefühlt, denn Kate war nicht nur seine Frau, sondern auch sein bester Freund.

Sie bogen in die Straße ein, in der er den Wagen geparkt hatte. Alte Bäume säumten den Gehweg. An einem hellen Sommertag bot der Blätterbaldachin Schutz vor der Hitze und ein malerisches Bild, doch jetzt, in einer kalten, dunklen Winternacht, schufen die sich mit dem Wind bewegenden Schatten der kahlen Äste eine unwillkommene Fremdheit. Lee stolperte über ein Stück Asphalt, das eine Baumwurzel nach oben gedrückt hatte. Kate nahm seinen Arm und hielt ihn fest, bis er das Gleichgewicht wiedergefunden hatte. Das war wieder einmal typisch – selbst noch behindert durch ihre hohen Absätze, leistete seine athletische Frau ihm Unterstützung statt umgekehrt.

»Für Julia können wir wirklich Gott danken.« Kate holte ihr Handy aus der Jackentasche und warf einen Blick auf die Anzeige. In ihrer anderen behandschuhten Hand knisterte der Styroporbehälter mit der Lasagne.

»Hat jemand angerufen?«

»Nein, aber wir machen uns besser auf dem schnellsten Weg nach Hause. Das arme Mädchen ist bestimmt schon einem Nervenzusammenbruch nahe, nachdem sie zwei Stunden lang Faiths Geschrei ausgesetzt war.« Kate steckte das Handy wieder ein.

Die Tochter ihrer Nachbarin, ein Mädchen im Teenageralter, war in den letzten Monaten oft eine Retterin in der Not gewesen, wenn die Tage in einem Nebel aus Schlafmangel verstrichen waren.

»Ich weiß.« Lee seufzte. Ihr gemeinsamer Abend war zu Ende. Jetzt galt es, zur ohrenbetäubenden Realität eines von Koliken geplagten Säuglings zurückzukehren. Nun, er würde es verkraften. Ihre Ehe hatte gerade eine Krise erlebt. Sie hatten sie überstanden, und wenn er es schaffte, in der Anwaltskanzlei als Sozius aufgenommen zu werden, war alles in Ordnung. Ja, wenn das Wörtchen »wenn« nicht wäre ... Ihre gesamte Zukunft hing davon ab, ob man ihn zum Partner machte. Wie ein schwerer Amboss ruhte das Gewicht der Entscheidung auf seinen Schultern, die er in dieser Woche getroffen hatte. Hatte er es zugelassen, dass Ehrgeiz seine Ehe zerstört?

Er musste Kate bald von dem Fall erzählen, den er angenommen hatte. Die Hamiltons als Mandanten abzulehnen war nicht infrage gekommen. Das hatte er einfach nicht über sich gebracht, diesen Eltern in die Augen zu schauen und Nein zu sagen. Vor allem nicht, wo sein Bauchgefühl ihm sagte, die Situation war weit komplizierter, als es den Anschein hatte. Jetzt, nach zwei Tagen erster Recherchen in dem Fall, war seine Unruhe noch gestiegen. Die Sache war höchst umstritten. Allerdings bedeutete das nicht unbedingt, dass er sich damit beliebt machte. In einer so kleinen Stadt wie dieser hatten negative Presseberichte große Auswirkungen. Dieser Rechtsstreit beeinflusste seine Chancen, Sozius zu werden, und er war nicht der Einzige, der in der Schusslinie stand. Jeder Bewohner von Scarlet Falls hatte sich seine Meinung gebildet, die er hitzig vertrat, und als sich die Untersuchung auf die Eislaufbahn konzentrierte, an der Kate unterrichtete, wurde auch sie ganz sicher in die Sache mit hineingezogen.

Er betrachtete ihr Profil. In der Dunkelheit konnte er ihren Gesichtsausdruck nicht erkennen. Ob sie wohl zu ihm stehen würde? Ohne ihre ausgleichende Anwesenheit konnte er niemals erfolgreich sein, fürchtete Lee.

Positiv gesehen, konnte dieser Fall ihm allerdings seine

Partnerschaft sichern. Solange er am Ende gewann. Frank Menendez, sein neuer Kollege, schreckte vor nichts zurück, wenn es galt, seine Karriere zu fördern. Lee musste dieser skrupellosen Konkurrenz etwas entgegenzusetzen haben. Der Ausgang dieses Mandats war eine Art Glücksspiel. Nach allem, was er bereits herausgefunden hatte, standen seine Gewinnchancen allerdings nicht schlecht. Er musste einfach an einen erfolgreichen Ausgang glauben und hart arbeiten, dann würde alles gut enden.

An diesem Abend würde er Kate ganz sicher nichts erzählen. Sie stand bereits unter Druck. Er konnte nur hoffen, dass das an ihrer schwierigen Tochter lag und keine Fortsetzung ihrer ehelichen Auseinandersetzungen von vor einigen Monaten war. Aber was auch immer es war, er durfte ihren Hochzeitstag nicht ruinieren. Seine Frau sollte sich so lange wie möglich sicher fühlen können, bevor er ihr neue, schwere Sorgen bereitete.

Kate legte ihm die Hand auf den Arm. »Die Kinder werden erwachsen und aus dem Haus sein, ehe du dich's versiehst. Ich kann es kaum glauben – Carson ist schon sechs!«

»Ja, wir müssen nur diese Zeit mit den Koliken überstehen.« Dies und anderes.

»Du sagst es. Mein Gott, ist das kalt!« Kate zog den Reißverschluss ihrer Jacke ganz nach oben. »Wir sollten irgendwohin ziehen, wo es warm ist. Es ist schließlich schon März – ich habe genug vom Winter.«

Ein kratzendes Geräusch lenkte Lee ab. »Ich ebenfalls«, erwiderte er geistesabwesend. Er lauschte angestrengt, hörte das Rauschen des Windes in den kahlen Äste über ihnen.

Kate senkte den Kopf, um das Gesicht vor dem eisigen Wind zu schützen, und beschleunigte ihre Schritte.

Lee griff nach ihrem Arm und stoppte sie.

»Was ist los?« Die Augenbrauen fragend gehoben, drehte sie sich um.

11

»Ich weiß es nicht.« Forschend suchte er die dunkle Straße ab. Am schneebedeckten Straßenrand parkte etwa ein Dutzend Fahrzeuge. Das Restaurant befand sich in unmittelbarer Nähe des Gewerbegebiets ihrer ruhigen, langweiligen Stadt. Die anderen Geschäfte in dieser Seitenstraße hatten bereits seit Stunden geschlossen. Eine Querstraße weiter begann ein Wohngebiet. Es roch schwach nach Knoblauch, nach Rauch und nach Schnee. Und es gab nicht den geringsten Grund für die Unruhe, die sich plötzlich in ihm ausbreitete. »Etwas stimmt nicht.«

Kate hob den Kopf. »Die Straßenlaterne funktioniert nicht.«

»Ja, das ist es wahrscheinlich.«

Sie setzten sich wieder in Bewegung. Kate rutschte aus, und Lee schlang den Arm um sie, um sie zu stützen.

Plötzlich trat ein Mann hinter einem Lastwagen hervor und kam direkt auf sie zu. Er trug Arbeitsstiefel, Jeans und eine schwarze Lederjacke – ein vollkommen normales Outfit. Auch die Baseballkappe, deren Schatten sein Gesicht unkenntlich machte, war alles andere als außergewöhnlich. Doch etwas an der Haltung des Mannes ließ Lee nervös werden. Seine gestrafften Schultern verrieten eine merkwürdige Bereitschaft, sein selbstbewusster Gang eine ungewöhnliche Zielsicherheit, und obwohl der Mann sie nicht ansah, spürte Lee dennoch die Energie seiner Konzentration.

Er zog Kate hinter sich und wich auf die Straße aus, in Richtung des Gehwegs gegenüber. Ihr Auto war nur noch wenige Meter entfernt. Lee zog den Schlüssel heraus. Er würde Kate im Auto einschließen und sich dann, falls nötig, mit diesem Kerl beschäftigen.

Doch der trat nun ebenfalls auf die Straße und schnitt ihnen den Weg ab. Er hob die Hand. Lee starrte auf die halbautomatische Waffe mit dem durch einen Schalldämpfer verlängerten

Lauf, der direkt auf Lee und Kate gerichtet war. Die Mündung kam ihm so groß vor wie ein Kanalisationsschacht.

»Brieftasche, Schlüssel, Handtasche.« Der Mann winkte auffordernd mit den behandschuhten Fingern.

Lee holte seine Brieftasche hervor, nahm Kate ihre Handtasche ab und überreichte dem Mann beides zusammen mit dem Autoschlüssel. Der senkte die Waffe, klemmte sich die Handtasche unter den Arm und schob sich Brieftasche und Schlüssel in die Jackentasche. Erleichtert stieß Lee den Atem aus. Es war nicht gerade eine Freude, überfallen und ausgeraubt zu werden, aber in diesem Szenario war es das bestmögliche Ergebnis.

Erneut richtete der Mann die Waffe auf sie. Lee erstarrte. Das Mondlicht brachte das Metall zum Schimmern. Ein Feuerstoß kam aus der Mündung. Die Kugel schoss durch seinen Kopf hindurch, in einer brennenden Welle aus unerträglichem Schmerz. Dann löste sein Gehirn sich vom Körper. Seine Knie gaben nach, und langsam, wie in Zeitlupe, fiel er vornüber auf das eisbedeckte Pflaster. Flüssigkeit lief in seine Augen, nahm ihm die Sicht, aber er fühlte nichts, absolut nichts. Nicht den Schmerz der Wunde. Nicht die Wärme des ausströmenden Blutes. Nicht die Kälte des Eises unter seiner Wange. Kates Schreie klangen furchtbar weit entfernt, dabei wusste er doch, sie stand direkt hinter ihm.

Der Mann sagte etwas zu Kate, doch das Dröhnen in Lees Ohren verhinderte, dass er die Worte verstand. Er strengte sich an.

»Hör auf zu kreischen und antworte mir!«, zischte der Kerl.

Aber Kate konnte nicht aufhören. Wenn überhaupt, wurden ihre Schreie noch lauter, schriller, hysterischer, bis ein Schluchzen sie überwältigte. Lee wollte den Kopf heben, sehen, was geschah – nur versagten seine Muskeln ihm den Dienst.

Sein Blick fiel auf hellbraune Arbeitsstiefel. Mit Blutspritzern.

Er bewegte die Augen. Neben ihm sackte Kate auf die Knie. Der Behälter mit der Lasagne fiel ihr aus der Hand, öffnete sich. Tomatensoße färbte den Schneematsch rot. *Nein, Kate – lauf weg*, das war es, was er ihr sagen wollte, allerdings kam kein Laut aus seinem Mund. Er war gelähmt, konnte nicht reagieren, konnte seine Frau nicht schützen.

Ein klackendes Geräusch, ein Zischen. Der zweite Schuss klang, als käme er aus einer pneumatischen Nagelpistole. Lees Augenlider zuckten, der einzige Teil seines Körpers, den er noch bewegen konnte. Aus den Augenwinkeln nahm er wahr, wie seine Frau über ihm zusammenbrach, einer Marionette gleich, deren Schnüre man durchgeschnitten hatte. Namenlose Trauer presste ihm das Herz zusammen.

Kate! Ich liebe dich!

Was hatte er nur getan?

* * *

Ellie strich die Spachtelmasse über der Stelle an der Wand glatt. So langsam nahm ihr Wohnzimmer Gestalt an. Im ersten Stock waren die Renovierungsarbeiten bereits abgeschlossen. Bald musste sie sich an die hässlichste Küche machen, die jemals eingerichtet worden war. Sie konnte es kaum erwarten, sie zu verschönern. Allerdings war dann auch die Zeit gekommen, das Haus zu verkaufen und die Stadt zu verlassen. Das war ihr Ziel, aber der Gedanke, diese Nachbarschaft aufzugeben, machte sie traurig.

»Willst du eine Tasse Tee?«, rief ihre Großmutter, die Ellie immer Nan nannte.

»Nein, danke.« Sie streckte den verkrampften Nacken. »Wie spät ist es?«

»Schon fast elf.«

Das alarmierte Ellie. »Julia ist noch nicht zurück!« Ihre fünfzehnjährige Tochter passte wieder einmal auf die Kinder der Barretts auf, ihrer Nachbarn. Lee Barrett war Anwalt in der Kanzlei, in der Ellie als Verwaltungsassistentin arbeitete.

Nan tauchte im Türrahmen auf. »Wann wollten sie denn zurück sein?«

»Gegen zehn.«

»Dann sind sie nur eine Stunde zu spät dran«, überlegte Nan. »Vielleicht hat es lange gedauert, bis man das Essen gebracht hat. Oder sie hatten unterwegs eine Reifenpanne. Oder sie genießen einfach die Zeit. Schließlich ist es ihr Hochzeitstag.« Trotz der beruhigenden Worte sprach Besorgnis aus ihrer Stimme.

Ellie warf die Maurerkelle auf die Abdeckplane und holte ihr Handy von der obersten Sprosse der Stehleiter. »Wenn sie sich nur verspätet haben, dann hätten sie angerufen.« Sie schickte ihrer Tochter eine SMS und wartete drei Minuten. Es kam keine Antwort. »Ich gehe nachschauen.«

Sie wusch sich die Hände, holte den Ersatzschlüssel der Nachbarn aus der Schublade und zog ihre Jacke an. Vor der Tür peitschte kalter, nasser Wind ihr Gesicht. Sie eilte über den Rasen der Vorgärten, schloss die Tür zum Nachbarhaus auf und hoffte, dass der Hund nicht zu bellen anfing. Sofort kam AnnaBelle, der Golden Retriever der Barretts, auf sie zugerast, um sie zu begrüßen. Dann hörte sie Schritte.

Julia trat in den Flur, in Yogahosen und Sweatshirt, den vier Monate alten Säugling im Arm. Ihre Haare hatte sie zu einem Pferdeschwanz zusammengefasst, damit das Baby nicht danach greifen konnte. »Ich dachte, es wären Mr und Mrs Barrett.«

»Sie hatten versprochen, um zehn zurück zu sein, richtig?« Ellie tätschelte den Hund, zog die Jacke aus und hängte sie über den Treppenpfosten.

»Das stimmt.« Ihre Tochter wippte hin und her und klopfte dem Säugling dabei auf den Rücken. »Ich wollte dich gerade anrufen, aber Faith wurde immer lauter. Ich hatte Angst, dass sie Carson aufweckt.«

»Ich hätte schon früher kommen sollen. Ich habe gar nicht gemerkt, wie spät es ist.« Ellie sprach leise, um den Sechsjährigen nicht zu stören, der oben schlief. »Hat Mrs Barrett angerufen?«

»Nein. Ich habe ihr zwei SMS geschickt und Mr Barrett auch eine.« Das Baby quengelte. Julia ging zurück in die Küche. »So langsam mache ich mir Sorgen.«

Ellie rief nacheinander auf den Handys der beiden an, doch jedes Mal erreichte sie nur die Voicemail. »Lass mich Faith eine Weile nehmen.«

»Danke.« Julia legte ihr den Säugling in die Arme. »Sobald die Nacht beginnt, ist sie durch nichts mehr zu beruhigen.«

»Ich bin sicher, sie kommen bald zurück.« Faith im Arm, lief Ellie unruhig herum. Ihre Angst wuchs mit jeder Sekunde. Lee und Kate kamen nie später als versprochen. Es war das erste Mal, dass sie Faith abends einem Babysitter überließen. Ellie war sich sicher gewesen, sie würden sogar weit vor zehn Uhr wieder zu Hause sein.

Um Mitternacht war Julia auf dem Sofa eingeschlafen. Ellie ging zum Telefon. Zwei Stunden waren lange genug; es wurde Zeit, die Polizei anzurufen. Vielleicht hatten Lee und Kate einen Unfall gehabt.

AnnaBelle spitzte die Ohren und lief zur Haustür. Ellie folgte ihr und griff den Hund beim Halsband, damit er nicht bellte. Sie schaute aus dem Fenster. In der Einfahrt stand ein Polizeiwagen, und ein Polizist kam aufs Haus zu.

Ellies Magen verkrampfte sich. Mit dem Fuß hielt sie den Hund zurück und öffnete die Haustür. *Bitte lass ihnen nichts passiert sein!*

»Ist dies das Haus der Barretts?«

Ellie schluckte. Ihre Kehle war ganz trocken. »Ja.«

»Kann ich hereinkommen?«

Sie trat beiseite. Der Hund machte sich los und stürmte auf den Polizisten zu, der ihn geistesabwesend streichelte. »Darf ich fragen, wer Sie sind?«

»Ich bin Ellie Ross. Ich wohne im Haus nebenan.« Sie warf einen Blick zur Treppe, legte den Finger auf die Lippen und bedeutete dem Mann, ihr zu folgen. Seine Schritte auf dem Holzboden waren überlaut. In der Küche drehte sie sich um und sah ihm ins Gesicht, das Ernst und Mitgefühl gleichermaßen ausstrahlte. Das konnte nur die schlimmsten Nachrichten bedeuten. Sie riss sich zusammen. »Sagen Sie mir, was los ist.«

Er stieß den Atem aus und sagte leise: »Es tut mir leid. Lee und Kate Barrett wurden vor ein paar Stunden getötet.«

»Was ist passiert? War es ein Autounfall?«

»Nein. Man hat sie erschossen. Dem Anschein nach war es ein Raubüberfall.«

Wie betäubt griff Ellie nach einem Stuhl. Ihre Knie drohten zu versagen. Sie hatte sich kaum gesetzt, als Faith zu weinen begann.

Kurz darauf tauchte Julia auf, schlaftrunken. Fragend schaute sie ihre Mutter an. »Mom?«

Ellie schlang den freien Arm um ihre Tochter und berichtete ihr alles.

Mit Tränen in den Augen fragte Julia: »Soll ich Nan anrufen?«

Ellie nickte. Der Schock überwältigte sie. Nein, sie konnten nicht tot sein, nicht der sanfte, zuverlässige Lee, dessen Vorstellung von riskantem Verhalten damit endete, ein weiches Ei zu essen. Und Kate! Sie konnte Ellie auch ganz ohne Worte zum Lachen bringen. Gerade am gestrigen Abend war sie noch mit einer Flasche Wein bei Ellie aufgetaucht, weil sie nach einem Tag mit den Kindern unbedingt die Unterhaltung mit einem Erwachsenen brauchte. Sie hatte Ellie beim Verspachteln geholfen. Heute Morgen hatte Ellie alles ausbessern müssen; die

Flasche Wein hatte ihre Wirkung getan. Aber das war es wert gewesen. Ellie besaß nur wenige Freunde, und Kate war etwas ganz Besonderes.

Sie schloss die Augen und presste die Wange gegen Faiths Kopf. In ihren Gedanken sah sie all die Dinge, die Kate und Lee mit ihren Kindern niemals erleben würden – der erste Schultag, das erste Date, der Studienabschluss, die Hochzeit, Enkel. Die Vorstellung überwältigte sie. Sie öffnete die Augen in dem Augenblick, in dem Nan ins Haus kam. Sie durfte sich nicht gehen lassen, sie musste funktionieren, für die Kinder.

Sie übergab das Baby ihrer Großmutter und beantwortete dann die Fragen des Polizisten zur Familie, so gut sie konnte. »Kate hatte keine Verwandten in der Nähe. Lee hat einen Bruder, der hier am Ort lebt, eine Schwester, die meistens auf Reisen ist, und einen weiteren Bruder, der in Afghanistan stationiert ist.« Ellie nannte ihm die Namen. »Es tut mir leid, ich weiß die Telefonnummern nicht, aber ich könnte in Lees Büro nachschauen. Ich habe alle drei schon eine ganze Weile nicht mehr gesehen.«

»Wir kümmern uns darum, Ma'am«, erwiderte er. »Das Jugendamt wird versuchen, den Bruder hier in der Stadt zu finden.«

Weitere Polizisten kamen ins Haus. Der Lärm weckte Carson, der weinend nach unten kam. Ellie nahm ihn auf den Schoß und wiegte ihn. Sie sagte ihm nicht, was passiert war; solche Nachrichten überbrachte besser jemand aus der Familie.

Eine Stunde später streckte eine Frau im mittleren Alter den Kopf in die Küchentür. Sie setzte sich Ellie gegenüber auf einen Stuhl. »Miss Ross? Ich bin Dee Willis vom Jugendamt. Wir konnten keinen der Verwandten erreichen, die Sie uns genannt haben. Wir müssen darüber sprechen, was mit den Kindern geschehen soll.«

Fester schlang Ellie die Arme um Carson. »Sie können bei mir bleiben.«

»Es tut mir leid, das widerspricht den Richtlinien«, erklärte die Sozialarbeiterin. »Aber Sie können einen Antrag auf Zulassung als Notfallpflegefamilie ausfüllen. Es dauert nur ein paar Tage.«

Für Carson bedeuteten ein paar Tage eine endlos lange Zeit. Seine Tränen durchnässten Ellies Bluse. Hilflosigkeit überwältigte sie.

»Julia, kannst du bitte Carson nehmen?« Ellie übergab ihrer Tochter den kleinen Jungen und ging ins Wohnzimmer, um ungestört zu sein. Sie zog ihr Handy aus der Tasche und rief ihren Chef an. Manchmal hatte es seine Vorteile, für einen Anwalt zu arbeiten. Doch Roger nahm nicht ab. *Verdammt!* Sie hinterließ eine Nachricht und ging in die Küche zurück. Dort fing sie Julias Blick auf und deutete mit einer Kopfbewegung auf den Flur. Sofort stand Julia auf und ging mit Carson hinaus.

Ellie wartete, bis beide außer Hörweite waren, dann sagte sie zur Sozialarbeiterin: »Die Kinder kennen uns. Können Sie nicht einmal eine Ausnahme machen?«

»Nein, ausgeschlossen.« Die ruhige und geschäftsmäßige Art von Mrs Willis ging Ellie schwer auf die ohnehin zum Zerreißen angespannten Nerven. »Sobald wir Ihren Hintergrund überprüft haben, können Sie sich an den Richter wenden, aber jetzt muss ich beide Kinder mitnehmen.«

Ellie war sehr wohl bewusst, diese Frau erlebte solche und ähnliche Situationen wahrscheinlich alle Tage. Trotzdem – wie konnte sie so unberührt von der Tatsache bleiben, dass sie zwei kleine Kinder aus ihrem Zuhause holte? Wut mischte sich in Ellies Trauer, und in ihrer Brust wuchsen Schmerz und das Gefühl, völlig wehrlos zu sein, bis ihre Rippen wehtaten.

Mein Gott, es war Freitag! Über das Wochenende wurde ganz sicher nichts geregelt.

Die Sozialarbeiterin sammelte ein paar Babysachen ein. »Es fällt Carson bestimmt leichter mitzukommen, wenn Sie ihm helfen, eine Tasche zu packen.«

Aber Ellie wollte ihr die Sache nicht leicht machen. Am liebsten hätte sie die beiden Kinder geschnappt und sie in ihrem Haus versteckt. Sie blickte sich um. Drei uniformierte Polizisten standen herum, und dann war da noch einer im Anzug, der offensichtlich das Sagen hatte. Er hatte sich ihr auch vorgestellt, nur hatte sie seinen Namen bereits wieder vergessen. Detective McSoundso.

Es gab nichts, das sie tun konnte.

Sie ging nach oben in Carsons Kinderzimmer. Er saß weinend neben Julia auf dem Bett. Ellie suchte genügend Kleidung für eine Woche zusammen und packte eine Tasche. Dann kniete sie sich vor ihn und nahm seine kleinen Hände in ihre. »Halt einfach durch, okay? Ich werde alles tun, was ich kann, damit du zu uns kommen kannst.«

Er schnüffelte und wischte sich mit dem Handrücken die Nase. »Die Frau hat gesagt, Mommy und Daddy sind tot.«

Ellie brach das Herz. Wusste er überhaupt, was das bedeutet? Sie setzte sich neben ihn und nahm ihn fest in die Arme. »Ich weiß. Es tut mir so leid!«

Noch mehr tat es ihr leid, dass sie ihn zum Auto der Sozialarbeiterin tragen und ihn hineinsetzen musste. Trauer schnürte ihr die Kehle zusammen, als sie dem wegfahrenden Wagen hinterherschaute.

KAPITEL 2

Der Morgen dämmerte kalt herauf an diesem Märztag im Hindukusch. Der Tag stand kurz vor dem Anbruch. Ein kühler grauer Lichtschein war über den Bergen am Horizont zu sehen. Grant saß auf dem Rücksitz eines minengeschützten Geländewagens oder M-ATV, für »Mine-Resistant All-Terrain Vehicle«. Er hatte die Arme verschränkt, die Hände in den Achselhöhlen vergraben, und beobachtete scharf die parallel zur Straße verlaufende Anhöhe. Die Nachschubkolonne hatte ihm eine Mitfahrgelegenheit zur vorgeschobenen Operationsbasis nahe der Grenze zu Pakistan angeboten, wo er stationiert war. Sein Fahrzeug fuhr etwa in der Mitte der Kolonne. Ein Zug von Infanteristen begleitete den Konvoi, und als zusätzliche Unterstützung bildete eine Einheit der ANA, der afghanischen Nationalarmee, die Nachhut.

Die konstante Bewegung und das Motorengeräusch des Fahrzeugs hätten ihn in den Schlaf wiegen können; wenn er es zugelassen hätte. Doch die Taliban griffen bevorzugt um genau diese graue Stunde an. In Afghanistan konnte ein Soldat sich

21

niemals entspannen. Jederzeit konnte aus jeder Richtung ein Angriff erfolgen: von einem Zivilisten mit einem Rucksack, einer improvisierten Sprengvorrichtung am Wegrand, einem Verräter aus ihrer eigenen Mitte. Es gab endlose Möglichkeiten. Deshalb ließ Grant in seiner Aufmerksamkeit nicht nach, spähte nach allen Seiten, als sie in das Trockental hineinfuhren. Dies war der zwanzigste Punkt ihrer Reise, der für einen Angriff bestens geeignet war.

Seit er kurz vor seinem letzten Einsatz zum Major befördert worden war, hatte er noch keine direkte Konfrontation erlebt. Während seiner letzten beiden Einsätze hingegen war er häufig auf Patrouille und Gefechten ausgesetzt gewesen. So merkwürdig es auch klang, er vermisste die Intimität, unmittelbarer Teil jeder Mission zu sein, er vermisste die tägliche Plackerei der endlosen Patrouillen in den Bergen und Tälern, die Kameradschaft, die lediglich der gemeinsame Kampf mit sich brachte. Die Diplomatie und der Papierkram, den seine neue Position als Einsatzoffizier von ihm verlangte, isolierten ihn von den Männern. Er arbeitete hart daran, eine Beziehung zu ihnen aufzubauen, aber manchmal hatte er das Gefühl, mit nichts anderem beschäftigt zu sein als endlosen Sitzungen. So wie zum Beispiel die gestern in der Kommandozentrale des Bataillons. Dort hatten sie über die politischen Folgen der Militärpolitik gesprochen. Es hatte ihm Kopfschmerzen verursacht.

Im Osten warf eine niedrige Erhebung einen Schatten über das Tal. Am Horizont breitete sich jetzt in gezackten Formen gelbliches Licht aus und ließ die Umrisse der Berge scharf hervortreten. Vor ihnen verengte sich der Weg. Wenige Minuten später bewegte sich die Kolonne in einem trockenen Flussbett von knapp zwanzig Metern Breite. Rechts stieg eine Anhöhe steil an. Sie endete in einem Kamm etwa zehn Meter oberhalb der Straße. Auf der linken Seite befand sich unbezwingbarer Fels. Niemand sprach, alle suchten beide Seiten nach Anzeichen von feindlichen Aktivitäten ab.

Dann explodierte die Straße direkt vor dem Konvoi. Die Erde unter den Lastwagen bebte. Grants Herzschlag beschleunigte sich, die Männer wurden aktiv. Eine weitere Explosion schüttelte das schwere Fahrzeug. Raketen zischten und detonierten vor ihnen. Die Passage war zu eng, um umdrehen zu können. Außerdem hatte der Feind den Überfall ersichtlich gut geplant. Bestimmt warteten bereits andere Kämpfer auf sie, falls sie es zurück schaffen sollten.

Sie waren in einer tödlichen Falle gefangen.

Grant untersuchte die Umgebung. Es gab nur eine Möglichkeit, sich gegen diesen Angriff zu wehren, und zwar aus der Überlegenheit einer erhöhten Position heraus, in der sich derzeit der Feind befand.

Er stieg aus und rannte zu dem Fahrzeug, in dem Lieutenant Wise saß, der den Zug anführte. Hinter der gepanzerten Tür gingen beide in Deckung. Der rothaarige Lieutenant, dessen Gesicht konstant einen Sonnenbrand zeigte, wischte sich afghanischen Staub aus dem Gesicht. Er war wahrscheinlich gerade erst vierundzwanzig, doch seine blauen Augen, die sich auf die Anhöhe richteten, zeigten das weit höhere Alter, das häufige Kämpfe mit sich bringen.

Eine weitere Rakete schoss vom Kamm herab und explodierte am Fels in ihrer Flanke. Wieder bebte der Grund, Erde spritzte durch die Luft. Ein Splitter zischte an Grants Gesicht vorbei, verletzte seine Wange. Das Fahrzeug lag nun unter Maschinengewehrfeuer. Die Kugeln wühlten den Boden zu seinen Füßen auf. Etwas zog an seinem Hosenbein; der Schuss hätte ihn beinahe erwischt. Im Osten zeigte sich Mündungsfeuer auf dem Kamm, in der Dämmerung deutlich sichtbar. Ebenso wie die Soldaten um ihn herum hob Grant seine M-4 und erwiderte das Feuer.

Mehr Raketen, mehr Erschütterungen. Etwas tropfte warm in sein Auge, trübte seine Sicht. Er wischte sich das Blut von der Stirnwunde, zielte, feuerte.

Die Kameradschaft, die es mit sich brachte, Teil eines Kampfzugs zu sein, mochte er ja vielleicht vermissen. Aber was er ganz sicher nicht vermisste, das waren auf seinen Arsch gerichtete Raketen!

Angriffe aus dem Hinterhalt wie dieser waren weit häufiger, als sie dies sein sollten. Der erste Zug war also darauf vorbereitet gewesen. Lieutenant Wise sprach ins Funkgerät und forderte Luftunterstützung an. Ein Apache-Angriffshelikopter wurde entsandt. Voraussichtliche Ankunftszeit: in fünfzehn Minuten. Der Sergeant des Zuges brüllte Befehle.

»Lieutenant, wir müssen die Anhöhe einnehmen.« Grant deutete nach oben. Eine Kugel schoss durch seinen Ärmel.

»Jawohl, Sir, ist bereits in Vorbereitung.« Wise und sein Sergeant hatten die Situation im Griff. Grant beschloss, sich herauszuhalten. Er wollte ganz sicher nicht einer dieser idiotischen Offiziere sein, die den reibungslosen Ablauf im Zug nur störten. Schließlich war er nichts als ein Passagier.

Mit schweren Maschinengewehren und Granaten erwiderten die Soldaten das Feuer. Wise schickte einen Trupp durch eine Lücke in den Felsen nach oben. Die ANA-Kräfte bewachten den hinteren Teil der Kolonne.

Grant stellte sich hinter das Fahrzeug, nutzte es als Schild, und unterstützte die restlichen Männer beim Deckungsfeuer für diejenigen, die sich den Weg nach oben erkämpften.

Die Taliban hatten genau gewusst, dass sie kommen und diesen Weg nehmen würden. Die Aufständischen hatten ihre Augen überall. Die US-amerikanischen Kräfte kämpften in einem Land, in dem sie niemandem vertrauen konnten. Nicht den Dolmetschern vor Ort, die für sie arbeiteten. Nicht den Leuten in den Dörfern, denen sie Lebensmittel und Medizin brachten. Nicht einmal den afghanischen Soldaten, die an ihrer Seite kämpften. Niemandem.

Zwei Dutzend Taliban-Soldaten in traditioneller afghanischer Kleidung mit AK-47-Kalaschnikows strömten vom Kamm herunter. Die Messer mit den etwa zwanzig Zentimeter langen Klingen, die an ihrer Taille baumelten, ließen Grant daran denken, was für ein Fest es für diese Taliban wäre, wenn sie live über *Al Jazeera* ein paar Amerikanern die Köpfe abschlagen könnten. Die Position auf der Anhöhe hatte den Afghanen einen Vorteil verschafft, doch jetzt liefen sie direkt in die Schusslinie der amerikanischen Soldaten hinein, die inzwischen die Felsen erklommen hatten. Grants Herz machte einen Freudensprung. Sofort wich der Feind hastig zurück, verfolgt vom Trupp.

Das hätte eigentlich das Ende des Angriffs bedeuten müssen, ohne jegliche Verluste aufseiten der Amerikaner.

Doch dann hörte Grant das Gewehrfeuer von hinten. Er wirbelte herum. Neben ihm ging Wise zu Boden. Er blutete aus einer Wunde am Oberschenkel. Kugeln zischten über seinen Kopf hinweg. Woher zum Teufel kamen diese Schüsse?

Er scannte die Umgebung mit zusammengekniffenen Augen. Fünf der ANA-Soldaten waren aus der Reihe ausgebrochen, hatten sich dem Hauptteil des Konvois zugewandt und feuerten nun auf genau die Kräfte, deren Unterstützung ihre Aufgabe war. Wise, am Boden liegend, brüllte etwas in sein Funkgerät. Immer wieder blitzte das Mündungsfeuer der Verräter auf. Zwei afghanische Soldaten wurden erschossen. Die meisten Soldaten des Zuges befanden sich hinter Grant, und der Lieutenant hatte alle Hände voll damit zu tun, nicht zu verbluten.

Grant hob seine M-4. Unter den ANA-Kräften brach Chaos aus. Wer von den Leuten war auf welcher Seite?

Einer der Männer zielte auf Wise, wahrscheinlich, um die Kommunikation mit der Basis zu unterbrechen. Grant rief den Soldaten auf der anderen Seite des Fahrzeugs etwas zu und erschoss den Verräter. Sein Gesicht explodierte in einem Nebel aus Blut. Es hatte keinen Sinn, auf den Körper zu zielen – der Feind trug von der US-amerikanischen Regierung zur Verfügung gestellte kugelsichere Westen. Vier Männer schossen auf das Fahrzeug vor Grant. Der Soldat im Geschützturm feuerte mit einem schweren Maschinengewehr auf die Anhöhe.

Der Sergeant brüllte Befehle. Grant ließ sich auf die Knie sinken und legte auf die vier Verräter an. Andere Soldaten im Fahrzeug vor ihm brachten die Sache zu Ende. Eine massive Welle von Maschinengewehrfeuer begrub die vier Abtrünnigen unter sich.

Waren das alle? Oder gab es noch weitere Taliban-Spione unter den Männern der ANA? Und wie sollten sie das jemals herausfinden?

Explosionen und Artilleriefeuer ließen merklich nach. Der Sanitäter der Einheit konnte die Blutung in Wises Bein stoppen. Dann wandte er sich an Grant.

»Major?« Er deutete auf Grants Gesicht. »Ich kümmere mich um die Wunde.«

Vage war Grant sich dessen bewusst, dass ihm Blut in die Augen lief. Er hielt still, während der Sanitäter eine antiseptische Salbe auftrug und ein Klammerpflaster anbrachte. Wise wurde ins Fahrzeug getragen. Er sprach noch immer ins Funkgerät.

Der Trupp, der die Anhöhe erklommen hatte, kehrte zurück. Ein gleichmäßiges Wummern verkündete die Ankunft der Luftunterstützung. Der Apache-Helikopter wurde über dem Kamm sichtbar. Er legte beide Seiten unter Dauerfeuer.

Grant betrachtete den Zug. Lieutenant Wise hatte anscheinend die schwerste Verletzung davongetragen. Sie hatten gewonnen. Aber der Schaden war dennoch unabsehbar. Die Taliban hatten sich in der ANA eingenistet. Wie sollten die Amerikaner den afghanischen Soldaten unter diesen Umständen jemals wieder trauen können?

Nachdem die Beschießung geendet hatte, sandte Wise einen Trupp zur Anhöhe, um nach Überlebenden zu suchen. Sie fanden keine. Der Konvoi setzte sich wieder in Bewegung und traf ein paar Stunden später in der Operationsbasis ein. Erst als die Fahrzeuge das Tor passiert hatten und sich hinter NATO-Draht befanden, atmete Grant leichter. In der letzten Zeit waren die Amerikaner allerdings auch in ihren Lagern nicht mehr sicher, weil die Taliban versuchten, die ANA bei jeder Gelegenheit zu unterwandern.

Seine Kampfuniform war an mehreren Stellen von Kugeln zerfetzt, blutig und staubig. Dennoch begab Grant sich zuerst zur Kommandozentrale und meldete sich bei Lieutenant Colonel Tucker.

Tucker war in seinem Büro. Er richtete die Blicke aus seinen durchdringenden grünen Augen unter seinen dichten, teilweise ergrauten Haaren auf Grant. »Setzen Sie sich, Major.«

Doch Grant war zu unruhig, um sich zu setzen. In ihm wetteiferten Erschöpfung und Anspannung um die Oberhand. Er schloss die Tür, durchschritt den Raum mit seinen staubigen Möbeln und begann, von dem Überfall zu berichten.

Tucker hob die Hand. »Major, Lieutenant Wise wird mir davon Meldung machen.«

Grant stockte. Etwas stimmte nicht. Er war jetzt seit zehn Monaten Tuckers Stellvertreter und wusste ihn einzuschätzen. Der Colonel kniff die Augen zusammen. Die wettergegerbte Haut legte sich in Falten. »Setzen Sie sich, Grant.«

Misstrauisch nahm Grant auf einem Stuhl Platz. Wenn Tucker ihn mit seinem Vornamen ansprach, lag etwas in der Luft, und die Nachricht betraf ihn persönlich.

Der Colonel betrachtete sich Grants Stirnwunde. »Eine ernste Verletzung?«

»Nein, Sir. Nur ein Kratzer.« Der Adrenalinfluss in seinen Adern verebbte, und Grant spürte, wie ihn die Müdigkeit von zwei schlaflosen Nächten zu überwältigen drohte.

Tucker öffnete eine Schublade, holte seinen geheimen Vorrat Scotch hervor und goss etwas davon in zwei Whiskeygläser. Eines reichte er Grant und wartete, bis dieser die Flüssigkeit heruntergekippt hatte. Erst dann begann er zu sprechen. »Ich hatte einen Anruf aus den Vereinigten Staaten.«

Grant straffte sich, bereit für die bevorstehende schlechte Neuigkeit. War sein Vater endlich seinen körperlichen und geistigen Leiden erlegen? Der pensionierte Colonel hatte weit länger durchgehalten, als irgendjemand vorausgesehen hatte. Seit Grant vor zehn Monaten hierhergekommen war, hatte er jeden Tag mit der Todesnachricht gerechnet. »Was ist passiert? Geht es um meinen Vater?«

»Nein. Es tut mir leid, Grant. Es ist nicht Ihr Vater.« Tuckers Augen bekamen einen harten Ausdruck, und was er nun sagte, kam für Grant völlig unerwartet. »Ihr Bruder und seine Frau sind tot.«

Grants Ohren klingelten noch immer vom Lärm des Gefechts. Bestimmt hatte er das missverstanden. Er hatte nur einen Bruder, der verheiratet war. Grant verbrachte seinen Jahresurlaub meistens bei Lee, dem Fels in der Brandung der Familie. In Lees Leben war nichts auch nur entfernt Gefährliches zu finden. »Wie bitte, Sir?«

»Letzte Nacht sind Ihr Bruder Lee und seine Frau Kate umgekommen.«

Der Alkohol und maßlose Trauer betäubten Grant. Das konnte nicht sein, das war unmöglich. »Was ist passiert? Hatten sie einen Unfall?«

Tucker schüttelte den Kopf. Mitgefühl machte seine Stimme sanft. »Anscheinend wurden sie beraubt.«

Nach dem ersten Schock musste Grant sofort an die Kinder der beiden denken. Carson und Faith waren jetzt ganz allein. Waisen.

Er starrte auf den Fußboden. »Ich muss nach Hause fliegen.«

»Packen Sie Ihre Sachen. Die Dokumente für einen Sonderurlaub sind bereits vorbereitet. Sergeant Stevens organisiert einen Transport. Mein Beileid.«

»Ich danke Ihnen, Sir.« Grant stand auf, kämpfte gegen das Zittern in seinen Knien an. Er hatte jeden Tag mit dem Tod zu tun. Aber der Tod eines Bruders, der in einer ruhigen Vorstadt lebte, das war etwas ganz anderes. Auf diesen emotionalen Tiefschlag war Grant nicht vorbereitet. Man hatte ihn gerade erneut aus dem Hinterhalt überfallen.

Er meldete sich bei Sergeant Stevens, der ihm einen Platz in einem abfliegenden Truppentransporthelikopter besorgt hatte. Grant hatte ein paar Stunden Zeit. Roboterhaft packte er, duschte und zog einen frischen Kampfanzug an. Erst als er später in der Chinook saß und beobachtete, wie die Tandemrotoren Staubwolken aufwirbelten, wurde ihm tatsächlich bewusst, was geschehen war. Es traf ihn mit der Wucht und dem Schmerz einer Kugel.

Lee und Kate waren tot.

Kapitel 3

Montagabend

Grant wischte sich die Feuchtigkeit aus dem Gesicht. Die Temperaturen in seiner Heimatstadt Scarlet Falls im Bundesstaat New York waren ebenso eisig wie die in dem Land, das er verlassen hatte, aber er empfand die Feuchtigkeit in der Luft als angenehm. Ebenso wie das völlige Fehlen von Mondstaub, dem schmutzigen Puder, der sich in Afghanistan über alles legte, auch über die eigene Lunge.

Nach einem tiefen Atemzug, der den Geruch von Kiefern in seine Nase steigen ließ, folgte er Detective Brody McNamara die Betonstufen hinauf ins Behördengebäude. Von außen fügte sich der koloniale Stil des Bauwerks mit seinen blauen Schindeln und den scheunenroten Fensterläden gut in das Bild einer malerischen Kleinstadt ein. Doch das Innere bot den Anblick eines üblichen müden Bürogebäudes. Nachdem sich der Detective jedoch bereit erklärt hatte, sich mit Grant selbst um diese späte Stunde, um 22.00 Uhr, zu treffen, würde er sich ganz bestimmt nicht über mangelnde Innenarchitektur beschweren.

Das Polizeirevier teilte sich die zwei Stockwerke mit der Stadtverwaltung. Unmittelbar hinter dem Eingang leitete ein frei stehendes Schild die Besucher zum Finanzamt, zur Baubehörde und zum Gemeindeschreiber im ersten Stock. Das Erdgeschoss war der Polizei vorbehalten.

Er folgte dem Polizisten durch eine grau gefliese Eingangshalle. Sie kamen am Aufzug und am Empfang vorbei, schritten durch einen kurzen Flur und betraten einen dunklen offenen Raum. Detective McNamara schaltete das Licht ein. Neonlampen an der Decke beleuchteten Arbeitsplätze und Aktenschränke. An der hinteren Wand führten Türen in andere Räume.

»Tut mir leid, wir sind nur ein kleiner Polizeiposten. Nachts arbeiten lediglich die Streifenbeamten und die Einsatzzentrale.« Der Detective ging an den Schreibtischen vorbei und schloss die mittlere Tür auf. McNamara war ein oder zwei Jahre älter als Grant mit seinen fünfunddreißig. Sein Gesicht war sonnengebräunt und windgegerbt wie das eines Skifahrers, und seine sehnige Gestalt steckte in Jeans und einer marineblauen Jacke, mit einem Aufnäher auf dem Ärmel: SFPD – Scarlet Falls Police Department. Sein Büro war beengt, aber sehr ordentlich. Vor einem alten Metallschreibtisch standen zwei Stühle aus Kunststoff. McNamara ließ sich in seinen Schreibtischstuhl fallen.

Grant war zu unruhig, um sich zu setzen. »Ich danke Ihnen, dass Sie sich so spät noch Zeit für mich nehmen.« Er hatte den Polizisten von unterwegs aus angerufen, eine Stunde, bevor er in der Stadt eingetroffen war.

»Ich bin Ihnen gern behilflich, Major. Mein Beileid.«

Grants Kehle zog sich zusammen. Er war einmal angeschossen worden, und zweimal hatte ihn eine improvisierte Sprengladung erwischt. In seinem Bein waren genügend Granatsplitter begraben, um einen Metalldetektor anspringen zu lassen. All dem setzte er sich nur deshalb aus, damit Menschen wie Lee und Kate ein Leben in Sicherheit führen konnten. Wie konnte es da sein, dass sein kleiner Bruder tot war, den er hier in den Staaten außer Gefahr glaubte?

Plötzlich überkam ihn Erschöpfung, und er ließ sich auf einen Stuhl sinken. »Wo sind die Kinder?«

Der Polizist holte eine Flasche Wasser aus einem Minikühlschrank auf einem Aktenschrank und bot sie Grant an. »Wie ich bereits am Telefon erwähnte – wir waren nicht in der Lage, in der Nacht einen Verwandten zu kontaktieren, als Ihr Bruder und seine Frau getötet wurden. Das Jugendamt hat sie bei Pflegeeltern untergebracht.«

Grants Schwester Hannah war geschäftlich in Jakarta unterwegs, aber der Jüngste der vier Barrett-Geschwister, Mac, wohnte vor Ort. Angesichts Macs von Problemen behafteter Vergangenheit versetzte es Grant in Sorge, dass er auf seine Anrufe bisher nicht reagiert hatte.

Grant nahm das Wasser. Seine Augen brannten. Er kniff sie zu und rieb sich die Stirn. »Soll ich Ihnen einen Kaffee besorgen, Major?«, fragte McNamara.

»Nein, danke.« Grant öffnete die Flasche und trank, zwang das eiskalte Wasser seine verkrampfte Kehle hinunter. Er war die letzten zweiundsiebzig Stunden unterwegs gewesen, von Afghanistan in die USA. Aufenthalte in Kabul, Kuwait und Deutschland hatten seine Rückkehr verzögert. Sein Leben war ganz normal gewesen; so normal, wie es an einer vorgeschobenen Operationsbasis nur sein konnte. Jetzt war alles anders. Seine Prioritäten, sein gesamtes Leben waren explodiert wie eine Bombe am Straßenrand. »Ich will einfach nur meine Nichte und meinen Neffen finden.«

»Das verstehe ich vollkommen, aber ich fürchte, vor morgen früh können wir da gar nichts unternehmen.« Der Polizist strich sich mit der Hand über die kurz geschorenen Haare.

»Ich weiß, Sie möchten sie so schnell wie möglich sehen, aber schauen Sie … um diese Zeit schlafen beide sicher längst. Sie wollen sie doch bestimmt nicht aus dem Bett holen und in der Dunkelheit an einen anderen Ort bringen. Das würde ihnen nur Angst machen.«

Genau das war in der Nacht mit den beiden Kindern passiert, als man ihre Eltern ermordet hatte. McNamara hatte recht; es war bestimmt nicht im Interesse der Kinder, dieses Szenario zu wiederholen. Aber Grant ertrug den Gedanken nicht, dass sie auch nur eine weitere Nacht in einem fremden Haus bei fremden Menschen verbringen sollten, nachdem ihre gesamte Welt zerstört worden war. Allerdings hatte er selbst Faith noch nie zu Gesicht bekommen, weil er seinen Posten in Afghanistan vor ihrer Geburt angetreten hatte, und Carson hatte er seit zehn Monaten nicht mehr gesehen. Ob der Junge ihn überhaupt noch wiedererkannte? »Sind Sie sicher?«

»Es tut mir leid.« Der Polizist legte eine Lesebrille auf den Schreibtisch. »Sie wissen, es gibt Regeln zu beachten und jede Menge Papierkram. Über Nacht geschieht nur in einer echten Krise etwas. Wo kann ich Sie erreichen?«

Die Nacht allein im leeren Haus seines Bruders zu verbringen, umgeben von Erinnerungen an eine glückliche Zeit, die niemals wiederkommen würde, in dem Haus, in dem er im vergangenen Mai zwei Wochen mit Lee, einer schwangeren Kate und Carson verbracht hatte, war das Letzte, das Grant wollte. Am liebsten hätte er sich ein Hotelzimmer genommen, mit einer unpersönlichen Umgebung, die ihn nicht an den Tod seines Bruders erinnerte. Allerdings fühlten die Kinder sich ganz bestimmt in ihrem eigenen Heim wohler. Also bereitete er das Haus besser auf ihre Anwesenheit vor.

»Ich bin im Haus meines Bruders.« Grant nannte die Festnetznummer. »Meine Handynummer haben Sie bereits.«

Der Polizist schrieb die Nummer auf.

»Mein Vater weiß noch nicht Bescheid?«, wollte Grant wissen.

»Nein. Wie Sie es verlangt haben, überlasse ich das Ihnen.«

Grant stockte der Atem. Der Gedanke, dass er dem Colonel von Lees Tod berichten musste, machte ihm die Situation nur umso bewusster. »Ich danke Ihnen. Meinem Vater geht es gesundheitlich nicht sehr gut. Ich besuche ihn morgen im Pflegeheim.«

Lee war zwei Jahre jünger als Grant. Als Kinder waren sie sich so nahe gewesen, wie zwei so gegensätzliche Charaktere dies nur sein konnten. Für Grant war die Welt schwarz oder weiß. Lee hingegen lebte in allen möglichen Schattierungen von Grau. Ob sein Vater geahnt hatte, wie unterschiedlich seine beiden Söhne sich entwickeln würden, als er sie nach zwei Generälen des Bürgerkriegs benannt hatte, die gegeneinander gekämpft hatten? Die Plastikflasche knisterte. Sein Griff war zu fest. Grant lockerte die Finger.

»Ich werde gleich morgen früh das Jugendamt anrufen«, versprach McNamara. »Und sobald ich etwas weiß, melde ich mich bei Ihnen.«

Grant gefiel die Situation überhaupt nicht. Nach dreizehn Jahren in der Armee kannte er sich allerdings mit Regeln und Vorschriften aus und wusste genau, wann es sinnvoll war, dagegen anzugehen, und wann nicht. Es schmerzte ihn, die nächste Frage zu stellen. »Müssen die Leichen identifiziert werden?«

»Nein, das ist nicht nötig. Der Rechtsmediziner hat mit ihren Odontogrammen vom Zahnarzt gearbeitet.« Der Polizist schüttelte den Kopf. Seine Augen wurden ausdruckslos. »Ich weiß, dass Sie beide gern sehen möchten. Aber bitte, fragen Sie sich selbst, ob Sie dieses Bild für immer in Ihrem Kopf behalten wollen oder sich an Ihren Bruder und Ihre Schwägerin lieber so erinnern, wie Sie sie bei der letzten Begegnung erlebt haben.«

Der Satz traf Grant wie ein Tritt vor die Brust. Waren die

34

Leichen der beiden überhaupt identifizierbar? Grant musste an den Aufständischen denken, den er bei dem Hinterhalt getötet hatte. Dessen zerstörtes Gesicht legte sich über das seines Bruders. Seine Fingerspitzen zitterten. Er hatte keine Zeit gehabt, den Angriff zu verarbeiten, bevor man ihn mit der Nachricht von Lees Tod überfallen hatte. Jedes Mal, wenn er die Augen schloss, sah er wieder seine M-4 feuern und das Gesicht des Rebellen explodieren. Er wusste genau, er hatte keine andere Wahl gehabt. Entweder er drückte ab, oder der Lieutenant musste sterben. Es war nicht das erste Mal, dass er einen Menschen im Kampf getötet hatte. Es hinterließ immer seine Spuren, jemanden umzubringen. Allerdings konnte er diese Situation jetzt nicht mit irgendeiner anderen vergleichen, der er jemals ausgesetzt gewesen war. Es war alles falsch. Wenn eines der Barrett-Geschwister sterben musste, dann doch er!

Zorn stieg in ihm auf, und er begrüßte die Hitze, die ihm half, sein inneres Gleichgewicht wiederzufinden. Es sei besser, angepisst zu sein, als angepisst zu werden, hatte sein erster Sergeant immer gesagt. »Was können Sie mir über die Morde sagen?«

McNamara lehnte sich zurück und betrachtete forschend Grants Gesicht. »Sind Sie sicher, dass Sie jetzt darüber reden wollen?«

»Ja. Ich habe nur dreißig Tage Sonderurlaub.« Die Zeit lief. Sein Urlaub hatte in dem Augenblick begonnen, in dem er an diesem Morgen in Texas den Militärtransport verlassen hatte. Außerdem, von *wollen* konnte ohnehin keine Rede sein, zu keinem Zeitpunkt. »Am Telefon sagten Sie, es war ein Raubüberfall?«

»Das ist eine der Theorien, mit denen wir arbeiten.« McNamara beugte sich vor und legte die Unterarme auf den Schreibtisch. »Ein Anwohner hat die Polizei gerufen. Er hatte die Schreie einer Frau gehört. Wir haben sofort einen

Streifenwagen losgeschickt. Die Beamten haben die Leichen von Lee und Kate an einer Straßenecke ganz in der Nähe von einem italienischen Restaurant gefunden. Wir haben dort nachgefragt – die beiden hatten das Lokal etwa zehn Minuten vor dem Notruf verlassen. Anscheinend waren sie unterwegs zu ihrem Wagen. Todesursache war jeweils ein einzelner Kopfschuss. Die Brieftasche Ihres Bruders, Kates Handtasche und die Schlüssel waren verschwunden. Das Auto wurde gestohlen.« Der Detective zögerte.

Die Körpersprache des Polizisten verriet Unbehagen. »Das ist nicht alles. Was war noch?«

McNamara warf den Stift auf die Schreibtischunterlage und presste die Lippen zusammen. »Ihre Schwägerin trug noch immer ihren Verlobungsring.«

Grant war sofort klar, was der Polizist ihm damit sagen wollte. »Ein erfahrener Räuber hätte den Schmuck mitgenommen.«

»Vielleicht. Kate trug Handschuhe, deshalb verbiete ich mir derzeit irgendwelche Schlussfolgerungen. Die Untersuchungen laufen noch.« Er rieb sich das Kinn. »Wer profitiert von ihrem Tod? Wir haben im Haus kein Testament gefunden. Wissen Sie, ob die beiden einen Letzten Willen aufgesetzt haben?«

»Davon gehe ich aus. Lee war immerhin Anwalt. Er überließ nichts dem Zufall, wenn er es verhindern konnte.« Grant missfiel der Gedanke zutiefst, dass die Beamten Lees und Kates persönliche Besitztümer durchwühlt und ihre intimsten Geheimnisse erforscht hatten. Natürlich, er wusste, Tote haben kein Recht auf eine Privatsphäre, und die Polizei musste ja irgendwo anfangen, nach Hinweisen zu suchen. Dennoch, es machte ihn zornig. Es hätte niemals passieren dürfen!

»Das Haus ist alt und groß, wir könnten etwas übersehen haben.« McNamara verschränkte die Finger ineinander. »Bitte lassen Sie es uns wissen, wenn Sie den Schlüssel zu einem Schließfach, einen Safe oder ein Testament finden. Beide Handys wurden gestohlen, aber die Mobilfunkfirma hat uns alle Daten geschickt – Anrufliste, Kontakte, Kalender. Wir gehen derzeit alles durch. Möglicherweise benötigen wir Ihre Hilfe. Die Anwaltskanzlei Ihres Bruders war leider nicht sehr kooperativ. Man weigert sich, uns Zugang zu seinem Büro und Computer zu verschaffen. Wir haben einen Durchsuchungsbefehl beantragt, aber die Kanzlei beruft sich auf ihre Vertraulichkeitspflicht den Mandanten gegenüber.«

Grant trank mehr Wasser. Die kühle Flüssigkeit machte sich in seinem Bauch breit, und die Kälte durchdrang ihn von innen nach außen. »Selbstverständlich. Ich rufe Sie an, wenn ich etwas finden sollte.«

»Könnten Sie sich ein anderes Motiv für den Überfall vorstellen?«, fragte McNamara. »Hatte Ihr Bruder Feinde?«

Grant schüttelte den Kopf. »Mein Bruder war Anwalt in einer Vorstadt und ein echter Familienmensch. Ich kann mir nicht vorstellen, dass jemand ihm etwas antun wollte.«

»Sie waren zehn Monate lang nicht in den Staaten.« McNamara hielt Grants Blick stand.

»Das stimmt.« Grant unterdrückte seine Schuldgefühle. Die Armee hatte ihm beigebracht, wie man sein Leben in verschiedene Schubladen packt, wie man Trauer beiseiteschiebt, bis die Mission abgeschlossen ist. Das war allerdings leichter gesagt als getan, wenn der eigene Bruder der Tote war. »Es will mir einfach nicht in den Kopf, dass jemand Lee und Kate nur für eine Brieftasche oder ein Auto umgebracht haben soll. Das ergibt doch keinen Sinn. Warum eine Mordanklage riskieren?«

McNamara seufzte. »Ich habe keine Ahnung. Vielleicht hat Ihr Bruder sich gewehrt.« Doch seine Augen verrieten: Dieses Argument überzeugte ihn nicht. Grant spürte geradezu körperlich, wie unzufrieden der Detective mit der Auslegung der Tat als Raubüberfall war.

»Das klingt nicht nach Lee. Er hätte niemals Kates Leben

aufs Spiel gesetzt.« Grant schraubte den Deckel auf die Flasche. Zu fest, der Deckel brach.

»Kriminelle sind Abschaum. Manchen von ihnen verschafft es Befriedigung, jemanden umzubringen. Drogen bringen Menschen dazu, verrückte Dinge zu tun, und Süchtige machen alles, um sich mehr Drogen zu verschaffen.«

Grant lehnte sich nach vorn, stützte die Ellbogen auf den Schenkeln ab, die Wasserflasche noch immer in der Hand. Eindringlich sah er McNamara in die ruhigen braunen Augen. »Drogensüchtige arbeiten schlampig. Der Mord an Lee klingt … effizient.«

»Vielleicht.«

»Haben Sie irgendwelche Beweise?«, erkundigte sich Grant. Der Mord lag jetzt drei Tage zurück. »Die Mordwaffe? Fingerabdrücke? Videos einer Überwachungskamera? Irgendetwas? Hat jemand die Schüsse gehört?«

McNamara verneinte. »Unglücklicherweise gibt es keine Überwachungskameras in dieser Gegend. Es ist eine ruhige Seitenstraße. Die Kreditkarten der beiden wurden nicht verwendet, und ihre Handys sind nicht zu orten. Was bedeutet, die Akkus wurden entfernt oder zerstört. Das GPS des Wagens sendet nicht. Wahrscheinlich wurde es deaktiviert. Ich werde Sie aber über unsere Ermittlungen auf dem Laufenden halten, soweit mir das möglich ist.« Der Polizist stand auf und signalisierte damit das Ende der Unterhaltung. »Sobald Sie sich für ein Bestattungsunternehmen entschieden haben, können Sie sich an den Rechtsmediziner wenden. Man wird Sie anrufen, wenn die Leichen freigegeben wurden.«

Daraus schloss Grant, die Autopsien der beiden waren noch nicht abgeschlossen. Doch darüber wollte Grant jetzt ebenfalls nicht nachdenken. Er musste die Beerdigung seines Bruders organisieren, und das war schlimm genug, auch ohne sich Lees und Kates Leichen vorzustellen. Nur, wie viele geistige Bilder konnte er unterdrücken? Sein Gehirn war einem Sperrfeuer aus Szenen von Gewalt ausgesetzt. Er stellte die Flasche Wasser auf den Schreibtisch und presste die schweißnassen Handflächen gegen seine Jeans. Seine Lunge fühlte sich starr und unnachgiebig an, jeder Atemzug schmerzte ihn.

Besorgt musterte ihn McNamara. »Kann ich Ihnen auf irgendeine Weise behilflich sein, Major?«

»Meine Schwester wird in den nächsten Tagen eintreffen.« Bis dahin war Grant allerdings auf sich allein gestellt. Kate hatte nie über ihre Familie gesprochen. Lee hatte mehrfach ein Zerwürfnis zwischen ihr und ihren Eltern erwähnt. Wie konnte Grant sie kontaktieren? Und sollte er das überhaupt versuchen?

»Sie sollten sich übrigens der Tatsache bewusst sein, dass die Täter wahrscheinlich einen Schlüssel zum Haus Ihres Bruders besitzen und die Adresse kennen.«

»Ich werde gleich morgen das Schloss auswechseln lassen.« Grant erhob sich und gab McNamara die Hand zum Abschied. Er musste hier heraus. Das Temperaturgefühl seines Körpers war völlig durcheinander. Unter seiner Jacke baute sich eine fieberhafte Hitze auf.

McNamara begleitete ihn zum Parkplatz. Die feuchte Nachtluft versah seine Haut mit einem nassen Schimmer.

Grant setzte sich in den Fahrersitz, stellte den Motor an, überprüfte sein Handy. Keine Anrufe von Hannah oder Mac. Was Hannah betraf, kam das nicht unerwartet. Sie war unterwegs zwischen Jakarta und New York, und sie hatten sich schon mehrfach gegenseitig mit ihren Anrufen verfehlt. Aber wo zum Teufel steckte Mac?

Er fuhr die Hauptstraße entlang, in Richtung von Lees Haus. Seine Heimatstadt Scarlet Falls war eine kleine vorstädtische Gemeinde im Hinterland des Bundesstaates New York, etwa eine Stunde nördlich des Staatskapitols in Albany. Im Westen befanden sich die Appalachen, im Osten das Hudson

Valley. Es war eine malerische Stadt, aber die wirtschaftlichen Schwierigkeiten hier hielten schon seit Grants Kindheit an. Von einem Gedeihen konnte man in dieser Region kaum sprechen. Allerdings auch nicht von einer Pleite.

Mit anderen Worten, es war ein absoluter Durchschnittsort.

Und in diesem Stückchen normalen amerikanischen Vorstadtlebens waren Lee und Kate brutal ermordet worden. War es tatsächlich ein Raubüberfall gewesen? Oder steckte etwas noch Unheilvolleres dahinter?

Zehn Minuten nachdem er den eigentlichen Stadtbereich verlassen hatte, erreichte er die Nachbarschaft von Lees Haus. Die meisten Häuser hier waren groß und alt und standen auf riesigen Grundstücken. Mit einem Nullachtfünfzehn-Reihenhaus hatte Lee sich nicht zufriedengegeben, o nein. Vor anderthalb Jahren hatte er sein kleines erstes eigenes Häuschen verkauft und war in diese renommiertere Gegend gezogen. Offensichtlich war er in der Kanzlei recht erfolgreich gewesen. Etwa um die gleiche Zeit hatte er auch einen BMW geleast.

Grant bog rechts ab. Im schwachen Licht gelegentlicher Straßenlaternen wirkte die Gegend karg und öde. Als er zuletzt hier gewesen war, im Mai des Vorjahres, war alles grün gewesen, Büsche und Sträucher und Blumen hatten die Vorgärten geziert. Kinder und Jugendliche waren mit dem Rad unterwegs gewesen oder hatten Hockey auf der Straße gespielt, Mütter Kinderwagen zum Spielplatz geschoben. Jetzt hatten sich erwärmende Temperaturen für schmutzigen Schneematsch gesorgt, der tagsüber antaute und nachts wieder gefror. Das Eis schimmerte im Mondlicht. Seit der Highschool hatte Grant nicht viel Zeit hier verbracht. Der trübsinnige Anblick war noch deprimierender als die Bilder in seiner Erinnerung. Schon als Teenager hatte er es kaum erwarten können, die Stadt endlich zu verlassen. So als könnte es nur zu Stagnation führen, wenn er hierblieb.

Ein langer, schmaler Rasen führte zum alten viktorianischen Haus von Lee und Kate. Das Haus zur Rechten, im Cape-Cod-Stil erbaut, war dunkel, doch im zweistöckigen Gebäude im Kolonialstil zur Linken brannte noch Licht. Nur wenige Straßenlaternen spendeten unzureichende Beleuchtung. Grant bog am Briefkasten ab und fuhr in die Einfahrt, parkte. Das große Haus wirkte düster, nahezu abweisend. Bäume ragten über das Dach hinaus und fingen das Mondlicht ab. Nur die Scheinwerfer schufen einen klaren Pfad in der Dunkelheit und erleuchteten die Veranda.

Er stieg aus und starrte auf das Haus. Plötzlich wurde ihm bewusst: Er hatte keinen Schlüssel. Wie sollte er jetzt hineinkommen? Seufzend ging er um das Anwesen herum, überprüfte Fenster und Türen, doch alles war verschlossen. Am Ende musste er sich doch ein Hotelzimmer suchen. Das bedeutete allerdings, sich wieder ins Auto zu setzen und einen weiten Weg zurückzufahren. Unter diesen Umständen war die Versuchung groß, einfach im Wagen zu schlafen, trotz der feuchten Kälte. Der Vordersitz war bei Weitem nicht der schlimmste Ort, an dem er jemals eine Nacht verbracht hatte. Wenigstens gab es in Scarlet Falls keine Feinde, die ihm ans Leben wollten. Er ging zurück zum Mietwagen. Sein eigener Wagen, der in Texas in einer Garage untergestellt war, verfügte über einen Werkzeugkasten und eine Taschenlampe. Dieses Fahrzeug nicht.

Er öffnete den Kofferraum. Natürlich konnte er mit dem Wagenheber eine Scheibe einschlagen, aber dann musste er das Glas ersetzen. Es war vielleicht nicht der beste Plan. Sein Blick schweifte zum Nachbarhaus. Er erinnerte sich an Lees hübsche brünette Nachbarin. Während seines letzten Besuchs waren sie sich einige Male begegnet. Selbst nach zehn Monaten vergaß ein Mann eine Frau wie Ellie Roos ganz gewiss nicht.

»Kann ich Ihnen helfen?«

Grant wirbelte herum. Seine Hand suchte instinktiv nach der Pistole, traf jedoch nur eine leere Jackentasche.

Eine zierliche ältere Frau stand in der Einfahrt. Ihre Gesichtszüge waren in der Dunkelheit nicht zu erkennen, aber die Schrotflinte, die sie hielt, war nicht zu übersehen. Er erstarrte. Seine Adrenalinproduktion beschleunigte beim Anblick der Waffe. Seine Gedanken führten ihn zurück zum Überfall, zu einer Gestalt in Wüstentarnuniform, die die Waffe auf ihn gerichtet hatte.

Wie war es ihr nur gelungen, sich anzuschleichen? War er so sehr abgelenkt?

»Lassen Sie den Wagenheber fallen«, forderte sie ihn auf. »Und bewegen Sie sich nicht.«

»Ich werde mich ganz bestimmt nicht bewegen«, versicherte er ihr und hob die Hände, als die Schrotflinte vom Kaliber zwölf direkt auf seine Brust zielte.

KAPITEL 4

»Nan!« Ellie blinzelte in die Dunkelheit. Der Mann, der da in der Einfahrt ihrer Nachbarn stand, von ihrer eine Schrotflinte schwingenden Großmutter in Schach gehalten, kam ihr bekannt vor, doch ihre Augen hatten sich noch nicht an die Dunkelheit gewöhnt, und er stand im Schatten des offenen Kofferraums. »Du kannst nicht einfach jemanden mit der Waffe bedrohen!«

»Er ist um das Haus herumgeschlichen! Es sah aus, als wolle er einbrechen.« Nans weißer Sportschuh klopfte gegen das Pflaster. Im Haus war wildes Bellen zu hören. »Als Frau kann man gar nicht vorsichtig genug sein. Die Kriminalität ist hier seit einiger Zeit auf dem Vormarsch.«

»Er hat den Wagen in der Einfahrt geparkt, Nan. Das ist wohl kaum kriminelles Verhalten.« Sachte nahm Ellie ihrer Großmutter die Schrotflinte ab und richtete die Mündung nach unten. »Der Hund weckt noch Julia auf. Kannst du bitte hineingehen und ihn beruhigen?« Sobald Nan verschwunden war, wollte Ellie den Mann überreden, weder die Polizei noch die Psychiatrie zu rufen, um das Verhalten ihrer Großmutter zu melden.

Nan warf ihr einen vielsagenden Blick zu, gab jedoch nach und marschierte in Richtung des Hauses.

Der Fremde schloss den Kofferraum und drehte sich zu ihr um. Jetzt erkannte sie ihn – über eins neunzig groß und mit breiten Schultern, die die braune Lederjacke vollständig ausfüllten: Es war Lees Bruder. »Grant?«

»Hallo, Ellie.«

Trauer füllte ihre Kehle. »Mein Beileid.«

»Danke.« Er räusperte sich.

»Ich muss mich für meine Großmutter entschuldigen«, sagte sie. »Sie hat genug von Reportern und Fotografen. Außerdem sind tatsächlich einige um das Haus herumgeschlichen und wollten einbrechen. Wir haben schon mehrfach die Polizei gerufen. Man hat uns gewarnt, es sei nicht ungewöhnlich, dass Kriminelle sich das Haus von Mordopfern vornehmen, sobald die Namen erst einmal freigegeben worden sind. Kann ich etwas für dich tun?«

»Ich habe keinen Schlüssel. Ich hatte gehofft, ich finde ein offenes Fenster oder eine offene Tür, hatte aber kein Glück.«

»Ich habe einen Schlüssel. Komm mit ins Haus, ich hole ihn dir.«

»Ich wollte gerade an deine Tür klopfen.« Er klang dankbar. »Keine Ahnung, warum ich das nicht gleich getan habe.«

»Nun, du hast momentan sehr viel um die Ohren.« Jetzt, wo die Krise überstanden war, zitterte sie vor Kälte. Sie hatte sich nicht einmal die Zeit genommen, eine Jacke zu schnappen, als sie gesehen hatte, wie ihre Großmutter den Mann vor dem Nachbarhaus bedrohte. Jetzt allerdings spürte sie nur zu deutlich, ihre mit Spachtelmasse verschmierte Kleidung, T-Shirt und Jeans, war kein Schutz gegen die Nachtluft.

Sie überquerten die beiden mit Schnee verharschten breiten Vorgärten und stapften die Stufen hinauf. Das Verandalicht beleuchtete sein Gesicht. Er hatte die gleichen blauen Augen und blonden Haare wie Lee, aber damit endeten die Gemeinsamkeiten auch bereits wieder. Lee, hochgewachsen und schlank, hatte Ellie oft an Gregory Peck in seiner Rolle als Atticus Finch erinnert. Er war bescheiden, wirkte wie ein Lehrer oder Professor. Grant war größer und erheblich muskulöser. Sie spürte seine dominante physische Präsenz an jedem entblößten Quadratzentimeter ihrer Haut. Selbst wenn sie nicht gewusst hätte, dass er Soldat war, die Härte seines Körpers, die Bereitschaft seiner Haltung und die Wachsamkeit seiner Augen hätten es ihr verraten. Trotz der Trauer, die sich in sein Gesicht gegraben hatte, konnte sie nicht umhin – sie war fasziniert von ihm. Die zehn Monate in der Wüste hatten seine skandinavisch geschnittenen Züge noch schärfer werden lassen. Er wirkte definierter, härter. Gut ausgesehen hatte er schon immer, aber jetzt trat seine Männlichkeit zehnfach stärker hervor. Seine Haltung, sein Körper waren schlanker, zielgerichteter, reaktionsbereiter.

Er ertappte sie dabei, wie sie ihn musterte. Ein leises Lächeln zuckte um seine Lippen, und sie errötete.

Sie wandte sich vom Licht ab und öffnete die Tür. AnnaBelle lief auf die Veranda. Sie bellte wie ein gefährlicher Hund, doch sie begrüßte den Neuankömmling mit Schwanzwedeln und einem freudigen Jaulen.

»Braver Hund!« Grant beugte sich herunter, um ihr den Kopf zu tätscheln.

»Sie gehört Carson«, erklärte Ellie.

Grant hielt mitten im Streicheln inne. Ein Schatten fiel über sein Gesicht, ließ ihn in wenigen Sekunden Jahre altern. »Ich wusste gar nicht, dass sie einen Hund hatten.«

»Sie haben sie noch nicht lange. Lee hat sie im Sommer aus dem Tierheim geholt. AnnaBelle und Carson sind die besten Freunde.« Sie trat ins Haus und schlüpfte aus den Stiefeln. Dann drehte sie sich um und klopfte sich gegen die Oberschenkel. »Komm her, AnnaBelle!«

»Kommen die Kinder nach Hause?«, erkundigte sich Ellie. Tränen füllten ihre Augen. »Das Jugendamt hat mir nicht erlaubt, sie zu mir zu nehmen, und mein Antrag auf Zulassung als Notfallpflegemutter ruht über das Wochenende in der bürokratischen Vorhölle. Man hat mir erklärt, die Hintergrundüberprüfungen würden eine gewisse Zeit in Anspruch nehmen.« Der Hund lief um sie herum, brachte sie ins Stolpern. Sie fing sich wieder und drängte den überbegeisterten Golden Retriever sanft aus dem Weg. »Immerhin durfte ich den Hund behalten.«

»Die Kinder kommen morgen früh zurück.« Er trat die Stiefel an der Fußmatte ab. »Heute Abend wollte man sie nicht aus dem Schlaf holen. So lauten die Richtlinien.«

»Ja, über die Richtlinien des Jugendamts habe ich während des Wochenendes eine Menge gelernt.« Ellie schluckte ihre Bitterkeit hinunter.

Hund und Mann folgten ihr ins Haus. Im Flur klappte sie die Schrotflinte auf, nahm die Patronen heraus und schloss die Waffe in einem sicheren Behältnis im Garderobenschrank im Flur ein. »Du bist noch immer in Afghanistan stationiert?«

»Ja. Ich habe Sonderurlaub bekommen.«

Sie führte ihn ins Wohnzimmer, in dem noch das Chaos ihrer Renovierungsarbeiten herrschte.

»Wie geht der Umbau voran?«, erkundigte er sich und deutete auf den Bogendurchgang, wo sich Spachtelmasse, Werkzeuge und mehr an der Stelle breitmachten, an der eigentlich ein Esstisch hätte stehen sollen.

»Langsam.« Sie ging in die Küche. Die Küchenschränke leuchteten in einem Neongelb, das in den Augen schmerzte, und die Tapete, die sich an einigen Stellen ablöste, zeigte Sonnenblumen von der Größe eines menschlichen Kopfes. Das verblasste Linoleum unter ihren Füßen war einmal schwarz gewesen. Der Gesamteindruck war abstoßend. »Ich freue mich schon darauf, wenn ich endlich die Küche angehen kann. Hier komme ich mir ständig vor, als würde ich von Riesenhummeln angegriffen. Das ist meine nächste Aufgabe. Ich will ein paar Wände einreißen, wir werden also eine Weile im Staub leben müssen.«

»Als wir uns das letzte Mal unterhalten haben, warst du noch mit dem Badezimmer beschäftigt.«

Er erinnerte sich also ... Wärme stieg in Ellie auf. Sie waren sich nur einige, dafür aber umso denkwürdigere Male begegnet. Es war offensichtlich gewesen, Kate hatte sie beide miteinander verkuppeln wollen. Während des zweiwöchigen Besuchs von Grant im letzten Mai hatte sie Ellie öfter zum Grillen eingeladen als im gesamten nachfolgenden Sommer.

Ellie deutete auf den beiseitegeschobenen Tisch. »Willst du dich setzen? Möchtest du einen Kaffee?«

»Nein, danke«, lehnte Grant ab. Im beengten Raum wirkte seine Größe noch beeindruckender. Dieser Mann war wirklich solide. Er musste im Nahen Osten hart trainiert haben – inzwischen besaß er Muskeln über seinen Muskeln. Nicht dass sie ihn anstarren würde. Nicht sehr jedenfalls. »Ich möchte nach der langen Reise einfach nur zur Ruhe kommen.«

»Das kann ich mir vorstellen. Ich hole den Schlüssel.« Sie öffnete eine Schublade, wühlte in Flaschenöffnern, Stiften und anderem Krimskrams herum, der sich im Laufe der Zeit angesammelt hatte. »Ich weiß genau, dass er hier ist. Gestern habe ich ihn noch benutzt.«

Im Flur waren die leisen Schritte von Füßen in Hausschuhen zu hören, und schon kam Nan ins Zimmer. Ihre unstillbare Neugier hatte sie zu ihrem Gast geführt, wie eine Biene von Limonade angelockt wird. Sie musterte Grant im grellen Küchenlicht von oben bis unten, und im Bruchteil einer Sekunde verwandelte sich das Misstrauen in ihren Augen unter dem Schopf an weichen, gefärbten braunen Haaren in Interesse.

Oh, oh!

Ellie deutete auf Grant. »Nan, das ist Major Grant Barrett, Lees Bruder. Du warst in Florida, als er im letzten Frühjahr hier war.«

Nans Blick wurde weich. Sie ging auf ihn zu und nahm seine beiden Hände. Tränen standen in ihren Augen. »Es tut mir so leid, Major. Ihr Bruder war ein so netter Mensch!«

Seine Lippen pressten sich zusammen, und sein Adamsapfel bewegte sich, als er schluckte. »Ich danke Ihnen. Bitte nennen Sie mich doch Grant.«

»Grant braucht den Schlüssel zum Haus«, erklärte Ellie. Endlich entdeckte sie ihn, auf einem Haken. AnnaBelle folgte ihr zum Schlüsselbrett und zurück. »Können wir sonst noch etwas für dich tun?«

»Heute Abend nicht«, erwiderte er und nahm den Schlüssel entgegen. »Aber bestimmt habe ich morgen einige Fragen an dich, vor allem, wenn die Kinder wieder zu Hause sind. Ich danke dir, dass du dich um den Hund gekümmert und auf das Haus aufgepasst hast.«

»Das war doch das Mindeste, das ich tun konnte.« Ellie ging in die Speisekammer und holte einen zwanzig Kilo schweren Sack mit Hundefutter.

Grant eilte auf sie zu. »Lass mich das nehmen.« Er klemmte sich den Sack unter den Arm, als würde er nicht mehr wiegen als eine Tüte Mehl. Bewusst vermied sie es, das Spiel seiner Muskeln unter dem Pullover zu beobachten. Was ihr teilweise gelang. Das war kaum der passende Zeitpunkt, um die körperlichen Vorteile des Majors zu bewundern. Nur zu sehr war ihr allerdings bewusst, wie beeindruckend sie waren. Ihr drängte sich eine Erinnerung an den letzten Mai auf, als Grant mit Carson im Garten gespielt hatte. Carson hatte seinen Onkel mit dem Gartenschlauch nass gespritzt. Die Bilder von Grant, der sich das nasse T-Shirt auszog, es auswrang und seinen kichernden Neffen zu fangen versuchte, hatten sich während der letzten zehn Monate in Ellies Gehirn gebrannt. Wie ein YouTube-Video hatten sie sich wieder und wieder abgespielt, meistens zu sehr unpassenden und ungelegenen Zeitpunkten. So wie jetzt.

Sie legte eine Hundeleine auf das Hundefutter. »Meistens braucht sie keine Leine. Sie kommt, sobald du sie rufst.«

»Mom?«

Alle Köpfe drehten sich in Richtung des Türbogens, unter dem ihre Tochter Julia stand.

»Erinnerst du dich an Major Barrett?«

Julia nickte. »Es tut mir wirklich leid.« Sie schniefte, eine Träne trat aus einem schlafverquollenen Auge, und sie holte tief und zitternd Atem. Der Tod der Barretts hatte sie schwer getroffen. Sie hatte nicht nur oft auf Carson und Faith aufgepasst, sondern Kate war auch Julias Trainerin im Eiskunstlauf gewesen.

Ellie ging zu ihrer Tochter und legte ihr einen Arm um die Schultern. Ihre erotischen Gedanken an den heißen Major verblassten, bildeten eine weitere Schicht über ihrer Trauer. Wenn die Dinge anders lägen, wenn er nicht ein ehrgeiziger Berufssoldat und Offizier wäre, der ständig in der ganzen Welt unterwegs war, wenn die schlechten Erfahrungen ihrer Vergangenheit sie nicht so behindern würden, wenn die Umstände ihrer Begegnung nicht so von Trauer bestimmt wären … ja, dann hätte sich zwischen ihnen vielleicht etwas entwickeln können.

Aber das waren zu viele Wenns, und an keinem davon konnte sie etwas ändern.

Grant machte einen Schritt in Richtung Ausgang, als könnte er nicht schnell genug entkommen. »Es ist schon spät. Ich gehe jetzt besser. Danke noch mal.«

Er rief nach dem Hund, der bereitwillig mitkam, immer erfreut, ein neues menschliches Wesen kennenzulernen. Ellie begleitete die beiden bis zur Veranda. AnnaBelle folgte Grant über das Gras und die Stufen zum Nachbarhaus hinauf. Ellie schloss die Tür und verriegelte sie.

»Gute Nacht«, sagte Julia. Sie rieb sich die Oberarme und verschwand nach oben.

Nan stand in der Küche, eine Faust gegen die Hüfte gestemmt, die Augenbrauen zusammengezogen, tief in Gedanken versunken. »Dieser Mann wird Hilfe brauchen«, bemerkte sie.

Ellie verschränkte die Arme vor der Brust. »Wenn Grant Hilfe braucht, wird er darum bitten. Bis dahin kümmern wir uns um unsere eigenen Angelegenheiten.«

Nan ignorierte sie und räumte Dinge in der Küche hin und her. »Er sieht gut aus. Fit ist er ebenfalls. Und sauber. Ich hatte schon immer ein Faible für Männer in Uniform.«

»Er trug keine Uniform.«

»Ich besitze eine gute Vorstellungskraft.« Wie gut, dass Nan im letzten Mai nicht hier gewesen war. Wenn sie Grant mit nacktem Oberkörper zu sehen bekommen hätte …

»O nein!« Ellie drohte ihrer Großmutter mit dem Finger. »Damit fängst du gar nicht erst an!«

»Womit soll ich nicht anfangen?« Nan hob betont unschuldig eine Schulter. »Ich habe lediglich eine Feststellung gemacht.«

»Lass es«, erwiderte Ellie. »Er hat nur Urlaub, er wird nicht bleiben.«

»Aha!« Nan holte eine Kastenkuchenform aus dem Schrank.

»Ich lasse mich nicht auf unverbindliche Beziehungen ein.«

Nan schnaubte. »Du lässt dich auf überhaupt keine Beziehungen ein!«

»Nan!«, protestierte Ellie.

Ihre Großmutter hob den Finger. »Sieh mal, du hast einen Fehler gemacht, als du jung warst. Aber der einzige Mensch, der dich dafür noch immer bezahlen lässt, bist du selbst. Ich kann die Anzahl deiner Dates in den letzten Jahren an den Fingern einer meiner faltigen alten Hände abzählen. Du musst die Sache einfach hinter dir lassen und nach vorn schauen.«

»Ich war mit einem Mann zusammen, der meistens abwesend war. So etwas mache ich nicht noch einmal.« Ellie hatte weit mehr Freude am Renovieren als daran, sich mit einem Mann zu treffen. »Außerdem übertreibst du maßlos. Ich hatte weit mehr Verabredungen. Es ist jetzt nur schon eine Weile her. Ich bin halt sehr beschäftigt.«

»Sehr viel mehr Verabredungen waren es nicht.« Nan zog ihr Kästchen mit den Rezepten nach vorn und blätterte durch die handbeschriebenen Karteikarten mit ihren Fettflecken.

»Was machst du da?«

»Ich bin hellwach.« Nan holte das Mehl aus der Speisekammer. »Ich werde einen Kuchen backen.«

»Es ist schon nach elf!«

»Wenn Carson nach Hause kommt, möchte er bestimmt etwas essen, das er kennt.« Das war ganz typisch für ihre Großmutter – sie verwandelte ihre Schlaflosigkeit in Futter für die Seele für ein trauriges Kind. »Und starke Männer wie Grant müssen tüchtig essen.«

Nan hatte Ellie ohne einen einzigen Vorwurf aufgenommen, als sie mit siebzehn bei ihrer Großmutter aufgetaucht war, schwanger, der Vater des Kindes unterwegs zur Westküste, nachdem ihre Eltern sie aus dem Haus geworfen hatten. Was geschehen ist, ist geschehen, hatte sie gesagt. Denken wir an die Zukunft. Am nächsten Tag hatten sie eine hübsche Wandfarbe ausgesucht und damit begonnen, die Abstellkammer in ein Kinderzimmer zu verwandeln.

Nan hielt inne, das Mehl noch in der Hand, und starrte auf ihr Spiegelbild im dunklen Glas des Küchenfensters. »Ich kann einfach nicht schlafen. Ich muss ständig an Lee und Kate und diese armen Kinder denken.«

Ihre Großmutter musste nicht weitersprechen. Auch Ellie konnte ihre Freunde nicht vergessen. Ihre Kehle verengte sich, und ihre Augen brannten von ungeweinten Tränen.

»Grant wird die Kinder morgen holen.« Sie legte einen Arm um ihre Großmutter.

»Gott sei Dank!«

»Allerdings.«

Schweigend standen sie eine Weile da, beide in ihre eigenen Gedanken versunken.

Nans Gedanken befassten sich wahrscheinlich mit Grant.

Doch Ellie war nicht bereit, sich erneut der Gefahr auszusetzen, verlassen zu werden. Es gefiel ihr, allein zu sein. Es war ein wenig einsam, aber in Ordnung.

»Ich gehe zu Bett.« Ellie ging zurück ins Wohnzimmer und überprüfte, ob die Spachtelmassetube fest verschlossen war. In ihrem Schlafzimmer sah sie aus dem Fenster. Im Nachbarhaus brannten Lichter. Wie Grant wohl mit den Kindern zurechtkam? Carson war einfach im Umgang, aber Trauer konnte selbst ihn zu einer Herausforderung machen. Und dann war da Faith. Wie sollte ein Junggeselle aus dem Militär mit den vielen Stunden Schreien fertigwerden? Kate pflegte immer zu sagen, das Baby verfügte über die kräftige Lunge eines olympischen Athleten.

Die arme Kate.

Lee hatte Ellie länger gekannt. Er war auch derjenige gewesen, der sie überredet hatte, dieses Haus als ihr nächstes Projekt zu kaufen. Aber zu Kate hatte sich sofort eine Freundschaft entwickelt, seit sie Nachbarn geworden waren. Sie hatten viel gemeinsam. Beide hatten sie keinen Kontakt mehr zu ihren Eltern. Kate wusste genau, wie sich das anfühlte, wenn man seine Mutter zum Beispiel Weihnachten nicht anrufen konnte. Und jetzt hatten Faith und Carson ebenfalls keine Mutter mehr, die sie später einmal anrufen konnten.

Ellie hatte Mühe zu atmen. Sie ging ins Badezimmer. Das

war der erste Raum, den sie nach dem Hauskauf renoviert hatte. Cremefarbene Porzellanfliesen hatten das pinkfarbene und schwarze Motiv aus den Fünfzigern ersetzt. Sie drehte das Wasser in der Regendusche auf, zog sich aus und trat darunter. Das Wasser war noch immer kalt. Sie glitt an der gefliesten Wand herab und ließ ihren Tränen freien Lauf. Wieder sah sie Carson auf dem Kinderautositz im Wagen der Sozialarbeiterin vor sich, das schreiende Baby, den jaulenden Hund, der ihnen nachlaufen wollte. Noch immer spürte Ellie den Biss der Nachtluft auf ihren tränenüberströmten Wangen, so kalt und real wie das Wasser der Dusche, das jetzt auf sie herabprasselte.

Wie lange hatte Grant Urlaub? Was machte er mit den Kindern, wenn er zum Militär zurückkehrte? Und, noch wichtiger, was fingen die Kinder dann ohne ihn an? Lee hatte zwei weitere Geschwister, aber wo waren die? Kate hatte ihre Eltern seit zehn Jahren nicht mehr gesehen, und den Geschichten zufolge, die sie erzählt hatte, waren ihre Kinder ohne diese Großeltern auch besser dran. Ellies Brust schmerzte vor Trauer, wenn sie an diese beiden Waisen dachte.

Das Wasser erwärmte sich, ließ ihre Gänsehaut verschwinden. Sie richtete sich auf und wusch sich das Gesicht. Lees und Kates Kinder waren nicht ihre Verantwortung – ebenso wenig wie der Hund, den sie bereits vermisste –, das hatte ihr die Frau vom Jugendamt nur allzu deutlich gemacht. Wie Ellie bereits Nan gesagt hatte, sie würde sich um ihre eigenen Angelegenheiten kümmern, bis Grant sie um Unterstützung bat. Er hatte seine Familie. Er brauchte keine neugierigen Nachbarn, die sich ihm in einer ohnehin schon schwierigen Situation aufdrängten. Leicht würde es allerdings nicht werden, sich herauszuhalten angesichts der Anziehungskraft, die Grant auf sie ausübte, und ihrer Sorge um die Kinder.

* * *

Grant schloss die Tür zum Haus seines Bruders auf. Er pfiff nach dem Hund, der auf dem schneebedeckten Rasen herumschnüffelte. »Komm her, Mädchen!«

Drei weibliche Wesen in Tränen, das war mehr, als er verkraften konnte. Ihr vereintes Mitgefühl drohte den ohnehin schwachen Griff seiner Selbstkontrolle zu lösen. Andererseits konnten die langen dunklen Haare von Ellie, ihre Sommersprossen und ihre großen braunen Augen einen Mann durchaus verführen, sich von ihr trösten zu lassen.

Er löste seine Gedanken bewusst von der hübschen Nachbarin. In weniger als einem Monat war er wieder zurück in Afghanistan, und Ellie mit ihrer gesunden, natürlichen Ausstrahlung war ganz gewiss keine Frau, die sich auf einen unverbindlichen Flirt einließ.

Grant hatte sich immer zu sehr auf seine militärische Karriere konzentriert, um eine Beziehung in seinem Leben unterzubringen. Er wollte irgendwann einmal General werden, und das forderte seine volle Aufmerksamkeit. Er hatte gesehen, wie zu viele seiner Kameraden ihre Familie zu Hause vermissten, und er war zu oft dabei gewesen, wenn der mit einer Flagge bedeckte Sarg eines Vaters oder einer Mutter zurück in die Vereinigten Staaten transportiert wurde. Während seiner Jugend hatte er aus erster Hand erlebt, welche Opfer die Familie eines Armeeangehörigen erbringen musste. Bisher hatte Grant sich ausschließlich auf weibliche Offiziere eingelassen, die nicht die geringste Absicht hatten, eine Familie zu gründen. Dennoch war es Ellie gelungen, seine Gedanken in mehr als einer kalten, einsamen Nacht in der Wüste auf sich zu ziehen.

AnnaBelle schnüffelte an einem Strauch im Blumenbeet vor der Veranda, dann trottete sie zur offenen Tür. Im Eingang warf Grant die Schlüssel auf den Flurtisch und setzte sich auf den Stuhl, der danebenstand, um sich die nassen Stiefel auszuziehen. Das Haus war über hundert Jahre alt und wies eine klassische Mitteltreppe auf sowie unzählige kleine Räume und enge Gänge. Alles war dunkel, von den stellenweise beschädigten Holzböden bis hin zu den Verzierungen um Fenster und Türen. Ihm gefiel das Haus überhaupt nicht. Warum hatte Lee es nur unbedingt haben wollen? Er hatte von Renovierungsarbeiten gesprochen, Wände einreißen, neue Fenster einbauen wollen, um mehr Licht ins düstere Haus zu bringen, aber offensichtlich war nichts davon geschehen, seit er zuletzt hier gewesen war. Lediglich der nicht funktionierende Speiseaufzug war zugenagelt worden. Die Erinnerung an Lees kindliche Freude, als sie in das Haus gezogen waren, etwas, das man nur selten erleben konnte, brachte Grant zum Lächeln. Zuerst hatte Lee den Speiseaufzug reparieren wollen, doch Kate hatte Todesangst gehabt, Carson könnte in den Schacht fallen. Wie immer hatte die praktisch orientierte Kate gewonnen.

Der Hund folgte ihm in die Küche. Grant füllte eine Schüssel mit Wasser und stellte sie auf den Boden. Hinter dem Tisch gab ein Erkerfenster den Blick auf den verschneiten Wald frei, der an das Haus grenzte. Im vergangenen Frühling hatten Lee und Kate oft im Hinterhof gegrillt. Das diente alles den nicht gerade subtilen Versuchen, Grant und Ellie zusammenzubringen. Er sah sie noch vor sich, auf dem Rasen, in einem Sommerkleid, das ihre glatten Schultern und sonnengebräunte lange Beine zeigte. Ihr Lächeln hatte ihn herausgefordert, sie näher kennenzulernen. Sehr viel besser. Es hatte Grant seine gesamte Entschlossenheit gekostet, die Distanz zu wahren. Wenige Wochen vor einem neuen Einsatz war nicht gerade der beste Moment, eine Beziehung zu beginnen. Nicht dass er jemals Zeit für ein Privatleben gehabt hätte.

Im angrenzenden kleinen Wohnzimmer ließ er sich auf ein Sofa fallen. Er nahm die Fernbedienung, schaltete den Fernseher an, klickte sich durch die Kanäle, bis er ein Hockeyspiel fand, achtete jedoch kaum auf den Bildschirm. Lees und Kates Tod erschienen ihm so sinnlos und surreal. Und morgen kamen die Kinder nach Hause. Wie sollte er bloß mit einem Baby umgehen, das er noch nie gesehen hatte, und einem trauernden Sechsjährigen, dem er vor zehn Monaten das letzte Mal begegnet war?

KAPITEL 5

Donnie kauerte sich in den Fahrersitz seines Vans und beobachtete den Hünen und den Hund, die das Haus der Barretts betraten. Er ließ das Fernglas sinken. Wer war das?

Verdammt!

Diesen Mist konnte er jetzt wirklich nicht brauchen. Er riss sich die Strickmütze vom Kopf und rieb sich heftig die Haarstoppeln. Er hatte einfach kein Glück mit diesem Auftrag. Dreimal hatte er jetzt bereits versucht, nachts ins Haus zu kommen, und alle drei Male war er entdeckt worden. Diese Schlampe im Nachbarhaus rief ständig bei der Polizei an. Er musste ihr wirklich einmal eine Lektion erteilen. Eine extrem harte Strafe würde ihr schon beibringen, gefügig zu sein. Es gab so viele verschiedene Möglichkeiten, ihren Körper zu missbrauchen …

Ein Gedanke drängte sich in seine Fantasien, und er erinnerte sich an seine eigenen Lektionen. Noch immer konnte er den Beton unter seinen Handflächen und Knien spüren und die Hiebe in sein Gesicht, auf seinen Körper, als man ihn geschlagen hatte, bis er darum bettelte aufzuhören. Die Demütigung hatte seine Seele gebrochen. Er hatte nicht nur die ultimative physische Erniedrigung erlebt, sondern auch noch darum flehen müssen, um die Folter zu beenden. Blut war ihm aus Augen und Mund gelaufen. Und jetzt war er so verkorkst, dass ihm der metallische Geruch oder Geschmack von Blut sofort eine Erektion verschaffte.

Sobald er diesen Job erledigt hatte, würde er sich erleichtern und seine Frustrationen loswerden. Er wandte seine Aufmerksamkeit wieder dem Haus zu, das er beobachtete. Die ganze Sache war am falschen Ende aufgezäumt. Eigentlich sollte das Umbringen der harte Teil sein und ganz einfach, sich zurückzuholen, was man haben wollte. Stattdessen war der Mord mühelos verlaufen, mehr als mühelos – geradezu euphorisch gut hatte er sich dabei gefühlt.

Auf der eisigen Straße war so viel Blut gewesen, er hatte gleich anschließend die Dämonen austreiben müssen, mit seiner neuen Freundin. Wie gut, dass sie ebenso sehr darauf stand, Schmerzen zu erleiden, wie er darauf, sie zuzufügen.

Er kaute an einem eingerissenen Stück Nagelhaut, das nach Bratfett schmeckte. Je länger er hier im Auto saß, desto mehr stiegen die Chancen, dass man ihn erwischte. Obwohl die Bullen bislang, den Nachrichten zufolge, noch nichts in der Hand hatten. Natürlich, sie behaupteten, die Ermittlungen würden vorangehen, aber er wusste genau, das bedeutete: Sie tappten im Dunkeln. Seine Fingerabdrücke und seine DNA waren in der Datenbank. Wenn er am Tatort irgendetwas hinterlassen hätte, würden sie schon überall sein Fahndungsfoto verbreiten. Schließlich rasierte er sich nicht um der Mode willen von Kopf bis Fuß.

Was die Morde betraf, war er also aus dem Schneider. Aber sein Kunde hielt die Restzahlung zurück, bis der Auftrag abgeschlossen war. Er konnte nicht ewig hier draußen sitzen. Irgendwann musste die Nachbarin ihn bemerken. Er schrieb sich das Kennzeichen des Wagens in der Einfahrt auf. Wahrscheinlich war es ein Mietwagen, aber er würde das überprüfen. Anschließend konnte er sich über die Internetseite in die Datenbank der Mietwagenfirma hacken und sich den Namen dieses hochgewachsenen Mistkerls verschaffen, der ihn davon abhielt, seine Arbeit zu Ende zu bringen.

Er hätte sich auf die Internetkriminalität beschränken sollen. Dabei musste er nicht in einem kalten Auto sitzen und sich den Arsch abfrieren. Aber nach achtzehn Monaten Haft hatte es ihn zur Gewalt gedrängt. Wut hatte sich in ihm aufgestaut, bis der innere Druck seine Haut zum Jucken gebracht hatte. Die Barretts umzubringen hatte die Spannung gelöst. Er brauchte das einfach, anderen Schmerz zuzufügen. Umso besser, wenn er dafür auch noch bezahlt wurde.

Er schob sich die Mütze wieder auf den Kopf, blies sich auf die gewölbten Hände. Sein Atem bildete einen Nebel vor seinem Gesicht. Dieser verdammte März war noch immer saumäßig kalt. Allerdings kam es nicht infrage, den Motor laufen zu lassen, um sich zu wärmen. Nichts war so lausig wie eine Überwachung im Winter. Viel anderes blieb ihm allerdings nicht übrig. Er musste in dieses Haus gelangen, und zwar bald. Er hatte den Vorschuss längst ausgegeben, und sein Kunde wurde langsam nervös.

Zu irgendeinem Zeitpunkt musste das Haus der Barretts einfach einmal leer sein.

Falls nicht, musste er sich einen anderen Plan ausdenken, um sich das zu beschaffen, was er brauchte. Sein Blick wanderte zum Haus der Schlampe nebenan. Er fragte sich, wie viel sie wohl wusste.

Und was würde sie dazu bringen, ihm alles zu verraten?

Kapitel 6

Ellies zweite Tasse Kaffee auf ihrem Schreibtisch wurde kalt. Detective McNamara verließ das Büro ihres Chefs. Der Detective war am Freitagabend in Lees und Kates Haus gewesen, hatte ihr Fragen zu den beiden gestellt, nachdem man die Kinder fortgebracht hatte. Jetzt nickte er ihr auf dem Weg zur Milchglaseingangstür höflich zu. Ellie schluckte die Trauer hinunter, die in ihrer Kehle aufstieg. In ihrer Mittagspause wollte sie Nan anrufen und fragen, ob die Kinder wieder zu Hause waren. Sie fragte sich, wie es Grant wohl ging. Selbst voller Trauer war der Major noch immer so … solide, und damit meinte sie in diesem Fall nicht seine beeindruckende physische Gestalt.

Der Polizist war noch keine zwei Minuten verschwunden, als sie auch schon Gebrüll hinter der geschlossenen Tür ihres Chefs hörte.

»Was zum Teufel stellst du bloß an?«, schrie Roger Peyton senior. »Während ich noch hinter diesem Schreibtisch saß, ist dergleichen niemals vorgekommen. Soll ich etwa wieder die Leitung übernehmen?«

Gemurmel folgte, mit dem Roger Peyton junior seinen Vater zu beruhigen versuchte, der noch immer eisern die

Mehrheit der Anteile an der Kanzlei in seinen geizigen Fingern hielt. Nach weiteren fünf Minuten, in denen sich Gebrüll und Gemurmel abwechselten, öffnete sich die Tür, und ein bemerkenswert rüstiger Achtzigjähriger kam heraus. Der Stock in seiner Hand wirkte eher wie eine potenzielle Waffe und nicht wie eine Notwendigkeit. Ellie hielt den Blick starr auf den Computerbildschirm gerichtet. In Peyton seniors Augen steckte sie mit seinem Sohn unter einer Decke. Sobald er auf den Junior wütend war, erstreckte sich sein Zorn auch auf sie.

Er wandte ihr ein knochiges, falkenhaftes Gesicht zu. »Guten Morgen, Miss Ross.«

Das tiefe Grau seiner Augen überraschte sie immer wieder. Oft erwartete sie, die Augen stattdessen rot glühend zu sehen.

»Guten Morgen, Mr Peyton.« Ellie tippte weiter. Geschäftig auszusehen war die beste Möglichkeit, eine weitere Diskussion mit dem alten Miesepeter zu vermeiden. Der Kerl war durch nichts zufriedenzustellen – außer, Angestellte zu schikanieren und ordentliche Profite in der Bilanz zu entdecken. Das ganze Gebäude schien erleichtert aufzuatmen, als er das Büro verließ.

Ihre Sprechanlage meldete sich. »Ich brauche Sie in meinem Büro, Ellie.«

Ellie nahm ihren Stenoblock und marschierte über den blauen Teppichboden ins weiträumige Zimmer, in dem ihr Chef residierte.

Roger stand an der Zimmerbar und füllte ein Glas großzügig mit Glenfiddich.

Sie strich ihren Rock glatt und setzte sich auf den Ohrensessel aus rotem Leder vor seinem antiken Mahagonischreibtisch. Den Stift bereit, wartete sie. Rechts bot ein Erkerfenster den Ausblick zur First Street, umrahmt von blauen Samtvorhängen, die bis zum Boden reichten. »Wenn Sie morgens schon mit dem Trinken anfangen, wird er Sie noch überleben.«

Roger schnaubte. »Er wird mich überleben, ganz gleich,

was ich anstelle. Ich vermute ja, er hat mit dem Tod einen wasserdichten Vertrag geschlossen.«

Roger Peyton junior war mit seinen siebenundfünfzig Jahren einer der drei Sozien der Kanzlei *Peyton, Peyton and Griffin*. Er wartete nur darauf, dass sein Vater endlich das Zeitliche segnete. Bis zu diesem Zeitpunkt musste er sich alle wichtigen Entscheidungen von dem alten Mann absegnen lassen, der die Kanzlei in den geschäftlichen Traditionen der Fünfziger erhalten wollte. Es gab keine weiblichen Anwälte und keine männlichen Anwaltsgehilfen. Die Firma war klein genug, der strengen Gleichberechtigungsgesetzgebung zu entgehen. Die Männer trugen Anzug und Krawatte, die Frauen Rock, Nylons und Pumps. Legere Kleidung war nur etwas für den Abschaum, der nicht gut genug war, es in diese renommierte Kanzlei zu schaffen. Peyton senior liebte es auch, überraschend hereinzuschauen. Seine Arthritis stand seinem bisherigen Hobby Golf im Weg, und nun schienen es seine neuen Hobbys zu sein, überall Fehler zu finden und Leute anzubrüllen.

Wenn der alte Kerl endlich ins Gras biss, würde die Hälfte der Angestellten das mit Champagner begießen.

Ellie hatte in genügend Scheißjobs gearbeitet, um sich auf Kompromisse einzulassen. Wenn es ihr ein anständiges Gehalt und eine Krankenversicherung einbrachte, altmodisch zu sein, konnte sie so unmodern sein wie jeder andere, auch wenn sie dafür ab und zu ein Stückchen ihrer Seele opfern musste.

»Haben Sie Lees persönliche Gegenstände eingepackt?« Roger setzte sich wieder auf seinen Schreibtischstuhl, rückte sein doppelreihiges Jackett zurecht und zupfte an seinen französischen Manschetten. Dann nahm er einen tiefen Schluck Scotch und starrte sie lange an, als versuchte er, zu einer Entscheidung zu kommen.

»Ja«, antwortete sie. »Seine Sachen stehen bereit. Seine Familie kann sie abholen. Ich bin auch bereits dabei, seine

Mandanten zu organisieren. Heute Nachmittag verteile ich die Akten entsprechend Ihrer Liste an die anderen Anwälte.«

»Was würde ich nur ohne Sie machen?« Roger betrachtete die bernsteinfarbene Flüssigkeit in seinem Glas. »Wir stecken in großen Schwierigkeiten, Ellie. Und damit meine ich nicht nur die Tobereien meines Vaters wegen imaginärer Probleme, weil er sich so gern streitet.«

Sie straffte sich.

»Haben Sie die Akte gesehen?«

»Nein.«

Im letzten Monat hatten ein schwerer Fall von Mobbing und der anschließende Selbstmord der siebzehnjährigen Lindsay Hamilton die Stadt in ihren Grundfesten erschüttert. Die zwei angeblichen Anführerinnen der Kampagne, die es sich zum Ziel gesetzt hatte, Lindsay zu foltern, waren Mitglieder des Elite-Eiskunstlaufvereins, des *Valley Figure Skating Club*. Das war ein Eislaufteam, das an Wettbewerben teilnahm. Lindsay hatte sich ihm angeschlossen, als sie von Kalifornien nach New York gekommen war. Die Drangsalierer waren gleichzeitig auch noch Klassenbeste in der elften Klasse, Mitglieder der Schülermitverwaltung und zwei der hellsten Sterne in der Gemeinde. Ihre Familien waren tief in Scarlet Falls verwurzelt. Lindsays Eltern behaupteten, das Mobbing habe ihre Tochter dazu getrieben, sich das Leben zu nehmen. Die beiden mutmaßlichen Täterinnen und ihre Eltern bestritten das energisch. Keine Zeugen wagten es, Angaben zu machen. Von Wegwerfhandys aus waren Drohnachrichten gesendet worden, und auf Lindsays Handy hatte ein Handyvirus alle Daten gelöscht. Die Polizei hatte den Fall geschlossen. Aus Mangel an Beweisen war es nicht zu einer Anklage gekommen, aber Mr und Mrs Hamilton waren entschlossen gewesen, die Sache vor einem Zivilgericht zu verfolgen. In der Woche zuvor hatte Lee sich bereit erklärt, sie zu vertreten.

Der Hamilton-Fall war der einzige, der nicht einem anderen Anwalt zugewiesen worden war. Zu irgendeinem Zeitpunkt musste einer der Seniorpartner sich bei den Eltern melden. Bislang spielte Roger allerdings noch den Vogel Strauß. Dinge zu ignorieren und zu hoffen, dass sie sich von selbst erledigten, war ohnehin seine bevorzugte geschäftliche Praktik.

»Ich glaube, Lee hat die Akte mit nach Hause genommen. Ich brauche sie, Ellie, unbedingt. Sie müssen in sein Haus gehen und danach suchen.« Roger kippte den Rest seines Drinks hinunter, goss sich einen neuen ein, und diesmal brachte er die Flasche gleich mit zum Schreibtisch. »Hat Lee Ihnen gesagt, dass er den Fall der Hamiltons übernimmt?«

»Ja, das wusste ich. Die Hamiltons hatten einen Termin an dem Tag, als er … umgekommen ist.« Sie brachte das Wort *ermordet* nicht über die Lippen. Der Gedanke an Lees und Kates Tod fühlte sich noch immer fremd und irreal an. Die Dinge laut auszusprechen schmerzte. Sie hielt dem Blick ihres Chefs stand und beschloss, ihm nichts von dem vorangegangenen Treffen zwischen Lee und den Hamiltons zu sagen, ein paar Tage vor seinem Tod.

»Hat er den Fall irgendjemandem gegenüber erwähnt?« Kalte Wut beherrschte Rogers graue Augen. Ellie wusste genau, warum ihr Chef so zornig war. Lee hatte sich die Übernahme des Falls nicht vorab durch Roger genehmigen lassen. Man erwartete es von den jungen Anwälten, neue Mandanten und Fälle zu bringen. Allerdings war es ein ungeschriebenes Gesetz, bei heiklen Angelegenheiten vorab die Zustimmung der Partner einzuholen. Lee war sich seiner Chancen für eine solche Genehmigung offenbar nicht sicher gewesen und hatte sich stattdessen entschieden, lieber auf eine nachträgliche Vergebung zu bauen statt auf eine vorherige Zustimmung. Er hatte die Hamiltons beim ersten Termin in ihrem Heim besucht, statt sie in die Kanzlei zu bestellen; was, in der Rückschau, ein weiteres Anzeichen dafür war, dass er Roger in die Sache nicht involvieren wollte. Jetzt musste Roger die Kritik für Lees Entscheidung einstecken. Der Fall Hamilton war höchst umstritten, und der konservative Senior Peyton wollte mit umstrittenen Angelegenheiten nichts zu tun haben. *Peyton, Peyton and Griffin baut auf solide Anwaltspraxis auf, nicht auf einen Medienzirkus.*

»Selbstverständlich nicht«, erwiderte sie. »Sie müssen doch wissen, dass ich mir niemals eine solche Indiskretion zuschulden kommen lassen würde.« Nicht einmal, als Roger seine Frau betrogen hatte, war auch nur ein Wort über ihre Lippen gekommen, so falsch ihr das auch vorgekommen war.

Er strich sich mit der Hand über das Gesicht. »Irgendjemand wusste aber davon und hat es der Polizei gemeldet.«

Das erklärte den Besuch des Detective.

Er schwenkte seine Hand mit dem Glas. Hinter seinen grauen Augen konnte sie die Gedanken regelrecht wirbeln sehen. »Jetzt, nachdem Lee nicht mehr da ist, sind Sie wahrscheinlich die einzige Person, der ich in dieser Kanzlei noch trauen kann.« Die Loyalität der Angestellten war gespalten, da Peyton senior noch immer das Sagen hatte.

»Vielleicht haben die Hamiltons es erwähnt?«, überlegte sie.

»Das ist möglich. Sie haben mit ihrer Meinung ja nicht gerade hinter dem Berg gehalten.« Er presste die Lippen zusammen. »Wir müssen umgehend den Schadensbegrenzungsgang einlegen. Ich setze eine Stellungnahme für die Medien auf. Informieren Sie mich sofort, wenn ein Reporter anruft.«

»Das werde ich.« Ellie stand auf.

»Unglücklicherweise war das noch nicht alles.«

Ellie erstarrte.

»Es fehlt Geld.« Roger hielt die Flasche über sein Glas.

»Sie haben einen Termin mit einem Mandanten um elf!«, mahnte Ellie. Sie nahm die Flasche, brachte sie zurück zur Bar und goss ihm aus der Thermoskanne eine Tasse Kaffee ein.

Seufzend nahm er den Kaffee entgegen. »Unser Buchhalter hat meinen Vater angerufen. Im Laufe der letzten Wochen wurden mehrere gefälschte Schecks eingelöst.«

»Um wie viel Geld handelt es sich?« Ellie ließ sich wieder in den Sessel fallen.

»Ich habe noch keinen Überblick. Auf jeden Fall nicht genug, um uns zu ruinieren, da machen Sie sich mal keine Sorgen.«

Dennoch konnte Ellie nicht verhindern, dass sich Besorgnis in ihr breitmachte.

»Sie sind auf meiner Seite, Ellie, nicht wahr?« Roger spielte mit dem Griff der Tasse.

»Natürlich.« Was sonst sollte sie schon sagen? Sie konnte sich schließlich schlecht weigern. Verdammt! Sie hatte keine Lust, in die Familienfehde der Peytons hineingezogen zu werden. So viele freie Stellen gab es in Scarlet Falls nicht. Ellies Gehalt und Nans Rente bezahlten die Rechnungen. Alle paar Jahre ein Haus zu kaufen, es herzurichten und wieder zu verkaufen hatte ihr ein paar Ersparnisse eingebracht. Wenn sie ihr derzeitiges Heim gut losschlagen konnte, sollte genug Geld für Julias Studium vorhanden sein, solange ihre Tochter nicht in einem anderen Bundesstaat studieren wollte. Ein solches Leben war vielleicht nicht sehr aufregend, aber Ellie würde solide Beständigkeit immer einem Nervenkitzel vorziehen. Als sie das letzte Mal impulsiv gehandelt hatte, war sie am Ende schwanger gewesen. Und allein.

»Der Buchhalter versucht, das Geld aufzuspüren, aber ich muss es unbedingt zuerst finden.« Er richtete seine Augen auf sie, in denen Verzweiflung stand. »Ich muss die Firma schützen.«

Ellie versuchte, Mitgefühl zu entwickeln, doch Roger machte es einem schwer. Er war freundlich genug, aber ein schwacher Charakter. Und seinen Mangel an Loyalität hatte er nur zu deutlich gezeigt, als er seine Frau nach dreißig Jahren Ehe gegen eine anspruchsvolle Vorzeigefrau eingetauscht hatte. Was er schützen wollte, war sein Lebensstil, nicht die Angestellten.

»Sie müssen mir helfen, Ellie!«

Genau das wollte sie überhaupt nicht. Andererseits, der alte Herr hatte Ellie und Roger ja schon eindeutig in einen Topf geworfen. Wenn es Roger erwischte, dann auch sie.

»Ich werde sehen, was ich herausfinden kann.«

Sein Gesicht erhellte sich.

Ellie kehrte an ihren Arbeitsplatz zurück. Ihre Blicke wanderten zur Spesenabrechnung, die sie gerade erstellte, aber ihre Gedanken blieben weiter bei den Problemen der Kanzlei. Lee hatte den Fall angenommen, obwohl er wusste, mit dieser Entscheidung würde er sich bei den Seniorpartnern nicht gerade beliebt machen. Wieso war er davon ausgegangen, gewinnen zu können, wenn die Polizei glaubte, nicht genügend Beweise für eine Anklage in der Hand zu haben? Und hatten entweder der Hamilton-Fall oder das unterschlagene Geld etwas mit seinem Tod zu tun?

* * *

Ein rauer Laut ließ Grant hochschrecken, die Vision aus seinem Traum noch immer klar vor Augen: Lees Gesicht, das in einem roten Nebel explodierte. Keuchend sah er sich im Raum um. Ein gedämpftes Bellen ließ ihn nach unten schauen. AnnaBelle wedelte mit dem Schwanz, und die Matratze bewegte sich, als sie geschickt nach oben sprang und sich über ihn stellte. »Ich wünschte, du hättest mich ein paar Minuten früher geweckt!«

Sie streckte sich aus und schob ihren Kopf auf seine Brust.

Er strich ihr durch das seidige goldene Fell. »Ich nehme an, du musst nach draußen.«

AnnaBelle wedelte stärker, sprang vom Bett und tanzte auf dem Holzboden umher. Grant schwang die Beine aus dem

Bett. Es war sechs Uhr morgens. Er hatte noch Stunden an Zeit totzuschlagen, bevor der Detective ihn anrufen würde. Er war nachts immer wieder aufgewacht, jedes Mal den Todesschuss beim Überfall vor Augen, bevor er wieder eingeschlafen war. Er musste sich wirklich am Riemen reißen, bevor die Kinder nach Hause kamen.

Er zog Shorts und ein Sweatshirt an, holte seine Laufschuhe aus der Tasche. Ein morgendliches Joggen würde ihm helfen, einen klaren Kopf zu bekommen, und konnte ein wenig von der Energie des jungen Hundes verbrauchen. »Gehen wir.«

Er nahm AnnaBelle an die Leine. Draußen pinkelte der Hund gleich auf den Rasen. Auf der Straße setzte Grant sich in Bewegung. Zuerst lief er langsam, weil er nicht wusste, wie fit der Hund war. Doch AnnaBelle hielt mühelos mit ihm Schritt. Vierzig Minuten später kehrten sie zum Haus zurück. Grant duschte, zog sich an und bestellte einen Schlosser.

Sein Handy vibrierte. Das Display zeigte eine SMS seiner Schwester: **Komme morgen Nachmittag nach Hause**. Das zweite Vibrieren war ein Anruf von Detective McNamara, der ihm ankündigte, dass die Kinder in zwei Stunden gebracht würden. Von Mac war noch immer keine Nachricht eingetroffen. Unruhig lief Grant auf und ab. Acht Kilometer reichten einfach nicht aus, um seine Anspannung zu lösen.

Zwei Stunden Zeit hatte er noch. Das war mehr als ausreichend, um seinen Vater zu besuchen. Ausreden zählten nicht.

»Braver Hund!«, sagte er. AnnaBelle schlief tief und fest.

Fünf Meilen Landstraße brachten Grant zum Parkplatz des Pflegeheims. Er schritt durch die automatischen Glasschiebetüren, öffnete den Reißverschluss seiner Jacke und begab sich zum Empfang.

Eine grauhaarige Frau in einem pinkfarbenen Krankenhauskittel schaute von ihrem Laptop auf. »Kann ich Ihnen helfen?«

»Ich möchte Alexander Barrett besuchen«, erklärte er.

»Der Colonel ist in Zimmer zweiundfünfzig.« Mit einem Lächeln schrieb sie die Zimmernummer auf einen Besucherausweis aus Karton, den sie ihm reichte. Sie deutete über seine Schulter hinweg. »Am Ende des Gangs links.«

Grant folgte ihren Anweisungen. Er kam an einer kleinen Cafeteria vorbei, in der die Bewohner, die mobil waren, ihr Frühstück einnahmen. Einige saßen in Rollstühlen, neben manchen Stühlen standen Gehgestelle. Der Geruch von Sirup und gebratenem Speck vermischte sich mit dem von Desinfektionsmitteln. Trotz aller Versuche, der Einrichtung eine angenehme Atmosphäre zu verleihen, konnte man ihre Natur nicht verbergen. Angesichts des gesundheitlichen Verfalls der meisten Bewohner hatte es Grants Herz gebrochen, als die Geschwister ihren Vater vor zwei Jahren hierhergebracht hatten.

Er betrat das Zimmer seines Vaters. Seit dem letzten Frühjahr hatte sich sein Zustand merklich verschlechtert. Die Muskeln seiner Arme schienen dahingeschmolzen zu sein, und seine Haut hatte eine gelbliche Färbung angenommen. Der Colonel hatte die Augen geschlossen. Das Atmen war hörbar eine Anstrengung für ihn. Von seinen Nasenlöchern aus schlängelte sich ein Schlauch für die Sauerstoffzufuhr um seine Ohren, und ein weiterer Schlauch verband drei verschiedene Beutel an einem Infusionsstand mit seinem Handgelenk. 1991 war der Colonel bei einem Bombenangriff auf einen Konvoi während der Operation *Desert Storm* schwer verwundet worden und seither von der Hüfte abwärts gelähmt. Der entschlossene Soldat hatte sich durch diese Verletzung jedoch nicht zurückhalten lassen. Er war, soweit wie möglich, ganz normal aktiv gewesen, hatte zum Beispiel mit seinem speziell angepassten Geländefahrzeug auch oft Ausflüge mit seinen Söhnen unternommen. Bis Demenz ihn seiner verbleibenden Stärke und Würde beraubte, was für einen so hart kämpfenden Menschen wie den Colonel die ultimative Demütigung war, hatte er in seinem eigenen umgebauten Heim gelebt.

Grant entzifferte die Etiketten auf den Beuteln. Es war die übliche Mischung aus Flüssigkeit, Antibiotika und Steroiden. Die schlohweißen Haare des Colonels waren sauber und ordentlich gekämmt, und die Bettwäsche schien frisch zu sein. Auf dem ausklappbaren Tablett des Nachttischs lag offen ein Buch, eine Biografie von General Braxton Bragg. Jemand musste ihm daraus vorgelesen haben. Jeden Monat zweigten Grant und Hannah eine hohe Summe von ihren Gehältern ab, um die Rente des Colonels aufzubessern und sicherzustellen, dass er gut versorgt war. Mehr konnte Grant von der anderen Seite der Erdkugel aus nicht tun. Weil sie beide nicht in Scarlet Falls lebten, trugen Hannah und er die finanzielle Belastung, während Lee sich vor Ort um den Colonel kümmerte.

»Hallo, Dad.« Er zog sich einen Stuhl ans Bett und berührte den Arm seines Vaters.

Die einstmals klaren und durchdringend blauen Augen des Colonels, jetzt verschleiert, betrachteten ihn mit einem vagen Ausdruck. »Wer sind Sie?«

»Ich bin es, Grant … dein Sohn. Ich habe Urlaub und bin zu Hause.«

»Grant … General Grant?« Verwirrung zeichnete sich im Gesicht seines Vaters ab.

Das war ganz typisch für den Colonel, dass er sich eher an die historische Figur erinnerte, nach der er seinen erstgeborenen Sohn benannt hatte, statt an diesen selbst.

»Noch nicht, aber ich bemühe mich darum«, versprach Grant.

»Ich habe keinen Sohn.« Panische Aufregung klang in der Stimme seines Vaters. »Wer sind Sie? Wollen Sie mich berauben?«

»Nein, Sir.« Grant stand auf. Der Schmerz in seiner Brust

nahm zu. »Ich wollte gerade aufbrechen.«

Sobald die Paranoia seines Vaters erst einmal im Gang war, konnte es die Schwestern Stunden kosten, ihn wieder zu beruhigen. Da war es besser, er ging jetzt und versuchte es an einem anderen Tag erneut. Außerdem hatte es wenig Sinn, ihm von Lees Tod zu berichten, wenn ihm dessen Existenz gar nicht bewusst war. Vielleicht war der Gedächtnisverlust seines Vaters heute ein Segen. Hätte er verstehen können, was Grant ihm berichten wollte, der Tod seines Sohns hätte ihn vernichtet.

Im nahen Schwesternzimmer fand Grant die Krankenschwester, die für seinen Vater zuständig war. Er berichtete ihr alles, und sie versprach, sich um seinen Vater zu kümmern. Zurück im Mietwagen, schaute Grant auf die Uhr am Armaturenbrett. Das hatte bei Weitem nicht so lange gedauert wie geplant. Also hatte er Zeit für einen weiteren Besuch, in der Anwaltskanzlei von *Peyton, Peyton and Griffin*. Ihm war alles recht, wenn er es nur vermeiden konnte, in das leere Haus seines Bruders zurückzukehren.

Lee hatte in einer gut eingeführten Anwaltskanzlei gearbeitet, die ihren Sitz in der First Street in einem eleganten umgebauten ehemaligen Wohnhaus mit drei Stockwerken hatte. Unmengen an weißen Verzierungen schmückten die gelben Schindeln. Grant parkte den Wagen auf dem Parkplatz hinter dem Haus und folgte einem Steinplattenweg das Gebäude entlang bis zur Eingangstür. Er betrat die gepflegte Eingangshalle, die zu einem Empfang umgestaltet worden war. In der Mitte saß, hinter einem antiken Schreibtisch, Lees hübsche Nachbarin Ellie. Diesmal trug sie keine zerrissenen Jeans und kein farbverschmiertes T-Shirt, und Haare und Gesicht zeigten weder Sperrholzstaub noch Farbspritzer. Ihm hatte auch die Bauarbeiterversion von Ellie sehr gut gefallen, aber diese … diese weibliche Ausgabe erinnerte ihn sehr an den vergangenen Frühling, an die Ellie im Sommerkleid.

»Grant!« Sie stand auf, ging um den Schreibtisch herum und streckte die Hand aus. Eine blassblaue Bluse und ein enger, knapp knielanger grauer Rock schmiegten sich an ihren Körper. Ihre wohlgeformten Beine endeten in Pumps mit einem niedrigen Absatz. Die Haare hatte sie zu einem ordentlichen Knoten im Nacken zusammengeschlungen. Sie trug Make-up, allerdings nur wenig. Die Wirkung, die sie erzielte, war natürlich, gesund und sittsam.

Grant ignorierte die Freude, die sich in seiner Brust ausbreitete. Aber verdammt, dieses Lächeln! Es erhellte alles in ihm, das sich bei seinem Besuch im Pflegeheim verdüstert hatte.

»Hallo, Ellie!« Er nahm ihre Hand, sanft und weich in seiner rauen.

»Was kann ich für dich tun?«

Das erotische Bild, das sich Grant aufdrängte, war ebenso unerwartet wie unangemessen. Er sollte sich schämen, aber, Himmel ...

Dieses verfluchte Sommerkleid!

Er gab ihre Hand frei. »Ich habe gehofft, mit Lees Chef sprechen zu können. Wir haben uns am Telefon jetzt schon mehrfach verfehlt.«

»Ich frage nach, ob er dich empfangen kann.« Sie ging zurück zum Schreibtisch und nahm den Telefonhörer auf.

Um sie nicht zu bedrängen, schlenderte Grant zur Seitenwand der Halle und betrachtete die Porträts der Seniorpartner, die dort an der Wand hingen. Ob es wohl Bedingung dafür war, als Sozius aufgenommen zu werden, dass man alt und griesgrämig aussah? Und wer würde schon einen Blick auf einen Haufen miesepetriger alter Männer verschwenden, wenn er stattdessen Ellie betrachten konnte?

»Du kannst gleich zu ihm gehen.« Sie durchquerte den Raum. Auf dem blauen Teppich verursachten ihre Absätze keinen Laut. Sie öffnete eine Tür und trat beiseite.

KAPITEL 7

Ellie spürte Grants intensiven Blick in ihrem Rücken, als sie ihn durch den Gang zu Lees Büro führte.

Sie schaltete das Licht ein. An der Decke flackerten Neonlichter, beleuchteten dann den Raum. Auf einem leeren Schreibtisch standen zwei Kartons, in denen sich einmal Kopierpapier befunden hatte.

Grant schaute sich im Zimmer um. Sein Blick blieb auf den Kartons haften. »Er hat sieben Jahre hier gearbeitet, und das ist alles, was ihm gehört hat?«

»Er hatte hier nicht viele persönliche Gegenstände. Es sind vorwiegend Fotos.« Ellie trat beiseite. Grant schien ihr immer zu nahe zu sein. Oder vielleicht war sie sich seiner Anwesenheit auch nur zu sehr bewusst.

Er hob einen Deckel an, holte das Namensschild seines Bruders heraus und zog die in das Messing eingravierten Buchstaben mit dem Finger nach – LEE BARRETT.

»Haben deine Eltern euch beide nach den Generälen Lee und Grant benannt?«, fragte Ellie.

»Das haben sie.« Er seufzte. Seine Brust schien in sich zusammenzufallen. »Wir waren nicht einmal so schlecht dran. Am schlimmsten hat es meinen jüngsten Bruder erwischt,

McClellan. Wir haben ihn aus Mitleid immer Mac genannt. Mein Vater begeistert sich sehr für den Bürgerkrieg.«

Er blickte vom Namensschild auf und studierte ihr Gesicht. Ihre Wangen röteten sich unter seinem forschenden Blick, doch sie wich ihm nicht aus. Grants Direktheit war ebenso erfrischend wie beunruhigend.

Eine männliche Stimme ließ Ellie zusammenfahren. »Entschuldigen Sie.«

Sie wirbelte herum. Der andere angestellte Anwalt, Frank Menendez, stand im Türrahmen, einen Karton unter dem Arm. Es war schmerzhaft deutlich, dass er nun Lees Büro beziehen würde.

Ellie gewann die Fassung wieder. Dieser verfluchte Frank! Die Sitzfläche von Lees Schreibtischstuhl war ja kaum erkaltet!

Man hatte Frank aus einer Kanzlei in Albany hierhergelockt. Er war noch nicht einmal ein Jahr in der Firma. Und er war der Konkurrent von Lee um die nächste Position als Sozius. Roger Peyton senior hatte ihn eingestellt; er spielte für das generische Team. Ellie bemühte sich darum, ihm das nicht nachzutragen. Die Familienfehde wirkte sich auf die meisten Angestellten aus, und es war nahezu unmöglich, nicht auf die eine oder andere Seite gezogen zu werden.

Sie deutete nacheinander auf die beiden Männer. »Major Grant Barrett. Frank Menendez.«

Frank stellte seinen Karton auf dem Aktenschrank hinter dem Schreibtisch ab. »Mein Beileid.«

»Ich danke Ihnen.« Grant gab ihm die Hand. Die Trauer in seinem Gesicht verriet, dass er genau wusste, Frank war dabei, Lees Büro zu beziehen.

Einen Augenblick lang breitete sich peinliches Schweigen aus. Frank wechselte das Standbein. Er deutete auf den Stapel Akten, der auf dem Aktenschrank lag. »Ich bringe Ihnen die gleich, Ellie.«

»Danke.« Ellie fand das verdächtig. Frank war normalerweise nicht sehr hilfreich. Was hatte er vor?

»Ich muss los.« Grant nahm die beiden Kartons.

»Ich bringe dich hinaus.« Sie begleitete ihn zurück in die Eingangshalle. Beide sprachen kein Wort. Ellie öffnete die Tür, trat hinaus und hielt sie für ihn offen. »Das mit Frank tut mir leid.«

»Da gibt es nichts, das dir leidtun muss.« Der stoische Blick, den er ihr zuwarf, füllte ihre Augen mit Tränen. »Ich danke dir für alles.«

Verdammt!

»Wir sehen uns.« Sie zitterte. Der kalte Wind blies direkt durch ihre dünne Seidenbluse hindurch.

»Ich wollte dich nicht zum Weinen bringen«, sagte er.

»Das ist nur der Wind.« Sie zwinkerte die Feuchtigkeit aus den Augen.

Er beugte sich zu ihr herab. Ellie nahm einen Hauch des Dufts eines milden Aftershaves wahr, ein Geruch von Holz, der sie an warme Frühlingstage denken ließ. Seine Lederjacke stand offen. Der Pullover mit dem V-Ausschnitt enthüllte die männliche Kurve seiner Kehle. Wie sich dieser solide Körper wohl unter ihren Händen anfühlen würde?

»Ich würde mich später gern mit dir unterhalten. Ich habe ein paar Fragen.« Sein Blick wanderte durch die offene Tür zur Eingangshalle der Anwaltskanzlei. Ellie war klar, er hatte Fragen zu verschwundenen Akten und zu Frank Menendez, und sie konnte sie ihm nicht beantworten.

Grant Barrett und seine Entschlossenheit, sich durch seine Trauer nicht zu Boden zwingen zu lassen, lösten die verschiedensten Emotionen in ihr aus – Respekt, Mitgefühl und den unerklärlichen Wunsch, den Kopf an seine Brust zu lehnen, während er seine starken Arme um sie schlang. Wie fühlte sich das wohl an, die Belastungen des Lebens mit einem anderen

Menschen zu teilen? Doch keines dieser Gefühle rechtfertigte es, dass sie über die Intima der Firma sprach. Sie war vertraglich zum Schweigen verpflichtet. Sie brauchte diesen Job, und Grant war nur kurze Zeit hier. Es gab keine Zukunft für sie mit einem Mann, der sie bald wieder verlassen musste. Diese Erfahrung hatte sie bereits hinter sich.

All diese Gründe hielten sie allerdings nicht davon ab zuzustimmen. »In Ordnung.«

Es war eine gute Gelegenheit, nachzuschauen, ob sich die Hamilton-Akte in Lees Büro befand, so wie Roger das von ihr verlangt hatte. *Pah!* Als ob das der Grund für ihre Einwilligung wäre! Innerlich verdrehte sie die Augen wegen ihres eigenen lächerlichen Verhaltens. Immerhin, solange sie sich in Lees Haus befand und sich in sinnlichen Fantasien über seinen Bruder erging, konnte sie tatsächlich die Augen nach der Akte offen halten. Bis dahin waren auch die Kinder zu Hause, und sie musste unbedingt sehen, wie es ihnen ging, vor allem Carson. Nur zu gut erinnerte sie sich an die absolute Verzweiflung in seinen Augen. Wie sehr sie auch entschlossen war, die Beziehung zu Grant nachbarschaftlich und rein platonisch zu erhalten, sie würde alles tun, das nötig war, damit die Kinder sich an die neue Situation gewöhnten.

* * *

Durch die Glastür schaute Grant Ellie nach, wie sie zu ihrem Schreibtisch zurückging. Warum hatte er sie bloß um dieses Treffen gebeten? Wollte er wirklich nur über die Kanzlei und seinen Bruder reden? Oder hatte sein Wunsch andere, persönlichere Gründe? Wenn ja, wurde es höchste Zeit, dieses Verlangen abzukühlen. Er hatte weder die Zeit noch die Energie für unerwünschte Sehnsüchte, seien sie nun persönlicher oder anderer Art.

Was war bloß mit ihm los? Er dachte über eine hübsche Frau nach, während er die persönlichen Besitztümer seines Bruders unter dem Arm trug … Aber er konnte einfach nichts dagegen tun. Wann hatte er zuletzt ein Date mit einer Frau gehabt? In der Armee war die Verbrüderung unter Offizieren begrenzt, und ebenso begrenzt war die Zahl der weiblichen Offiziere auf einer so entlegenen Basis. Das wäre anders gewesen, wenn er in Kabul oder sogar Kandahar stationiert gewesen wäre, wo die US-amerikanische Armee zahlreicher vertreten war. In dieser Phase seines Lebens verlangte seine Karriere von ihm Einsamkeit. Aber das war nicht von Dauer. Sobald er wieder nach Texas zurückversetzt worden war, konnte er sich auch wieder mit Frauen verabreden.

Er ließ die Stadt hinter sich und zwang sich, über Rogers so ungeschickt vorgebrachte Bitte nachzudenken. Es verstand sich von selbst, der Anwalt war besorgt darüber, dass vertrauliche Mandanteninformationen verschwunden waren. Grants Instinkt meldete ihm jedoch, Roger verschwieg etwas. Allerdings war ihm auch bewusst, er würde sich lieber auf jedes noch so unschuldige Rätsel stürzen, als Lees und Kates Tod einfach zu akzeptieren.

Trauer verengte seine Brust auf dem gesamten Rückweg. AnnaBelle begrüßte ihn im Eingang und presste ihren Kopf gegen seine Beine. Grant kniete sich auf den Boden und streichelte ihr den Hals. Der Hund vermisste die Familie bestimmt ebenfalls. »Die Kinder werden bald hier sein.«

Er hatte kaum seine Jacke aufgehängt, als ihn das Bellen des Hundes auch schon darüber informierte, dass ein Auto vorgefahren war. Grant öffnete dem Schlosser die Tür und ging dann in Lees Büro, während der Mann das Schloss auswechselte. Er packte alle Akten, die er finden konnte, in einen Karton. Er hatte schon genug um die Ohren, auch ohne eine eingebildete Verschwörung.

Kaum war der Schlosser davongefahren, knirschte erneut der Kies vor dem Haus. Der Hund sprang vom Bett und raste zur Haustür. Nervös begab sich Grant auf die Veranda. Er schob den jaulenden Hund mit dem Knie zurück ins Haus und schloss die Tür. Aus einem braunen Auto stieg eine Frau im mittleren Alter in Hose und Mantel. Sie öffnete die hintere Tür. Carson stieg aus. Eine dicke Skijacke ließ seinen schmächtigen Körper beinahe verschwinden. Er schien seit dem letzten Frühjahr nicht sehr gewachsen zu sein.

Grant trat auf den Wagen zu. »Hallo, Carson. Erinnerst du dich an mich?«

Ein lautes Krachen und ein Knall waren zu hören.

Beinahe hätte Grant sich instinktiv über seinen Neffen geworfen, konnte die Bewegung gerade noch so stoppen. Der Hund raste an ihm vorbei, erinnerte ihn daran, er war hier in Scarlet Falls, nicht in Afghanistan. Der Sozialarbeiterin traten beinahe die Augen aus dem Kopf, und Grants Puls raste.

»Es ist alles in Ordnung«, erklärte Grant, wusste jedoch nicht genau, wen er damit zu beruhigen versuchte – die Sozialarbeiterin, Carson oder sich selbst.

Der Junge ließ sich auf die Knie fallen und schlang beide Arme um AnnaBelles Hals. Grant blickte zurück zum Haus. Die Fliegengittertür hing nur noch an einem Scharnier. Grant schrieb eine gedankliche Notiz. *Nicht vergessen: Die Fliegengittertür kann den Hund nicht aufhalten.*

Carson löste sich von dem Retriever, der sofort zu jaulen begann, und holte einen roten Rucksack aus dem Auto. AnnaBelle schnappte nach einem Gurt und raste mit dem Rucksack zurück zur Haustür.

»Ich will verdammt sein«, murmelte Grant. Er hockte sich vor Carson. »Kennst du mich noch, Carson? Ich bin Onkel …«

Der Junge stürzte sich an seine Brust, schlang seine Arme mit weit mehr Kraft um Grants Schultern, als der erwartet hatte. Der gesamte Körper des Jungen bebte. Er vergrub das Gesicht an Grants Sweatshirt und hielt ihn so fest, als ob er fürchtete, ihn jeden Augenblick wieder zu verlieren. Grant nahm ihn fest in die Arme, überwältigt von der Verzweiflung in der Umarmung seines Neffen. Seine Augen brannten. Er blinzelte gegen die ungeweinten Tränen an. Zorn stieg in ihm auf. Das hätte nicht passieren, Carson hätte niemals seine Eltern verlieren dürfen.

»Ich freue mich, dass er sich an Sie erinnert, Major.« Die Frau streckte eine Hand aus. In der anderen hielt sie einen Kinderautositz, in dem ein Säugling angeschnallt lag. Unter einer warmen pinkfarbenen Jacke lugte ein winziges Gesicht hervor. »Ich bin Dee Willis vom Jugendamt.«

Grant hielt Carson mit einem Arm und begrüßte sie mit Handschlag. Carson klammerte sich so fest an ihn, dass er nicht einmal dann heruntergefallen wäre, wenn Grant ihn losgelassen hätte – was er niemals tun würde.

Er übernahm den Kindersitz. Die Bürde der Verantwortung für zwei Kinder lastete mit weit mehr auf ihm als das addierte Gewicht der beiden.

»Ich hole die restlichen Sachen.« Die Frau vom Jugendamt ging zum Auto zurück.

Carson noch immer auf dem Arm, ging Grant ins Haus. AnnaBelle ließ den Rucksack fallen und tanzte jaulend um Grants Beine herum. Er stellte den Kindersitz in der Küche auf dem Boden ab. AnnaBelle gab einen Freudenlaut von sich und stellte sich auf die Hinterbeine, um Carson mit den Vorderpfoten erreichen zu können. Grant begab sich in die Hocke. So konnte der Hund das Kind richtig begrüßen und abschlecken. Der Griff des Jungen lockerte sich, und er streichelte den Kopf des Tiers mit einer Hand.

Mrs Willis stellte einen kleinen Koffer auf den Boden und legte eine Tasche auf den Küchentisch. Sie betrachtete den

Hund und runzelte die Stirn. »In der Tasche finden Sie genügend Fertigmilch und Windeln für ein paar Tage. Allerdings ist Faith anfällig für Koliken.«

»Koliken?«

»Sie schreit nachts sehr viel.«

»Oh.« Mrs Willis gab ihm Anweisungen, wie er Faith zu füttern hatte, und Grant schrieb alles auf. Sie warf Grant einen zweifelnden Blick zu. »Der Hund sollte dem Baby nicht zu nahe kommen. Haben Sie sich schon jemals um einen Säugling gekümmert, Major? Die Pflegefamilie hat mich darüber informiert, dass Faith selbst für eine erfahrene Pflegekraft eine Herausforderung darstellt.«

»Das habe ich, ja.« Wenn man es genau nahm, hatte er lediglich während seiner jährlichen Besuche einige Male auf Carson aufgepasst, aber das musste diese Frau ja nicht wissen. Ruhig erwiderte er ihren Blick.

»Können Sie eine Windel wechseln?«

»Ja.«

Ihre Augenbrauen zogen sich zusammen, als ob sie seine Zuversicht nicht teilte.

»Wenn es Ihnen zu viel wird, können wir die Kinder jederzeit wieder zu Pflegeeltern bringen«, betonte sie. In diesem Augenblick stellte Grant fest, dass er diese Frau nicht sehr mochte.

Carsons Körper verkrampfte sich, und sein knochiger Arm drängte sich gegen Grants Kehle, presste seine Luftröhre zusammen und drohte ihn zu ersticken. Das war nicht der geeignete Zeitpunkt, so etwas zu besprechen – nicht in Hörweite eines völlig verängstigten Kindes. Carson musste sich auf Grants Fähigkeiten ebenso verlassen können wie die Truppen, die er ins Feindesland führte.

»Ma'am, ich habe in über fünfzig Grad heißem Wetter mit einer dreißig Kilo schweren Panzerweste Gebäude geräumt.

Faith ist ein Baby, kein Sprengsatz. Ich versichere Ihnen, wir werden gut miteinander klarkommen.« Er machte sich keine Sorgen um das Windelwechseln oder das Füttern. Das waren Aufgaben. Aufgaben konnte man lernen. Was ihm weit mehr zu schaffen machte, war der emotionale und psychische Aspekt der Betreuung dieser beiden Kinder. Wie konnte er mit Carson über den Tod seiner Eltern sprechen? »Außerdem wird morgen meine Schwester eintreffen, und mein Bruder wird sich auch bald melden.«

»Dann ist ja alles in Ordnung.« Sie legte eine Visitenkarte auf den Tisch. »Rufen Sie mich an, wenn Sie etwas brauchen. Wir müssen uns auch darüber unterhalten, was auf Dauer mit den Kindern geschehen soll.«

»Ich danke Ihnen.« Er brachte die unsensible dumme Kuh nach draußen.

Carson klammerte sich an ihm fest, als würden sie knietief im Wasser stehen.

Zurück in der Küche, setzte er sich erst einmal, Carsons Beine um seine Taille geschlungen. Ein paar Minuten saßen sie einfach schweigend da. Was sollte er dem Kind nur sagen? Faith unterbrach die Stille mit einem unzufriedenen Laut.

»Hast du Hunger?«, fragte Grant. »Faith ist jedenfalls offensichtlich hungrig.«

Carson schüttelte den Kopf.

»Ich denke, es wird Zeit, deiner Schwester etwas zu essen zu geben.«

Carson drückte ihn noch einmal und kletterte dann herunter. Mein Gott, der Junge war so klein! Er bestand nur aus knochigen Armen und Beinen. Seine Augen unter einem dichten Schopf glatter blonder Haare und über sommersprossigen Wangen blickten traurig.

»*Kannst* du sie denn füttern?« Carsons Blick war eher hoffnungsvoll als zweifelnd.

»Ich werde es schon lernen«, versicherte ihm Grant, die eigenen Zweifel unterdrückend. Schließlich, wie schwer konnte das sein?

Der Junge nickte ernst und holte ein Fläschchen aus der Tasche. »Du tust das Pulver hinein. Dann Wasser. Und dann musst du alles schütteln.«

»Gut zu wissen. Ich brauche wahrscheinlich ab und zu deinen Rat.« Grant griff in die Tasche und fand eine Dose Muttermilchersatz. »Ist es das?«

Carson nickte. Grant las die Beschreibung auf der Dose und mischte die Milch. Das Baby meldete sich lauter zu Wort. Dann durchdrang ein schriller Schrei den Raum. Grant zuckte erschrocken zusammen. Das Fläschchen glitt ihm aus der Hand, und er konnte es gerade noch so auffangen, bevor es auf den Boden fiel. Faiths Schreien ließ Grant das Schlimmste befürchten. Heilige …

»Beeil dich!« Carson bedeckte die Ohren mit den Händen.

»Hallo, Faith!« Grant kniete sich vor das protestierende Baby und löste den Gurt des Sitzes. Er nahm Faith hoch. Ihr angespannter Körper und ihre strampelnden Beine erschwerten es ihm, dabei sanft zu sein. Seit Carsons Geburt hatte er keinen Säugling mehr gehalten, er hatte ganz vergessen, wie zerbrechlich Babys wirken. Er setzte sich auf einen Küchenstuhl und legte sie sich in die Armbeuge. Gierig schloss sich ihr Mund um den Sauger. Mit konzentrierter Aufmerksamkeit starrten ihre großen blauen Augen ihn an. Sie saugte, unterbrochen von einem Schluckauf. Er nahm sich ein Papiertaschentuch aus der Packung, die auf dem Küchentisch lag, und wischte ihr die Tränen vom Gesicht. Erleichterung erfüllte ihn, als sie sich beruhigte und das Fläschchen austrank.

»Und was ist mit uns beiden, Carson?«, fragte er.

»Ich habe keinen Hunger.« Carson setzte sich auf den Nachbarstuhl, legte den Kopf auf die gefalteten Arme und beobachtete ihn. Solange er Grant geholfen hatte, war er lebendig und wach gewesen. Jetzt wirkte er erschöpft. Dunkle Schatten lagen unter seinen Augen. Er sah aus, als hätte er seit Tagen nicht mehr geschlafen.

»Ich schon. Hast du einen Vorschlag für das Frühstück?«

»Waffeln.« Carson stand auf und strich seiner Schwester liebevoll über den Kopf.

»Ich habe heute Nacht nicht gut geschlafen«, erklärte Grant. »Nachher könnte ich es gebrauchen, mich ein wenig hinzulegen.«

Carson zog eine Packung Waffeln aus dem Kühlschrank und holte einen Teller. Er schob einen Stuhl zur Küchentheke, warf seinem Onkel einen Blick zu und füllte den Toaster. Als die Waffeln herausschnellten, legte er sie auf den Teller. »Dad isst immer vier davon, und du bist größer als er.«

Er *isst*. Gegenwartsform.

Der Schmerz in Grants Brust schwoll an, bis er sich unsicher war, ob er auch nur einen einzigen Bissen herunterkriegen könnte. Er räusperte sich. »Danke. Ich glaube allerdings nicht, dass ich so viele essen kann. Kannst du mir wirklich nicht dabei helfen?«

Carson stellte eine Flasche Sirup auf den Tisch. Rasch nahm Grant die Tasche herunter. Der Junge ging zum Küchenschrank, nahm einen zweiten Teller heraus, besorgte Gabeln und Messer. »Mommy hat es gern, wenn ich den Tisch decke.«

»Das machst du sehr gut.« Grant sprach mit ruhiger Stimme. Ganz offensichtlich wollte Carson über seine Eltern sprechen, also würden sie genau das tun, auch wenn Grant es vorgezogen hätte, seine Trauer ganz tief zu begraben, bis sich darüber ein fester Schorf gebildet hatte, wie die verdickte Haut über den Granatsplitterwunden in seinem Bein. Die Liste seiner Aufgaben ordnete sich neu. Die Regelung von Lees Nachlass trat in den Hintergrund. *Die Schule anrufen und nach Trauerbegleitung fragen* glitt an die erste Stelle. An zweiter Stelle stand *Bücher über Trauer bei Kindern besorgen.* Außerdem brauchte er auch ein Buch über Säuglingspflege. Bestimmt lagen hier im Haus etliche herum.

Carson nahm eine Waffel und legte sie auf den zweiten Teller. Er goss genügend Sirup darüber, um sie zum Schwimmen zu bringen.

Faiths Fläschchen war leer. Grant stellte es auf den Tisch und legte sie sich über eine Schulter. Sie gab ein lautes Bäuerchen von sich, das ein Küchenzelt voller junger Rekruten beeindruckt hätte. Er legte sie zurück in den Kindersitz und half Carson dabei, die Waffel zu schneiden. Gemeinsam aßen sie. Beide Kinder hatten etwas gegessen; so weit, so gut.

Carson warf seiner Schwester einen misstrauischen Blick zu, leerte jedoch seinen Teller.

Grant füllte die Geschirrspülmaschine. Und was jetzt? Er hatte geplant, die Kinder zu einem Schläfchen zu überreden, damit er sich in Ruhe um den Papierkram von Lee kümmern und ein paar Anrufe erledigen konnte. Er musste unbedingt mehr über das Leben seines Bruders erfahren. Vielleicht sollte er die Nachbarin Ellie Ross fragen. Sie schien nett zu sein, und intelligent. Und hübsch. Nicht dass es darauf angekommen wäre.

»Was möchtest du jetzt tun?«, fragte er Carson.

Der Junge zuckte mit den Schultern. Nun, Kinder brauchen frische Luft, oder?

»Willst du draußen ein wenig mit dem Hund spielen?«

Carson schüttelte den Kopf. Er sah aus, als könnte er im Stehen einschlafen. Grant entdeckte Buntstifte und Papier, das unter die Glasschale auf dem Tisch geklemmt war. Der gesamte Kühlschrank war mit farbenfrohen Kinderzeichnungen von Strichmännchen und Gras und Bäumen bedeckt.

»Kannst du mir ein Bild malen?«

»Okay.« Carson gab die Antwort, als sei es ein enormes Ansinnen.

Na toll! Die Kinder waren noch nicht einmal eine Stunde zurück, und schon wusste er nicht mehr, was er machen sollte. Vielleicht waren die Zweifel der Sozialarbeiterin doch berechtigt gewesen. Ein röchelnder Laut lenkte seine Aufmerksamkeit zurück zu Faith, gerade als sie eine Menge Milch ausspuckte, die das Zehnfache dessen zu sein schien, was sie getrunken hatte. Das Schicksal schien einen perversen Sinn für Humor zu haben. Dieser Säugling war doch eine Art Sprengladung.

»Ich fürchte, ich muss das alles wieder sauber machen.«

Carson schnaubte. »Gewöhn dich besser dran. Das macht sie dauernd.«

Carsons Kopf war über die Zeichnung gebeugt. Grant hob Faith aus dem Sitz, hielt sie dabei eine Armeslänge von sich entfernt. Im Wäscheraum fand er frische Sachen. Er legte Faith auf den Küchentisch, wischte sie sauber und wechselte Windel und Kleidung. Was länger dauerte, als eine Waffe auseinanderzunehmen und zu reinigen. Allerdings versuchte seine M-4 auch nicht durchgehend, sich ihm zu entwinden. Ein Bad musste warten, bis er die Babybademöglichkeiten erkundet und sich besser informiert hatte. Faith brabbelte vor sich hin und griff nach ihren Zehen, während Grant versuchte, sie in einen einteiligen Anzug mit einem Reißverschluss auf der Vorderseite zu stopfen. Er hatte den Reißverschluss gerade bis zur Brust hochgezogen, als sie erneut spuckte und sich halb verdaute Milch über sie beide ergoss.

Carson schaute von seinem Bild auf und gab einen langen Seufzer des Abscheus von sich. Die Situation wäre lustig gewesen, hätte Grant nicht eine solche Angst gehabt, sich nicht gut genug um das Baby kümmern zu können.

In seinem Kopf hallten die Worte der Frau vom Jugendamt nach: *Faith ist eine Herausforderung.*
Vor einer Stunde hatten die Worte sich gehässig angehört. Jetzt erschienen sie prophetisch.

* * *

Ihre Pumps in der Tasche und Schneestiefel an den Füßen, knöpfte Ellie sich den Wollmantel zu, zog die Handschuhe an und verließ die Kanzlei. Sie hatte eine Stunde länger gearbeitet als bis zu ihrem normalen Feierabend um fünf Uhr, weil unbedingt noch ein eiliger Schriftsatz hatte fertiggestellt werden müssen. Das hatte ihren ganzen Zeitplan für den Abend durcheinandergeworfen.

Sie eilte um das Gebäude herum zu dem kleinen Parkplatz. Auf dem Heimweg musste sie noch Lebensmittel einkaufen. Die Sonne war schon vor einer Stunde hinter den Gebäuden verschwunden, und Schatten erstreckten sich über den gefrorenen Boden. Der Wind peitschte über den Platz. Halb zu Eis gewordener Schnee knirschte unter ihren Sohlen. Sie zog den Kragen ihrer Jacke enger und fischte nach dem Autoschlüssel. Ihr alter Minivan stand ganz hinten, wo die Angestellten parken mussten. Die besseren Plätze näher am Gebäude waren den Mandanten vorbehalten.

Sie gelangte in den Schatten einer riesigen Eiche, zitternd vor Kälte, drückte auf den Knopf des Schlüssels. Mit einem leisen Klicken entriegelten sich die Autotüren. Sie glitt hinter das Steuerrad, startete den Motor und stellte die Heizung auf die höchste Stufe.

Etwas berührte sie an der Hüfte. Sie zuckte zusammen. Ihr Herz hämmerte.

»Nicht umdrehen!«, zischte eine Männerstimme.

Ohne den Kopf zu bewegen, ließ sie ihre Blicke schweifen. Direkt über der Mittelkonsole richtete eine behandschuhte Hand eine Waffe auf ihren unteren Rücken. Langsam gewöhnten ihre Augen sich an die Dunkelheit, und aus den Augenwinkeln heraus nahm sie einen Schatten wahr. Ein Mann lag auf dem Boden hinter den Vordersitzen. Angst verfestigte sich in ihrem Magen wie Eis.

Er deutete mit dem Lauf. »Augen nach vorn!«

Sie blickte auf die Windschutzscheibe. Ihr keuchender Atem bildete Dampfwolken und ließ das Glas beschlagen. Es war niemand zu sehen. Das einzige andere Auto auf dem Parkplatz war der Mercedes von Roger, und sein Büro ging zur Straße hinaus. Er konnte sie weder sehen noch hören. Vom Parkplatz des Zahnchirurgen nebenan trennte sie eine Hecke. Nicht dass es eine Rolle gespielt hätte – die Praxis war an Montagen geschlossen.

In ihrem Kopf wirbelten die Gedanken. Sie ging die Möglichkeiten durch. Sie konnte den Wagen nicht schneller verlassen, als er schießen konnte. Der Raum zwischen den Sitzen war nicht breit genug – sie konnte nicht nach der Waffe greifen. Und in dem engen Raum konnte sie einer Kugel unmöglich ausweichen.

Er stieß ihr die Waffe in die Nierengegend. »Fahr vom Parkplatz und bieg links in die First Street ein. Wenn du schreist oder jemanden aufmerksam machst, schieße ich.«

Wie benommen legte sie den Rückwärtsgang ein und trat aufs Gas. Der Wagen schoss nach hinten. Sie bremste scharf, und das Auto kam abrupt zum Stehen.

»Du blöde Kuh!«, schimpfte er im Flüsterton.

Ellie atmete tief ein und aus und zwang ihre zitternden Glieder, ihr zu gehorchen. Sie konnte bewusst einen Unfall verursachen, sobald sie den Parkplatz erst einmal verlassen hatte. Es war ihre einzige Chance.

»Fahr langsam, und wenn du den Wagen gegen irgendetwas fährst, kann ich immer noch schießen. Ich bin hier sicher.«

Ihre Hoffnung erlosch. Der Airbag würde in ihr Gesicht explodieren und sie handlungsunfähig machen. Sie wäre noch immer hilflos.

Was wollte der Kerl bloß? Ob er sie umbringen würde? Es drängte sie, die Tür zu öffnen und wegzulaufen, hier auf dem Parkplatz, wo sie wenigstens eine geringe Chance hatte. Sobald er sie erst einmal woandershin gelotst hatte, konnte er alles mit ihr anstellen, was er wollte. Aber niemals konnte sie den Wagen schnell genug verlassen.

Sie bog in die First Street ein. Unter ihrem Mantel durchnässte Schweiß ihre Seidenbluse, und ihre Schneestiefel waren klobig und ungeschickt auf den Pedalen. Sie fuhr mit knapp vierzig Stundenkilometern an eine Kreuzung heran, stoppte.

»W…wohin soll ich fahren?«, fragte sie.

»Nach links«, antwortete er mit einem heiseren Flüstern. Fest bohrte er dabei die Waffe in ihren Rücken.

Sie fuhr an der Grundschule vorbei, jetzt leer und dunkel. Er richtete den Oberkörper auf, um aus dem Fenster zu schauen. »Fahr auf den Parkplatz vom Secondhandshop.«

Zwei Straßen weiter bog sie an einem beleuchteten Schild ab. Der St.-Paul's-Secondhandshop schloss um vier Uhr. Ellie war schon oft hier gewesen. Die meisten Baby- und Kindersachen von Julia hatte sie gebraucht gekauft. Kies und Eis knirschten unter den Reifen. Sie fuhr an dem umgebauten Backsteinbungalow vorbei, in dem der Laden untergebracht war. Das Gebäude war dunkel, nur eine einzige Lampe über der Hintertür warf einen gelblichen Schein auf das Pflaster. Er könnte sie direkt hier umbringen, und niemand war nahe genug, um den Schuss zu hören. Der Platz war leer, mit Ausnahme eines einzigen anderen Autos, das ganz hinten parkte. Die Windschutzscheibe reflektierte ihre Scheinwerfer. Saß jemand in diesem Wagen?

Neue Panik ließ ihr den Schweiß über den Rücken laufen. Sie konnte ihre eigene Angst riechen – unter der schweren Wolle des Mantels verstärkte sich der Geruch.

»Stopp!«, befahl er.

Sie bremste und wartete. Ihre Hände umklammerten das Lenkrad, als sei es ein Rettungsring.

»Schalt in die Parkstellung und heb die Hände.«

Ellie gehorchte. Sie war allein – er konnte Helfer in dem anderen Wagen haben. Sie kämpfte darum, ihr Atmen unter Kontrolle zu bringen. Wenn sie jetzt ausflippte, half ihr das gar nichts. *Denk nach!* Sie musste ihm entkommen, doch der Schock lähmte ihr Gehirn. Eine Flucht schien unmöglich.

Er warf ihr etwas in den Schoß. Sie zuckte zusammen.

»Schau es dir gut an.«

Ellie blickte herab. Es war ein Umschlag im DIN-A6-Format. Sie öffnete ihn. Zwei Fotos glitten heraus. Das Licht ihrer Scheinwerfer erhellte das Wageninnere gerade genug, um zu erkennen, was darauf zu sehen war. Ihr Puls beschleunigte sich. Das erste war von Julia, die aus der Schule nach Hause kam, die Schultasche über der Schulter. Das zweite Bild zeigte ihre Großmutter, wie sie gerade in der Einfahrt vor ihrem Haus etwas aufhob.

»Ich weiß, wo du wohnst. Ich weiß, wer dir wichtig ist. Du wirst genau das tun, was ich dir sage, oder deine Tochter und deine Großmutter werden dafür bezahlen. Hast du mich verstanden?«

Ellies Kopf bewegte sich auf und ab, als hätte sie keinerlei Nackenmuskeln.

»Du wirst die Hamilton-Akte finden und sie mir geben.«

Schock erfasste Ellie. Es drehte sich also alles um diesen Fall! »Ich weiß nicht, wo die Akte ist …«

»Das ist mir scheißegal. Finde sie, oder ich greife mir eine der beiden und nehme sie mir vor.« Er griff nach vorn, sammelte Umschlag und Bilder wieder ein und steckte sie in seine Jackentasche. Er zog den Arm mit der Waffe zurück, öffnete die Schiebetür des Vans und stieg aus. Weite schwarze Hosen verbargen seinen Körper, und eine schwarze Kapuze warf Schatten über seine Augen. Der untere Teil seines Gesichts war durch einen Schal verhüllt. In anderer Kleidung konnte sie auf der Straße direkt an ihm vorbeigehen, ohne ihn zu erkennen. Sie konnte nicht einmal seine Stimme identifizieren, denn er hatte die ganze Zeit nur geflüstert. Und nachdem er die Fotos wieder an sich genommen hatte, besaß sie keinerlei Beweise, dass der ganze Vorfall überhaupt passiert war.

Der Mann streckte den Kopf wieder ins Wageninnere. »Du wirst niemandem etwas von dieser Begegnung erzählen. Wenn du zur Polizei gehst, werde ich deine Tochter umbringen. Du kannst dich vor mir nicht verstecken. Ich beobachte dich.«

»Wie kann ich Sie erreichen?«

»Gar nicht. Ich melde mich bei dir. Und ich werde es erfahren, wenn du die Akte findest.« Er schloss die Wagentür und ging auf das andere Auto zu. Dessen Marke und Nummernschild sie nicht erkennen konnte.

Ellies Reflexe versagten kurzschlussartig. Ein paar Sekunden lang saß sie wie erstarrt da, bis sie endlich aktiv werden konnte. Sie musste den Parkplatz so schnell wie möglich verlassen. Sie brachte den Schalthebel in die Fahrtstellung und fuhr auf die Straße. Immer wieder in den Rückspiegel schauend, bog sie mehrfach ab, bis sie sich sicher sein konnte, dass niemand ihr folgte. Zwanzig Minuten später fuhr sie in die Einfahrt vor ihrem Haus. Der Lebensmittelladen musste warten, sie musste erst einmal Julia und Nan sehen. Jetzt sofort.

Sie stieg aus und blickte die Straße entlang. In großem Abstand beleuchteten Straßenlaternen den Schnee. In der Nähe war mindestens ein Dutzend Fahrzeuge geparkt. Wie sollte sie herausfinden, ob in einem davon jemand saß, der sie beobachtete? Ihre Blicke glitten die Autos entlang, doch die dunklen Windschutzscheiben verrieten nichts. An der Straßenecke, etwa fünfzig Meter entfernt, führte jemand zwei Hunde spazieren. Alles wirkte ganz normal. Die Lichter im Nachbarhaus brannten, und Grants Mietwagen stand davor. Ob er ihr helfen konnte? In gewisser Weise steckten sie gemeinsam in dieser Sache. Wenn die Erpressung etwas mit einem von Lees Fällen zu tun hatte, dann hing vielleicht auch sein Mord damit zusammen. Grant würde sich darauf konzentrieren, den Mann zu finden, der seine Familienmitglieder umgebracht hatte. Sie wollte ihre am Leben erhalten.

Machte sie das zu Verbündeten oder zu Gegnern?

Sie widerstand der Versuchung, zu Grant zu laufen. Einem Mann, den sie kaum kannte, durfte sie nicht vertrauen. Doch Schuldgefühle rumorten in ihr, als sie auf ihr Haus zuging. Der Mann mit der Kapuze *musste* der Mörder von Lee und Kate sein. Eigentlich sollte Ellie ihm nicht dabei helfen, sein Verbrechen zu vertuschen, aber die Sicherheit ihrer Familie war wichtiger. Um ihre Großmutter und Tochter zu schützen, würde sie alles tun.

Alles.

Deshalb konnte sie jetzt nicht zu Grant gehen – auch nicht, um zu schauen, wie es Carson und Faith ging.

Vor den Stufen zur Veranda blieb sie stehen, schaute über die Schulter zurück. Ein Windstoß holte Schnee vom Dach, der auf sie herabrieselte. Sie zitterte. Die nervöse Hitze ihres Körpers verwandelte sich in eisige Kälte. Sie betrachtete nacheinander die geparkten Autos. Ob er in einem davon saß?

Ich beobachte dich …

KAPITEL 8

Lindsay, November

Ich knalle die Wagentür zu. Mom winkt mir zu und fährt davon. Ich stehe auf der Betonrampe vor der Eislaufbahn, starre auf das riesige Gebäude.

Warum hassen sie mich?

Ich kratze mit der Spitze meiner schwarzen Converse-Schuhe auf dem Beton. Ich habe es nicht eilig hineinzugehen. Mom ist einkaufen. Ich könnte einfach hinter dem Gebäude warten, bis die Stunde Kürlauf vorbei ist. Bevor wir hierhergezogen sind, konnte ich es immer kaum erwarten, auf dem Eis zu stehen. Jetzt ist es mir völlig egal. Am liebsten würde ich aus dem Team aussteigen. Es ist ja nun nicht so, als ob ich Pläne hätte, einmal an den Olympischen Spielen teilzunehmen oder so etwas. Ich liebe einfach nur das Eiskunstlaufen.

Die Eisbahn ist der einzige Ort, an dem ich meine Probleme immer vergessen konnte, und jetzt versuchen sie, mir genau das wegzunehmen. In der Schule sind überall in den Gängen Kameras, und Lehrer sind in der Nähe. Da können mir die Giftnudeln nichts tun, sie können höchstens meinen Stolz verletzen. Aber auf der

Eislaufbahn können meine Folterer ihrer Kreativität freien Lauf lassen.

Ich spiele mit meinem Lippenpiercing. Mom wird nach dem Einkaufen zur Bahn kommen, um den Trainer Victor nach meinen Fortschritten auszufragen. Wenn ich nicht trainiere, wird sie Fragen stellen. Sie wird mich bedrängen, bis ich emotional blute, und dann wird sie mir Vorwürfe machen, weil ich mich beschwere. Nichts darf ihr neues Leben beeinträchtigen. Sie liebt den Bundesstaat New York. Für Dad und mich gilt das weniger.

Das Grundstück um unser neues Haus, in der kleinen Siedlung, ist fast einen Hektar groß. Das Gebäude selbst ist groß und gelb und weiß. Es gibt vier Schlafzimmer, zwei Stockwerke und eine Veranda, die sich über die gesamte Vorderseite erstreckt. Hinter dem Haus sind eine Wiese und Wälder. Nachdem wir sechs Jahre lang in San Francisco in einer möblierten Schuhschachtel gelebt hatten, konnten meine Eltern es kaum erwarten, in dieses ländliche Märchenland zu ziehen. Es führt ein Weg durch den Wald zur Schule, aber den darf ich nicht nehmen. Meine Eltern glauben, das sei nicht sicher.

»Im Hinterland von New York ist alles grün. Wir sparen viel Geld, wir können dir sogar ein Pferd kaufen. Und im Winter liegt Schnee.« Sie sagen das, als wäre es etwas Tolles, dass ich meine Freunde und die Stadt, die ich liebe, verlassen muss.

Mich überzeugt das nicht.

Was soll ich denn mit einem Pferd anfangen? Bisher hatten wir ja noch nicht mal eine Katze. Die Wohnung war schon für uns drei zu klein, da war kein Platz, auch nicht für einen Hamsterkäfig oder ein kleines Goldfischglas. Aber für mich war es mein Zuhause.

Wir sind jetzt seit drei Wochen hier. Das Einzige, das einigermaßen erträglich war, ist das Wetter. Um mich an diese eine einzige gute Sache zu erinnern, schließe ich die Augen und wende mein Gesicht der Nachmittagssonne zu. Die Sonnenstrahlen wärmen meine Wangen und färben das Innere meiner Augenlider blutrot. Bisher war der Wintereinbruch recht mild. Anders als meine Eltern freue ich mich nicht auf Eis und Schnee. Ich habe keine Ahnung, warum meine Eltern das für eine so verdammt tolle Sache halten. Schließlich habe ich schon einmal Schnee gesehen. In Kalifornien sind wir einige Male zum Lake Tahoe gefahren, zum Snowboarding. Das war nichts für mich. Ich habe mehr Zeit flach im Schnee verbracht als aufrecht auf meinem Board. Eine Sache allerdings könnte mir gefallen – wenn der kleine See hier zufriert, kann ich draußen eislaufen und muss nicht zur Bahn gehen.

Ich hole mein Handy aus der Tasche. Noch immer keine Nachricht von Jose zu Hause. Kalifornien und meine Freunde fehlen mir wahnsinnig. Es ist ein Schmerz, ein leeres, schreckliches Gefühl, und wenn ich noch so viel Essen in mich hineinstopfe, es füllt sich nicht. Aber ich sollte mir keine Sorgen machen. Jose ist mein bester Freund, nicht mein Lover. Noch ist er von der Schule nicht zurück. In Kalifornien ist es erst Mittag. Er wird mir später simsen, und vielleicht fühle ich mich dann nicht mehr so allein. Wenn die WLAN-Verbindung gut ist, können wir heute Abend vielleicht sogar skypen.

Es fehlt mir verdammt, jeden Tag nach der Schule mit ihm zur Bay-City-Eislaufbahn zu gehen. Jose ist ein männlicher Eiskunstläufer, er weiß genau, wie das ist, gemobbt zu werden. Ich will einfach nur nach Hause, raus aus diesem Vorstadt-Albtraum. Ich vermisse es, zum Kai zu gehen und das Bellen der Seelöwen zu hören. Ich vermisse alles, von den steilen Straßen bis hin zu den frischen Meeresfrüchten. Das Sushi hier ist zum Kotzen. Und die anderen Kinder sind es ebenfalls.

Und wo ich schon beim Thema »andere Kinder« bin – ich gehe besser hinein. Jemand kommt gerade heraus, eine vom Fortgeschrittenenteam, mit ihrer Mutter. Ihr Training muss vorbei sein. Vielleicht sind meine Erzfeindinnen Regan und Autumn schon gegangen.

Lächelnd hält die Mutter mir die Tür auf, die mir wie ein gähnender Schlund vorkommt, der nur darauf wartet, meinen Lebenswillen zu verschlingen. Okay, ich übertreibe jetzt ein wenig, aber genauso fühlt es sich an, dieses Gefühl drohenden Unheils, das mir den Brustkorb zusammenpresst.

Ich gehe durch die Eingangshalle und den Gang zur Eislaufhalle hinunter. Das Eislaufen hat bereits angefangen. Etwa ein Dutzend Eisläufer wärmt sich auf. Trainer Victor lehnt an der Bande der Eisfläche und beobachtet sie. Er nickt mir zu, als ich an ihm vorbeigehe. Mein Blick fliegt über das Eis. Weder Regan noch Autumn sind zu sehen. Oh, warte – ihre Väter gehen gerade auf Victor zu; sie sind also noch da. Der Trainer versucht, sich auf die Eisläufer zu konzentrieren. Ich bin erst ein paar Wochen hier, aber ich weiß genau, wie alles läuft. Zu Hause ist es ähnlich. Regan und Autumn sind die Stars des Teams. Ihre Väter bezahlen der Halle jeden Monat eine Menge Geld. Sie erkaufen sich damit Victors volle Aufmerksamkeit. Genau die schenkt er ihnen jetzt. Ich nehme Bruchstücke der Unterhaltung auf. Es geht darum, dass Victor sich verdammt noch mal anstrengen soll. Wenn das Team es im nächsten Jahr nicht in die nationalen Wettkämpfe schafft, wird man sich nach einem neuen Trainer umsehen.

Victor tut mir leid. Er ist immer nett zu mir gewesen, aber ich muss den Tatsachen ins Auge schauen. Er ist schon sieben Jahre beim Klub, und bisher hat es noch nie einer seiner Läufer in ein wichtiges Turnier geschafft. Ich weiß, das hat auch etwas mit Glück zu tun. Schließlich hat er keine Kontrolle darüber, wer sich dem Klub anschließt. Aber wenn ihre kostbaren Kinderchen verlieren, ist den Eltern jede Ausrede recht. Außerdem geht das Gerücht um, er hätte ein Verhältnis mit einer der verheirateten Moms, und das sei keineswegs seine erste Indiskretion. Anscheinend ist Victor ein geiler Bock. Igitt! Ich möchte mir nicht einmal vorstellen, dass so ein alter Kerl es überhaupt noch mit einer Frau treibt. Ich habe keine

Ahnung, ob an dem Klatsch etwas dran ist, aber der hilft ihm ganz sicher nicht dabei, seinen Job zu behalten. Er ist nur eine einzige Verlustsaison von der Arbeitslosigkeit entfernt.

Eine weitere Tür führt zum Umkleideraum. In meinen Achselhöhlen sammelt sich der Schweiß. Ich gehe den engen Flur entlang, öffne die Tür, auf der »Mädchen« steht. Wenn Regan und Autumn nicht mehr in der Halle, aber auch noch nicht gegangen sind, müssen sie hier sein. Aber ich muss hinein, es bleibt mir nichts anderes übrig. Victor hat mich gesehen. Ich muss meinen Arsch aufs Eis schwingen, oder er beklagt sich bei Mom, ich würde meine Trainingszeit verschwenden – und ihr Geld. Anscheinend hat er ein gewisses Interesse an mir.

Das ist keine große Sache; er ist nicht unbedingt der beste Trainer der Welt. Sein Lob tut trotzdem gut.

Die Betonsteine und die Reihen von Spinden in vier U-förmigen Abschnitten werfen Stimmen zurück. Im ersten Abschnitt ziehen sich sechs Mädchen um. Von Regan und Autumn ist noch nichts zu sehen, aber ich weiß genau, sie sind hier. Mein Puls setzt einen Schlag aus, und mein Magen zieht sich zusammen. Ich gehe am zweiten Abschnitt vorbei, und da sind sie, schon wieder angezogen, und packen ihre Sachen in große Taschen. Nur fünf Minuten länger, und ich hätte sie verpasst.

Mit ihren hübschen Strähnchen im Haar und ihren modernen Klamotten sehen sie weit mehr als ich so aus, als wären sie in Kalifornien zu Hause. Wie bei jeder Begegnung, lassen die Aggression und der Hass in ihren Augen mich innerlich erbeben. Die metallischen Geräusche treten in den Hintergrund. Ihre Feindschaft wird zu etwas Greifbarem, zu einer unsichtbaren Kraft, die sich gegen meinen Körper presst und mir die Luft aus der Lunge treibt.

Sie haben mich vom ersten Tag an gehasst, an dem ich in der Eislaufbahn aufgetaucht bin. Warum? Sind es meine Goth-Klamotten? Im Vergleich zu meinen Freunden zu Hause halte ich mich noch verdammt zurück. Ich habe nicht einmal eine Tätowierung. Schwarze Haare, Kampfstiefel und ein Lippenpiercing sind nun wirklich nicht sooo ungewöhnlich. Viele andere Kinder an der Schule tragen ähnliche Kleidung. Aber auf dem Eis zählt nur Schönheit. Hier falle ich auf wie Frankenstein. Andererseits habe ich es gerade mal ins Anfängerteam geschafft. Warum also wollen sie mich unbedingt loswerden?

Ich straffe mich und werfe einen Blick in den dritten Abschnitt, wo gerade drei junge Mädchen ihre Spinde schließen und kurz vor dem Aufbruch sind. Als ich an Regan und Autumn vorbeigehe, stolpere ich über irgendetwas und lande der Länge nach auf dem Betonboden, schlage mit dem Kinn auf. Meine Zähne treffen hart aufeinander, ein scharfer Schmerz fährt mir durch den Kopf, der meine Ohren zum Klingeln bringt. Meine Sporttasche gleitet über den Boden und trifft die Füße eines Mädchens, das gerade hinausgehen wollte.

»Hey, pass doch auf, wohin du gehst, du Missgeburt!« Sie tritt die Tasche von sich.

Ich schaue mich um. Regans Tasche ragt in den Gang hinaus. Sie kommt auf mich zu. »O mein Gott, ist alles in Ordnung?« Ihre Stimme ist widerlich süß, aber ihre feindselig zusammengekniffenen Lippen senden die wahre Botschaft.

»Alles okay«, murmele ich und raffe mich auf. Mein Kinn brennt.

»Zu dumm, dass du so ungeschickt bist.« Regan kehrt zu Autumn zurück und flüstert ihr etwas ins Ohr. Autumn lacht, dass ihre Schultern zucken.

Ich werfe ihr einen bösen Blick zu und verdrehe die Augen, aber mein schwacher Versuch, so zu tun, als würde mir das alles nichts ausmachen, überzeugt niemanden. Beschämung erhitzt meine Haut und verwandelt den Orangensaft in meinem Magen in eine üble Säure. Mein Gesicht ist heiß. Meine Haut ist sehr blass,

*also weiß ich genau, dass meine Wangen knallrot angelaufen sind,
als ich endlich die leere Nische erreiche und mir einen Spind sichere.
Die Unruhe lockt alle anderen Mädchen hervor. Die Hälfte von
ihnen grinst schadenfroh, die andere Hälfte blickt beiseite und tut
so, als wäre nichts gewesen. Niemand möchte Regans und Autumns
nächstes Ziel werden. Ich werfe ihnen das nicht vor. Warum sollten
sie für mich eintreten? Sie kennen mich ja nicht einmal.*

Meine Augen brennen, aber ich werde nicht heulen.

*Stattdessen mache ich mich ganz klein, versuche, mit den
grauen Spinden um mich herum zu verschmelzen, während ich in
die schwarzen Strumpfhosen schlüpfe, die ich beim Training trage.*

*Regan und Autumn verlassen den Umkleideraum gemeinsam,
die Köpfe zusammengesteckt. Sie reden über mich, lachen vielleicht,
oder sie planen, was sie mir als Nächstes antun werden. Ich weiß
es. Ich kann ihre Feindseligkeit in der Luft spüren, selbst als sie
schon draußen sind. Die anderen schauen mich bewusst nicht an.
Ein Mädchen schlendert vorbei, den iPod in der Hand. Aus ihren
Ohrhörern kommen blecherne Klänge. Ich setze mich auf die Bank,
um mir die Schlittschuhe zuzuschnüren. Sobald ich erst einmal
auf dem Eis stehe, ist alles in Ordnung. Der Umkleideraum ist die
wahre Folterkammer; auf der Eisfläche besteht Trainer Victor auf
strengen Regeln.*

*Ich will gar nicht mehr eislaufen. Ich weiß, genau darauf legen
sie es an. Also haben sie bereits gewonnen, vermute ich mal. Mit
einem tiefen Atemzug komme ich auf meine Füße und stakse zur
Eisfläche. Regan und Autumn stehen mit ihren Vätern und Victor
zusammen. Sie beobachten mich mit viel zu viel Interesse, als ich
meine Kufenschoner ablege und beginne, mich aufzuwärmen.
Meine Muskeln lösen sich, ein Gefühl von Freiheit erfüllt mich, so
wie jedes Mal, wenn ich in den Schlittschuhen stecke.*

*»Wärmt euch auf!«, ruft Victor, als ich an ihm vorbeigleite.
»Ich will sehen, wie ihr diesen Doppelaxel übt!«*

Regan beugt sich vor und sagt etwas zu Autumn. Die beiden lachen.

»Wenn ihr es im nächsten Jahr in die nationalen Meisterschaften schaffen wollt, habt ihr keine Zeit, an andere Dinge zu denken. Konzentriert euch ganz auf eure Eislaufroutine.« Victors Mahnung an die beiden hallt über das Eis.

Ich weiß seine Unterstützung zu schätzen, aber das ist für sie nur ein weiterer Grund, mich zu hassen.

KAPITEL 9

Sonnenlicht glitzerte auf einer neuen Schicht Schnee. Ellie bog in die enge Gasse ein, die am Gebäude der Kanzlei vorbeiführte. Unter ihren Reifen knirschten die wenigen Zentimeter Schnee, die der Schneepflug nicht vom Kies geräumt hatte. Sie erreichte den Parkplatz hinter dem Haus. Frischer Pulverschnee hing an den Zweigen der alten Eiche im hinteren Teil des geräumten Bereichs, die bereits erste Knospen zeigten. Vom strahlend blauen Himmel schien blendend hell die Sonne herab und brachte alles zum Schimmern, das sie berührte.

Wenn sie die Sorgen um ihre Familie nicht so bedrückt hätten, dann wäre es eine wunderschöne Szene gewesen.

Ellie parkte ganz hinten. Ihr Herz klopfte, als sie ausstieg und über den Parkplatz lief. Auf der Stufe vor der Hintertür klopfte sie sich den Schnee von den Stiefeln und schaute sich ein letztes Mal forschend um, bevor sie den Schlüssel ins Schloss schob. Sie deaktivierte den Alarm, begab sich mit zögernden Schritten in den Aufenthaltsraum, der gleichzeitig die Küche bildete. Er war leer. Sie horchte, doch sie hörte nichts als das Rumpeln des Heizkessels und das Zischen der heißen Luft von den Heizkörpern.

Alles schien ganz normal zu sein. Nur dass am Abend zuvor ein Mann damit gedroht hatte, ihre Tochter umzubringen.

Ellie wechselte die Schuhe und machte sich an die Arbeit. Sie begann in Franks Büro.

Mit zitternden Fingern schob sie einen USB-Stick in den Slot an seinem Computer. Im Büro um sie herum herrschte Stille. Es war erst sieben Uhr, und noch war niemand sonst eingetroffen. Roger kam meistens gegen acht und der Rest der Angestellten kurz darauf. Möglicherweise war dies ihre einzige Chance, einen Blick auf die Dateien auf Franks Festplatte zu werfen. Die meisten Anwälte arbeiteten abends lange, aber morgens früh waren sie nur selten zu sehen. Falls doch jemand kam, würde sie einfach behaupten, sie müsse Software-Updates installieren. Die Kanzlei beschäftigte keinen IT-Spezialisten, und Roger zog es vor, die einfachen Wartungsaufgaben lieber Ellie zu überlassen, als einen Techniker dafür zu bezahlen. Schließlich bekam sie ja bereits ein Gehalt. Die Angestellten waren es gewohnt, Ellie an ihren Computern zu sehen. Und wenn es brenzlig wurde, würde Roger sie hoffentlich unterstützen. Er hatte ihr ja den Auftrag zum Spionieren erteilt. Nicht dass sie vorhatte, sich mit dem finanziellen Betrug zu beschäftigen, der ihm am Herzen lag.

Frank war der Einzige in der Kanzlei, von dem sie sich vorstellen konnte, dass er einen Grund hatte, sich die Hamilton-Akte unter den Nagel zu reißen. Er war auch der Mitarbeiter, der als Letzter hier angefangen hatte, und er war Lees Konkurrent für eine Partnerschaft gewesen. Lees Tod kam Frank ganz direkt zugute. Also war sein Schreibtisch als Erstes dran.

Sie kopierte seine Dokumentenverzeichnisse auf den Stick. Die Maschine arbeitete, das orangefarbene Licht blinkte. Sie drehte sich auf dem Stuhl und öffnete den Aktenschrank hinter dem Schreibtisch, blätterte durch die Akten. Das Knirschen von Reifen ließ sie hochschrecken. Jemand kam. Sie schaute auf die Uhr – es war erst zwanzig nach sieben. Um diese Zeit kam sonst nie jemand zur Arbeit! Das blinkende Licht schien sie zu verhöhnen.

Nun komm schon!

Sie schloss den Aktenschrank. Das orangefarbene Licht erlosch. Sie fuhr den Computer herunter und raste in die Küche. Mit zitternden Händen füllte sie Kaffeepulver in den Filter. Der Wagen gerade eben musste zum Nachbarhaus gefahren sein. Aber es spielte keine Rolle – sie hatte erreicht, was sie sich vorgenommen hatte. Jetzt konnte sie nur noch beten, dass Franks Computerfähigkeiten nicht ausreichten, um das Kopieren der Dokumente zu bemerken. Natürlich, Roger sollte ihr eigentlich zur Seite stehen, aber wenn Frank sich beschwerte, dann bei Peyton senior, und in Konfrontationen mit seinem Vater gab Roger immer nach.

Hatte Frank die Akte vielleicht mit nach Hause genommen? War das möglich? Er hatte Lees Büro bezogen, bevor sie alle Akten hatte durchgehen können. Womöglich suchte sie in der Kanzlei völlig vergebens danach, weil Frank sie in seiner Wohnung hatte. Aber sie brauchte diese Akte, damit ihre Familie am Leben blieb. Oder vielleicht war sie in Lees Haus. Sie musste unbedingt zu Grant gehen, wie sie es versprochen hatte, und sich dabei gut umschauen. Ebenso gut konnte die Akte natürlich in Lees BMW sein. Bisher war der Wagen nicht wieder aufgetaucht. Der Gedanke, es könnte ihr unmöglich sein, die Informationen zu beschaffen, die der Erpresser von ihr verlangte, verursachte ihr Übelkeit.

Was konnte sie tun, wenn der Kerl mit der Kapuze zurückkam und sie ihm die Akte nicht geben konnte? Und wer war er überhaupt?

Es gab nur zwei Menschen, die sie auf Anhieb ausschließen konnte. Grant würde niemals in den schmalen Raum hinter den Vordersitzen ihres Vans passen, und warum sollte er so etwas überhaupt tun? Das passte gar nicht zu ihm. Und Roger war in seinem Büro gewesen, als der Mann in ihrem Wagen auf sie gewartet hatte. Andererseits – ihr Chef hätte die Kanzlei durch die Vordertür verlassen können, unbemerkt von ihr, bevor sie die Hintertür nahm. Nur, warum sollte er sie bedrohen, um sich die Akte zu beschaffen? Er hatte sie doch bereits gebeten, danach zu suchen.

Zu viele unbeantwortete Fragen verursachten ihr Kopfschmerzen. Sie füllte Wasser in die Kaffeemaschine und schaltete sie ein.

Sie warf einen Blick auf die Uhr. Noch war genügend Zeit, auch die anderen Schreibtische zu durchsuchen. Sie begab sich an die Arbeitsplätze der Anwaltsgehilfinnen, kopierte auch deren Dokumentenverzeichnisse und durchsuchte währenddessen leise und effizient die Schreibtische. Eine halbe Stunde später hatte Ellie nichts gefunden, das sich auch nur entfernt auf die Hamilton-Akte bezog.

»Ellie?« Rogers Stimme riss sie aus ihren Gedanken.

Sie zog den USB-Stick heraus und steckte ihn in die Tasche ihres Jacketts, strich ihren Rock glatt und ging auf ihren Chef zu, der vor ihrem Arbeitsplatz stand.

Sie lächelte. »Guten Morgen.«

»Sie sind aber früh da. Was haben Sie gemacht?«

»Software-Updates.«

»Um diese Zeit?« Verschwörerisch hob er die Augenbrauen. »Haben Sie etwas Interessantes gefunden?«

»Nein, tut mir leid.«

»Mist!« Stirnrunzelnd blickte er auf seine Armbanduhr. »Ich habe einen Termin um neun. Ist der Kaffee fertig?«

»Selbstverständlich. Ich bringe Ihnen eine Thermoskanne.« Ellie eilte zurück in die Küche und füllte den Kaffee um.

»Lügnerin!« Sie erschrak. Frank!

In ihrem Schreck ließ sie die Kaffeekanne fallen. Heiße Flüssigkeit spritzte gegen ihre Beine.

Frank sprang zurück, konnte dem Kaffee gerade noch so ausweichen. »Ist alles in Ordnung?«

»Ja, schon gut.« Wie durch ein Wunder war die Kanne auf dem Linoleum nicht zerbrochen, aber ihre Schuhe und Nylons waren mit Kaffee durchtränkt. Brennend heiße Stellen an ihrem Schienbein ließen sie den Schock überwinden. Sie benetzte ein Küchentuch mit kaltem Wasser und presste es sich gegen das Bein. Mit weiteren Tüchern reinigte sie sich die Schuhe, warf sie dann auf die Pfütze am Boden.

»Ich helfe Ihnen.« Frank kniete sich neben sie und wischte die braune Brühe auf.

»Ist schon gut, ich mache das.« Ellie warf die nassen Tücher in den Abfall und setzte neuen Kaffee auf.

Frank schlenderte hinaus und schaute dann über die Schulter zurück. »Ich habe gesehen, wie Sie Sues Schreibtisch durchsucht haben«, bemerkte er grinsend. »Aber keine Angst, ich verrate Sie nicht. Ihr Geheimnis ist bei mir sicher.«

O Gott! Frank war wirklich niemand, dem sie bewusst ein Geheimnis anvertrauen würde! Ellie schaute zu, wie der Kaffee langsam in die Kanne tropfte, und legte eine Hand gegen die schmerzende Schläfe. Sie hatte nicht genug Kraft, sich Sorgen wegen Frank zu machen. Seine kleinen Spielchen konnten mit einer Erpressung nicht mithalten. Es sei denn, er war der Kapuzenmann.

* * *

Der Traum ergab einfach keinen Sinn. Grant hatte den Mord an seinem Bruder nicht mit angesehen. Wieso also sah er ihn in Gedanken ständig vor sich?

Seine Augenlider schienen mit Sandpapier ausgekleidet zu

sein. So fühlte es sich wenigstens an, als er die Augen öffnete. Seine Sicht war verschwommen. Ein Gewicht ruhte auf ihm, und da war ein konstantes tickendes Geräusch, wie von einer Bombe. Er blinzelte. Seine Sicht klärte sich, und er sah einen Kopf mit zerwühlten blonden Haaren.

Carson lag quer über seinem Körper. Grants Schulter hing über das Sofa im Wohnzimmer hinaus, und davor klickte die Babyschaukel jedes Mal, wenn sie die Mitte seines Gesichtsfelds erreichte.

Oh, ja … Er erinnerte sich an eine höllische Nacht. Er hatte Carson ins Bett gebracht und war mit dem Baby auf und ab gelaufen, bis zwei Uhr morgens. Dann hatte ein Albtraum Carson zurückgebracht, in Tränen und mit einem Schluckauf. Und um das Chaos perfekt zu machen, hatte der Hund angefangen zu bellen. Die Schaukel war seine Rettung gewesen. In der Gebrauchsanweisung stand zwar, dass man den Säugling in diesem verdammten Ding nicht schlafen lassen sollte, aber verzweifelte Zeiten erforderten verzweifelte Mittel.

Grant schloss die Augen. Eine weitere Stunde Schlaf würde seine Kopfschmerzen vielleicht verschwinden lassen.

»Onkel Grant!« Kleine Finger zupften an seinem Augenlid. »Bist du wach?«

Grant öffnet das andere Auge. »Ja.«

Carson ließ das Augenlid los und stützte das Kinn auf seine Hände. Knochige Ellbogen bohrten sich in Grants Brust. Carsons blaue Augen befanden sich nur wenige Zentimeter von Grants Gesicht entfernt. AnnaBelle hatte die Stimme des Jungen gehört. Sie sprang von ihrem Hundebett in der Ecke auf, trottete zum Sofa und schob ihre nasse Nase zwischen die beiden Gesichter.

»Sie muss nach draußen.« Carson schlängelte sich von Grant herunter.

Ein Knie traf seine Lendengegend. Grant stöhnte auf.

Er entfernte das Knie seines Neffen aus seinen Geschlechtsteilen und richtete sich auf. Carson lief zur Hintertür und öffnete sie. Sofort raste AnnaBelle hinaus auf den Hinterhof.

»Kann man sie draußen allein lassen?« Mit zusammengekniffenen Augen schaute Grant aus dem Fenster. Die Wolken der vergangenen Nacht waren verschwunden. Aus einem kristallklaren blauen Himmel schien die Sonne herab auf zehn Zentimeter frisch gefallenen Schnee.

»Sie kommt gleich zurück.« Carson ging zum Kühlschrank und holte einen Karton Saft heraus, den er Grant brachte. »Kannst du mir das aufmachen?«

»Na klar.« Grant schob einen Strohhalm durch die perforierte Öffnung und reichte seinem Neffen den Saft.

»Du musst die Klappen hochmachen, sonst spritzt es.«

»Kapiert ... Klappen hoch.« Grant reichte den Karton zurück.

Carson nahm einen tiefen Schluck durch den dünnen Strohhalm. »Gehe ich heute zur Schule?«

Grant sah die Erschöpfung in den Augen des Jungen. Carsons Grundschule stand auf seiner Liste der vielen Anrufe, die er zu erledigen hatte. »Willst du heute zur Schule gehen?«

Carson schüttelte den Kopf.

»Dann bleibst du einfach zu Hause.« Grant warf einen prüfenden Blick auf das Baby. Es schlief noch immer. »In ein paar Tagen sprechen wir noch einmal darüber, einverstanden?«

Carson nickte.

»Waffeln?« Mühsam erhob sich Grant und streckte sich. Er kam sich vor wie nach einem Nachtmarsch. Er brauchte einen Kaffee. Sofort. Er schlurfte in die Küche und stellte die Maschine an.

Sonnenlicht drang durch das hintere Fenster in den Raum. Wie spät war es? Er schaute auf die Uhr an der Wand. Zehn Uhr.

Faith rührte sich, und Grant bereitete ein Fläschchen vor. Er hatte bereits gelernt, dass der Schreikrampf vor einer Fütterung das Risiko erhöhte, anschließend in Babyspucke gebadet zu werden. Er gab den Kindern ihr Frühstück. Das man auch Brunch nennen konnte. Oder was auch immer. Erschöpfung ließ alles verschwimmen.

Er verpasste sich einen Koffeinfix und brachte die Küche in Ordnung. Noch bevor er Zeit hatte, über eine Dusche nachzudenken, war es bereits Mittag. Die Türglocke bimmelte, und AnnaBelle raste los.

»Vielleicht ist das Tante Hannah.« Grant rieb sich die schmerzenden Augen und hoffte, dass Unterstützung eingetroffen war.

Carson schwieg. Mit dem Baby im Arm ging Grant zur Tür und lugte durch den Spion. Auf der Veranda stand seine Schwester, eine Hand auf einem Rollenkoffer, eine Aktentasche um die Schulter geschlungen. Er öffnete die Tür weit.

AnnaBelle wollte gleich hinausstürzen, doch Hannah stoppte sie mit erhobener Hand und dem Kommando »bleib!«.

Mitten im Wedeln stoppte ihr Schwanz und sackte nach unten.

»Seit wann magst du denn keine Hunde?« Grant beugte sich vor und küsste Hannah auf die Wange.

Von ihren spitzen Absätzen bis hin zu ihren glänzenden, perfekt frisierten blonden Haaren sah seine Schwester genauso aus, wie man sich einen Wirtschaftsanwalt vorstellt. Sie trat ein, blieb im Eingang stehen und ließ ihren langen schwarzen Mantel die Arme hinuntergleiten.

»Seit ich meine abgelegten Jeans gegen Erwachsenenkleidung eingetauscht habe.« Sie hängte ihren Mantel in den Garderobenschrank. Ihre hohe, schlanke Gestalt war in eine hellgraue Hose und einen weißen Kaschmirpullover gehüllt. Ihr Outfit von Saks wirkte im Kontrast zur sich ablösenden grünen

Tapete besonders elegant und völlig fehl am Platz.

Sie kam zu Grant zurück. Ihre Absätze klackten über das zerkratzte Parkett. Ein leichtes, neugieriges Lächeln zog einen Mundwinkel nach oben. Sie streckte die Hand aus und griff nach dem Fuß des Babys. »Du bist sicher Faith.«

»Hast du sie noch nie gesehen?«

»Nein. Vor Jakarta war ich in Berlin und davor in Prag.« Ihr Blick wanderte von Faith zu Grants Gesicht. Ihre Augen wurden feucht. »Wie geht es dir, Grant?«

Alle Luft strömte aus seinem Brustkorb. »Ich weiß es nicht. Wahrscheinlich bin ich ein wenig überwältigt von all dem. Ich hatte nicht vermutet, als Erster einzutreffen.«

Sie nickte und schniefte. »Ich bin so schnell gekommen, wie ich mich aus den Verhandlungen lösen konnte.«

»Wie bitte? Du bist nicht sofort aufgebrochen?«

Sie trat einen winzigen Schritt zurück. »Bei einem Geschäft, bei dem es um Milliarden geht, kann man sich nicht einfach umdrehen und verschwinden.«

»Ich habe mich bei einem Krieg einfach umgedreht und bin verschwunden, verdammt noch mal!« Grant biss die Zähne zusammen und zwang sich zum Schweigen. Es war sinnlos, Hannah vorzuwerfen, dass sie Hannah war. Ihre absolute Konzentration und ihre Skrupellosigkeit hatten seiner Schwester dazu verholfen, es zum Sozius einer Hochleistungskanzlei zu bringen. Nichts außer der Beherrschung der gesamten Welt konnte sie jemals zufriedenstellen. Nicht zum ersten Mal fragte sich Grant, ob sein Vater das falsche Kind in die Militärkarriere gezwungen hatte. Der Colonel hatte unbedingt einen General in der Familie haben wollen, und Hannah würde einen hervorragenden General abgeben. Oder auch Diktator.

»Was soll's … jetzt bist du ja hier, und nur darauf kommt es an.« Grant beschloss, die Sache auf sich beruhen zu lassen. Er hatte diese Woche gelernt: Das Leben ist zu kurz. »Willst du

Carson begrüßen, bevor du dich umziehst?«

Trauer zeigte sich erneut in ihrem Gesicht, doch sie kämpfte dagegen an. Sie war kein kaltherziger Mensch, sie fühlte sehr viel, hatte sich jedoch, wie der Colonel, bei Gefühlsausbrüchen nie sehr wohlgefühlt – weder den eigenen noch denen anderer Leute. »Wo ist er?«

»In der Küche.« Grant ging ihr voran.

»Hallo, Carson«, sagte Hannah aus der Mitte des Raums, ihre Stimme ganz sanft.

Mit den Ellbogen stieß Grant sie sacht nach vorn, in Richtung ihres Neffen. Hannah warf ihm einen bösen Blick zu, der sich dieses Drängen verbat, setzte sich dann aber doch neben Carson. Innerlich musste Grant sie loben – sie begab sich auf seine Augenhöhe hinab.

»Was malst du da?«, fragte sie und betrachtete die Zeichnung.

Carson zuckte mit den Schultern. »Einen Mann.«

»Er weint«, stellte sie fest. »Und das ist ein Haus?«

Der kleine Junge nickte. »Es ist unser Haus.«

»Warum weint der Mann?«

Knochige Schultern hoben und senkten sich. »Weiß nicht.«

»Mir gefällt das Kleeblatt.« Sie stand auf. »Ich gehe nach oben und ziehe mich um.«

Sie geht nach oben, um zu weinen, dachte Grant. »Ich bin im Gästezimmer am Ende des Gangs. Du kannst den Raum daneben haben.« Lee hatte sich ein großes Haus für Familienfeiern gewünscht. Aber das erste Mal, dass sich Grant, Hannah und Mac unter seinem Dach zusammenfanden, erlebte er nicht mehr.

Die Lippen fest zusammengepresst, drückte sie sich an ihm vorbei. Sie stand kurz davor, die Kontrolle zu verlieren.

Er reichte ihr einen der neuen Hausschlüssel. »Ist alles in Ordnung?«

Sie nickte, schloss die Faust um den Schlüssel und wandte

111

sich ab. So abweisend war Hannah nicht immer gewesen. Keiner von ihnen hatte den Tod ihrer Mutter gut verkraftet. Grant und Hannah waren so schnell wie möglich aus Scarlet Falls geflohen, um all seinen Enttäuschungen zu entkommen, und Mac hatte zwar eine Hütte am Ort, verbrachte jedoch die Hälfte des Jahres auf Reisen. Nur Lee war hiergeblieben.

Grant ließ Hannah eine halbe Stunde Zeit, sich wieder zu fassen. Er untersuchte zwischenzeitlich den Inhalt der Babytasche. Wie sein eigenes Marschgepäck, bestand er aus abgefülltem Wasser, trockener Kleidung und Hygieneartikeln. Er füllte ein paar Dinge nach, die das seiner Meinung nach nötig hatten, und fügte ein paar Müsliriegel für Kinder hinzu, die er in der Speisekammer gefunden hatte – falls Carson Hunger bekam.

»Hey, Carson, lass uns zu Onkel Macs Wohnung fahren. Was hältst du davon?« Grant hoffte, Anzeichen dafür vorzufinden, dass sein jüngster Bruder sich in der Hütte aufhielt. Und vielleicht schlief Carson unterwegs – das Kind konnte das gut gebrauchen.

Unten an der Treppe rief er nach seiner Schwester. Sie kam in Jeans und Stiefeln, allerdings noch immer mit dem Kaschmirpullover herunter. Ihr Make-up hatte sie entfernt, ihre Augen waren verquollen und rot gerändert. In der lässigen Kleidung mit einem Gesicht ohne Schminke sah sie zehn Jahre jünger aus und wie das Mädchen, mit dem zusammen er aufgewachsen war, nicht mehr wie ein Wirtschaftsanwalt.

»Ich will zu Mac fahren.«

»Hast du noch immer nichts von ihm gehört?« Sie runzelte die Stirn.

»Nein.«

»Bestimmt ist alles in Ordnung.« Sie klang jedoch selbst nicht überzeugt. »Du glaubst doch nicht etwa, er hat von Lees und Kates Tod gehört und ist …«

»Es gibt keine Anzeichen dafür, dass Mac in Schwierigkeiten steckt«, beruhigte Grant sie. »Aber ich werde mich besser fühlen, sobald wir ihn gefunden haben.«

»Ich auch.« Hannah nickte. »Gehen wir.«

Seit er vor zehn Jahren aus der Entziehungskur gekommen war, hatte Mac keinen Rückfall erlitten. Wenn er allerdings von den Morden erfuhr …

»Willst du das Baby tragen oder die Kiste mit den Akten?« Grant deutete mit einer Kopfbewegung in Richtung von Lees Büro.

»Ich hole den Karton«, entschied Hannah.

Das überraschte Grant nicht. Er führte Carson nach draußen und öffnete die Hintertür des Mietwagens.

Carson schüttelte den Kopf. »Ich muss im Kindersitz sitzen!«

Mist! Natürlich brauchten beide Kinder spezielle Sitze fürs Auto. »Wo ist dein Kindersitz?«

»In Mommys Van.« Carson lief zurück ins Haus und kehrte mit Schlüsseln zurück. Sie gingen ums Haus zur alleinstehenden Garage. Kates silberner Minivan war für Kinder ausgerüstet – Grant fand Spielzeuge, Wasserflaschen, Snacks und kleine Netze, in denen er alles verstauen konnte. Carson kletterte auf seine Sitzerhöhung und schnallte sich selbst an. Grant befestigte Faiths Sitz. Dabei stützte er sich mit der Hand auf dem Boden ab und spürte die Krumen unter den Fingern. Sein Knie zerquetschte einen leeren Saftkarton.

Mit AnnaBelle an der Leine kam Hannah aus dem Haus. »Sie hat so gejault. Warum soll sie nicht mitkommen?«

Grant öffnete dem Hund die Tür zum hinteren Bereich. Hannah stellte die Kiste mit den Akten auf die Ladefläche, und AnnaBelle sprang hinauf. Die Innenseite der Fenster war schon völlig verschmiert mit Hundespucke, es war also nicht ihre erste Fahrt. Hannah setzte sich auf den Beifahrersitz.

Er startete den Motor. »Wann hast du zuletzt mit Mac gesprochen?«

Sie hob eine Schulter an. »Ich habe seit über einem Monat nicht mehr mit Lee und Mac telefoniert.«

»Ich ebenfalls nicht«, erwiderte Grant. »War das schon immer so? Ich glaube mich zu erinnern, dass wir uns als Kinder sehr nahegestanden haben.«

Hannah seufzte. »Als Mom gestorben ist, hat sich alles verändert.«

»Das ist wahr.« Rückwärts fuhr Grant aus der Einfahrt.

Ihre Mutter war das Rückgrat der gesamten Familie gewesen. Sie hatte sich um die vier Kinder gekümmert, da ihr Mann die meiste Zeit unterwegs war. Als er endlich zurück nach Hause kam, war er gelähmt.

»Lee hat mich normalerweise jeden Sonntag angerufen.« Hannah schüttelte sich die Haare aus den Augen. »Aber in den letzten Jahren hatte ich zunehmend das Gefühl, dass er in Arbeit erstickte und ziemlich unter Druck stand. Wir haben immer weniger miteinander geredet. Allein schon die Zeitunterschiede waren ein ziemliches Hindernis, ich war ja überall in der Welt unterwegs.« Sie seufzte erneut. »Und all meine Ausreden ändern nichts an der Tatsache, dass er nicht mehr da ist. Ich hätte ihn viel öfter anrufen sollen, und jetzt kann ich es nicht mehr.«

Nichts konnte die Realität verändern, und das führte zu einem Bedauern, das ebenso endgültig war wie der Tod.

* * *

Julia stieg aus dem Bus aus und schlang sich den Rucksack um. Das Gewicht der Riemen schnitt in ihre Schultern. Sie zog ihr Handy aus der Tasche. Der Lockscreen zeigte ihr drei SMS. All ihre Freunde waren schon längst zu Hause. Die fuhren nicht mit dem Bus, sondern mit dem eigenen Auto. In ein paar Monaten war sie sechzehn, dann bekam sie ebenfalls ihren Führerschein. Was allerdings, so fürchtete sie, keinen Unterschied bedeuten würde. Sie konnten sich kein zweites Auto leisten, und keiner ihrer Freunde wohnte nahe genug, um sie mitzunehmen.

Sie überflog die ersten beiden Textnachrichten, bis sie zu der von Taylor kam. Taylor, das war auch etwas, das nicht auf der extrem kurzen Liste der Dinge stand, die ihre Mutter genehmigt hatte. Aber manche Dinge konnte man sich einfach nicht entgehen lassen, und Julia hatte es satt, immer außen vor zu bleiben. Sie trank nicht, sie nahm keine Drogen. Ihre Noten waren glatte Einser. Aber statt dass ihre Mutter sie dafür belohnte, stellte sie immer neue lächerliche Regeln auf. Sie durfte sich zum Beispiel nicht mit älteren Jungs verabreden. Taylor war schon achtzehn, aber er war der einzige Junge, für den sie sich interessierte. Ihr war nur eine Sache erlaubt, die Spaß machte – das Eislaufen. Aber jetzt, wo ihre Trainerin Mrs Barrett nicht mehr da war, hatte sie daran keine Freude mehr. Sie wischte sich eine Träne von der Wange.

Ein merkwürdiges Gefühl prickelte in ihrem Nacken, als würde jemand sie beobachten. Sie schaute sich um, doch da war niemand zu sehen. Sie ging weiter. Ihr Haus war zwei Häuserblocks von der Bushaltestelle entfernt, und einen davon hatte sie bereits hinter sich.

Sie blickte wieder auf Taylors Nachricht.

Hast du heute Abend Zeit?

O mein Gott! Er wollte sich mit ihr verabreden!

Nein, sie durfte sich nicht zu früh freuen. Und ihm ihre Freude vor allem nicht zeigen. **Vielleicht**, antwortete sie.

Wieder war da dieses prickelnde Gefühl. Sie wandte sich um. Auf einem Parkplatz etwa in der Mitte zwischen den beiden Querstraßen stand ein weißer Van mit einer Leiter auf dem Dach. Die hintere Tür war offen, und ein Mann im grünen Overall stand davor. Es war nur ein Arbeiter. Ihr Handy vibrierte – eine neue SMS.

Taylor: **Vielleicht?**

Julia: **Du weißt doch, strenge Mutter.**

Taylor: **Ich kann dich abholen.**

Julia zögerte, die Daumen über der Displaytastatur. Sie hatte ein schlechtes Gewissen, aber andererseits, wenn ihre Mutter nicht so unvernünftig wäre, müsste sie sich nicht nachts heimlich hinausschleichen. **Okay**, antwortete sie.

Taylor: **Uhrzeit?**

Julia überlegte. Normalerweise war ihre Mutter bis etwa elf Uhr abends mit Renovierungsarbeiten beschäftigt. Taylor konnte sie erst sehr viel später abholen, wenn sie bereits tief und fest schlief. Zum Glück war der Hund wenigstens wieder im Nachbarhaus; an dem hätte sie niemals unbemerkt vorbeikommen können.

12, antwortete sie.

Taylor: **Okay.**

Sie spürte eine Gänsehaut und plötzliche Angst. Sie zog den Reißverschluss ihrer Jacke höher und schaute sich ein weiteres Mal um. Der weiße Van war leer, der Mann war nicht mehr zu sehen. Alles war in Ordnung. Sie war bestimmt nur nervös, weil sie gerade versprochen hatte, sich heute Nacht aus dem Haus zu schleichen. Aber deswegen musste sie sich nicht schlecht fühlen. Noch nie war sie ihrer Mutter gegenüber ungehorsam gewesen. Oder genauer gesagt, noch nie in einem solchen Ausmaß. Das war eine völlig neue Ebene von Ungehorsam. Wenn sie erwischt wurde, stand ihr ziemlicher Ärger bevor. Aber davon ließ sie sich nicht aufhalten. Heute Nacht würde sie sich mit Taylor treffen. Das war das Risiko wert.

KAPITEL 10

»Wir nähern uns der Abzweigung.«

»Ich sehe sie.« Grant fuhr langsamer und bog auf den Feldweg ein, der zu Macs Hütte führte. Der Wagen holperte über die gefrorenen Furchen.

Hannah warf einen Blick auf den Rücksitz. »Ich hoffe, das Gerumpel weckt sie nicht auf.«

Beide Kinder schliefen in ihren Sitzen. Grant parkte das Auto auf dem freien Platz vor der Hütte, auf dem bereits Macs mitgenommener Jeep stand, Vorderseite und Windschutzscheibe mit Matsch bespritzt.

»Warte hier mit den Kindern«, sagte Grant. »Ich schaue nach, ob er da ist.«

Leise schloss er die Autotür hinter sich, ging zur Veranda und klopfte. Keine Antwort. Er schaute durchs Fenster, die Hand auf der Stirn, damit er nicht geblendet wurde, aber er sah niemanden. Er versuchte es an einem anderen Fenster. Macs Schlüssel lagen in der Küche auf dem Tisch neben einem Rucksack. Er musste im Haus sein. Warum reagierte er also nicht? Angst stieg in Grant auf. Er hämmerte mit der Faust gegen die Tür.

»Ist ja schon gut!«, brüllte jemand von innen. Kurz darauf

wurde die Tür geöffnet, und Mac stand vor ihm, ziemlich mitgenommen, mit einem etwa zwei Wochen alten unordentlichen Bart, blutunterlaufenen Augen, barfuß, das einzige Kleidungsstück eine nicht zugeknöpfte Jeans. Er fuhr sich mit der Hand durch die wirren blonden Haare. »Grant?«

»Wo zum Teufel hast du gesteckt?« Grant drängte sich an ihm vorbei. »Ich versuche dich seit Tagen zu erreichen!«

»Ich bin erst heute Nacht gegen vier nach Hause gekommen.«

Grant betrachtete sich Macs ungepflegte Erscheinung. Er konnte nur beten, dass sein Bruder keinen Rückfall gehabt hatte und nicht wieder auf Drogen war; er brauchte seine Hilfe. »Wo warst du?«

»Ich habe nichts angestellt, ich schwöre es dir.« Mac hob die Hand. »Ich habe meine Studien über eine Familie von Flussottern im Scarlet River abgeschlossen. Ich war campen. Der Akku meines Handys ist schon seit letzten Freitag leer. Was allerdings keine Rolle gespielt hat, da draußen hätte ich ohnehin keinen Empfang.«

Grant stieß den Atem aus, den er unbewusst angehalten hatte. »Das kannst du mir nicht antun, Mac.«

»Du darfst mir ruhig ein bisschen mehr zutrauen«, erwiderte Mac giftig. »Ich weiß, ich habe großen Mist gebaut, aber das ist jetzt schon lange her.« Er blinzelte, dann gewann sein Blick plötzlich an Fokus. »Wart mal, du wolltest doch erst in zwei Monaten zurückkommen.« Dann verstand er. »Wer ist tot? Dad?«

Grant schüttelte den Kopf und führte seinen jüngsten Bruder zu einem Stuhl. Seine Erleichterung, dass Mac nichts zugestoßen war, verwandelte sich in ein übles Gefühl. Jetzt war er derjenige, der ihm die Nachricht überbringen musste. Mac ließ sich schwer auf den Stuhl fallen. Seine Augen verhärteten sich, er bereitete sich auf das Schlimmste vor.

»Lee und Kate«, sagte Grant leise.

Ein paar Augenblicke lang starrte Mac ihn ausdruckslos an, als hätte er nicht verstanden, dann zeichneten sich langsam Schock und Entsetzen in seinem Gesicht ab. »Nein!«

Grant schloss die Augen. Macs Zweifel erinnerte ihn an seine eigene Reaktion, als er vor wenigen Tagen von Lees und Kates Tod erfahren hatte. Schmerz grub sich mit der Wucht einer Blendgranate in seinen Körper ein. Er begab sich in die Küchenecke, begann mechanisch Kaffee vorzubereiten, den keiner von ihnen wollte. Er wollte seinem Bruder Zeit geben, den Schlag zu verarbeiten.

»War es ein Autounfall?« Auch in dieser Frage spiegelte Macs Reaktion Grants eigene wider.

Die Kaffeemaschine zischte. Grant setzte sich Mac gegenüber. Es gab keine Möglichkeit, die harte Realität abzumildern. »Nein. Sie wurden ermordet. Ich habe keine Ahnung, warum. Vielleicht war es ein Raubüberfall.«

Macs Mund öffnete sich, doch es kam kein Laut heraus.

»Ich weiß.« Grant rieb sich mit den Fingerspitzen über die Augen. »Ich verstehe es ebenfalls nicht.«

»Das kann nicht sein. Nicht Lee und Kate …« Macs Stimme brach. Er schluckte schwer, sein Adamsapfel hüpfte auf und ab.

Grant stand wieder auf, füllte ein Glas mit Leitungswasser und stellte es vor seinen Bruder auf den Tisch. Mac starrte darauf. Plötzlich straffte er sich. »Wo sind die Kinder?«

»Sie sind im Auto eingeschlafen, Hannah ist draußen mit ihnen.« Kurz fasste Grant die letzten vierundzwanzig Stunden zusammen. »Sie waren die ersten Tage bei Pflegeeltern. Das Jugendamt hat sie gestern Morgen gebracht. Die Nacht war schrecklich. Faith hat geschrien, Carson hat geweint. Keiner von uns hat viel Schlaf gefunden.«

»Ich kann es nicht fassen. Sie waren bei Pflegeeltern? Wie geht es ihnen? Sind sie in Ordnung?«

»Ich weiß nicht, wie sie sich normalerweise verhalten. Das Baby spuckt sehr viel.«

»Ich glaube, für Faith ist das tatsächlich normal. Was ist mit Carson?«

»Er ist sehr still. Erschöpft. Völlig verängstigt. Aber du kannst das sicher besser beurteilen als ich.«

»Warum sagst du das?«

»Nun, du siehst ihn öfter als ich.«

»Eigentlich nicht. Ich bin nicht oft hier. Den Winter über war ich häufig in Südamerika. Nächsten Monat muss ich dorthin zurückkehren.«

Die Kaffeemaschine piepte. Grant stand auf und goss den Kaffee in zwei Tassen. »Südamerika?«

»Da gibt es riesige Flussottern.«

»Kannst du absagen?«

»O ja, wenn ich bereit bin, meinen Job, mein Stipendium und die Studie aufs Spiel zu setzen, an der ich seit drei Jahren arbeite. Warum?«

»Die Kinder, jemand muss sich um sie kümmern.« Grant stellte die Tassen auf den Tisch.

Mac fuhr sich mit beiden Händen übers Gesicht, strich sich die Haare glatt. »Also entweder du, ich oder Hannah.« Sie sahen sich an. »Ich korrigiere … du oder ich«, verbesserte sich Mac. Er hob eine Faust. »Spielen wir Schere, Stein, Papier darum?«

»Das wäre wohl kaum angebracht«, schnaubte Grant. »Es sind Kinder und nicht das letzte Würstchen beim Abendessen.«

»Nein, natürlich nicht.« Mac seufzte. »Tut mir leid. Du musst mir ein bisschen Zeit lassen, das alles zu verarbeiten. Ich kann es nicht fassen …«

»Ich weiß.«

»Und die Polizei ist sicher, dass es die beiden sind?«

Brennend wünschte sich Grant, sagen zu können, die Polizei könnte sich geirrt haben, aber das war ausgeschlossen.

»Ja, man ist sich absolut sicher.«

Mac schlug mit der Faust auf den Tisch. »Wie, verdammt noch mal, kann ein Anwalt in einer ruhigen Vorstadt bei einem Raubüberfall ums Leben kommen?«

* * *

Donnie schaute sich auf der Straße um. Das helle Tageslicht war nicht unbedingt der beste Zeitpunkt für einen Einbruch, aber das Haus war leer. Der große Kerl, der dort eingezogen war, hatte sogar den Hund mitgenommen. Donnie stieg aus seinem weißen Van. Die hinteren Fenster waren stark getönt, damit niemand hineinschauen konnte. Und falls doch jemand neugierig wurde, sah er die Werkzeuge und die große Metallkiste mit dem Griff auf der Ladefläche. Auch die Leiter auf dem Dach unterstützte seine Tarnung. Und war ihm darüber hinaus schon einige Male sehr nützlich gewesen.

Er stieg aus und griff sich ein Klemmbrett. Er trug einen dunkelgrünen Overall, auf dem sehr auffällig der Schriftzug *Robinson, Regenrinnen und Hausverkleidungen* angebracht war. So konnte er um ein Haus herumgehen und alles begutachten, ohne dass jemand Verdacht schöpfte.

Als er die Hintertür erreicht hatte, schaute er sich um. Es war niemand zu sehen. Er zog die Schlüssel hervor. Keiner der vier passte. Verdammt! Entweder befand sich kein Schlüssel zur Hintertür am Schlüsselbund, oder jemand hatte die Schlösser ausgewechselt.

Donnie ging zurück zum Wagen, öffnete die hintere Tür, steckte sich einen Glasschneider in die Tasche und nahm ein Messrad, das er vor sich her rollte. Er maß die Strecke bis zur Rückseite des Hauses. Ein großer Busch im Blumenbeet verbarg die Klimaanlage. Nachdem er schon lange nicht mehr geschnitten worden war, bedeckte er darüber hinaus auch das

Fenster zum Wäscheraum. Im Schutz des Busches kletterte er auf das Klimagerät, schnitt ein Stück Glas aus dem Fenster, griff hindurch und öffnete die Verriegelung. Er wartete einen Augenblick. Nein, nichts piepte, da war kein Alarm, kein Sicherheitssystem. Wie praktisch! Er hob das Fenster an und kletterte ins Haus, strich sich den Overall glatt.

Er begann mit seiner Suche im ersten Stock. Eine Stunde verging, zwei. Er fand nichts. Seine Frustration stieg. Nun blieb nur noch das Erdgeschoss. Er hatte zwei Aufgaben, zwei. Und die zweite ließ sich nicht erfüllen. Die Morde waren problemlos verlaufen, aber er fand die Akte nicht. Fünfzig Prozent, das war eigentlich eine ganz gute Erfolgsrate, in seiner Welt jedoch war alles unter hundert Prozent ein Fehlschlag. Er hatte sich auf alles oder nichts eingelassen. Wenn er die Sache nicht komplett zu Ende brachte, wurde er nicht einmal für die erste Aufgabe bezahlt, die er bereits erledigt hatte. Und seinen zukünftigen Aussichten, sich einen neuen Job zu sichern, war das auch nicht gerade zuträglich.

Eine weitere Stunde später war er bei der letzten Schublade in der Küche angekommen. Nichts. Verflucht! Die Akte war nicht hier.

Sein Blick fiel auf ein paar Kinderzeichnungen am Kühlschrank. Er erstarrte. Ein blaues Kleeblatt ... Aber halt ... der St. Patrick's Day stand bevor! Vielleicht war das Bild nur ein Zufall. Der Junge konnte farbenblind sein. Oder einfach verrückt. Er ging näher heran. Da war ein anderes Bild, von einem Mann, mit einer Träne unter dem Auge, lediglich in den Umrissen gezeichnet, nicht ausgefüllt.

Heilige Scheiße!

Er zog den Ärmel hoch und betrachtete das blaue Kleeblatt auf der Innenseite seines Handgelenks. Ein Blick auf den Hochglanzchrom des Toasters zeigte ihm die Tätowierung der Umrisse einer Träne unter seinem rechten Auge.

Sie war das Symbol seiner Demütigung. Man hatte sie angebracht, während er auf dem Boden lag, von vier Gefangenen festgehalten. Und das arische Kleeblatt war das Zeichen seiner Rache. Sie hatten ihm geholfen, den Kerl aus der Gang zu töten, der ihn vergewaltigt und gezeichnet hatte. Und dieser Mord wiederum hatte ihm den Zugang zur Arischen Bruderschaft verschafft. Er hatte keine andere Wahl gehabt. Der Grundsatz, dass nur ein Mord an einem anderen ihn zum Mitglied machte, und diese Mitgliedschaft nur mit seinem eigenen Tod enden konnte, bedeutete allerdings, dass er jetzt für immer der Bruderschaft angehörte. Ins Gefängnis ging er auf jeden Fall nicht wieder zurück – mit dem Thema hatte er abgeschlossen.

Ganz offensichtlich war er während einer seiner früheren Besuche im Haus unvorsichtig gewesen, und der Junge hatte sein Gesicht gesehen. Und jetzt hatte er eine neue Aufgabe.

Das Kind musste beseitigt werden.

* * *

Die Tür der Hütte öffnete sich, und Hannah trug eine schreiende Faith herein. Hinter ihr trotteten Carson, die Augen schlafverquollen, und der Hund.

»Ich glaube, sie hat Hunger.« Hannah überreichte Grant das Baby mit einer Vorsicht, als wäre es eine Handgranate. Wobei der Vergleich angesichts der Spuckfontänen nicht ganz unangebracht war.

Mac streichelte AnnaBelle hinter den Ohren. »Wie geht es dem glücklichsten Hund der Welt?«

Grant bereitete ein Fläschchen. Faith saugte gierig.

»Vielleicht solltest du in Erwägung ziehen, etwas langsamer zu trinken«, bemerkte er zu ihr.

Sie ignorierte ihn.

Ziellos wanderte Carson im engen Raum umher. Vor einem Goldfischglas auf dem Sofatisch blieb er stehen. »Dein Fisch ist tot, Onkel Mac. Schon wieder!« Anklagend sah er Mac an.

»Ach du liebe Güte – ja.« Mac ging zu Carson. »Ich wusste, dass ich vor meinem Aufbruch etwas vergessen hatte. Ich wollte ihn eigentlich zu den Nachbarn bringen.« Er umarmte Carson. »Wie geht es dir, Kumpel?«

»Ich bin okay.« Die Stimme des Jungen war leise. Er schlang einen Arm um AnnaBelles Nacken.

Mac nahm das Goldfischglas und ging zum Flur, der in den hinteren Bereich der Hütte führte. Eine Toilettenspülung rauschte, dann das Wasser an einem Waschbecken. Er kam zurück. »Hat jemand Hunger?«

Carson schüttelte den Kopf und kletterte auf den Stuhl neben Grant. Er betrachtete Faith. »Ist sie fertig?«

»Fast. Du willst nach Hause?«

Carson nickte und lehnte die Stirn gegen Grants Schulter.

»Okay, wir haben Onkel Mac gefunden, und er hat versprochen, sein Handy nicht wieder auszuschalten. Wir können aufbrechen, sobald deine Schwester fertig ist.«

»Kotzt sie dann wieder?«

»Ich hoffe nicht.«

Faith spuckte nicht, was Grant als enormen Fortschritt betrachtete. Er brachte die Kinder ins Auto. Mac folgte ihnen. »Wir müssen uns ein paar Dinge überlegen«, mahnte Grant.

Mac nickte. »Aber erst brauche ich ein wenig Zeit, um das alles zu verdauen.«

Grant öffnete die vordere Wagentür. »Nimm dir nicht zu lange Zeit dafür. Und ich habe es vorhin ernst gemeint. Achte darauf, dass dein Handy immer aufgeladen und in deiner Nähe ist. Ich brauche deine Hilfe, Mac.«

»Ich hab's kapiert.« Hoffentlich versagte Macs guter Vorsatz beim Handy nicht ebenso wie beim Goldfisch. Für einen intelligenten Menschen konnte er verdammt zerstreut sein. »Ich komme gleich morgen früh bei euch vorbei.«

Grant stieg ein.

»Irgendwelche Vorschläge fürs Abendessen?«, fragte er Hannah.

»Es ist noch lange hin bis zum Abend.« Sie wandte den Kopf ab und starrte aus dem Wagenfenster. Wie ihn, hatte auch sie die Nachricht um die halbe Welt herum erreicht, ohne einen Familienangehörigen in der Nähe, mit dem sie sie hätte teilen können, und ganz offensichtlich verkraftete sie den Tod von Lee und Kate nicht sehr gut.

Immerhin hatte sie wahrscheinlich keine Albträume, in denen das Gesicht eines Mannes immer wieder in einer Wolke aus Blut explodierte.

»Unsere Essenszeiten sind heute ziemlich durcheinandergeraten.« Grant blickte in den Rückspiegel. Der Junge hatte sich geweigert, das Sandwich mit Erdnussbutter und Marmelade zu essen, das Grant als Mittagessen vorgesehen hatte. »Carson? Wie sieht es mit Abendessen aus? Hast du Lust auf Hähnchennuggets?« Grant war sogar bereit, sich auf Fast Food einzulassen, nur damit der Junge etwas in den Magen bekam.

Carson schüttelte nur den Kopf. Die restlichen zwanzig Minuten der Fahrt verbrachte Grant in besorgtem Schweigen. Am Haus angekommen, fuhr er den Wagen in die Garage. Als er AnnaBelle die hintere Tür öffnete, um sie hinauszulassen, sah er den Karton mit den Akten. Er hatte völlig vergessen, ihn in der Anwaltskanzlei abzuliefern.

Aber morgen war auch noch ein Tag. Er war zu erschöpft, um noch einmal loszufahren.

Sie gingen durch die Hintertür ins Haus und betraten die Küche. Grant schaltete das Licht ein und stellte den Kindersitz mit Faith auf den Boden. AnnaBelle rannte in den Flur, so schnell, dass der Läufer verrutschte, und bellte.

Misstrauisch schaute Grant sich um. Die Papiere auf dem Tisch waren heute Morgen in sauberen Stapeln geordnet gewesen, und jetzt herrschte Unordnung. Einige Küchenschubladen standen ein Stückchen weit offen. Gegenstände auf der Theke waren verschoben worden. Er nahm das Baby und die Hundeleine und drängte alle wieder nach draußen. Dabei konnte er hören, wie sich der Hund gegen die Haustür warf.

»Was ist los?«, fragte Hannah ungehalten.

»Jemand war im Haus«, flüsterte er ihr ins Ohr.

KAPITEL 11

Grant schickte alle zurück in den Van und reichte Hannah die Schlüssel. »Verschließ die Tür, fahr zur Straße und ruf die Polizei.«

»Und wohin gehst du?«, protestierte sie.

»Ich schaue mich im Haus um.«

»Aber …«

»Mir wird nichts passieren.« Er schloss die Wagentür.

Er wartete, bis der Wagen davongefahren war, dann ging er ins Haus zurück. Zorn trieb ihn an. Gnade Gott demjenigen, den er im Haus seines Bruders vorfand!

Er hielt inne und lauschte. Alles war ruhig. In der Küche holte er sich ein Messer aus dem Messerblock. Die Wut, die durch seine Adern strömte, ließ keinen klaren Gedanken zu. Er betrat den Flur, öffnete nacheinander jede Tür. In Büro und Esszimmer war niemand. Aber wenn tatsächlich jemand hier war, dann würde er ihn finden.

Er ging die Treppe hinauf, überprüfte die Kinderzimmer, die Kleiderschränke, den Bereich unter den Betten, dann begab er sich ins Elternschlafzimmer.

In der Mitte des Raums blieb er stehen, horchte auf das Knarren des Fußbodens, das einen Eindringling verraten würde.

Aus dem Augenwinkel sah er, wie sich ein Vorhang bewegte. Lautlos schlich er zum Fenster, riss die Gardine beiseite, doch da war nichts. Nur die heiße Luft vom Heizkörper ließ die Vorhänge flattern.

Die Finger um den Messergriff verkrampft, wandte er sich ab. Aus halb offenen Schubladen hingen Kleidungsstücke, als sei etwas explodiert. Mitten auf dem Boden lag ein Seidenslip von Kate. Der Einbrecher hatte Kates Unterwäsche durchwühlt! Grants Zorn steigerte sich. Er ging zurück in den Flur, überprüfte die Gästezimmer, begab sich zum Dachboden.

Dort erwartete ihn ein offener, staubiger – und leerer – Raum.

Enttäuschung überflutete ihn. Eine Minute allein mit dem Mörder seines Bruders, genau das war es, was er sich wünschte, was er brauchte. Und er war felsenfest davon überzeugt, derjenige, der das gesamte Haus durchsucht hatte, war der Mörder.

Schwer atmend blieb er auf der ersten Stufe zum Dachboden stehen. Was würde er denn mit diesem Kerl anstellen, wenn er ihn tatsächlich erwischte? In Irak und Afghanistan hatte er keine Wahl gehabt, er hatte getötet, um andere Soldaten zu schützen. Er hatte für sein Land getötet. Aber ein Mord aus Rache, das war etwas ganz anderes. Er blickte herab auf das Messer. Hätte er dem Einbrecher die Kehle durchgeschnitten, wenn der sich tatsächlich hinter dem Vorhang versteckt hätte? Womöglich ohne sich zu vergewissern, ob der Kerl tatsächlich auch Lee und Kate umgebracht hatte? Die Antwort war ein beunruhigendes »Vielleicht«.

Um ehrlich zu sein, wusste er nicht, wie er sich in einer solchen Situation verhalten hätte.

Er rieb sich mit dem Ärmel des Sweatshirts über die schweißnasse Stirn. Der Adrenalinstoß verebbte, der ihn angetrieben hatte, ließ ihn mit zitternden Fingern zurück. Er beugte und streckte sie. Die physischen Folgen der Enttäuschung würden vorübergehen. Aber seine Wut blieb, köchelte in seinem Bauch vor sich hin. Er atmete tief ein und aus, bezwang seinen Ärger. Er musste sein aufbrausendes Temperament im Griff behalten. Carson und Faith waren darauf angewiesen, dass er sich um sie kümmerte. Er durfte nicht durchdrehen.

Grant lief die Treppe hinunter. Durch das Wohnzimmerfenster sah er einen Einsatzwagen vorfahren. Zwei uniformierte Polizisten stiegen aus. Dann hielt ein zweiter blauer Wagen, ein Zivilfahrzeug, aus dem Detective McNamara kletterte.

Grant ging den Polizisten auf der Veranda entgegen. Die kalte Luft kühlte seine schweißnasse Haut. »Es ist niemand mehr im Haus, aber es wurde eingebrochen.«

»Wir werden uns einmal umschauen.« Die beiden Uniformierten verschwanden im Haus.

McNamara betrachtete das Messer, das Grant noch immer umklammerte, streckte die Hand danach aus. »Sie hätten auf uns warten sollen.«

Das hätte er allerdings. Grant reichte ihm das Messer, mit dem Griff zuerst. »Wenn es darum geht, Gebäude zu durchsuchen und zu räumen, bin ich sozusagen Experte.« Das klang wenig überzeugend als Gegenargument. Und es stimmte auch nicht. Er war ins Haus gegangen in der Hoffnung, jemanden zu finden, an dem er seine Wut auslassen konnte.

McNamara nahm das Messer entgegen. »Das glaube ich Ihnen gern. Aber normalerweise übernehmen Sie die Aufgabe nicht allein, oder?«

»Nein«, gab Grant zu.

Kates Minivan fuhr in die Einfahrt. Die Schiebetür öffnete sich, und Carson sprang heraus. Er lief quer über den Rasen und warf sich mit einer Wucht gegen Grants Beine, die diesen aus dem Gleichgewicht brachte. Grant löste die dünnen Ärmchen des Jungen von seinen Schenkeln und nahm ihn hoch. »Was ist los, Kumpel?«

Bellend lief AnnaBelle um sie herum.

Carson vergrub den Kopf an Grants Schulter. »Ich hatte Angst um dich.«

Verfluchte Scheiße! Er hatte Mist gebaut. Das Kind hatte beide Eltern verloren, und jetzt hatte Grant ihn in einer Angst einflößenden Situation allein gelassen und sich selbst einer Gefahr ausgesetzt. Auch wenn Carson die Umstände gewiss nicht vollständig verstand, musste er doch Hannahs Furcht und Grants Aggression aufgenommen haben. Den zitternden Jungen im Arm, erkannte Grant, dass sich in seinem Leben etwas massiv verändert hatte. Ab jetzt drehten sich die Dinge nicht mehr um ihn und um das, was er wollte. Jetzt musste er bei jeder Entscheidung immer zuerst an die Kinder denken.

Die uniformierten Polizisten kamen aus dem Haus. »Es ist niemand im Haus. Er ist durch das Fenster im Wäscheraum eingedrungen, hat einen Glasschneider benutzt.«

»Versucht, an den Türknäufen und am Fenster Fingerabdrücke zu finden«, wies McNamara die Polizisten an. »Und sucht unter dem Fenster nach Fußabdrücken.« Er wandte sich wieder an Grant. »Ich brauche eine Liste aller gestohlenen Gegenstände.«

»Das wird schwer. Ich verfüge schließlich über keine Inventarliste.« Grant trug Carson ins Haus.

Der Detective folgte ihm. »Einbrüche kommen häufig vor, wenn ...« Er hielt inne und warf einen Blick auf Carson. »... in solchen Situationen.«

»Ich rufe gleich heute eine Firma an, die eine Alarmanlage installiert.« Grant schaute sich um und verschob Carsons Gewicht in seinen Armen. Der Junge hielt sich eisern fest. »Dem ersten Anschein nach fehlt nichts Offensichtliches.«

»Vielleicht hat der Einbrecher Sie zurückkommen gehört und sich aus dem Staub gemacht.« McNamara steckte das Messer wieder in den Messerblock auf der Theke.

»Das ist möglich«, stimmte Grant zu. »Wir waren nicht gerade leise.«

Carson hob den Kopf und schniefte. »Meine Bilder sind weg!«

Grant starrte auf den Kühlschrank. »Die sind bestimmt nur heruntergefallen und unter den Kühlschrank gerutscht. Ich schiebe ihn nachher beiseite, ja?«

Carson zuckte mit den Schultern. »Ich kann neue malen.« Er zappelte. Grant setzte ihn ab. Der Junge kletterte auf einen Stuhl am Küchentisch und holte sich Papier und Buntstifte.

»Wir werden sie finden«, versprach Grant und wandte sich dem Polizisten zu.

»Heute Nacht wird ein Einsatzwagen regelmäßig vorbeifahren«, erklärte McNamara. »Bisher dürfen wir hoffen, dass es einfach jemand war, der die Nachrichten gelesen hat und hoffte, ein leeres Haus vorzufinden. Trotzdem rate ich Ihnen dringend, so schnell wie möglich eine Alarmanlage anbringen zu lassen.«

»Ja, ich organisiere das, sobald wir alles besprochen haben. Können Sie uns sonst noch etwas empfehlen?«

»Ich kann Ihnen ein paar Namen von guten Firmen nennen.« McNamara drehte sich um, als draußen etwas zu hören war.

Hannah schleppte Faith und die Wickeltasche in die Küche. Das Baby schlief. Vorsichtig stellte Hannah den Sitz ab. AnnaBelle kam heran und brachte McNamara einen Tennisball.

Der Polizist tätschelte ihr den Kopf. »Sie ist wohl nicht unbedingt ein Wachhund.«

»Nein, sie ist keine Bedrohung für einen Einbrecher«, stimmte Grant zu. »Aber sie bellt, wenn sie etwas Ungewöhnliches hört.«

»Nun, das ist besser als nichts, vermute ich. Ich schaue mir jetzt mal den Schaden an.« Der Detective begab sich in den Wäscheraum.

AnnaBelle wollte ihm nach, doch Grant packte sie beim Halsband. »Du bleibst bei uns.« Er hielt den Hund fest und betrachtete sich das Bild, das Carson malte. Schon wieder ein Mann mit einer Träne. Sollte das Grant darstellen? Er hatte nicht ein einziges Mal in Gegenwart des Jungen geweint. Vielleicht gab Carson einfach Grants Trauer wieder, die er spürte. Hätte er vielleicht vor Carson weinen sollen? Er rieb sich übers Gesicht. Er hatte keine Ahnung, wie er sich verhalten sollte. Und irgendwie hatte er das Gefühl, etwas zu übersehen. Er übergab den Hund seiner Schwester und ging in Gedanken alles durch, das ihm entgangen sein könnte.

Etwas stimmte an dieser ganzen Situation nicht, und zwar etwas, das weit über den Raub an seinem Bruder und Kate und den Autodiebstahl hinausging. Kritisch sah er sich im Wohnzimmer um. Auf einem Regal lag ein E-Book-Reader neben Fernseher und DVD-Spieler.

»Ich bin gleich zurück.« Er zerzauste Carson liebevoll die Haare und ging in sein Zimmer. Seine Reisetasche stand offen und war offensichtlich durchwühlt worden. Er suchte und fand seinen Tablet-PC. Als Nächstes ging er ins Elternschlafzimmer. Außer den halb offenen Schubladen war auch der Kleiderschrank nicht wieder geschlossen worden. Ein paar Blusen und eine Hose waren von den Bügeln heruntergefallen und lagen auf dem Boden. Irgendjemand hatte die Kleidung von einer Seite auf die andere geschoben. Grant ging zur Kommode und öffnete Kates Schmuckkästchen. Kate hatte keinen großen Wert auf Schmuck gelegt, aber Grant erkannte die Perlenohrringe, die einmal seiner Mutter gehört hatten. Lee hatte sie seiner Frau am ersten Weihnachten nach ihrer Hochzeit geschenkt.

Das bestätigte seinen Verdacht. Er lief die Treppe hinunter, um mit McNamara zu sprechen. Das war kein Raubüberfall. Das gesamte Haus war systematisch durchsucht worden, aber alle Wertsachen waren noch da. Faith hatte zu weinen begonnen.

Grant hörte Hannahs Stimme. Er wollte in den Wäscheraum, doch unten an der Treppe kam ihm Carson entgegen. Wie sollte er den Polizisten von seiner Entdeckung berichten und sich gleichzeitig um Carson kümmern? Er nahm das Kind auf den Arm.

AnnaBelle bellte und lenkte Grants Aufmerksamkeit auf das Wohnzimmerfenster. Ellies Tochter Julia marschierte durch die Einfahrt zum Nachbarhaus.

Grant riss die Tür auf. »Julia?«, rief er.

Sie blieb stehen und winkte ihm zu.

»Könntest du für eine Stunde auf die Kinder aufpassen?« O bitte, sag Ja!

»Natürlich!« Sie lächelte. »Ich brauche nur fünf Minuten, um meine Sachen ins Haus zu bringen.«

Zehn Minuten später saß die erfahrene Babysitterin in der Küche, hielt Faith in einem Arm und spielte mit der freien Hand mit Carson *Candy Land*. Alle drei wirkten sehr zufrieden.

Als der Detective zurück in die Küche kam, führte Grant ihn ins Büro, wo Hannah sich zu ihnen gesellte. Dann schloss Grant die Tür. Der Raum war recht eng für drei Leute, aber so konnte Carson die Unterhaltung nicht mit anhören. Das Kind hatte schon genug Angst.

Hannah lief unruhig auf und ab. Der Vorfall hatte sie ersichtlich nervös gemacht. Grant nahm sich den Schreibtischstuhl; schließlich hatte er in den letzten Tagen kaum geschlafen. »Ich glaube, das war kein normaler Einbruch«, erklärte er. »Es wurde alles durchsucht, aber es wurden keine Wertsachen gestohlen.«

»Es gibt noch eine andere mögliche Erklärung.« McNamara schaute Hannah an und deutete auf einen Windsorstuhl, der alt genug war, eine Antiquität zu sein. Er war einmal schwarz gestrichen gewesen, doch die Farbe war auf der Sitzfläche und den Lehnen abgerieben worden, und das dunkle Holz schimmerte hindurch. »Im Blumenbeet war ein Fußabdruck. Wir machen einen Gipsabdruck davon und vergleichen das mit dem Abdruck vom Tatort des Mordes.«

Hannah setzte sich nicht, sie lief weiter, obwohl sie lediglich Raum für zwei Schritte in beiden Richtungen hatte. »Sie haben am Tatort einen Fußabdruck gefunden?«

McNamara ließ sich vorsichtig auf den Stuhl herab, als sei er nicht ganz sicher, ob der sein Gewicht tragen könnte. Das Holz ächzte, hielt jedoch stand. »Im Schnee an der Stelle, wo man Ihren Bruder und dessen Frau umgebracht hat, war ein ganz klarer Fußabdruck. Allerdings ist dies eine öffentliche Straße; er kann von einem Passanten stammen. Falls die beiden Fußabdrücke jedoch identisch sein sollten, ist das eine solide Spur.«

Hannah blieb stehen und schaute den Detective an. »Haben Sie außerdem noch irgendwelche Hinweise?«

»Nein, leider nichts, das schon konkret genug wäre, um Sie zum jetzigen Zeitpunkt darüber zu informieren.« McNamara legte die Ellbogen auf den Stuhllehnen ab und verschränkte die Finger.

»Was Sie nicht sagen!« Hannahs Augenbrauen wanderten in die Höhe. »Sind Sie überhaupt auch nur einen winzigen Schritt in Ihren Ermittlungen weitergekommen, was mit meinem Bruder und meiner Schwägerin passiert ist? Die Morde sind immerhin schon fünf Tage her.«

»Ich kann Ihnen wirklich keine nicht ausreichend nachgewiesenen Details nennen, Ma'am, tut mir leid.« McNamara reagierte mit reiner Höflichkeit auf Hannahs scharfen Ton. Was sie, wie Grant genau wusste, noch mehr auf die Palme brachte, als wenn er sie angeschrien hätte.

»Und was bitte können Sie mir überhaupt sagen, Detective?« Frustriert tippte Hannah mit dem Fuß auf den Boden.

McNamara zuckte nicht mit der Wimper. »Wenn die beiden Fußabdrücke identisch sind, können wir Ihnen Art und Größe der Schuhe nennen, die der Täter getragen hat. Fingerabdrücke oder Zeugen gibt es keine, aber wir haben die Geschosse. Sobald wir eine Waffe finden, kann die Ballistik feststellen, ob es die Mordwaffe ist.«

Hannahs Körper bewegte sich nicht, doch ihre Augen zuckten. Grant bemühte sich krampfhaft, das Bild zu unterdrücken, aber er wusste nur zu genau, wie das aussieht, wenn jemand eine Kugel in den Kopf bekommt.

»Grant hat mir berichtet, dass Sie Kopien der Kalender und Kontaktdaten von der Telefongesellschaft bekommen haben. Hat das etwas ergeben?« Scheinbar lässig lehnte Hannah sich mit der Schulter gegen die Wand, doch die Lässigkeit war sichtlich nur vorgetäuscht.

Der Detective rieb sich ein Auge. »Ich habe alle Einträge überprüft. Sie schienen mir eindeutig und unverdächtig. Allerdings werde ich Ihnen eine Kopie besorgen. Ich möchte, dass Sie sich alles ebenfalls anschauen, falls wir etwas übersehen haben. Sie kennen sich besser aus im Leben Ihres Bruders und Ihrer Schwägerin. Vielleicht besitzt etwas eine besondere Bedeutung, die mir entgangen ist.«

»Hat jemand mit einer ihrer Kreditkarten bezahlt?«

»Nein.«

»Und Sie haben den Wagen noch immer nicht gefunden?«, fragte Hannah weiter.

»Nein.« Mit jeder Antwort verschärfte sich die Stimme des Detective.

»Haben Sie auch nur einen einzigen Verdächtigen?« Hannah fixierte den Polizisten mit ihren eisigen blauen Augen.

»Die Ermittlungen sind noch nicht abgeschlossen, Ms Barrett. Ich kann mich wirklich nicht in Spekulationen ergehen.« McNamara versuchte sein Bestes, trotz ihrer Angriffe ruhig zu bleiben. Inzwischen schien es ihn allerdings Mühe zu kosten.

»Ich nehme das mal als ein Nein«, stellte Hannah fest. »Und wie bitte kann es geschehen, dass ein Anwalt und eine Eislauftrainerin in einer kleinen Stadt umgebracht werden, ohne dass man auch nur einen Verdacht hat, wer es gewesen sein könnte?«

McNamara presste die Lippen zusammen. »Ich habe niemals behauptet, dass wir keine Verdächtigen haben. Ich kann Ihnen nur die Namen nicht nennen. Das wäre eine öffentliche Verdächtigung möglicherweise unschuldiger Personen.«

Grant beobachtete, wie Hannah diese Aussage verarbeitete. Seine Schwester hatte mit Lees Tod schwer zu kämpfen, und ebenso wie Grant zog sie es vor, Gefühle in Taten umzuleiten. Die Unfähigkeit, aktiv werden zu können, zerrte an ihren Nerven. Irgendwann musste der Zeitpunkt kommen, an dem sie explodierte. Was Grant ihr gut nachfühlen konnte.

Er unterbrach den Machtkampf der beiden. »Wie schnell können Sie uns Kalender und Adressbuch zur Verfügung stellen, Detective?«

»Ich bringe die Kopie heute noch vorbei, etwas später.« McNamara erhob sich. »Und Sie lassen mich wissen, wenn Ihnen etwas Verdächtiges auffällt?«

»Selbstverständlich«, antwortete Grant.

Er brachte den Polizisten zu seinem Wagen.

»Ich verstehe einfach nicht, wieso jemand das Haus meines Bruders durchsucht hat«, bemerkte Grant.

McNamara schüttelte den Kopf. »Wir sind am Tag nach den Morden alles durchgegangen und haben nichts von Interesse gefunden.«

»Ich habe mich ebenfalls umgeschaut.« Und Grant würde seine Suche nicht einstellen.

Der Polizist verabschiedete sich und fuhr davon. Grant ging wieder ins Haus. Irgendjemand glaubte offensichtlich, Lee hätte etwas zu verbergen.

Kapitel 12

Ellie lief die Einfahrt hinauf, betrat die Veranda, klopfte sich die Stiefel ab und schüttelte sich ein paar Schneeflocken aus den Haaren. Schwere graue Wolken am Himmel schienen bereit, sich zu öffnen und weiteren Schnee zu bringen. Es passte zu ihrer Stimmung. Sie atmete tief ein und aus. *Du musst dich zusammenreißen!* Nans und Julias Leben hingen davon ab, dass sie ruhig blieb und die Akte fand. Die Uhr lief.

Sie schloss die Tür auf und trat ein. »Julia? Nan?«

Schweigen antwortete ihr. O nein!

Sie hastete in die Küche. Auf dem Tisch lag eine Nachricht. *Julia und ich sind nebenan.*

Erleichterung ließ sie beinahe schwindelig werden. Den beiden war nichts passiert. Sie öffnete den Wollmantel, unter dem sie schweißnass war. Nach einem langen Arbeitstag in der Kanzlei drängte es sie danach, ihre Frustration an ihrem Renovierungsprojekt auszulassen, aber nicht heute. Sie ging nach oben und schlüpfte in Jeans und einen Pullover, griff sich eine Jacke und machte sich auf den Weg zum Nachbarhaus. Nans Nachricht verschaffte ihr den perfekten Vorwand, Grant zu besuchen und sich dabei ein wenig im Haus umzuschauen. Der Erpresser hatte ihr zwar keine Frist gesetzt, aber sie wollte die Akte in Händen haben, wenn er sich das nächste Mal bei ihr meldete.

Sie klopfte an der Tür, obwohl AnnaBelle ihr Eintreffen bereits durch lautes Bellen angekündigt hatte.

Und was war, wenn sie die Akte nicht fand? Ihr Magen verkrampfte sich vor Angst. Nicht einmal wenn sie erfolgreich war, konnte sie sicher sein, ob der Mann sein Versprechen hielt. Schließlich hatte er bereits zwei Menschen umgebracht.

Grant öffnete, Faith über eine breite Schulter gelegt. Er hielt den Hund mit dem Knie zurück und trat beiseite. »Ellie, bitte, komm doch herein. Ich bin froh, dass du gekommen bist. Ich muss dir ein paar Fragen stellen.«

»Hallo, Grant. Hallo, Faith.« Ellie strich dem Baby über die Schulter, marschierte in die warme Eingangshalle und begrüßte den Hund.

»Ich schaue mal, ob ich Faith jemandem übergeben kann, damit wir reden können.« Grant führte sie in die Küche.

»Hi, Mom.« Julia saß mit Carson am Küchentisch. Vor ihnen lag das Spielbrett von *Candy Land*.

Der Junge schaufelte gerade Makkaroni mit Käse in sich hinein. »Hi, Ms Ross«, murmelte er mit vollem Mund. Er nahm eine Karte auf, betrachtete sie und bewegte seine Spielfigur.

»Hallo, Carson.« Ellie umarmte ihn. Der Junge schlang einen Arm um sie, ohne das Essen zu unterbrechen.

Nan stand an der Theke und schnitt einen Kuchen auf. Ihre Tochter und ihre Großmutter in Sicherheit zu sehen, besänftigte die Panik, die sich in Ellies Brust breitgemacht hatte.

Grant beugte sich zu ihr herab. Sein Atem traf ihre Wange. Es drängte sie, sich ihm weiter zu nähern, und nur mühsam schaffte sie es, der Verlockung nicht nachzugeben.

»Deine Großmutter hat uns mit Käse überbackene Makkaroni gebracht. Ich bin ihr so dankbar. Es ist das Erste, das Carson heute gegessen hat.«

»Ja, Nan hat oft mit Julia zusammen auf die Kinder aufgepasst, sie kennt sie gut. Und es wird ihr langweilig, wenn das Haus leer ist.«

»Ich habe Carson seit dem letzten Mai nicht mehr gesehen und bin für jede Unterstützung dankbar. Hast du Hunger?« Er legte sich Faith auf die andere Schulter. »Deine Großmutter hat genug gekocht, um eine ganze Kompanie zu versorgen.«

Sein Arm, hart, muskulös, berührte Ellie. Sie widerstand der Versuchung, sich an seinen Körper zu lehnen und ein wenig seiner Stärke in sich aufzunehmen. Nein, sie musste sich ganz normal verhalten.

»Nan kann nur in großen Portionen denken«, erwiderte sie. Sie beobachtete, wie Carson seine Plastikfigur auf dem Spielbrett weiter nach vorn schob. Er war ungewöhnlich ruhig, schien jedoch in Ordnung zu sein. Vielleicht konnte er das Trauma eines Tages verarbeiten.

Ihr Blick wanderte zu Grant zurück. Er war die Art Mann, der die Initiative ergriff und bereit war, häusliche Aufgaben mit derselben Entschlossenheit anzugehen wie seine Militärkarriere. Ganz offensichtlich lagen ihm die Kinder seines Bruders am Herzen. Aber was würde mit ihnen geschehen, wenn er nach Afghanistan zurückkehrte? Ein schlachtenerprobter Offizier würde sich wohl kaum damit bescheiden, die nächsten achtzehn Jahre Hausmann zu spielen.

Was wäre, wenn sie Grant von der Bedrohung ihrer Familie berichtete? Sie erinnerte sich sehr gut daran, wie Kate ihr die Sorgen geschildert hatte, die Lee sich um seinen Bruder machte, von den Umständen, unter denen dieser sein Bestes geben musste, von seinen Verwundungen aus den Kämpfen. Lee hatte ihr Grants Purple Heart gezeigt. Wenn irgendjemand mit dem Mann fertigwerden konnte, der sie erpresste, dann Grant. Nur, würde er ihr helfen? Würde er ihr Geheimnis für sich bewahren oder nicht eher darauf bestehen, die Sache offiziell zu machen?

Der Kerl hatte sehr unzweideutig verlangt, keine Polizei einzuschalten. Sie kannte Grant nicht gut genug, sie konnte nicht beurteilen, wie er reagieren würde, wenn sie ihm alles erzählte. Also durfte sie das Risiko nicht eingehen, durfte ihm nicht vertrauen. Sie war auf sich allein gestellt. Und hatte nicht einmal eine Ahnung, wer der Mann mit der Kapuze war.

Sie zwang ihre steifen Gesichtsmuskeln zu einem Lächeln. »Du musst dir aber keine Sorgen machen. Du kannst Carson Makkaroni mit Käse morgens, mittags und abends zu essen geben.«

»Ich habe die letzte halbe Stunde schon deine Großmutter und deine Tochter ausgefragt und mir alles Wichtige aufgeschrieben. Ich suche nur schnell meine Schwester, damit sie sich um Faith kümmert, dann können wir uns unterhalten. Wenn du jetzt ein paar Minuten Zeit hast?« Grant fixierte sie mit einem intensiven Blick, die Augen verengt.

Sie musste sich stärker um ein Pokerface bemühen. Grant war bestimmt nicht leicht hinters Licht zu führen.

»Natürlich.« Ellie nickte und bemühte sich, entspannt zu wirken. Dabei wäre sie am liebsten gleich losgestürzt, um das ganze Haus nach der Akte abzusuchen.

»Mrs Ross?«, fragte Grant mit lauter Stimme ihre Großmutter. »Wissen Sie, wo meine Schwester ist?«

»Ich habe Ihnen doch schon gesagt, Sie sollen mich Nan nennen, wie alle anderen auch«, knurrte sie und hob ein Kuchenstück mit der Messerklinge auf einen Teller. Dann deutete sie mit dem Messer auf die Hintertür. »Hannah ist draußen. Sie telefoniert auf ihrem Handy.«

Grant ging zum Fenster. Ellie sah eine schlanke blonde Frau, die auf der Terrasse auf und ab ging, ohne Mantel, die Arme um die Taille geschlungen, als würde sie frieren. Grant klopfte ans Glas und deutete auf das Baby. Hannah schüttelte den Kopf und deutete auf ihr Handy.

»Ich nehme die kleine Faith gern.« Nan streckte die Hände aus.

»Sind Sie sicher?« Grant zögerte. »Sie fängt an zu schreien, sobald Sie stehen bleiben.«

»Sie ist nicht das erste Baby mit Kolik, das ich im Arm halte.« Nan warf sich ein sauberes Geschirrtuch über die Schulter.

Grant reichte ihr Faith, die Nan geschickt übernahm. »Unterhaltet ihr beiden euch nur in aller Ruhe.«

Ellie folgte Grant in Lees Büro. Er schloss die Tür. Der enge Raum war so eingerichtet worden, das aus dem wenigen zur Verfügung stehenden Platz das meiste herausgeholt worden war. Schreibtisch und Aktenschrank befanden sich direkt an der Wand, und rechts von der Tür stand ein Drucker auf dem Aktenschrank, neben juristischen Fachbüchern und -zeitschriften. Grant deutete auf den Holzstuhl, der neben dem Schreibtisch stand. Er sah aus, als ob er aus einem Klassenzimmer stammte. Ellie setzte sich steif, während ihre Augen den Raum absuchten. Die Akte war nicht hier, wenigstens nicht offen sichtbar. Sie musste unbedingt in Aktenschrank und Schreibtisch nachschauen.

Grant drehte den Schreibtischstuhl, bis er ihr ins Gesicht schauen konnte, und ließ sich darauf nieder.

»Wenn Nan euch auf die Nerven geht, sag mir bitte Bescheid.«

»Himmel, nein!« Grant rutschte auf dem Stuhl hin und her, der unter seinem Gewicht ächzte. »Ich bin für jede Hilfe dankbar, und es ist toll zu sehen, dass Carson endlich etwas isst. Deine Großmutter und Julia haben mir eine Liste seiner Lieblingsgerichte gegeben. Und mir gesagt, wie ich sie herstellen kann.«

Er beugte sich vor und stützte die Ellbogen auf die Oberschenkel. Das Zimmer war so klein, dass sie ihm nahe genug war, sein Aftershave zu riechen. Um seine Augen herum zeigten sich Krähenfüße, obwohl er, wie sie vermutete, erst Mitte dreißig war. Krieg und schwere Verantwortung ließen einen Mann altern, nahm sie an. Sie sah sein Foto vor sich, das im Wohnzimmer auf dem Kaminsims stand. Er trug Uniform, hatte ein Gewehr in der Hand und blinzelte ins Sonnenlicht einer Wüste im Nahen Osten. Ein paar Falten machten ihn nicht weniger anziehend. Im Gegenteil – so wirkte er, auf seine sehr männliche Weise, noch attraktiver. Ein erregender Schauer lief durch ihren Bauch, wie ein Warnschuss.

Es war nur natürlich, dass sie sich von ihm angezogen fühlte, es entsprach den Gesetzen der Evolution. Ein Mann hatte ihre Familie bedroht, und Grant erweckte den Eindruck eines starken, fähigen Beschützers. Von diesem biologischen Drang einmal abgesehen … nein, sie würde sich nicht auf ihn einlassen. Sie brauchte einfach nur diese Akte, weiter ging ihre Beziehung nicht.

Sie lehnte sich zurück. Zu einer höflichen Unterhaltung war sie derzeit nicht in der Lage, sie konnte nur an die Hamilton-Akte denken und daran, was geschah, wenn sie die nicht fand. Sie bemühte sich um ein Gesprächsthema. »Wie geht es dir?«

Einer seiner Mundwinkel hob sich. »Ich habe wahnsinnige Angst, bei den Kindern Mist zu bauen.«

»Du scheinst sehr gut mit ihnen umgehen zu können. Vor allem, wenn man bedenkt, dass du erst einen Tag mit ihnen zu tun hattest.«

»Ich weiß nicht.« Seine Augenbrauen zogen sich zusammen. »Ich fürchte, es wird nur immer schwieriger. Carson redet über seine Eltern, als wären sie noch am Leben.«

»Es tut mir leid, ich weiß nicht, was in einer solchen Situation für Kinder normal ist.«

»Ich ebenso wenig. Morgen treffe ich mich mit der Beraterin der Grundschule. Ich hoffe, sie kann mir einige Hinweise geben.« Eine Weile lang schaute er sie schweigend an. In seinen

Augen stand die nackte Trauer. Respekt und Mitgefühl erfüllten sie. Nicht viele Menschen konnten mit einer solchen Situation umgehen, in die er ohne jede Möglichkeit zur Vorbereitung hineingeworfen worden war. Er jedoch hielt stand. Ellie wich seinem eindringlichen Blick aus – und der Intimität, die zwischen ihnen zu entstehen drohte.

»Wie kann ich dir helfen? Kochen kann ich allerdings nicht so gut. Nan führt bei uns die Aufsicht über die Küche.«

»Ich wollte dir ein paar Fragen über die Kanzlei stellen«, sagte er, ohne den Blick von ihr zu wenden.

»Du weißt, ich bin zur Verschwiegenheit verpflichtet.« Diese Pflicht war sie nicht bereit zu brechen – es sei denn natürlich, genau das könnte ihr die Akte verschaffen.

»Das verstehe ich.« Das Schreien des Babys war zu hören. Grant lauschte aufmerksam. Das Schreien ebbte wieder ab. »Dein Chef hat mich gebeten, hier nach Akten aus der Kanzlei zu suchen, die Lee womöglich mit nach Hause genommen hat. Er war ziemlich nervös. Ich habe ein paar Papiere gefunden, aber ich bin mir nicht sicher, ob sie der Kanzlei gehören. Kannst du mir mehr sagen? Welche Akte beunruhigt Roger so sehr?«

Soweit Ellie wusste, war es nicht öffentlich bekannt, dass Lee die Hamiltons hatte vertreten wollen. Selbst lediglich die Bestätigung eines bestehenden Mandantenverhältnisses konnte unter diesen Umständen bereits eine Verletzung der Pflicht zur Vertraulichkeit darstellen. Sie durfte den Namen Hamilton also nicht einmal erwähnen. Außerdem fiel es ihr mit Sicherheit erheblich leichter, sich diese Akte unter den Nagel zu reißen, wenn Grant nicht wusste, welche Bedeutung sie besaß, und sie nur für eine bedeutungslose Akte neben anderen hielt.

»Ich kann mir einfach anschauen, was du gefunden hast«, bot Ellie an. »Dann nehme ich das Eigentum der Kanzlei mit, das erspart dir einen Weg.«

Grant neigte den Kopf. Seine Aufmerksamkeit war geweckt.

»Warum sagst du mir nicht einfach, wonach ich suchen soll?«

»Das darf ich nicht.« Ellie schüttelte den Kopf. Lee musste die Akte mit nach Hause genommen haben, sie musste hier irgendwo sein.

Grant rutschte auf dem Stuhl vor, bis sich ihre Knie berührten. Diese Stelle des körperlichen Kontakts, nur wenige Quadratzentimeter breit, schien die einzige zu sein, an der Ellies Körper mit Empfindungen ausgestattet war. Ihre Haut erwärmte sich unter der Jeans. Sie senkte den Blick. Seine muskulösen Schenkel besaßen den Umfang ihrer Taille. Seine verschränkten Hände ruhten zwischen seinen Beinen. Ihr Herzschlag beschleunigte sich, sie fühlte sich hin und her gerissen zwischen dem Wunsch zu fliehen und dem, sich ihm an die Brust zu werfen. Der Augenblick dehnte sich aus. Tief in ihrem Bauch spürte sie eine Leere, einen nahezu verzweifelten Schmerz. Es war ja nun nicht so, dass sie in den letzten zehn Jahren nicht mit irgendwelchen Männern ausgegangen wäre. Sie hatte eine ganze Reihe Verehrer gehabt und sogar Sex. Gelegentlich. Selten. Okay, zugegeben, so selten, wie es Vorfälle gab, bei denen jemand einen Yeti leibhaftig zu Gesicht bekam. Und niemals hatte sie, als Erwachsene, eine feste Beziehung erlebt. Wie das wohl wäre, mit einem Mann zusammen zu sein, auf den sie sich verlassen konnte? Grant war zuverlässig.

Aber es wurde Zeit, ihre aufgeregten Gefühle zu beruhigen. Mit sexueller Lust konnte sie umgehen, aber diese tieferen Sehnsüchte waren extrem gefährlich.

Sie hob den Kopf, sah Grant an. Die Intensität des Blickwechsels erinnerte sie daran, dass er, so sanft und fürsorglich er auch die Kinder seines Bruders betreute, ein kampferprobter Offizier war, ein geborener Anführer, der mehrere Einsätze in Kriegsgebieten hinter sich hatte. Sie hatte die Vermutung, dass er ihre Fassade mühelos durchschaute. Es wäre so viel einfacher, sich ihm einfach zu überlassen, zuzulassen, dass er sich um sie kümmerte. So weit also zu ihrer Position als moderne, unabhängige Frau. Biologische Triebe waren ein echter Fluch!

»Mein Bruder ist ermordet worden«, sagte er leise, ausdruckslos.

Ellie rutschte auf dem Stuhl zurück, um die körperliche Verbindung zu unterbrechen. »Ich weiß. Aber ich darf über die Fälle der Kanzlei nicht sprechen. Es tut mir leid. Das Einzige, was ich anbieten kann, ist, die Akten für dich zurückzubringen.«

»Ich gebe sie dir, sobald ich sie mir angeschaut habe.«

Ellie straffte sich urplötzlich, wie ein Maßband aus Metall. Furcht erfüllte sie. Offensichtlich war er nicht bereit, ihr die Akten einfach zu übergeben. »Die Dokumente gehören der Kanzlei. Sie sind vertraulich. Du hast kein Recht, sie dir anzusehen. Oder sie zurückzuhalten.«

»Rein hypothetisch gesprochen – wenn ich irgendwelche Akten gefunden hätte, dann im Haus meines Bruders. Was sie zu seinem Eigentum macht, bis ich entscheiden kann, ob sie vielleicht jemand anderem gehören. Und das kann ich nur, wenn ich sie gelesen habe.«

»Das kannst du nicht machen!« Schweiß sammelte sich an ihrem Steißbein. »Die Akten der Kanzlei sind ganz klar gekennzeichnet mit dem Stempel *Peyton, Peyton and Griffin*.«

»Nun, den Stempel kann ich nur sehen, wenn ich sie mir näher betrachte.«

»Roger kann dich verklagen!«

Grant zuckte mit den Schultern. »Wahrscheinlich, aber das braucht seine Zeit. Und zuerst einmal muss er nachweisen, dass ich die Akten tatsächlich im Besitz habe.«

»Das hast du mir doch gerade bestätigt!«

»Habe ich das?«, fragte er.

Zorn und Furcht vermischten sich in Ellies Brust. »Das ist kein Spiel!«

»Nein, das ist es nicht.« Seine Stimme hatte sich verschärft.

»Mein Bruder und seine Frau wurden umgebracht. Und heute ist jemand ins Haus eingebrochen und hat alles durchsucht. Also frage ich mich natürlich, ob einer von Lees Fällen zum Mord an Lee und Kate geführt haben könnte. Hat er an einer sensiblen Sache gearbeitet?«

Alarmiert hob Ellie die Hand. »Warte ... sag das noch mal. Jemand ist ins Haus eingebrochen?«

»Ja.« Seine Lippen wurden schmal, als er sie zusammenpresste.

»War die Polizei da?«

Er nickte. »Detective McNamara hat erklärt, ein solcher Einbruch nach einem Todesfall sei nichts Ungewöhnliches.«

»Das ist schrecklich, aber es überrascht mich nicht. Wir mussten mehrere Einbrecher vertreiben, bevor du eingetroffen bist. Aber das war nachts. Ein Einbruch mitten am Tag scheint mir ziemlich tollkühn.« *Und eine höchst verzweifelte Maßnahme.*

»Ich glaube nicht, dass es ein Einbrecher war. Das Haus wurde gründlich durchsucht, aber es wurde nichts mitgenommen. Weder mein Tablet-PC noch Kates Perlenohrringe, zum Beispiel.«

»Und warum sind sie dann eingebrochen, was vermutest du?« Sie versuchte, so zu klingen, als hätte sie nicht die geringste Ahnung vom wahren Grund. »Was haben sie gesucht?«

»Ich bin mir nicht sicher.« Er lehnte sich zurück. Seine Fingerspitzen rieben über sein Kinn. Er schaute sie noch immer an, aber Misstrauen trübte das klare Blau seiner Augen, als hätte er den Verdacht, dass sie log. »Ich musste nur sofort an diese Akte denken, die dein Chef unbedingt zurückhaben will. Steht in dieser Akte irgendetwas, das einen Raubmord und jetzt einen Einbruch rechtfertigen könnte?«

»Ich habe Lees Notizen über den Fall nicht gelesen, also kann ich dir das nicht beantworten.« Damit sagte sie wenigstens einmal die Wahrheit.

»Ich will die Namen aller Mandanten, deren Fälle hochsensibel sind.« Sein Blick wanderte zu ihren Händen.

Sie hatte an ihrem Daumennagel gezupft. Jetzt verschränkte sie die Finger und legte sie in den Schoß. »Ich habe dir doch schon gesagt, ich darf dir die Namen nicht nennen.«

»Ellie, schau mal ... du kannst mir vertrauen. Ich habe nicht vor, Ärger zu machen. Ich kann dir versichern, ich habe jeden Tag mit höchst vertraulichen Informationen zu tun. Beim Militär habe ich eine Freigabe auf hoher Stufe.«

»Dann solltest du verstehen, warum ich dir keine Informationen geben darf. Du würdest mir auch keine Staatsgeheimnisse verraten, nur weil ich dir vertrauenswürdig erscheine.«

»Das lässt sich wohl kaum vergleichen.« Seine Gesichtszüge verhärteten sich. Es war offensichtlich – er war nicht bereit, die Akte zurückzugeben. »Aber bitte ... wenn du es so haben willst ... Ich werde es auf anderem Weg herausfinden.«

Auch Ellie musste einen anderen Weg finden – und zwar einen, der es ihr ermöglichte, das Haus zu durchsuchen. Obwohl – ein Einbrecher und die Polizei hatten doch bereits alles abgesucht!

Sie stand auf. Ihre Knie stießen gegeneinander, als auch er sich erhob, doch sie wich nicht zurück, obwohl sein massiger Körper sie nun überragte und bedrängte.

»Ich verstehe nicht, warum du dich so absolut weigerst«, sagte er.

Besonders gut war es ihr also offenbar nicht gelungen, die Unbeteiligte zu spielen. Sie wäre ein vollkommen unfähiger Spion.

»Mein Job mag zwar in deinen Augen bedeutungslos sein, aber ich habe zu viele magere Jahre erlebt, um einen sicheren Gehaltsscheck und eine Krankenversicherung aufs Spiel zu setzen. Ich bin schließlich für meine Tochter und meine Großmutter verantwortlich. Ich helfe dir gern aus, aber nur mit Dingen, bei denen ich meinen Job nicht gefährde.« Sie presste die Lippen aufeinander, um deren Zittern zu unterdrücken, aber sie wussten beide, dass sie log. Nun, es spielte keine Rolle. Ihre Tochter und ihre Großmutter gingen allem anderen vor, und deren Leben hing davon ab, dass sie die Anweisungen des Erpressers genau befolgte.

Stirnrunzelnd blickte Grant auf sie herab. Der erkennbare Ärger in seinem Gesichtsausdruck ließ sie den Konflikt auf mehr als nur der professionellen Ebene bedauern. Andererseits, vielleicht war es so am besten. Aber sie mochte ihn, sie mochte ihn sehr. Er war gütig und mutig und solide. Wenn die Situation sie nicht auseinandertreiben würde, dann wäre sie stark in Versuchung gewesen, ihre eigene Regel zu brechen, mit der sie sich unverbindliche Sexabenteuer verboten hatte. Allein schon das Wort »Sex« nur zu denken, während Grant so dicht neben ihr stand, ließ Bilder in ihrem Kopf entstehen. Verführerische Bilder. Hitzige Bilder.

Bilder, für die in ihrem Leben kein Platz war, vor allem nicht angesichts der aktuellen Krise.

Ihr war heiß. Sie zupfte am Halsausschnitt ihres Pullovers. Nan hatte recht, wie üblich. Ellie hatte einfach zu lange enthaltsam gelebt. Vielleicht, wenn sie die Akte finden konnte und niemandem etwas geschah, dann konnten sie und Grant …

Aber nachdem sie sich gerade wie eine verklemmte Zicke verhalten hatte, war sein Interesse an ihr bestimmt erloschen.

»Wirst du deinem Chef sagen, dass ich Lees Akten habe?«, erkundigte er sich.

Auf keinen Fall! Wenn die Hamilton-Akte tatsächlich hier irgendwo im Haus war, sollte sie dort auch bleiben, bis Ellie eine Gelegenheit hatte, sie zu stehlen.

»Wenn er mich fragt, behaupte ich einfach, ich hätte keine Akte in Lees Haus gesehen.« Sie reckte entschlossen das Kinn. »Was ja auch der Wahrheit entspricht, obwohl ich es hasse, mich auf eine bloße Formsache zu berufen. Ich verlasse mich darauf, dass du mir Akten, die du womöglich findest, so schnell wie möglich übergibst. Kannst du damit leben?«

»Eine andere Wahl habe ich ja wohl kaum.« Wieder presste er die Lippen zusammen, und Schuldgefühle hätten beinahe Ellies Entschlossenheit ins Wanken gebracht. »Aber ich werde mir die Informationen beschaffen, die ich brauche.«

»Daran habe ich keinen Zweifel.«

Das Baby begann wieder zu schreien, es war durch die geschlossene Tür hindurch zu hören.

»Ich sollte zu meiner Renovierung zurückkehren.« Sie lehnte sich zur Seite und betrachtete betont die Tür, die er mit seinem breiten Körper verdeckte. Vielleicht trieb es ihn, sich um Faith zu kümmern, und ihr blieben ein paar Sekunden, um sich im Büro umzusehen.

Er öffnete die Tür und trat zurück, damit sie als Erste den Raum verlassen konnte. Verflucht!

»Erledigst du eigentlich alle Arbeiten selbst?«, fragte er.

»So gut ich kann, ja. Für einige Arbeiten braucht es jedoch zwei Leute. Ich arbeite mit ein paar kleinen Baufirmen zusammen, wenn ich auf etwas stoße, das ich selbst nicht übernehmen kann.« An diesem Abend hatte sie allerdings größte Lust, einen Vorschlaghammer zu schwingen, um ihre Frustrationen loszuwerden.

»Ich wette, es gibt nicht viel, womit du nicht fertigwirst.« Seine Mundwinkel zuckten in einem Beinahelächeln.

»Oh, du würdest dich wundern!« Ellie musste an den Abend zuvor denken, an die Waffe, die sich gegen ihren Rücken presste, und die Bedrohung ihrer Familie.

Faiths Schreie wurden lauter. Grant setzte sich in Bewegung. Ellie ließ ihn an sich vorbeigehen. In Gedanken legte sie eine Liste der Orte an, an denen eine Akte versteckt sein konnte. Es war eine lange Liste. Eine erschreckend lange

Liste. In diesem alten viktorianischen Haus gab es jede Menge Ecken und Winkel. Und fünf – oder gar sechs? – Schlafzimmer. Und wie konnte sie sich überhaupt jemals Zugang zum Haus verschaffen?

»Du kannst jederzeit anrufen, wenn du jemanden brauchst, der auf die Kinder aufpasst«, bot sie an und folgte ihm.

Er wandte sich halb zurück. »Ja, das haben Julia und deine Großmutter schon gesagt.«

Seine breiten Schultern füllten den Gang nahezu aus. Sie war versucht, ihn zurück ins Büro zu ziehen und ihm alles zu berichten, das am letzten Abend geschehen war, aber das durfte sie nicht riskieren.

Sie wurde beobachtet.

Kapitel 13

Julia wartete. Unter der Bettdecke war sie vollständig angezogen. Im Haus war es seit einer Stunde ruhig. An den letzten beiden Abenden hatte ihre Mutter nicht im Haus gearbeitet. Sie schien auf eine Weise erschöpft und ängstlich, die Julia Schuldgefühle einjagte. Natürlich waren sie alle noch sehr traurig über das, was den Barretts zugestoßen war.

Jetzt, wo Mrs Barrett nicht mehr da war, wusste Julia nicht einmal, ob sie weiterhin im Eiskunstlaufteam bleiben wollte. Es machte Spaß, aber Julia gab sich über ihre Fähigkeiten keinerlei Illusionen hin. Sie war Anfängermaterial, und das war ja auch ganz in Ordnung. Die Schule nahm einfach so viel Zeit in Anspruch, da brauchte sie kein Hobby, das ihre ganze Energie forderte. Es war nett gewesen, und Mrs Barrett war einfach gut. Selbst die gelegentlichen Wettbewerbe hatte sie zu etwas Angenehmem gemacht. Aber der Verein hatte noch nicht entschieden, wer Mrs Barretts Schüler übernehmen sollte, und einige der Trainer waren schrecklich leistungsorientiert.

Ärger überwand ihre Schuldgefühle. Sie hatte in der kommenden Woche auf ein Konzert gehen wollen, doch ihre Mutter hatte es nicht erlaubt. Zugegeben, die Band war ziemlich wild, und auf ihrem letzten Livekonzert war es, wie ein Video bewies, ziemlich hoch hergegangen. Aber sie hatten das Feuer auf der Tanzfläche doch wieder gelöscht, und niemand war ernsthaft verletzt worden. Davon wollte ihre Mutter allerdings nichts hören. Sie würde sich niemals ändern. Wenn Julia sich auch nur noch ein einziges Mal diesen Vortrag anhören musste … *Es ist ja nicht so, dass ich dir nicht vertraue – aber ich vertraue den anderen nicht. Du bist schließlich erst fünfzehn.* Sie hatte diese Worte so oft gehört, sie hallten in ihrem Kopf nach. Nun, diese Nacht war anders. Julia war mit Taylor verabredet. Endlich einmal konnte sie Spaß haben, so wie ihre Freunde.

Der Tod der Barretts war so vollkommen willkürlich gewesen, ein sinnloses und bizarres Geschehen, das überdeutlich bewies: Man durfte sein Leben nicht verschwenden. Julia würde ganz gewiss nicht zu Hause herumsitzen, bis sie endlich das College besuchte. Wer wusste denn schon, was morgen sein würde? Sie wollte leben. Wenigstens ein bisschen.

Ihr Handy vibrierte. Sie las Taylors SMS: **Bin eingetroffen.**

Jetzt musste sie nur noch aus dem Haus gelangen, ohne ihre Mutter oder Großmutter aufzuwecken. Nans Gehör war nicht sehr gut, und ihre Mutter schlief immer tief und fest. Trotzdem würde Julia erst dann freier atmen können, wenn sie in Taylors Auto saß und sich vom Haus entfernte.

Und später musste es ihr natürlich gelingen, sich unbemerkt wieder in ihr Zimmer zu schleichen. Nein, sie wollte sich diese Nacht nicht durch Sorgen verderben. Lebe im Augenblick, hatte Taylor gesagt. Er war es seit Jahren gewohnt, sich nachts aus dem Haus zu schleichen.

Julia schlug die Decke zurück und stand auf. Sie stopfte Kissen unter die Bettdecke, damit es so aussah, als schliefe dort jemand. Sie trat einen Schritt zurück und betrachtete das Ergebnis, zog die Decke noch ein wenig höher. Für einen flüchtigen Blick im Dunkeln sollte das reichen. Es wurde Zeit zu gehen. Nervosität und Aufregung vermischten sich in ihr. Sie presste die Hand gegen den Magen, um ihn zu beruhigen. Sie hatte das ganze Jahr darauf gewartet, endlich einmal mit Taylor allein zu sein, und jetzt war es endlich so weit.

Sie nahm Stiefel und Handtasche in die Hand und schlich sich auf Zehenspitzen durch den Flur, tapste die Treppe hinunter und vermied dabei die eine Stufe, die immer knarrte. Vom Kleiderständer im Eingang griff sie sich ihre Jacke.

Langsam, damit er nicht laut klickte, schob sie den Riegel zurück, öffnete die Tür, trat hinaus und schloss sie ebenso leise wieder. Hinter ihr war das Haus still und dunkel. Sie schlüpfte in ihre Jacke, zerrte den Reißverschluss bis unters Kinn hoch und zog die Stiefel an.

Wo steckte Taylor bloß? Ohne sich von der Haustür wegzubewegen, suchte sie die Straße ab. Da stand sein alter Camry, auf einem Parkplatz einen halben Häuserblock entfernt. Die Windschutzscheibe spiegelte den schwarzen Nachthimmel wider. Sie machte einen Schritt, erreichte die erste Stufe.

Etwas knirschte im halb gefrorenen Schnee. Die Haare in ihrem Nacken stellten sich auf. Wie lächerlich sie sich benahm! Das konnte auch nur ihr passieren, sich nachts hinausschleichen, um sich mit einem Jungen zu treffen, und dann erschrecken, wenn er auftauchte. Sie zog die Schultern ein. Es war verdammt kalt. Vorsichtig stapfte sie die Einfahrt entlang, erreichte den Baum, dessen Schirm aus Zweigen den wolkenverhangenen Himmel verdeckte.

»*Pssst!*«

Julia erstarrte. »Taylor?«, flüsterte sie in die Dunkelheit.

* * *

Er sollte sich auf die Socken machen. Den ganzen verfluchten Abend lang hatte er jetzt schon in der Nähe des Hauses der Barretts im Auto gesessen und auf eine Gelegenheit gewartet einzudringen. Aber an diesem Abend kam niemand heraus. Es schienen sich im Gegenteil immer mehr Leute dort einzufinden, und dieser verdammte Hund war auch wieder da. Wenn er es schaffen wollte, noch einmal in dieses Haus einzubrechen, musste er vorher diese dämliche Töle beseitigen.

Eine Bewegung vor dem Nachbarhaus weckte seine Aufmerksamkeit. Er ließ die Hände sinken.

Das war ja interessant! Wie gut, dass er noch nicht losgefahren war.

Donnie duckte sich hinters Armaturenbrett des gestohlenen Wagens. Nach dem so miserabel schiefgegangenen Einbruch tagsüber konnte er sich mit seinem Van hier so schnell nicht wieder blicken lassen. Er beobachtete das Mädchen, das gerade die Stufen der Veranda herunterkam.

Er war zu weit entfernt, um viel zu erkennen. Er griff nach dem Fernglas, schaute hindurch. Im Dunkeln war es noch immer unmöglich, sich vollständig sicher zu sein, aber sie sah aus wie das junge Ding, das von der Bushaltestelle nach Hause gelaufen war, während er den Einbruch ins Haus der Barretts vorbereitet hatte.

Sie hatte sein Gesicht nicht zu sehen bekommen. Nachdem er sie entdeckt hatte, hatte er sich große Mühe gegeben, ihr den Rücken zuzuwenden, und sie hatte sich ganz auf ihr Handy konzentriert.

Im Kreisrund des Fernglases machte sie einen Schritt. Ihr Kopf bewegte sich vor und zurück, als würde sie auf der Straße nach jemandem suchen.

Soso … sie schlich sich also heimlich davon. Unartiges Mädchen!

Ein hübsches kleines Ding, und er stand schon immer auf unartige Mädchen. Die mussten einfach bestraft werden. Vielleicht nahm er sie mit auf einen kleinen Ausflug, wenn sie näher herangekommen war. Ohne Rückfahrkarte natürlich. Er hatte sich schon lange nicht mehr an etwas vergriffen, das so jung und unschuldig war, noch bevor er im Gefängnis gelandet war.

Die Tatsache, dass Schmerz und Demütigung seiner neuen Freundin tatsächlich Lust bereiteten, beraubte ihn ein wenig seines Vergnügens. Ebenso wie ihr Alter – die Schlampe war mindestens dreißig. Dieses Dingelchen jedoch war jung, und garantiert konnte er sie zu Tode ängstigen. Er stellte sich vor, wie er ihre Schreie mit einem Ballknebel erstickte. Unwillkürlich fasste er sich in den Schritt. Außerdem gab sie ihm ein hervorragendes Druckmittel in die Hand. Ihre Mutter tat garantiert alles, was er wollte, wenn er ihre Tochter in seiner Gewalt hatte, dessen war sich Donnie sicher.

Er leckte sich die Lippen. Die zierliche Brünette kam direkt auf ihn zu.

Ja!

Endlich einmal war das Glück auf seiner Seite. Er brauchte nur noch ein wenig Geduld. Sie musste dem Wagen nahe genug sein, damit er sie sich schnappen konnte, ohne ihr eine Chance zur Flucht zu geben. Ein weiteres Kind, das in der Lage war, ihn zu identifizieren, konnte er jetzt ganz gewiss nicht gebrauchen. Er fasste nach dem Türgriff.

Nicht mehr lange.

Komm schon, Süße, ich hab hier was für dich!

* * *

Zum hundertsten Mal in dieser Nacht drehte Grant im Erdgeschoss seine Runde. Faith strampelte ruhelos mit den Beinen, als er sie sich über die andere Schulter legte. Sie hob den Kopf und jammerte, bis Grant auf und ab wippte und ihr dabei den Rücken rieb. Vorhin hatte er versucht, sie in die Schaukel zu legen, doch dazu war sie diesmal nicht bereit. Vielleicht versuchte er es erneut in einer Stunde, und bis dahin musste er seinen erzwungenen Nachtmarsch durchhalten.

Es hatte auch seine Vorteile; solange er wach war, hatte er immerhin keine Albträume.

Hundemarken klirrten. AnnaBelle erhob sich und trottete zum vorderen Fenster. Das Fell an ihrem Nacken stellte sich auf, und sie bereitete sich aufs Bellen vor.

Grant packte sie am Halsband. Carson sollte nicht auch noch wach werden. »Pssst!«

Sein Blick fiel nach draußen. Unter einem Baum auf dem vorderen Rasen des Nachbarhauses stand eine dunkle Gestalt. Ärger erfasste ihn. Er eilte in Hannahs Zimmer, klopfte leise und öffnete die Tür.

Hannah hob den Kopf. »Was ist los?«

»Jemand ist draußen.« Er hielt ihr das Baby entgegen. »Nimm Faith.«

Hannah schwang die Beine aus dem Bett. In ihren Schlafanzughosen aus Flanell und dem T-Shirt von der Universität Syracuse sah sie aus wie eine Collegestudentin. »Ich hab sie. Soll ich die Polizei rufen?«

»Noch nicht. Es könnte eine harmlose Erklärung geben.« Außerdem würde, wer auch immer da draußen stand, ganz gewiss nicht warten, bis der Einsatzwagen eintraf, und Grant wollte ihn auf keinen Fall entwischen lassen. Er ging zur Tür.

Hannah folgte ihm nach unten und schaukelte dabei das Baby auf dem Arm. Grant schlüpfte in seine Stiefel. Vor der Haustür blieb er stehen, blickte durch das Seitenfenster. Der Schatten war noch immer da, schien zu warten. Grant ging in die Küche und verließ das Haus leise durch die Hintertür. Er ließ seinen Augen Zeit, sich an die Dunkelheit zu gewöhnen, obwohl der glitzernde Schnee eine gewisse Helligkeit schuf. Die hochgewachsene, schlanke Gestalt, die sich hinter dem Baumstamm versteckte, wirkte von Größe und Haltung her männlich. Die dunkle Kleidung hob sich scharf gegen den Schnee ab. Hinter ihm lief eine weitere Gestalt, zierlicher, auf dem Bürgersteig in die andere Richtung.

»Pssst!«, flüsterte die erste Gestalt.

Ganz eindeutig war das niemand, der gerade seinen Hund ausführte, oder etwas anderes Unschuldiges.

Grant trat auf den Hof. Unter seinen Füßen knirschte der Schnee. Bei diesen Wetterverhältnissen konnte er sich unmöglich unhörbar anschleichen. Also rannte er los, geduckt. Der Kerl unter dem Baum wirbelte herum. Seine Augen unter einer schwarzen Strickmütze weiteten sich. In Panik holte er zu einem Boxhaken aus. Elegant wich Grant aus, griff nach dem Typen und warf ihn zu Boden, schwang sich auf ihn. Er nutzte ein Knie als Hebel, drehte den Mann auf den Bauch, zog einen Arm auf den Rücken und durchsuchte die Taschen des Kerls.

»Sind Sie bewaffnet?« Grant entdeckte in den Taschen eine Geldbörse und Schlüssel, aber keine Waffe. Und keine Drogen.

»Nein, Mensch«, keuchte der Kerl. »Was zum Teufel soll das? Wer sind Sie?«

»Ich stelle hier die Fragen.« Grant hielt ihn mit dem Gewicht seines Knies am Boden. »Was machen Sie hier mitten in der Nacht?«

»Gar nichts«, jammerte der andere. »Au! Das tut weh, Mann!«

Grant nahm seinen Arm, bog ihn weiter nach oben. »Lügen Sie mich nicht an!«

»Okay, ist ja schon gut. Stopp!« Nervosität und Schmerz machten die Stimme des Mannes lauter und heller. »Ich bin hier, um Julia abzuholen. Wir wollen ausgehen.«

Verfluchter Mist! Er hatte ein spätabendliches Rendezvous unterbrochen. »Um Mitternacht?«

Schweigen war die Reaktion.

Grant war in eine Situation hineingeraten, die mehr als nur

peinlich war. Er brauchte ganz gewiss nicht noch mehr Ärger mit Ellie, nachdem er sich vorhin schon geweigert hatte, ihr Lees Akten zu geben. »Wie heißen Sie?«

»Taylor.«

Den Rest musste Grant sich gar nicht erst erklären lassen. Julia hatte sich aus dem Haus geschlichen, um diesen Jungen zu treffen. Grant hörte Schritte. Sie stand auf dem Gehweg. Das Verandalicht beleuchtete Schock und Scham in ihrem Gesicht.

»Hoch mit Ihnen.« Grant zog den Kerl auf die Füße, hielt ihm dabei weiter den Arm auf dem Rücken und marschierte mit ihm in Julias Richtung.

»Sie dürfen nichts sagen!« Bittend schaute Julia ihn an.

»Tut mir leid, Julia. Ich habe keine andere Wahl.« Grant marschierte zur Haustür. Dort ließ er Taylors Arm los. Julia war zögernd gefolgt.

»Sie wird mich umbringen!« Das Mädchen drückte sich gegen die Hauswand.

»Das wage ich doch zu bezweifeln.« Allerdings freute Grant sich nicht unbedingt, einer Frau, die im Besitz einer Schrotflinte war, eine solche Nachricht zu überbringen. Er klopfte.

Es vergingen etwa fünfzehn Sekunden, dann öffnete Ellie die Tür. Ein einziger Blick reichte aus, und sie wusste Bescheid. Die Besorgnis in ihrem Gesicht verwandelte sich in Zorn. Sie trat zurück und deutete aufs Hausinnere. »Rein mit euch!«

Momentan war da nichts warm und freundlich an Ellies Auftreten.

Taylor machte einen Schritt zurück, doch Grant packte ihn am Kragen. »O nein, Sie bleiben hier!«

Ellie ging in die Küche, die anderen folgten, Taylor von Grant geführt.

In Schlafanzughosen und einem T-Shirt in Übergröße marschierte Ellie wütend in der Küche auf und ab. Ärger hatte ihr das Blut aus dem Gesicht getrieben. Ihre Haare waren wirr, und unter ihren Augen zeigten sich Schatten von Sorgen und Müdigkeit, die zu tief erschienen, um nur von den Ereignissen dieser Nacht hervorgerufen worden zu sein. Grant hätte gern gewusst, was Ellie so sehr beunruhigte, doch zuerst mussten sie sich mit dieser Situation befassen. Ein Riesendurcheinander nach dem anderen.

Ellie blieb vor ihrer Tochter stehen. »Würdest du mir bitte erklären, was du um Mitternacht draußen mit diesem Jungen zu suchen hast?«

»Wir hatten uns verabredet«, murmelte Julia.

»Er hat dich also nicht mit Gewalt aus deinem Bett entführt?«, fragte Ellie in trockenem Ton.

Julia schüttelte den Kopf.

Grant hielt noch immer Taylors Geldbörse in der Hand. Er öffnete sie. Im hellen Licht der Küche verriet der Führerschein ihm das Alter des Jungen. Mit einem Stift, den er auf dem Tisch fand, schrieb Grant Taylors Namen und Adresse auf die Rückseite eines Kassenzettels.

»Willst du ihn hierbehalten?«, erkundigte er sich und reichte Ellie den Führerschein.

Ellie warf einen Blick darauf. »Du bist also Taylor, und schon achtzehn. Ist dir eigentlich bewusst, dass Julia noch nicht einmal sechzehn ist? Ich könnte die Polizei informieren.«

»Das darfst du nicht!« Rote Flecken zeigten sich auf Julias blassen Wangen. »Es war alles meine Idee!«

Die Stirn des Jungen war schweißnass. Er schob seine zitternden Hände in die Jackentaschen.

»Glaubst du wirklich, das ist eine Angelegenheit für die Polizei?« Grant hätte sich für seine Frage selbst in den Hintern treten können, als Ellie ihm einen Blick aus den zornigen Augen einer Mutter zuwarf. Warum mischte er sich ein? Nun, weil der Junge furchtbare Angst hatte. Und was hatte er denn schließlich angestellt, genau betrachtet? Wenn ein junges Mädchen sich bereit erklärt, nachts aus dem Haus zu schleichen, kann man von einem Jungen im Teenageralter keine rationalen Überlegungen verlangen.

Eine Hand auf dem Rücken, stieß Ellie die Luft aus und rieb sich mit der anderen die Augenbrauen. »Nein. Nicht wirklich.«

Grant gab dem Jungen den Führerschein zurück und warf einen Blick auf Julia, die sich in eine Ecke der Küche zurückgezogen hatte. Mit verschränkten Armen starrte sie auf den Fußboden. Auf ihrem Gesicht zeigte sich Trotz, kombiniert mit dem Wissen, sie habe etwas Schlimmes angestellt.

Grant brachte Taylor zur Tür, bevor Ellie es sich anders überlegen konnte. »Ich gebe dir einen guten Rat. Mach das nicht noch mal. Es war wirklich dumm.«

»Jawohl, Sir. Danke, Sir.«

»Sorg dafür, dass ich das nicht bedaure.« Grant gab ihn frei.

»Nein, Sir.« Der Junge lief zur Tür hinaus, auf einen Wagen zu, der die halbe Straße hinunter geparkt war. Grant ging in die Küche zurück.

»Ich kann es nicht fassen, dass du dich heimlich hinausschleichst.« Ellies Stimme verriet absolutes Erstaunen.

»Nie darf ich irgendetwas!« In Julias Erwiderung explodierte lang aufgestaute Verbitterung. »Keiner meiner Freunde muss den Bus nehmen. Sie werden alle mit dem Auto gebracht. Und ich bin die Einzige in der Klasse, der es nicht erlaubt ist, sich mit Jungs zu treffen.«

»Du darfst dich gern mit Jungs in deinem Alter treffen, aber Taylor ist zu alt für dich. Und weißt du eigentlich, wie gefährlich es ist, wenn du nachts einfach verschwindest, ohne dass jemand weiß, wo du bist oder wann du zurück sein wirst?« Ellies Stimme brach. »Wenn dir etwas zustößt, wüsste ich ja nicht einmal, wo ich mit dem Suchen anfangen sollte.«

»Taylor ist der einzige Junge, den ich mag«, entgegnete Julia aufgebracht. »Wenn du dir bloß die Zeit nehmen würdest, ihn besser kennenzulernen, müsste ich mich nicht nachts davonschleichen.«

Es zeichnete sich ab: Die Diskussion hatte gerade erst begonnen. Grant räusperte sich. »Ich mache mich dann mal auf.«

»Danke, Grant«, sagte Ellie.

»Keine Ursache. Ich finde selbst hinaus.« Grant verließ das Haus. Er kam sich alt und mies vor. Er konnte sich nur zu gut erinnern, wie das war, wenn man Ärger bekam, obwohl er als Teenager nicht sehr viel angestellt hatte. Sein Vater saß schließlich im Rollstuhl. Aber dies war nicht Grants erste disziplinarische Maßnahme. Als Offizier hatte er mit vielen jungen Rekruten zu tun, die der gelegentlichen Versuchung, eine Dummheit zu begehen, einfach nicht widerstehen konnten. Allerdings war keiner von denen ein fünfzehnjähriges Mädchen gewesen, das ein Gesicht machte, als würde man ihr gesamtes Leben zerstören.

Nur, Ellie hatte vollkommen recht. Julia musste das Risiko vor Augen geführt werden, das sie in dieser Nacht eingegangen war. Wenn er daran dachte – Julia nachts unterwegs, allein, mit einem Jungen, den Ellie nicht kannte, Gott weiß wo –, verkrampfte sich Grants Magen. Angesichts dessen, was in dieser Nachbarschaft alles vor sich ging, konnte er Ellie nicht vorwerfen, ihre Tochter in der Nähe haben zu wollen. Und nach den letzten Tagen, in denen er sich um Carson und Faith gekümmert hatte, konnte Grant sich nur zu gut vorstellen, mit welch herzzerreißender Angst es Eltern erfüllt, wenn ihre Kinder vermisst werden. Und mit welcher Verzweiflung, wenn sie nicht nach Hause kommen.

Schneeflocken fielen vom Himmel, als er über den Rasen lief. Im Haus überwältigte ihn die Hitze, und er hörte Carsons und Hannahs Stimmen, zusammen mit Faiths Weinen. Alle waren wach. Wieder einmal. Grant schüttelte den Kopf. Diese

Kinder schienen nie zu schlafen. Schnee fiel aus seinen Haaren auf die Fußmatte. Er wischte sich die nassen Schuhe ab.

Es war Chaos, das totale Chaos. Das Leben in Afghanistan war sehr viel weniger irrsinnig.

Er schleppte sich in die Küche. Wieder einmal stand ihm eine lange Nacht bevor.

Die Verantwortung für die Familie und Julias Verhalten ließen ihn an seinen Posten auf der Militärbasis denken. Wie sollte er bloß sicherstellen, dass die Kinder gut versorgt waren, wenn er wieder nach Afghanistan zurückkehrte?

KAPITEL 14

Lindsay, Dezember

Ich schiebe die braune Papiertüte mit meinem Mittagessen beiseite. Ich habe keinen Hunger. Angst ist ein großer Appetitzügler. Ich habe es so satt!

Ich starre auf meinen offenen Notizblock, aber ich tue nur so, als würde ich meine Matheaufgaben erledigen. Ich bin einmal gern zur Schule gegangen. In Kalifornien hatte ich glatte Einsen. Jetzt kann ich kaum noch denken.

Vielleicht haben sie ja recht. Ich bin hässlich. Ich bin die Luft nicht wert, die ich einatme. Alle fürchten sich, zum nächsten Ziel zu werden. Ich verstehe das. Ich bin es nicht wert.

Mein Handy vibriert. Ich möchte nicht wissen, was es ist. Genau genommen ist es mir nicht erlaubt, in der Schule mein Handy zu benutzen. Aber was sollen sie mir denn schon tun? Ja, bitte, verweist mich von der Schule! Im Display wird eine Telefonnummer angezeigt. Ich kenne sie nicht. Ich sollte mir die SMS nicht anschauen. Ich weiß ja, sie ist von denen. Aber ich kann es nicht lassen. Es ist beinahe so, als wollte ich bestraft werden.

Ich schaue auf den Bildschirm. **Du solltest sterben.**

Meine Augen füllen sich mit Tränen. Ich wische sie mit dem Handrücken fort. Ich sollte nicht weinen, wenn sie es sehen können. Das macht sie richtig an. Aber irgendwie ist es mir egal.

Mir ist alles egal.

Sie haben nicht einmal Mittagspause um diese Zeit, aber sie haben ihre Speichellecker überall. Wahrscheinlich nimmt es gerade einer von denen auf Video auf, wie ich heule.

Mein Handy vibriert erneut. Diesmal steht dort: **Trink einfach Bleichmittel, das sollte den Zweck erreichen.**

Ich schalte das Handy aus. Die Nachrichten von Jose kann ich auch später abholen. Ich verkrafte im Augenblick einfach nicht mehr.

Am liebsten würde ich irgendwo in ein Loch kriechen und tatsächlich sterben. Es wäre viel leichter, wenn ich einfach täte, was sie wollen. Ich kann so nicht weitermachen. Ich will so nicht weitermachen.

Die Schulglocke schrillt. Ich packe meine Sachen zusammen und schließe mich dem Strom der Schüler an, die den Raum verlassen. In der Nähe des Ausgangs werfe ich die Tüte in den Abfall. Eine Hand schubst mich von hinten, und ich falle direkt auf den Abfalleimer. Im letzten Augenblick kann ich mich noch fangen, aber meine Bücher landen im Eimer, mitten zwischen angekauten Fritten und Ketchup.

Ich greife hinein, um meine Bücher aus dem Dreck herauszuholen. Jetzt laufen mir die Tränen über die Wangen. Ich mache mir nicht einmal mehr die Mühe, sie wegzuwischen. Mir wird übel, als ich einen Rest Makkaroni mit Käse von meinem Notizblock kratze. Eine Sekunde später ist eine Lehrerin da und hilft mir. Aber sie kommt zu spät – wie immer.

Ich bin schwer versucht, einfach zu gehen. Mein Haus ist nur etwa anderthalb Kilometer entfernt, wenn ich die Abkürzung durch den Wald nehme. Meine Eltern halten sie für nicht sicher. Als wäre ich irgendwo sicher!

Der Rest des Tages vergeht ruhig, obwohl ich mich nicht auf den Unterricht konzentrieren kann. Ständig schaue ich über meine Schulter, warte auf den nächsten Schlag. Als ich endlich nach Hause komme, bin ich ein Nervenbündel. Vergiss die Hausaufgaben! Ich brauche eine Ablenkung, bei der ich nicht denken muss, und entscheide mich für einen Film. Ich lege eine DVD von CSI in den DVD-Spieler und setze mich aufs Sofa.

Später fragt mich meine Mutter: »Warum bist du in der letzten Zeit so furchtbar ruhig?«

Also berichte ich ihr endlich von Regan und Autumn.

»Du musst dich gegen sie wehren«, rät sie mir.

Ich glaube nicht, dass sie es versteht. Ich schüttele nur den Kopf. Meine Kehle fühlt sich an wie mit Watte vollgepackt, es wollen sich keine Worte formen.

»Ich rufe die Schule an«, sagt sie.

»Nein«, wehre ich ab. »Das macht alles nur noch schlimmer.«

Ich habe nicht den geringsten Zweifel – es wäre keine gute Idee, Regan und Autumn das Leben schwer zu machen. Sie sind schon jetzt feindselig, wo ihre einzige Motivation ihr Vergnügen daran ist, mich zu quälen. Ich kann mir nicht vorstellen, was passiert, wenn sie sich auch noch an mir rächen wollen.

KAPITEL 15

»Ich kann es nicht glauben.« Im engen Büro saß Grant auf dem Schulhausstuhl direkt neben Mac, der sich auf einem kleinen Polsterhocker breitmachte, den sie aus dem Wohnzimmer hierhergebracht hatten. Hannah hatte sich den Schreibtischstuhl genommen. Vor ihr lagen die Unterlagen von Lee und Kate, auf der Schreibunterlage in ordentliche Stapel sortiert. Hannah drehte sich zur Seite, um ihre Brüder anschauen zu können.

Auf der Ecke des Schreibtischs stand der Karton mit den Akten, die Grant aus dem Auto geholt hatte. Lee hatte mit verschiedenen Fällen zu tun gehabt. Die Akten, die sie in seinem Büro gefunden hatten, befassten sich alle mit langweiligen rechtlichen Problemen. Er vertrat einen Geschäftsmann aus der Stadt in seinem Strafverfahren wegen Trunkenheit am Steuer, er bereitete Testamente für verheiratete Paare vor, und er hatte einen Partnerschaftsvertrag für drei Ärzte entworfen. Grant hatte jede einzelne Seite gelesen. Da war nichts, das auch nur entfernt kontrovers gewesen wäre.

»Lee war pleite«, erklärte Hannah.

»Bist du sicher?« Grant horchte in Richtung der Tür, die er einen Spalt offen gelassen hatte, um die Kinder hören zu können, die wunderbarerweise gleichzeitig einen Mittagsschlaf

166

hielten. In der letzten Nacht hatte niemand von ihnen viel geschlafen. »Das scheint mir unmöglich.«

Hannah blätterte durch einen Stapel Papiere. »Ich habe alle Finanzunterlagen doppelt geprüft. Lee und Kate waren mehr als pleite. Die Schulden haben sie erdrückt.«

»Wie kann denn das passieren?« Mac schüttelte sich die wirren Haare aus dem Gesicht. »Ich weiß ja, Kate hat nicht viel verdient, aber Lee war schließlich Anwalt!«

»Lee war sogar ein guter Anwalt, aber er hat ein paar schreckliche Entscheidungen getroffen, was die Finanzen betrifft.« Hannah nahm einen Kontoauszug in die Hand. »Lees Studentendarlehen belief sich auf über einhunderttausend Dollar. Er hat die Rückzahlung jahrelang hinausgeschoben, und die eigentliche Kreditsumme ist nur unwesentlich getilgt. Mir ist durchaus bewusst, dass die Wirtschaftskrise die Anwaltskanzleien hart getroffen hat, aber sein Gehalt war erheblich niedriger, als ich das erwartet hätte. Er war nicht bereit umzuziehen, um sich einen besser bezahlten Job zu sichern.« Sie suchte nach einem weiteren Dokument. »Sie konnten sich weder dieses Haus noch den BMW leisten.«

»Und warum verdienst du so viel Geld?«, erkundigte sich Mac bei Hannah.

»Ich spreche drei Sprachen. Ich arbeite achtzig Stunden in der Woche für eine große private Kanzlei, und ich bin bereit, einen Großteil meiner Zeit in Hotels zu verbringen. Kanzleien in kleinen Städten können keine hohen Gehälter zahlen.« Hannah ließ die Papiere auf die Unterlage zurückfallen. »Ich habe mir auch nicht so viel Geld geliehen wie Lee, um mein Studium zu finanzieren. Ich bekam Stipendien und habe bei einem Programm mitgemacht, das Arbeiten und Studieren miteinander verbunden hat. Grob ausgedrückt, verzichte ich seit zehn Jahren auf ein Privatleben.«

Grant wusste nur zu gut, wie das war, außerhalb der Arbeit

kein Privatleben zu haben. »Aber warum hat er sich denn weiter Geld geliehen, wenn er doch schon so viele Schulden hatte?«

»Du weißt doch, wie Lee war – immer optimistisch.« Hannah rieb sich den Nacken. »Erinnerst du dich? Als wir noch Kinder waren, war Lee derjenige, der ständig behauptet hat, die Dinge würden ein gutes Ende nehmen.«

»Und was geschieht jetzt mit dem Haus? Es würde mir überhaupt nicht gefallen, wenn die Kinder ihre vertraute Umgebung verlassen müssten.«

»Lees Studentendarlehen ist mit seinem Tod erledigt, insofern haben wir Glück. Das ist nicht immer der Fall. Lee und Kate hatten beide eine ganz ordentliche Lebensversicherung. Das sollte ausreichen, um alle Schulden zu tilgen. Vielleicht bleibt sogar ein bisschen was übrig. Wären sie nicht umgekommen, dann hätten sie das Haus in sechs Monaten verloren.«

»Liegt irgendwo Geld auf der Bank?« Grant konnte einfach nicht glauben, dass Lee pleite gewesen sein sollte. Was zum Teufel war mit seinem Bruder bloß los gewesen?

»Nein.« Hannah schüttelte den Kopf. Ihre kurzen glatten Haare fielen sofort wieder zurück in ihren exakten Schnitt. »Ihre Ersparnisse waren schon vor Monaten aufgebraucht. Sie haben jeden Cent für die Anzahlung auf dieses Haus verwendet.« Sie hielt inne, atmete tief durch die Nase ein.

»Was ist?«, fragte Grant.

»Ich weiß nicht, wie ich das sagen soll. Ich habe Schuldgefühle, es auch nur zu denken.« Hannah starrte auf den Schreibtisch. »In den letzten Wochen gibt es zwei unerklärte Bareinzahlungen auf Lees Konto, beide über neuntausendfünfhundert Dollar, also unterhalb der Grenze, bei der die Bank eine Meldung machen muss.«

Schock ließ sie eine Weile schweigen.

»Es muss dafür eine Erklärung geben.« In Grants Kopf wirbelten die Gedanken. »Vielleicht hat er ein anderes Konto geschlossen und das Geld auf dieses übertragen.«

»Danach halte ich noch immer Ausschau.« Hannahs Augen spiegelten den gleichen Unglauben wider, der sich auch in Grants zeigte. »Momentan scheint das Geld noch aus dem Nichts gekommen zu sein.«

»Woher sollte Lee denn fast zwanzigtausend Dollar haben?«, erkundigte sich Mac.

Eine Weile lang starrten die Geschwister sich an.

»Such weiter. Es muss eine logische Erklärung dafür geben.« Grant rieb sich die Stirn. Jede Vermutung, Lee konnte irgendetwas Übles angestellt haben, wies er weit von sich. »Okay, die Lebensversicherungen decken die Schulden ab. Dann kann derjenige, der die Kinder nimmt, im Haus bleiben.«

»Ich denke schon. Sofern nicht noch mehr Verbindlichkeiten auftauchen. Oder wir ein Testament finden, das etwas anderes vorsieht.« Hannah raffte die Papiere auf dem Schreibtisch zusammen. »Wenn es zum Äußersten kommt … ich habe ein wenig Geld beiseitegelegt. Wenn wir uns entscheiden, dass sie bleiben sollen, müssen sie das Haus nicht verlassen.«

»Ich habe ebenfalls etwas gespart.« Mit Ausnahme der Zahlungen an das Pflegeheim seines Vaters landete der Großteil von Grants Gehalt auf der Bank. Er musste keine Familie ernähren und hatte nur geringe Ausgaben für seine Unterbringung. Sein Sparkonto war recht ordentlich. Er hätte Lee aushelfen können, wenn der ihm bloß gesagt hätte, dass er pleite war.

Vielleicht hätte Grant von den finanziellen Schwierigkeiten seines Bruders erfahren, wenn er ihn öfter angerufen hätte.

»Wo könnten sie bloß wichtige Dokumente versteckt haben?« Grant suchte den Raum mit den Augen ab. Die geringe Größe bot nur wenige Möglichkeiten. Was jedoch den Rest des Hauses betraf …

Hannah schüttelte den Kopf. »Ich habe bereits den Schreibtisch und alle Computerdateien überprüft. Wenn die beiden ein Testament gemacht haben … hier ist es nicht.«

»Vielleicht gibt es keins.« Mac rieb über einen Tintenfleck auf dem hellen Leder des Hockers, direkt neben seinem Schenkel. »Sie haben schließlich nicht damit gerechnet, so jung zu sterben.«

»Das stimmt, aber Lee hat immer vorgeplant.« Hannah schob die Papiere in einen Ordner. »Selbst erdrückt von Schulden, hat er sich um eine Lebensversicherung gekümmert, damit seine Familie versorgt ist. Das Testament muss hier irgendwo sein.« Sie öffnete einen zweiten Ordner. Alle drei holten gemeinschaftlich tief Luft. »Wir müssen jetzt über die Beerdigung reden. Ich dachte mir, wir beauftragen das Beerdigungsinstitut Stokes in der First Street. Das haben wir auch für Mom genommen.«

Trauer füllte Grants Brust, hart wie Beton.

Mac glitt auf seinem Hocker nach vorn und umarmte seine Schwester. »Überlass die Organisation der Beerdigung einfach mir. Ich gehe gleich heute bei Stokes vorbei und rede mit dem Direktor. Heute Abend können wir dann die Einzelheiten besprechen. So sind wir vorbereitet, wenn …«, Mac unterbrach sich, als könnte er die Worte nicht hervorbringen, »… wenn der Rechtsmediziner die Leichen freigibt.«

»Bist du sicher?« Normalerweise war es Grant, der die schweren Aufgaben übernahm. Natürlich war er es auch gewohnt, dass man seine Anordnungen befolgte – und das galt nun einmal nur fürs Militär. Seine Familie erkannte ihn nicht als Offizier mit Befehlsgewalt an. Der Einzige, der auf ihn hörte, war Carson. Faith schrie ihren Protest acht Stunden lang pro Nacht hinaus. Mac hatte schon immer so funktioniert, dass er zustimmte und anschließend tat, was er wollte. Und Hannah würde ihm widersprechen, bis die Jahreszeiten wechselten. Über die Diskussion mit der Nachbarin Ellie wollte er lieber gar nicht erst nachdenken. *Sie* befolgte ganz eindeutig keinerlei Befehle.

»Ja.« Mac stieß scharf die Luft aus, nickte dann. »Hannah kümmert sich um die rechtlichen und finanziellen Angelegenheiten. Du bist mit den Kindern beschäftigt. Lasst mich auch etwas beitragen.«

»Ich habe nichts dagegen«, stimmte Grant zu. »Hannah?«

Sie nickte. »Danke, Mac.«

»Wir müssen uns absprechen, wenn wir etwas zu erledigen haben, damit immer jemand hier bei den Kindern bleibt. Ich habe Julia von nebenan gebeten, heute Nachmittag ein paar Stunden auf die beiden aufzupassen, aber nach allem, was geschehen ist, wäre mir wohler, wenn auch einer von uns im Haus ist.«

»Einverstanden.« Hannah runzelte die Stirn. »Was ist mit Dad?«

»Ich weiß es nicht. Als ich ihn vor wenigen Tagen besucht habe, hat er mich nicht erkannt. Unter den Umständen sah ich keinen Sinn darin, ihm von Lees und Kates Tod zu erzählen.«

»Was glaubst du, wie er sich fühlt, wenn er ihre Beerdigung versäumt?« Hannah stockte.

War die Krankheit ihres Vaters einer der Gründe, warum sie sich von Scarlet Falls fernhielt? Sie hatte sich ihr ganzes Leben lang darum bemüht, seine Aufmerksamkeit zu wecken. Als Teenager war Hannah der beste Meisterschütze unter den vier Geschwistern gewesen. Aber der Colonel hatte sich immer nur auf seine Söhne konzentriert. Die Vernachlässigung geschah nicht beabsichtigt – er wusste einfach nur nicht, was er mit einem Mädchen anfangen sollte. Doch beabsichtigt oder nicht, Hannah hatte sein fehlendes Interesse immer gespürt. Hätte ihr Vater sich nicht so energisch gegen Frauen beim Militär ausgesprochen, dann wäre sie nach dem College wahrscheinlich genau dort gelandet.

»Wenn er Grant nicht erkannt hat, kann er sich auch an den Rest von uns nicht erinnern«, bemerkte Mac.

Grant drehte sich zu ihm um. »Warum sagst du das?«

Mac hob eine Hand. »Du warst immer sein Liebling. Die letzten Jahre, bevor seine Demenz immer schlimmer wurde, hat er immer nur davon gesprochen, dass du eines Tages General sein wirst. Lee war dem Colonel niemals aggressiv genug. Hannah war es, aber das hat der alte Herr nicht gesehen.« Er strich seiner Schwester über die Schulter. »Tut mir leid, Schwesterherz. Was dich betrifft, war er total blind. Dabei bist du von uns allen die Kämpferischste.«

Hannahs Lippen verzogen sich zu einem schwachen Lächeln. Grant wusste genau, äußerlich war Hannah gnadenlos stark. Aber was ihr Inneres betraf, nun, da lagen die Dinge anders.

»Und was ist mit dir, Mr Naturbursche?«, fragte Grant.

»Nein.« Mac machte eine abwehrende Handbewegung. »Als ich alt genug war, für ihn von Interesse zu sein, warst du bereits auf der Militärakademie. Ich bin unter dem Radar durchgerutscht. Kannst du dir ausmalen, was er sagen würde, wenn er wüsste, ich verbringe meine Zeit in einem Zelt und mit dem Studium einer Otterfamilie? Lee und Hannah waren ja wenigstens Anwälte. Ich bin ein Biologe, der nicht einmal seinen eigenen Fisch am Leben erhalten kann.«

»Schön gesagt.« Grant lachte, wurde jedoch gleich wieder ernst.

»Es gibt bestimmte Möglichkeiten für Carson«, fuhr Mac fort. »Ein Internat …«

»Nein«, fiel Grant ihm ins Wort. »Ich habe das Internat gehasst!«

»Wirklich?« Hannah hob den Kopf. »Und ich war so neidisch, weil ich keins besuchen durfte.«

»Ja, vielleicht habe ich die Schule aus anderen Gründen gehasst«, gab Grant zu. »Vielleicht ging es weniger um den Ort selbst als vielmehr darum, dass ich von euch allen getrennt war.

Ich war schließlich erst zwölf. Und im Internat gab es keine Mädchen.«

»Davon hast du nie etwas gesagt.« Hannah ordnete die bereits perfekt geordneten Dokumente auf dem Schreibtisch.

»Wie konnte ich denn?«, seufzte Grant. »Dad war so stolz darauf, es hätte sein Herz gebrochen. Und das bringt mich zum nächsten Diskussionsthema.« Grant schwieg einen Moment und horchte wieder in Richtung der Tür. Noch immer kein Laut von oben. Er senkte die Stimme. »Was machen wir mit den Kindern?«

»Gibt es da wirklich nur uns drei?«, erkundigte sich Mac. »Hatte Kate denn keine Familie?«

»Nicht dass ich wüsste.«

»Doch, sie hatte.« Hannah öffnete die untere Schreibtischschublade. »Ich habe ein altes Adressbuch in Kates Handschrift gefunden.« Sie holte ein kleines schwarzes Buch heraus und öffnete es. »Unter *M* findet sich ein Eintrag *Mom*. Mit einer Telefonnummer.«

Mac beugte sich vor. »Das ist die Vorwahl von Boston. Mein Gott, das Buch sieht ziemlich alt aus.«

»Das ist es wahrscheinlich auch.« Hannah blätterte durch die Seiten. »Es war hinter einer Schublade eingeklemmt. Soll ich die Nummer anrufen?«

Faiths Schreie erfüllten den Flur.

»Der Meister ruft.« Grant stand auf. »Ich würde sagen, Ja. Vielleicht gibt es die Nummer gar nicht mehr, aber ich finde, Kates Eltern haben ein Recht darauf, von dem Tod ihrer Tochter zu erfahren.«

Faith wurde lauter. Grant eilte in die Küche. Im Wohnzimmer lief der Fernseher; er hatte sich die Nachrichten angeschaut, bevor Hannah ihn ins Büro gerufen hatte. Während er das Fläschchen vorbereitete, las er den Fließtext mit dem Wetterbericht unten auf dem Bildschirm. Er schüttelte das

Fläschchen und wollte gerade zurückgehen in die Küche.

»Bleiben Sie dran. Nach der Werbepause sprechen die Eltern von Lindsay Hamilton über die Ermordung ihres Anwalts Lee Barrett.«

»O mein Gott«, kam Macs Stimme von hinten.

Grant wandte sich um. Mac stand im Flur und starrte auf den Bildschirm. Von oben wurde Faiths Protest immer lauter. Das Mädchen hatte wirklich eine kräftige Lunge.

»Kannst du das aufzeichnen?« Grant deutete auf den Fernseher. »Und dann stell das Gerät aus. Ich will nicht, dass Carson etwas davon hört, wenn er nach unten kommt.«

»Schon dabei.« Mac ging zur Box für das digitale Kabelfernsehen.

Grant trug das vorbereitete Fläschchen nach oben ins Kinderzimmer. War die Hamilton-Akte vielleicht diejenige, die Lees Chef so verzweifelt suchte? Das musste er später unbedingt herausfinden. Wenn dieser Bericht in den Mittagsnachrichten kam, musste er bald auch irgendwo im Internet zu finden sein. Er musste sich entweder die Aufzeichnung anschauen, wenn Carson schlief, oder alles online nachlesen. Bestimmt war das Video auch auf den Seiten des Nachrichtensenders zu finden.

Faith lag auf dem Bauch, Kopf und Brust nach oben gereckt.

»Aha, du hast also gelernt, wie man sich umdreht, vermute ich mal.« Grant hob sie hoch und setzte sich in den Schaukelstuhl, um sie zu füttern. Er nahm sich das Buch, das er auf Kates Nachttisch gefunden hatte – *Was Sie im ersten Lebensjahr erwartet* –, und suchte nach der Seite, wo er das Lesen vorhin unterbrochen hatte. »Okay, Faith, wo waren wir doch gleich? *Im vierten Lebensmonat Ihres Babys sollten Sie so langsam nachts wieder ungestört schlafen können.* Faith, du hast nicht zufällig dieses Buch gelesen?«

Schritte ließen ihn aufschauen. Hannah kam ins Kinderzimmer.

»Möchtest du ihr das Fläschchen geben?«, fragte Grant.

»Nein, sie sieht aus, als ob sie sich bei dir sehr wohlfühlt.« Hannah setzte sich auf die Kante einer Spielzeugkiste. »Ich habe die Nummer angerufen. Kates Mutter hat abgenommen. Sie und Kates Vater wohnen in der Nähe von Boston. Sie sagte, sie habe seit zehn Jahren nicht mehr mit Kate gesprochen. Warum, hat sie nicht erklärt. Die beiden kommen hierher.«

»Wie war die Stimmung beim Anruf?«

»Eisig.«

Das hatte Einiges zu bedeuten, schließlich kam es von einer Unternehmensanwältin, die milliardenschwere Verträge in drei Sprachen aushandeln konnte.

»Wenn sie Kate seit zehn Jahren nicht mehr gesehen hat, kennt sie also die Kinder überhaupt nicht.« Auf einmal war Grant von der Richtigkeit des Anrufs nicht mehr so überzeugt. »Hoffentlich haben wir da keine schlafenden Hunde geweckt.«

»Das hoffe ich ebenfalls.« Hannah nickte. »Mac ist unterwegs zum Beerdigungsinstitut. Ist das in Ordnung?«

»Natürlich. Ich habe mehr als genug zu tun. Ich muss zu der Eislaufhalle, in der Kate gearbeitet hat. Ich bleibe nicht lange. Bis dahin hast du die Aufsicht über die Kinder.«

Die Reaktionen waren ein tiefer Atemzug und ein zweifelnder Blick auf das Baby. »Ich hoffe nur, ich bin dabei auch nur halb so gut wie du.«

Grant tauschte den Platz mit Hannah. »Setz dich.« Er legte ihr das Baby auf den Arm. »Wenn sie die Hälfte getrunken hat, muss sie ein Bäuerchen machen.«

»Aber …«

»Du schaffst das schon. Tagsüber ist sie ein sehr glückliches Baby.« Er ging hinaus, um nach Carson zu schauen. Der Junge lag in seinem Zimmer auf dem Bett. Er hatte die Bettdecke heruntergeworfen und lag seitlich auf seiner geteilten Matratze. Leise schloss Grant die Tür und kehrte zu Hannah zurück.

175

»Carson schläft noch. Achte darauf, wann er aufwacht. Er wird dann sicher etwas essen wollen.«

Im Erdgeschoss zog Grant Mantel und Stiefel an. AnnaBelle winselte an der Hintertür. »Meinetwegen … du kannst mit mir nach draußen kommen.« Der Hund rannte hinaus in den Schnee. In der Garage fand Grant eine Schaufel. Er räumte einen Pfad von der Garage zur Hintertür und begab sich mit der Schaufel nach vorn. Lautes Bellen ließ ihn zum Nachbarhaus schauen.

»Guter Hund.« AnnaBelle drängte sich an eine zierliche Gestalt, die auf den Stufen zur Veranda hockte.

»Nan?« Grant lief zu ihr.

»Grant!« Erleichtert atmete Nan aus. Ellies Großmutter trug lediglich Jeans, einen Pullover und ihre Schaffellstiefel. Sie zitterte vor Kälte und hielt einen Arm gegen die Brust gepresst. Ihre Zähne klapperten. »Ich bin so froh, Sie zu sehen!«

»Was ist denn passiert?« Er kniete sich neben sie.

»Ich wollte etwas von der Veranda holen, ein Paket. Dabei bin ich ausgerutscht und die Stufen hinuntergefallen. Ich habe mir meinen Knöchel verknackst und bin auf einem Handgelenk gelandet.«

»Wie lange sind Sie schon hier draußen?« Er betrachtete sie aufmerksam.

»Ich weiß nicht genau, vielleicht eine halbe Stunde.«

Angesichts ihres Alters und des Fehlens von polsterndem Körperfett war das erheblich zu lange. »Hat es nur Ihr Fuß- und Handgelenk erwischt?«

»Mein Stolz hat auch etwas abbekommen.« Sie zuckte zusammen. »Aber es ist nichts Wesentliches verletzt. Ich wollte wieder ins Haus, hab aber die Stufen nicht geschafft.«

Grant warf einen Blick auf die drei Betonstufen. Bestimmt hatte sie auch Prellungen, die sie momentan nur noch nicht spürte. »Ich bringe Sie rein, und dann schauen wir uns Ihr

Fußgelenk mal an. Sind Sie bereit?« Er hob die zierliche alte Frau hoch und trug sie ins Haus.

»Du meine Güte!« Fest klammerte sie sich an seine Schultern.

AnnaBelle tänzelte neben ihm her, am Wohnzimmer vorbei, das noch immer eine Baustelle war. Grant setzte Nan in der Küche auf einen Stuhl, nahm sich ihr gegenüber einen zweiten und packte ihren Stiefel. »Das wird wahrscheinlich wehtun.« Sie gab jedoch keinen Laut von sich, als er ihr den Stiefel auszog und anschließend den Strumpf, doch ihr ohnehin aschgraues Gesicht spannte sich an. Ihr Fußgelenk war deutlich angeschwollen und dunkelrot verfärbt. »Ich fürchte, ich bringe Sie besser in die Notaufnahme.«

»Vielleicht sollten wir das Gelenk einfach eine Weile lang kühlen«, schlug sie vor. Ihre Stimme zitterte, als sie erneut vor Kälte bebte.

Zweifelnd betrachtete er sich den Fuß. »Der Knochen könnte gebrochen sein.« Und nicht zu vergessen, sie war stark unterkühlt. »Sie sollten Ellie anrufen.«

»Ich hasse es, sie bei der Arbeit zu stören.«

»Sie will mit Sicherheit informiert werden.«

»Na gut, meinetwegen. Können Sie mir mein Handy bringen?« Sie deutete auf einen Beistelltisch. Er reichte ihr das Telefon. »Ich hoffe nur, sie bekommt keinen Ärger deswegen.«

»Ich bin mir sicher, in einem Notfall macht Ellies Chef einmal eine Ausnahme.« Grant holte eine Decke vom Sofa im Wohnzimmer und legte sie ihr um die Schultern. Ihre Gesichtsfarbe hatte sich nicht verbessert; sie litt offensichtlich mehr Schmerzen, als sie zugeben wollte. Er beabsichtigte nicht, noch länger zu warten. »Sagen Sie ihr, sie soll ins Krankenhaus kommen.«

KAPITEL 16

Ellie hatte die Überprüfung ihres USB-Sticks beendet. Sie hatte keinerlei Anzeichen dafür gefunden, dass irgendjemand im Büro, Frank eingeschlossen, Informationen über den Hamilton-Fall verbarg. Wo sollte sie als Nächstes suchen? Grant war alles andere als kooperativ gewesen. Sie presste die Handfläche gegen den durch Müdigkeit verursachten Schmerz hinter ihrer Stirn. Sie hatte nach der Eskapade mit Julia in der Nacht nicht mehr geschlafen und das Gefühl, nie wieder die Augen schließen zu können.

Ihre oberste Schreibtischschublade vibrierte. Sie öffnete sie und warf einen Blick auf ihr Handy. Es konnte Nan sein oder Julias Schule. Eine Nachricht von einer Telefonnummer, die sie nicht kannte, wurde angezeigt. Sie öffnete die SMS, ohne das Handy aus der Schublade zu holen. Normalerweise verstieß sie niemals gegen die Regel, die keinerlei private Gespräche während der Arbeitszeit erlaubte, aber in dieser Woche war nichts normal. Ein Foto füllte das Display.

Sie keuchte.

Es war kein sehr scharfes Bild, aber Ellie erkannte sofort ihr Haus. Auf dem Rasen davor standen Grant, Taylor und Julia. Unter dem Foto war zu lesen: **Hast du die Akte gefunden?**

Tränen der Hilflosigkeit brannten in Ellies Augen. Der Mann mit der Kapuze war in der Nacht in der Nähe des Hauses gewesen, als Julia das Haus verlassen hatte, schutzlos gewesen war. Ohne Grants Eingreifen hätte der Kerl vielleicht ihre Tochter entführt. **Brauche mehr Zeit**, tippte sie ein und schickte die SMS ab.

Die Stapel an Arbeit auf ihrem Schreibtisch verschwammen vor ihren Augen. Ellie musste unbedingt in Lees Haus gelangen. Was Grant gesagt hatte, war nicht eindeutig gewesen, aber sie war sich sicher, er hatte einige Akten der Kanzlei gefunden. Der Kapuzenmann war nicht bereit zu warten. Sie schob die Spesenabrechnungen auf dem Schreibtisch hin und her, doch ihre Gedanken waren nicht bei der Arbeit. Erneut vibrierte ihr Handy in der Schublade. Sie erschrak. Was wollte der Kerl denn noch?

Diesmal zeigte das Display Nans Nummer. Ellies ohnehin bereits mächtig klopfendes Herz schaltete noch einen Gang höher. Nein, sie durften Nan nichts angetan haben! Dreimal tippte sie daneben, bis sie endlich den Button erwischte, mit dem sie das Telefonat entgegennahm. »Nan?«

»Du darfst dich nicht aufregen. Es ist alles in Ordnung.«

Kalt schoss Furcht durch Ellies Adern. »Was ist passiert?«

»Es ist keine große Sache.« Allerdings klang die Stimme ihrer Großmutter sehr schwach. »Ich bin auf den Stufen ausgerutscht. Ich wollte dich nicht anrufen, nur hat Grant mich dazu gezwungen.«

»Lass mich mit ihm sprechen.« Im Hintergrund hörte Ellie Grants Stimme, dann knackte es, das Gerät wurde übergeben.

»Ellie?«

»Was ist passiert, Grant?«, fragte sie nach.

»Sie ist in der Einfahrt gefallen, und ihr Fußgelenk ist ziemlich geschwollen. Ebenso wie ihr Handgelenk.« Besorgnis ließ seine Stimme noch tiefer klingen.

»Ich bin in zwanzig Minuten zu Hause.« Ellie holte ihre Handtasche aus der untersten Schublade.

»Ich möchte sie zur Notaufnahme bringen«, erklärte Grant. »Treffen wir uns dort?«

Wenn Grant nicht einmal bereit war, zwanzig Minuten zu warten, mussten Nans Verletzungen ernsthafter sein und über einen verknacksten Knöchel weit hinausgehen.

»In Ordnung.« Die Tasche bereits in der Hand, klopfte Ellie an Rogers Tür.

»Ja?«, rief der.

Sie öffnete die Tür. »Tut mir leid, Sie zu stören.« Um ehrlich zu sein, hatte sie seine Besprechung mit dem Buchhalter völlig vergessen gehabt.

Die Verärgerung in Rogers Gesicht wich Besorgnis. »Was ist los?«

»Meine Großmutter ist gestürzt.« Als sie die Worte laut aussprach, zitterte Ellies Stimme. »Ich weiß nicht, wie schwer sie verletzt ist, aber sie ist auf dem Weg zur Notaufnahme. Ich muss sofort gehen.«

»Selbstverständlich.« Er nickte. »Sind Sie in der Lage, Auto zu fahren?«

»Ja, danke.« Fest packte Ellie den Türgriff.

»Gehen Sie. Nehmen Sie den Rest des Tages frei. Und sagen Sie mir Bescheid, wie es ihr geht.«

»Danke.« Ellie lief zu ihrem Auto und fuhr ins Krankenhaus. Die Viertelstunde Fahrt kam ihr wie Stunden vor. Schrecken machte sich in ihrem Bauch breit. War das eine Warnung? Ein erster Vorgeschmack darauf, was passieren würde, wenn sie nicht tat, was der Kapuzenmann von ihr verlangte?

Sie parkte auf dem Parkplatz der Notaufnahme, stieg aus, schloss den Wagen ab und lief über den Asphalt, am ganzen Körper zitternd. Auf einem Stück Schneematsch rutschte sie aus, verlor das Gleichgewicht und stürzte. Schmerz schoss ihr

Bein entlang. Sie rieb sich die Hüfte. Verdammt, sie hatte vergessen, ihre Stiefel anzuziehen. Hochhackige Schuhe waren für Schnee und Eis nun einmal nicht geschaffen.

Nan ist in Ordnung, mahnte sie sich. Sie hatte doch mit ihrer Großmutter gesprochen. Warum also drehte sie jetzt durch? Nun, weil es sehr viel schlimmer hätte kommen können, sehr, sehr viel schlimmer. Sie rappelte sich hoch und klopfte die Eiskristalle von ihrem Mantel. Der Saum ihres Rocks war nass und mit braun verfärbtem altem Schnee beschmutzt.

Die Türen zur Notaufnahme glitten auf. Sie trat sich die Füße auf einer dicken schwarzen Fußmatte ab, wich einem gelben Schild aus, *Vorsicht, frisch geputzt*, und blieb stehen, um sich umzuschauen. Etwa ein Dutzend Leute saß auf den Stühlen im Wartebereich und füllte auf Klemmbrettern Formulare aus. Am anderen Ende des Raums entdeckte sie Grant.

Er stand auf, als sie herankam. Sein Gesicht war grimmig. »Man hat sie gerade abgeholt.«

»Was ist los? Es ist schlimmer, als sie zugeben will, richtig?« Sie zerrte sich die Handschuhe von den Fingern. Die Angst in ihrem Bauch verschärfte sich. Für ihr Alter war Nan noch sehr fit. Seit ihrer Pensionierung war sie in Kirche und Gemeinschaft aktiv. Allerdings konnte man nicht leugnen, sie wurde älter.

»Hol erst mal tief Luft. Sie ist zäh.« Grants Tonfall war bestimmt.

»Sie ist fünfundsiebzig, weigert sich jedoch, sich entsprechend zu verhalten.« Ellie knöpfte sich den Mantel auf. »Eigentlich hatte sie heute zu Hause bleiben wollen.«

»Sie hat nur ein Paket hereinholen wollen«, erklärte Grant. »Der Schnee vom Dach ist geschmolzen und auf die Veranda getropft. Die Stelle war vereist, und darauf ist sie ausgerutscht. Wahrscheinlich muss die Regenrinne gereinigt werden.«

Ellie drehte sich in Richtung Empfang. »Sie hätte im Haus bleiben sollen!«

Er griff nach ihrem Arm. »Setz dich eine Minute.« Jetzt hatte seine Stimme sich zu einem Kommandoton verschärft.

Das zerrte an Ellies bereits mitgenommenen Nerven. Sie blickte auf seine Hand. »Wie bitte?«

Grant ließ sie los, stellte sich mit einem Seufzen vor sie und nahm ihren anderen Arm, diesmal sehr sanft. »Wenn sie dich in diesem Zustand sieht, wird sie das nur beunruhigen.«

»Du hast recht. Tut mir leid.« Ellies Augen füllten sich mit Tränen. Sie presste die Handflächen gegen die geschlossenen Lider und nahm einen tiefen Atemzug. »Es hätte ihr etwas Schlimmes passieren können.«

»Das ist es aber nicht.« Er entdeckte ihren nassen, schmutzigen Rock. »Ist mit dir alles in Ordnung?«

»Ja.« Sie hasste das schwache Zittern in ihrer Stimme.

Grant führte sie zu einem Stuhl. »Nimm dir etwas Zeit, um die Fassung wiederzugewinnen. Zuerst habe ich mir Sorgen gemacht, sie könnte unterkühlt sein. Sie war eine Weile draußen in der Kälte. Auf dem Weg hierher wurde ihr jedoch schnell wieder warm.«

Ellie ließ die Hände sinken und öffnete die Augen. Grant hockte vor ihr, tiefe Besorgnis in seinen blauen Augen.

»Es tut mir leid.« Sie schniefte.

»Du musst dich nicht entschuldigen.«

»O doch, das muss ich. Du hast Nan gefunden und ins Krankenhaus gebracht. Ich sollte dir danken, statt dir Vorwürfe zu machen.« Sie stieß den Atem aus und mit ihm einen Teil ihrer Anspannung. Sein Blick konzentrierte sich noch immer auf sie. Verdammt, dieser Mann war wirklich perfekt. Er wurde mit einem schreienden Baby fertig und ließ sich nicht aus der Ruhe bringen, wenn sie sich wie eine Verrückte benahm. »Wenn du nicht gekommen wärst ...« Erneut stieg Angst in ihr auf. Sie legte die Hand gegen die Stirn.

Er hielt sie fest. Warm umschlossen seine Finger ihre eiskalten. »Daran darfst du nicht denken. Ich *bin* schließlich gekommen.«

Einen Augenblick lang hörte Ellie auf, gegen ihre Gefühle anzukämpfen. Sie ließ es zu, dass er ihre Hand hielt, sie nahm die Stärke an, die er ihr bot. Stärke, von der er mehr als genug besaß. Die Hitze, die von seinem Körper zu ihrem floss, fühlte sich gut an. Viel zu gut. Sie musste sich daran erinnern, dass er nur noch weitere drei Wochen hier war, und dann flog er wieder nach Afghanistan, für viele Monate. Und selbst wenn er sich in den Vereinigten Staaten aufhielt, war er in Texas stationiert, nicht hier. Selbst wenn sie es gewollt hätte, sie konnte sich einfach nicht auf ihn verlassen. Jemand beobachtete sie; jemand, der vielleicht auch dann noch in der Stadt blieb, wenn Grant längst wieder fort war. Es war eine Erleichterung, sich jetzt auf ihn zu stützen, doch damit musste es auch bereits wieder enden.

»Danke.« Sie entzog ihm ihre Hand. »Ich bin wieder okay.«

Grant stand auf und trat einen Schritt zurück. »Soll ich mit dir warten?«

»Nein. Wir haben schon genug deiner Zeit in Anspruch genommen. Das hier dauert gewiss eine ganze Weile.« Sie erhob sich.

Forschend betrachtete er sie. »Nun, wenn du dir sicher bist …« Er holte sein Handy hervor. »Sag mir deine Nummer.«

Ellie ratterte die Zahlen herunter, er tippte sie ein. Sekunden später vibrierte ihr eigenes Handy in der Manteltasche.

»Jetzt hast du meine Nummer. Ruf mich an, wenn du etwas brauchst, und ich meine das ernst.«

»Danke.« Mit Bedauern sah sie ihm nach, als er das Krankenhaus verließ. Dann begab sie sich auf die Suche nach ihrer Großmutter. Eine Krankenschwester schickte sie in einen kleinen Raum, auf dem Nan auf einer schmalen Trage lag, den linken Fuß und die linke Hand auf Kissen erhöht. Eisbeutel lagen auf den Verletzungen, und der Rest ihres Körpers war in warme Decken gepackt. In ihrem Gesicht zeichnete sich Schmerz ab, doch davon abgesehen, schien sie in Ordnung zu sein.

Erleichterung durchströmte Ellie. Ihr Kopf fühlte sich plötzlich zu leicht an, und die Muskeln ihrer Beine gaben nach. Sie legte ihre Handtasche ab und zog den Mantel aus, gewann dadurch die Fassung wieder.

Sie beugte sich über ihre Großmutter und küsste sie auf die Wange. »Wie fühlst du dich?«

»Pah! So schlimm ist es gar nicht. Ich habe Grant gesagt, ich kann warten, bis du nach Hause kommst, aber er hat darauf bestanden, mich gleich ins Krankenhaus zu bringen.«

Zum Glück! »Darüber bin ich froh.«

»Ich hoffe, du bekommst keinen Ärger bei der Arbeit. Ich wollte dich nicht stören.«

»Ich habe Anspruch auf bezahlten Urlaub, den ich nur selten nehme«, erwiderte Ellie.

Nan bewegte sich und zuckte zusammen. »Du solltest sowieso deine eigene Firma gründen. Du entwirfst die besten Badezimmer und Küchen.«

»Vielleicht eines Tages«, entgegnete Ellie. Es hatte keinen Sinn, dem ein eindeutiges Nein entgegenzusetzen. Nan liebte eine verbale Auseinandersetzung. Vor allem, wenn das Thema war, was Ellie mit dem Rest ihres Lebens anfangen sollte und was nicht. »Ich muss zuerst einmal Julia durchs College bringen.«

Die Zeit schlich dahin, während sie auf die Ärztin warteten. Währenddessen zählte Nan immer mehr Argumente auf, warum Ellie unbedingt eine weitere Ausbildung anfangen sollte. Endlich kam die Ärztin. Sie erklärte Nans Handgelenk für lediglich verstaucht, ihr Fußgelenk jedoch war gebrochen. Der Fuß wurde in einen Stiefel aus Metall und Neopren gesteckt. Nan erhielt ein Rezept für Schmerzmittel und die strenge Anweisung, den Fuß mindestens eine Woche lang nicht zu belasten. Eine Stunde später brachte Ellie ihre Großmutter nach Hause.

»Oh, da ist Grant!« Nan deutete aus dem Wagenfenster. »Er hat den Schnee von der Veranda geräumt und Salz gestreut.«

Ellie parkte in der Einfahrt. Grant stand auf dem Nachbargrundstück, eine Schaufel in der Hand. Carson lag im Schnee, bewegte Arme und Beine und schuf einen Schneeengel. Sie hatte Grant ja schon immer für anziehend gehalten, aber das strahlende Lächeln, das er seinem Neffen schenkte, hob seine Anziehungskraft auf eine völlig neue Ebene.

Wie sollte sie ihm nur die nächsten drei Wochen lang widerstehen können? Und noch wichtiger, wie konnte sie sich selbst davon abhalten, ihn um Hilfe zu bitten? Andererseits, sie konnte ihm unmöglich von der Gefahr berichten, in der ihre Familie schwebte. Sie suchte die Straße ab. Es war niemand zu sehen, aber das bedeutete nicht zwingend, dass niemand sie beobachtete.

Grant lehnte die Schaufel gegen die Hauswand und kam auf den Wagen zu. AnnaBelle raste auf ihn zu und spuckte ihm einen Tennisball vor die Füße. Grant nahm ihn auf und warf ihn weit in den Hinterhof, ohne stehen zu bleiben. Der Hund wirbelte herum und schoss dem Ball nach.

Grant öffnete die Beifahrertür. »Ich helfe Ihnen.«

Normalerweise akzeptierte Nan keinerlei Unterstützung, doch sie nahm seine Hand ohne Protest und streckte einen Fuß aus dem Wagen. Grant hob sie halb heraus.

Ellie holte die Krücken vom Rücksitz und brachte sie ihr. »Sie darf den Fuß nicht belasten.«

Stirnrunzelnd betrachtete Grant die Krücken. »Mit einem verstauchten Handgelenk wird es aber schwer mit den Krücken. Soll ich Sie einfach wieder ins Haus tragen?«

Wieder?

»O ja, gern«, sagte Nan.

Himmel! Sie lächelte sogar kokett.

»Carson, komm mal her!« Grant nahm Nan sanft auf die Arme. »Das ist viel einfacher.«

Nan schlang ihm die Arme um die Schultern. »O ja, das ist es.« Sie blickte zurück zu Ellie und zwinkerte ihr zu.

Innerlich stöhnte Ellie. Sie folgte den beiden und trug die Krücken ins Haus. Grant brachte Nan zum Sofa im Wohnzimmer. »Brauchen Sie sonst noch etwas?«

»Nein, das ist perfekt so. Ich kann Ihnen gar nicht genug danken!« Nan strahlte ihn an.

Er lächelte zurück. »Ich muss wieder los. Rufen Sie mich an, wenn Sie etwas brauchen. Sie haben meine Nummer?«

»Ja.« Nan nickte.

O ja, und Ellie hatte Grants Nummer ebenfalls …

»Ich bin eine Weile unterwegs, aber Hannah ist drüben im Haus.« Grant wandte sich zum Gehen.

Ellie brachte ihn zur Tür. »Ich danke dir. Für alles.«

Carson wartete auf der Veranda, die Nase am Glas plattgedrückt.

»Ruf mich auf jeden Fall an, wenn du mich brauchst. Ich bin nur etwa eine Stunde fort.« Grant beugte sich zu ihr herunter. Seine Augen waren ernst und seine Stimme leise, als er ergänzte: »Wenn du etwas Zeit hast, müssen wir uns dringend unterhalten.«

Sie nickte. »In Ordnung. Ich komme vorbei, sobald Julia aus der Schule zurück ist.«

Grant marschierte nach draußen, schwang seinen Neffen hoch und warf ihn sich über die Schulter.

Er kicherte, als Ellie die Tür schloss.

»Was für ein Mann!« Nan zog sich den Mantel aus und reichte ihn Ellie.

»Hm.« Sie gab einen undeutlichen Laut von sich. »Ich hole dir einen Eisbeutel.«

»Wann wirst du dich mit ihm unterhalten?«

»Hast du etwa ein Supergehör oder so etwas?« Ellie füllte einen Beutel mit Eis, schloss ihn und legte ihn ihrer Großmutter auf das Handgelenk.

»Süße, wenn ein gut aussehender Mann etwas sagt, höre ich ihm zu.« Nan klopfte das Kissen hinter ihrem Rücken auf.

»Und du lässt dich von ihm durch die Gegend tragen.«

»Allerdings.«

»Du bist wirklich unverbesserlich!« Ellies Lachen erstarb. Unter anderen Umständen wäre es amüsant gewesen, wie sehr Nan für ihren hübschen Nachbarn schwärmte, aber die Realität von Ellies verzweifelter Situation wollte einfach nicht weichen.

Scharf sog Nan die Luft ein. »Ich schicke dich nicht gern wieder los, aber würdest du bitte mein Rezept einlösen? So langsam tut es wirklich höllisch weh.«

»Natürlich. Ich hätte das gleich auf dem Nachhauseweg erledigen sollen. Möchtest du etwas essen?« Ellie schaute auf die Uhr. Halb drei. »Wir haben das Mittagessen verpasst.«

»Ich habe keinen Hunger.«

»Okay. Kann ich dich eine Weile allein lassen?«

Nan hielt ihr Handy in die Höhe. »Selbstverständlich. Außerdem ist Julia ja auch bald zu Hause.«

Was Grant wohl mit ihr besprechen wollte? Vielleicht hatte er Lees Akten gefunden.

Sie ging hinaus auf die Veranda. Unter ihren Sohlen knirschte Steinsalz. Auf dem Beton stand ein Karton. Den hatte Nan wahrscheinlich hereinholen wollen, bevor sie gestürzt war. Sie brachte das Paket ins Haus, stellte es auf den Tisch im Eingang, holte eine Schere und schnitt das Klebeband auf. Ein seltsamer Geruch stieg auf. Sie faltete die Klappen beiseite.

Im Karton befand sich ein Plastikbeutel, halb mit Eis gefüllt. Darin lag ein blutiges rotes Herz, in dem ein Messer steckte. Darunter war auf der Pappe das vergrößerte körnige Foto von Julia, Taylor und Grant befestigt, das der Kapuzenmann ihr vorhin aufs Handy geschickt hatte. Das Gesicht ihrer Tochter war mit Blut verschmiert. Der Text unter dem Bild warnte sie: NUR DAMIT DU WEISST, WIE ERNST ICH ES MEINE.

Kapitel 17

Grant parkte den Minivan auf dem Parkplatz der Eishalle zwischen einem anderen Van und einem Geländewagen. Als er aussteigen wollte, fiel ihm der Schlüssel herunter. Er fischte danach unter dem Vordersitz. Igitt! Seine Finger zogen einen leeren Saftkarton, die Verpackung eines Müsliriegels und genügend Krümel hervor, um eine Horde Tauben zu füttern, bis er den Schlüssel endlich fand. Er ging auf die Halle zu. Das Streusalz auf dem Asphalt knirschte unter seinen Sohlen.

Das Innere der Halle war zweckmäßig ausgestattet, mit sehr viel Beton. Links befand sich das Hauptbüro, in dem eine Frau mittleren Alters hinter einer hüfthohen Abtrennung zwischen dem Wartebereich und ihrem Arbeitsplatz an einem Schreibtisch saß.

Grant legte beide Hände auf die Thekenoberfläche aus Laminat. »Ich bin Major Grant Barrett und hier, um Kate Barretts Sachen abzuholen.«

Die Frau steckte ihre Lesebrille in den V-Ausschnitt ihres Pullovers und kam heran. »Es tut mir so leid, Major!«

Grant nickte. Die Leute wollten ja nur ihren Respekt erweisen, aber die unzähligen Beileidsbekundungen erinnerten ihn nur immer wieder an seinen Verlust.

»Sie können sich ausweisen?«, fragte die Frau.

Grant reichte ihr seinen Militärausweis. Sie schaute ihn sich lange an und gab ihn dann zurück.

»Das Büro von Trainer Victor ist direkt neben der Eisbahn.« Sie deutete auf eine offene Tür.

»Danke.« Grant verließ ihr Büro und lief einen Gang entlang, der in einem höhlenartigen freien Raum endete. Eine hüfthohe rote Mauer mit einer Plexiglasabschirmung darauf umschloss die Eislaufbahn. Eltern drängten sich auf der Tribüne, manche über ihre Handys gebeugt, während andere der Eisfläche eine geradezu peinlich intensive Aufmerksamkeit schenkten, auf der Gestalten auf Schlittschuhen herumwirbelten. Kufen kratzten über das Eis.

Am Eingang zum Eis standen drei Männer, die miteinander murmelten und auf die Eisläufer deuteten. Aus einer weiteren Tür mit der Aufschrift »Umkleideräume« kamen Jungen im Teenageralter herausgestürmt, mit Schutzpolstern und schwarzen Schlittschuhen. Ihre Hockeyschläger knallten bei kleinen Raufereien aneinander.

»Hey, pass auf, wo du hingehst, du Arschloch!«, brüllte einer.

»Fick dich ins Knie!«

Zwei der Jungen ließen ihre Schläger fallen, streiften die Handschuhe ab und stürzten sich aufeinander. Der Aufprall ließ beide zu Boden stürzen, und dabei hätten sie beinahe ein kleines Mädchen in einem Miniatur-Eisläuferdress und winzigen weißen Schlittschuhen mitgerissen.

Einer der Männer sprang herbei, packte das Kind unter den Armen und hob es aus der Gefahrenzone heraus. Grant packte den ihm nächsten Jungen beim Kragen und zerrte ihn von seinem Mitkämpfer herunter. »Hör auf mit dem Blödsinn!«

Kämpfer Nummer zwei kam mühsam wieder auf die Füße. Er wollte auf seinen Gegner losgehen, doch der Mann hielt ihn am Arm zurück. Das Gesicht des Jungen war erhitzt, sein Haar wirr, und in seinen Augen spiegelte sich bitterer Trotz. Er riss sich los und schlug nach dem anderen, den Grant noch immer im Griff hatte. Ohne ihn loszulassen, trat Grant zwischen die beiden und fing den Fausthieb mühelos ab.

Er beugte sich herunter und schaute dem wütenden Teenager direkt in die Augen, nur wenige Zentimeter von seinem Gesicht entfernt. »Ich an deiner Stelle würde das lieber lassen.«

Der Junge öffnete den Mund, schloss ihn jedoch wieder, als er den Ernst in Grants starr auf ihn gerichteten Augen sah. Er schluckte und trat einen Schritt zurück, aber der Hass in seinen Augen brannte unvermindert weiter.

»Ich danke Ihnen.« Ein athletischer Mann, gekleidet in Jeans und einen schwarzen Parka, deutete auf die beiden Jungen. »Spart euch eure Aggressionen für das Spiel auf. Ihr begebt euch jetzt auf die Strafbank und wartet ab, bis man euch aufs Eis lässt. Trainer Zack wird gleich hier sein.«

»Aber …«, setzte einer der beiden zum Protest an.

»Bewegt euch!« Die Stimme des Trainers klang eine Oktave tiefer, als er die beiden Jungen davonscheuchte, die trotzig ihre Polster und Stöcke aufnahmen und sich zu einer Kabine innerhalb der Plexiglasumzäunung mit einer Bank darin schlichen.

Einer der beiden zurückgebliebenen Männer streckte die Hand aus. »Ich bin Corey Swann, und das ist Josh Winslow.« Er deutete auf seinen Freund.

Grant schüttelte ihm die Hand. »Major Grant Barrett. Danke für Ihre Unterstützung.«

Josh senkte die Stimme. »Es gibt hier ein Programm für straffällig gewordene Jugendliche. Es kostet eine Menge Anstrengung, sie aus dem Gefängnis herauszuhalten und ihre Energie in eine positive Richtung zu lenken. Und wenn Sie mich fragen … das ganze Programm ist ein großer Fehler. Einige der Jungs sind nichts als Störenfriede.«

Grant blickte zu den beiden auf der Strafbank. Genauso hatte auch Mac sich oft verhalten, mit einer Mischung aus Wut und Verwirrung. Er war ebenfalls im Jugendgefängnis gewesen, verhaftet wegen Drogenbesitzes, nachdem er sich auf eine Bande eingelassen hatte. Grant war damals bereits im Internat. Seine Mutter war krank, sein Vater saß im Rollstuhl und benahm sich seltsam. Im Nachhinein fragte sich Grant, ob seine Demenz vielleicht damals schon begonnen hatte, ohne dass jemand die Symptome erkannte. Lee war derjenige gewesen, der mit Macs Drogenproblemen und seiner Straffälligkeit hatte fertigwerden müssen. Erst das, was ihre Mutter ihm kurz vor ihrem Tod sagte, hatte ihren Jüngsten aus diesem Teufelskreis herausgerissen. Ein Programm wie dieses hätte seinem Bruder womöglich bereits früher helfen können. »Niemand weiß, wie schwer diese Jungs es vielleicht in ihrem Leben gehabt haben.«

Coreys Augen wurden traurig. »Das mit Kate tut uns allen sehr leid.«

Wieder einmal hatte man ihn an Kates Tod erinnert. Grants Brust fiel in sich zusammen.

»Und danke für Ihre Hilfe«, ergänzte Corey. »Diese Jungs können manchmal ganz schön schwierig sein.«

»Ist Ihr Sohn im Team?«

»Nein.« Corey deutete auf die Eisfläche, wo ein hübsches blondes Mädchen im Teenageralter gerade einen Drehsprung vollführte. »Das ist meine Tochter Regan«, verkündete Corey strahlend. »Sie ist im Eiskunstlaufteam der Junioren, zusammen mit Joshs Tochter, dem Mädchen in Schwarz. Das Eishockeyteam ist als Nächstes an der Reihe mit dem Training.«

»Die Mädchen scheinen sehr talentiert zu sein.« Obwohl seine Schwägerin Eiskunstläuferin gewesen war, hatte Grant nicht die geringste Ahnung von diesem Sport. Er hätte besser aufpassen, hätte sich darum bemühen sollen, Kate besser kennenzulernen.

Josh straffte sich. »Ja, das sind sie auch. Im letzten Herbst hat das Team an den Auswahlturnieren teilgenommen, und beim nächsten Mal werden sie es in die nationalen Meisterschaften schaffen, nicht wahr, Victor?« Josh hatte sich dem Trainer im schwarzen Parka zugewandt, der die beiden Raufbolde zur Strafbank gebracht hatte und jetzt zurückkehrte. »Victor trainiert unsere beiden Töchter.«

Victor schloss sich ihnen an und gab Grant ebenfalls die Hand. Er war einen Kopf kleiner als Grant, um die fünfzig, mit einem durchtrainierten Körper und leicht angegrauten Haaren, die kurz geschnitten waren und ebenso streng wirkten wie der Blick seiner schwarzen Augen. »Victor Church.«

»Major Grant Barrett.«

»Das war wirklich beeindruckend, Major.« Victor lächelte, was seine slawischen Gesichtszüge haiartig wirken ließ. »Spielen Sie Hockey?«

»Nicht, seit ich Kind war«, erwiderte Grant.

Bedauernd schüttelte Victor den Kopf. »Zu schade. Wir könnten einen weiteren Trainer gut gebrauchen, der mit diesen Jungs fertigwird.« Er hielt inne, seine Augen zeigten nun Trauer. »Ich nehme an, Sie wollen Kates Sachen abholen?«

»Ja.« Grant beobachtete die Mädchen, die sich auf dem Eis drehten. Die Blonde, Coreys Tochter Regan, erinnerte ihn an Kate. Als er sie das erste Mal getroffen hatte, war sie zwanzig gewesen und hatte bei vielen Wettbewerben mitgemacht. Er hatte damals Urlaub gehabt und war mit Lee nach Los Angeles gefahren, um ihr zuzusehen, als sie an ihrem ersten und einzigen nationalen Turnier teilnahm. Er sah sie noch vor sich, wie sie über das Eis glitt. Das hellblaue Kostüm und die goldenen Haare hatten sie wie eine Prinzessin aussehen lassen. Damals war ihm klar geworden, dass es Lee gründlich erwischt hatte – sein

Bruder hatte die Augen nicht von ihr lassen können. Noch immer konnte Grant es nicht glauben, dass sie tot war, dass jemand ihr eine Kugel in den Kopf gejagt hatte. Kurz blitzte das Bild des Aufständischen in seinen Gedanken auf, dessen Gesicht in einem roten Nebel explodierte. Sein Puls beschleunigte sich, Zorn stieg in ihm auf. Er blinzelte gegen das Bild an, atmete bewusst aus und ein und wandte sich dem Trainer zu. Er durfte nicht zulassen, dass die Albträume in seinen Tag eindrangen.

Victor presste die Lippen zusammen und nickte. »Mein Beileid. Lassen Sie uns in mein Büro gehen.« Zu Corey und Josh sagte er: »Ihr bleibt doch für das Meeting, oder?«

»Wir werden da sein«, antwortete Corey und ging mit Josh zur Eisbahn zurück.

Grant folgte Victor einen Gang entlang. Sie kamen an Umkleideräumen vorbei und betraten ein staubiges kleines Büro. Ein bulliger, kahlköpfiger Mann, der gerade ein Raster auf einem Klemmbrett betrachtet hatte, schaute bei ihrem Eintreten auf.

»Major Barrett, das ist Zack Stuart, der Hockeytrainer.« Nachdem er sie einander vorgestellt hatte, berichtete Victor kurz von dem Kampf, der vorhin stattgefunden hatte.

Zack schüttelte den Kopf und schob sich das Klemmbrett unter den Arm. »Vielleicht hilft eine Stunde hartes Training gegen die Feindseligkeit.«

Grant lachte. »Ich lasse neue Rekruten gern lange Strecken mit schwerem Gepäck laufen, damit sie keine Energie mehr für Dummheiten haben.«

»Ich werde mich bemühen, sie müde zu machen.« Zack nahm sich eine Jacke vom Haken und verließ das Büro.

»Sind Sie sicher, dass Sie nicht Hockeytrainer werden wollen?«, fragte Victor. »Unser Trainer ist voll beschäftigt. Sein Assistent hat letzten Monat gekündigt. Er spielt jetzt in der Amateurliga.«

»Danke für das Angebot, aber ich passe«, gab Grant zurück.

Victor begab sich hinter seinen Schreibtisch. »Das mit Kate tut uns allen sehr leid.«

»Haben Sie eng mit ihr zusammengearbeitet?«

»Ja. Sie hat die Anfänger und die nächste Stufe trainiert. Ich bin für die Fortgeschrittenen zuständig.« Church verschränkte die Arme über seiner breiten Brust.

»Haben Sie auch bei Turnieren mitgemacht?«

»Ich war Nationalmeister, aber das ist schon lange her«, antwortete Victor.

Grant betrachtete die Reihe an Siegestrophäen auf dem Regal hinter Victors Kopf. »Sind Sie schon lange hier Trainer?«

»Fast sieben Jahre.« Er folgte Grants Blick und deutete auf eine goldene Trophäe. »Im letzten Jahr haben sich einige von Kates Eisläufern aus der zweiten Stufe einen Platz in einem lokalen Turnier erkämpfen können. Kate war begeistert. Es braucht nun einmal seine Zeit, ein gutes Team aufzubauen. Das jetzt wird mein Jahr. In meinem Team sind einige der besten Eisläufer, die ich jemals trainiert habe.« Stolz schwang in seiner Stimme mit. Er räusperte sich, als wäre ihm plötzlich wieder klar geworden, dass Kate nicht mehr da war.

Grant verstand ihn nur zu gut. Auch er erlebte mit Carson und Faith Augenblicke der Freude, lachte mit ihnen, bis ihm wieder einfiel, dass er um Lee und Kate trauerte. Angesichts ihres Todes erschienen alle positiven Gefühle unpassend und selbstsüchtig.

Ein paar Sekunden lang herrschte unangenehmes Schweigen.

Victor räusperte sich erneut, drehte sich zum Regal um und holte einen fast leeren Karton, den er auf den Schreibtisch stellte. »Das sind Kates persönliche Gegenstände.«

»Das ist alles?«, fragte Grant.

»Das ist alles, das in ihrem Schreibtisch und ihrem Spind war.« Victor zuckte mit den Schultern. »Ich habe hier auch nicht viele private Dinge. Die Leute kommen und gehen rund um die Uhr. Manchmal verschwinden Sachen.«

»Danke.« Grant nahm den Karton. Ebenso wie die beiden Kartons aus Lees Büro schien dieser viel zu leicht zu sein, wenn man bedachte, dass sie hier acht Jahre gearbeitet hatte.

Victor schien seine Gedanken lesen zu können. »Niemand hier wird sie vergessen. Die Kinder sind alle am Boden zerstört, besonders diejenigen, die sie selbst trainiert hat.«

Erneut bedankte sich Grant und ging zur Tür, als ihm plötzlich etwas einfiel. »Wissen Sie irgendetwas von dem Fall Hamilton? Die Mädchen trainieren alle hier, richtig?« Inzwischen hatte er sich das Video angeschaut. In den Medien wurde über einen Zusammenhang zwischen diesem Fall und dem Tod von Lee und Kate spekuliert. In Lees öffentlichem Leben hatte es nicht viel Negatives auszugraben gegeben, also hatte sich die Presse auf die kontroverse Geschichte mit dem Mobbing gestürzt. Im Internet hatte Grant viel über den Fall erfahren.

»Natürlich. Jeder weiß über den Fall Bescheid, aber wir dürfen darüber nicht sprechen.« Victors Freundlichkeit war verschwunden. »Es ist noch immer ein Zivilgerichtsverfahren anhängig. Außerdem war alles ein einziger Albtraum.«

»Der Tod eines Kindes ist immer ein Albtraum«, stimmte Grant zu. »Waren Sie Lindsays Trainer?«

Victor nickte, senkte den Blick auf den Schreibtisch. »Ich werde nur eins zu der Angelegenheit sagen – sie war ein nettes Mädchen.«

»Sie trainieren auch die beiden Mädchen, die beschuldigt werden, Lindsay gemobbt zu haben?«

»Ja, und genau deshalb darf ich ja nichts sagen.« Victors Seufzen verriet Bedauern, vielleicht auch eine Spur Zorn.

Grant wartete. Er ahnte, dass Victor noch etwas ergänzen wollte.

Victor hob den Blick wieder und schaute Grant an. »Sie haben gerade die beiden Väter getroffen.«

»Tatsächlich?«

Das Internet war eine reiche Quelle an Informationen über den Fall Hamilton gewesen, aber die Namen der beiden beschuldigten Mädchen wurden nicht genannt, weil sie noch minderjährig waren. Warum diese Erwähnung ihm einen solchen Schock versetzte, hätte Grant nicht sagen können. Die Eishalle war schließlich genannt worden, und er wusste auch, dass die beschuldigten Mädchen ebenfalls hier trainierten. Corey und Josh waren ihm aber viel zu normal vorgekommen, um Väter von Kindern zu sein, die ein anderes Mädchen so lange folterten und quälten, bis sie sich das Leben nahm. Vielleicht hatte die Polizei nur deshalb keine Beweise gefunden, weil es keine gab. Vielleicht hatte man bei dem ganzen Fall auch nur maßlos übertrieben.

Andererseits, angesichts des Mordes und des Einbruchs schien das unwahrscheinlich.

»Ich habe schon viel zu viel gesagt.« Victor begleitete Grant in die Halle. »Alles Gute, Major.«

Grant streckte die Hand aus. »Danke, dass Sie Kates Sachen zusammengesucht haben.«

Grant ging an der Eislaufbahn vorbei. Coreys Tochter hatte die Eisfläche verlassen und sprach mit ihrem Vater. Hinter ihnen standen Josh und seine Tochter. Auf einmal betrachtete Grant sie alle mit völlig neuen Augen. Jetzt kamen ihm die Teenager eher wie verwöhnte Gören und nicht wie hübsche Mädchen vor, und was er von ihren Vätern halten sollte, wusste Grant nun gar nicht. Das Hockeyteam strömte aufs Eis und begann mit dem Aufwärmen, verdeckte Grants Blick. Mit einem unguten Gefühl, das sich auf diese vier Menschen ebenso erstreckte wie auf seine eigene Reaktion, wandte er sich ab. Laut Angaben der Polizei fehlten in dem Fall jegliche stichhaltigen

Beweise. Eigentlich sollte er sich kein Urteil erlauben, aber auch wenn er noch so tief ein- und ausatmete, das erreichte nichts gegen seinen plötzlichen Drang, etwas zu zerstören. Wie die jungen Hockeyspieler brauchte er harte körperliche Betätigung, um die Anspannung loszuwerden.

Eine Hand an seinem Ellbogen ließ ihn zusammenzucken. Instinktiv einen Arm erhoben, wirbelte er herum.

»Oh!« Eine attraktive Frau mit brünetten Haaren, etwa in seinem Alter, presste eine Hand gegen die Brust.

Mit klopfendem Herzen und dennoch erleichtert zwang Grant sich zu einem Lächeln und senkte die Faust. »Tut mir leid. Sie haben mich erschreckt.«

»Das wollte ich nicht.« Sie lächelte zurück. »Es ist nur … Sie kommen mir sehr bekannt vor. Sind Sie hier in Scarlet Falls auf die Highschool gegangen?«

»Nein, tut mir leid.« Grant machte einen Schritt in Richtung Ausgang. Sie folgte ihm. Ihre Schritte hallten auf dem harten Beton. Ein Schuldgefühl ließ ihn langsamer gehen. Es wäre ziemlich unhöflich, dieser freundlichen Frau davonzulaufen. Er seufzte. »Ich habe die Militärakademie besucht, aber meine drei Geschwister waren hier auf der Highschool. Vielleicht kennen Sie Hannah oder Mac.«

»Das ist möglich. Ist Hannah groß und blond wie Sie?«

»Das ist sie.«

Sie hatten die Eingangstür erreicht.

Die Frau senkte das Kinn und blickte durch ihre Wimpern zu ihm auf. Flirtete sie etwa mit ihm? »Ich glaube, sie hat den Abschluss ein Jahr nach mir gemacht. Grüßen Sie sie von mir, ich bin Lisa Shayne.«

»Das werde ich.« Grant trat ins Freie. Kalte Luft traf sein Gesicht.

Zuerst hatte die hübsche Ellie Ross sein Interesse geweckt. Jetzt flirtete die attraktive Mutter einer Eiskunstläuferin mit ihm. Wenn er nicht in absehbarer Zeit wieder nach Afghanistan zurückkehren würde, dann hätte er in Scarlet Falls ein paar interessante Möglichkeiten. Aber er würde zurückkehren. Seine gesamte Karriere, ja, sein gesamtes Leben baute darauf auf, dass er ein Offizier in der Armee war. Er hatte keine Ahnung, was er sonst tun sollte. Wo er jetzt allerdings intensiver darüber nachdachte, konnte er sich auch nicht an eine bewusst getroffene Entscheidung erinnern, zum Militär zu gehen. Er war einfach zum Soldaten erzogen worden.

So schlecht war das Leben in einer Vorstadt jedoch nun auch nicht, voller Kinder, Eltern und netter Leute, die ihm nicht mit einer Bombe ans Leben wollten. Vielleicht würde er, wenn er ein Jahr hier verbracht hatte, auch nicht mehr so reflexartig mit Gewalt auf die Berührung eines Fremden reagieren.

Er hätte die Frau beinahe geschlagen.

Diese Erkenntnis setzte sich in seiner Lunge ab und drohte ihn zu ersticken, wie afghanischer Staub. Es führte kein Weg daran vorbei – nach diesem Einsatz brauchte er eine gewisse Zeit ohne Kämpfe.

Er klemmte sich den Karton unter den Arm und holte den Autoschlüssel aus der Jackentasche. Ein Auto fuhr auf den Parkplatz direkt neben seinen. Hinter dem Steuer saß Ellie Ross. Er stellte den Karton auf der Ladefläche ab und ging ums Auto herum. Als er an ihrer Tür ankam, hatte sie bereits die Beine aus dem Wagen geschwungen. Sie trug noch immer ihre Bürokleidung. Ihr Mantel stand offen, und beim Aussteigen rutschte ihr Rock ein paar Zentimeter nach oben, gewährte ihm einen Blick auf ihre Schenkel. Okay, die Fremde gerade eben war süß gewesen, aber sie sorgte nicht dafür, dass sein Brustkorb sich weitete, so wie es bei Ellie der Fall war.

»Grant.« Mit einem überraschten Stirnrunzeln zupfte Ellie den Rock zurecht. Sie streckte den Kopf in den Wagen und holte einen Karton vom Beifahrersitz. »Was machst du denn hier?«

»Ich habe Kates Sachen abgeholt. Und du?«

Sie mied seinen Blick, und ihr Gesicht war bleich. »Ich sollte auf einer Versammlung der Eltern sein, aber ich werde einfach diese Programme für das Frühlingsfest abliefern und wieder verschwinden.« Sie schloss die Wagentür und schob sich eine lange dunkle Strähne hinters Ohr. Ihre Hände zitterten ebenso wie ihre Stimme. »Ich bin mir nicht einmal sicher, ob Julia überhaupt im Verein bleiben will, jetzt, wo Kate nicht mehr da ist. Sie war ihre Trainerin.«

Im Krankenhaus war Ellie nervös gewesen. Jetzt, wo sie wusste, dass ihrer Großmutter nichts Schlimmes passiert war, hätte sie eigentlich ruhiger sein müssen, doch stattdessen schien sie noch beunruhigter.

»Ist alles in Ordnung?«

»Ja, ja.« Noch immer wich sie seinem Blick aus. Sie versuchte sich an einem gekünstelten Lächeln und blickte auf ihre Armbanduhr. »Ich muss mich beeilen. Ich habe vorhin Nans Rezept in der Apotheke abgegeben, die Medikamente liegen bestimmt schon bereit. Ich will sie nicht lange auf ihre Schmerzmittel warten lassen.«

»Wie geht es Nans Fußgelenk?«

»Es schmerzt.« Sie drückte sich an ihm vorbei.

»Ruf mich an, wenn du etwas brauchst.«

»Danke, Grant. Wir sehen uns.« Sie marschierte auf die Halle zu.

Grant setzte sich in den Minivan und schaute ihr nach, wie sie über den Gehweg hastete und im Gebäude verschwand. Er wurde das Gefühl nicht los, dass Ellie Ross etwas vor ihm verbarg.

Und er hatte die feste Absicht, ihr Geheimnis aufzudecken.

KAPITEL 18

Ellie schaute über die Schulter zurück. Grant zwängte seinen mächtigen Körper in den Minivan. Wieder einmal spürte sie die Versuchung, ihm alles zu erzählen. Er strahlte einfach die Fähigkeit aus, mit solchen Dingen fertigzuwerden. Aber die SMS vom Morgen und das Paket auf ihrer Veranda bestätigten nur die Behauptung des Mannes mit der Kapuze, dass sie beobachtet wurde. Sie schaute sich auf dem Parkplatz mit dem salzverkrusteten Asphalt um. Ihr Nacken prickelte, und ihr Magen krampfte sich zusammen. Der Kapuzenmann konnte überall sein. Vielleicht starrte er sie gerade jetzt durch eine Windschutzscheibe an.

Sobald sie ihre anfängliche Panik erst einmal überwunden hatte, war ihr schnell klar geworden: Dieses blutige Herz im Paket war viel zu groß, um von einem Menschen zu stammen. Trotzdem war es schrecklich. Bis zur nächsten Müllabfuhr hatte sie das Herz samt dem Karton in der großen Gefriertruhe in der Garage verstaut. Der Anblick des Organs mit dem Messer darin auf dem Bild ihrer Tochter zeigte nur zu deutlich, dass der Kapuzenmann nicht mit sich spaßen ließ. Sie schluckte ihre Angst hinunter und drückte die Tür zur Eishalle auf, ging zu dem Raum, in dem die Meetings stattfanden. Selbst so weit von der Eisfläche entfernt schien deren Kälte alles zu durchdringen, vom Betonboden aufzusteigen. Sie hatte sich keine Zeit zum Umziehen genommen. Normalerweise trug sie warme Stiefel und einen dicken Pullover, wenn sie hierherkam. Mit jedem Schritt schien es kälter zu werden. Schon vor der Tür hörte sie die Stimmen im langen, schmalen Allzweckraum, in dem sich etwa zwei Dutzend Erwachsene drängten – Trainer und Eltern. Nur wenige Gesichter erkannte sie. In der Mitte des Raums hatte man als provisorischen Konferenztisch zwei mit Laminat bezogene rechteckige Tische zusammengestellt, um die herum Kunststofftische standen.

»Hallo, Ellie«, begrüßte sie Victor Church.

»Hi.« Ellie stellte den Karton mit den Programmen auf dem Tisch ab. Sie warf einen Blick auf die Uhr über der Tür. »Ich kann nicht lange bleiben, tut mir leid. Meine Großmutter ist krank.«

»Kein Problem. Wir können gleich anfangen. Es wird nur ein paar Minuten dauern.« Victor marschierte zum Tischende und hob die Hand. »Ich begrüße Sie. Danke, dass Sie alle zu dieser Notfallsitzung gekommen sind. Ich weiß, viele von Ihnen müssen wieder zur Arbeit, und einige der Freiwilligen aus der Elternschaft konnten heute nicht kommen. Ich wäre Ihnen also dankbar, wenn Sie möglichst vielen von den Ergebnissen des Meetings berichten.«

Ellie lehnte sich gegen die Wand. Die Stühle waren bereits alle besetzt.

»Sie wissen ja, nächstes Wochenende ist unser Frühlingsfest mit Ausstellung«, fuhr Victor fort. »Trainerin Barrett hat sich um die Vorbereitungen gekümmert. Wir trauern alle um sie. Dennoch sollte das Frühlingsfest unserer Meinung nach nicht abgesagt werden. Wenn wir jetzt stornieren, verlieren wir unsere Anzahlung für den Veranstalter, und das ist eine Menge Geld.«

Ein Murmeln kam auf. Die Eltern bezahlten bereits hohe Gebühren für die Trainer und die Zeit auf dem Eis. Eiskunstlauf und Eishockey waren nun einmal teure Sportarten, vor allem, wenn man den Ehrgeiz hatte, an Turnieren teilzunehmen. Der Verein war auf die Einnahmen aus den großen Veranstaltungen im Frühjahr und im Sommer angewiesen, um sich Geld für die Herbst-Winter-Turniersaison zu beschaffen.

Ellie betrachtete die Gesichter um den Tisch herum. Sie erkannte das sonnengebräunte Gesicht und die mit Strähnchen aufgehellten Haare von Corey Swann. Mit dem Aussehen eines Surfers fiel er überall auf. Seine IT-Firma sponserte den Verein in großem Umfang. Neben ihm saß Josh Winslow. Jedes Mal, wenn sie Corey, Josh oder ihre Töchter sah, krampfte sich Ellies Magen zusammen. Sie machten alle einfach weiter wie gehabt und taten so, als sei nichts geschehen. Dabei hätte Lindsays Selbstmord sie tief erschüttern müssen.

Victor erläuterte den Zeitplan für das Fest. Mit halbem Ohr hörte Ellie zu.

Dass die Eltern hinter ihren Kindern standen, konnte Ellie ihnen nicht vorwerfen. Natürlich war die Position der Hamiltons nur zu verständlich. Falls allerdings jemand Julia beschuldigen würde, eine andere Schülerin zu quälen, würde sich Ellie ebenfalls für ihre Tochter einsetzen. Vor allem, wenn die versicherte, unschuldig zu sein, und es keine handfesten Beweise gab. Ellie konnte sich einfach nicht vorstellen, dass Julia vorsätzlich gemein zu anderen sein sollte. Andererseits hätte sie auch niemals vermutet, dass sie sich mitten in der Nacht aus dem Haus schleichen würde. Etwas, das sie noch immer nicht fassen konnte.

Vielleicht hegte Corey Swann die gleichen Gefühle seiner Tochter gegenüber. Julias Verhalten hatte Ellie bewiesen, dass es für Eltern oft schwer zu akzeptieren ist, wenn das eigene Kind lügt oder eine schlechte Entscheidung trifft. Und selbst

Teenager, die vorher nie Probleme gemacht haben, können Fehler machen.

Der Gedanke an die Täuschung ihrer Tochter jagte einen Schauer der Angst durch ihren Bauch. Wie können Eltern jemals wirklich wissen, was in den Köpfen eines Teenagers vor sich geht?

Gerade holte Victor ein Programm aus dem Karton, den Ellie gebracht hatte. »Sie finden den gesamten Ablauf hier festgehalten. Zusätzlich werden wir bei der Eröffnung eine Schweigeminute für Kate Barrett einlegen. Wir wollen uns nicht auf ihren Tod konzentrieren, aber die Kinder haben verlangt, dass wir sie während des Festes auf irgendeine Weise ehren.« Geschäftsmäßig erläuterte er die Dinge, die in letzter Minute noch Aufmerksamkeit verlangten. Eltern hoben die Hand, um sich als Freiwillige zu melden, und Victor verteilte die Aufgaben.

Ellie presste sich die Fingerknöchel gegen den Augenwinkel. Sie wünschte, man hätte das Fest einfach abgesagt. Es war Kates Projekt, und es ohne sie stattfinden zu lassen kam ihr falsch vor. Was das finanzielle Risiko betraf, hatte Victor allerdings recht. Einen solchen Verlust konnte sich der Verein einfach nicht leisten.

»Hat sonst« noch jemand Fragen oder Bedenken?«, fragte Victor. Alle schüttelten den Kopf. »In Ordnung. Wenn Ihnen im Laufe der nächsten Woche noch etwas einfällt, können Sie mich anrufen oder mir eine E-Mail senden.«

Stühle scharrten über den Boden. Alle standen auf und begaben sich zur Tür. Ellie schloss sich dem Strom an, begrüßte einige der anderen Eltern.

Ein Ellbogen traf ihre Rippen. Sie blickte auf. Neben ihr stand Corey Swann.

»Entschuldigen Sie bitte«, sagte sie betont.

Er schaute drohend auf sie herab, stand ihr viel zu nahe. »Sie arbeiten für *Peyton, Peyton and Griffin*?«

Ellie trat einen Schritt zurück. »Ja.«

»Ich darf nicht mit Ihnen sprechen.« Ein Stirnrunzeln zeichnete Linien in seine gebräunte Haut.

»Okay«, erwiderte Ellie, unsicher, was sie sonst darauf erwidern sollte.

Sie betrachtete sein schwarzes Sweatshirt mit dem Schriftzug *Computer Solutions, Inc*. Seine braunen Augen funkelten vor Wut. Erneut kam er ganz dicht an sie heran und senkte die Stimme. »Ihre Kanzlei hat mit der Klage zu tun.«

»Kein Problem.« Sie hob die Hand und schob ihn energisch zurück. »Schließlich habe nicht ich Sie angerempelt, sondern umgekehrt.«

Er wich zurück, und plötzlich löste Bedauern die Wut in seinem Gesicht ab. »Sie haben recht. Ich habe mich unmöglich benommen. Es tut mir leid.«

Sie nickte.

»Hey, Corey!« Mit einem höflichen Lächeln in Ellies Richtung zog Josh Winslow an Coreys Arm. »Komm schon, lass uns hier verschwinden.«

Corey ließ sich von seinem Freund fortziehen.

Woher wusste Corey bloß, wo sie arbeitete? Nun, vielleicht hatte einer der anderen Eltern Ellies Job erwähnt. Julia hatte mit dem Eislaufen erst begonnen, als sie Lees und Kates Nachbarn geworden waren. Einige der anderen Kinder hingegen waren schon ihr Leben lang im Verein und hatten sich mit fortschreitenden Fähigkeiten von Team zu Team hochgearbeitet. Ellie hatte weder die Zeit noch den Wunsch, sich dem allgemeinen Klatsch anzuschließen – dessen Gegenstand sie gewiss einige Male gewesen war, erkannte sie plötzlich voller Unbehagen.

Als Schülerin, die die Schule wegen einer Schwangerschaft abgebrochen hatte, war sie schon einmal das Ziel allgemeinen

Missfallens gewesen. Inzwischen war sie allerdings kein unsicherer Teenager mehr. Sie hatte Mitgefühl mit Corey, was jedoch sein Verhalten nicht entschuldigte.

Vielleicht lag es bei ihm einfach in der Familie, andere zu drangsalieren.

* * *

Grant ließ Ellie ins Haus. Sie beugte sich hinunter, um den Hund hinter den Ohren zu kraulen. Seit er sie vor der Eishalle gesehen hatte, musste sie sich umgezogen haben. Die abgetragene Jeans und der alte Pullover schmiegten sich ebenso verführerisch um ihre Kurven wie das Kostüm, das sie vorhin getragen hatte.

»Ellie!« Carson kam herangelaufen und schlang ihr die Arme um die Taille. »Ist Julia zu Hause?«

Wieder beugte Ellie sich hinunter und umarmte ihn. Sofort stieß AnnaBelle ihren Kopf dazwischen, was Ellie ins Schwanken brachte.

Grant stützte sie mit einer Hand auf ihrer Schulter und packte den Hund mit der freien Hand am Halsband. »AnnaBelle, du sollst keine Besucher umwerfen!«

»Ist schon in Ordnung.« Sie brachte sich mit einer Hand auf dem Fußboden wieder ins Gleichgewicht, zerzauste Carson die blonden Haare und lächelte ihn an. »Ich bin eine stürmische Begrüßung gewohnt. Ja, Julia ist zu Hause. Sie kümmert sich um Nan.«

»Ist Nans Fuß jetzt besser?«, erkundigte sich Carson.

»Ich fürchte, das wird eine Weile dauern. Ich wette, sie könnte ein wenig Aufmunterung gebrauchen.« Ellie stand auf. »Möchtest du schnell hinüberlaufen und ihr Hallo sagen?«

Rasch und begierig nickte Carson.

»Zieh dir Schuhe und eine Jacke an.«

Carson rannte zur Rückseite des Hauses, schlidderte auf bestrumpften Füßen über den Fußboden.

Zögernd sah Ellie Grant an. »Tut mir leid, ich hätte zuerst fragen sollen, ob das in Ordnung ist. Ich habe nicht nachgedacht … er ist so oft bei uns.«

»Das ist okay, er kann die Abwechslung gebrauchen«, erwiderte Grant. »Solange du nicht findest, dass er ihr im Weg ist.«

Ellie schüttelte den Kopf. »Nan langweilt sich. Er wird sie eine Weile unterhalten.«

Carson kam zurück. Seine Jacke stand offen, und er hatte die Schuhe falsch herum angezogen. Ellie und Grant begleiteten ihn bis auf die Veranda und schauten ihm nach, als er zu Ellies Haustür raste. Julia ließ ihn herein.

»Wo ist Faith?«, erkundigte sich Ellie.

»Mit meiner Schwester in der Küche.«

»Gut.« Ellie nickte, doch ihre Augen zeigten, sie war auf der Hut. »Du hast bei deinem Anruf vorhin gesagt, du hättest etwas für mich.«

Unvermittelt wünschte sich Grant, sie würde ihm nur die Hälfte der Wärme zeigen, die sie für seinen Neffen übrig hatte. »Lass uns ins Büro gehen, da sind wir ungestört.«

Er hatte sich entschlossen, ihr die Akten zu geben, die er gefunden hatte. Keine davon befasste sich mit dem Hamilton-Fall, also hatte es wenig Sinn, sie zurückzuhalten. Vielleicht lernte sie, ihm zu vertrauen, wenn er sie ihr überließ.

Er schloss die Tür hinter ihnen. Ellie wich vor ihm zurück, stieß mit den Schenkeln gegen den alten Stuhl. Wie erschöpft ließ sie sich darauf fallen.

Grant drehte den Schreibtischstuhl in ihre Richtung und setzte sich. Er deutete auf den Karton, der auf dem Schreibtisch stand. »Du kannst diese Akten deinem Chef bringen.«

Ellies Augen erhellten sich. Sie sprang auf, verfing sich dabei mit einem Stiefel im Stuhlbein und fiel nach vorn.

»Hey, mach langsam!« Grant konnte sie gerade noch auffangen, bevor sie mit der Stirn gegen die Schreibtischkante schlug.

Sie bemühte sich, das Gleichgewicht wiederzugewinnen. Ihr Gesicht war gerötet.

»Keine Hektik. Die Akten laufen dir nicht davon.« Er gab sie frei. »Ich war heute schon einmal in der Notaufnahme. So schnell möchte ich die nicht wiedersehen.«

Die Farbe wich aus ihrem Gesicht. »Tut mir leid. So ungeschickt bin ich normalerweise nicht.«

Was zum Teufel war bloß los mit ihr? Er hatte ja verstanden, weshalb sie im Krankenhaus so aufgelöst gewesen war, aber es gab keinen Grund, warum sie noch immer so durcheinander sein sollte. Ihrer Großmutter ging es gut.

Sie hob den Kopf und zupfte ihren Pullover zurecht, hob den Deckel vom Karton und blätterte durch die Akten. Dann sackten ihre Schultern herab, und sie sah aus, dachte Grant, als wolle sie anfangen zu weinen.

Auf einmal wusste er, wonach sie gesucht hatte.

»Sie ist nicht da«, sagte er.

»Was ist nicht da?«, fragte sie, ihre Stimme voller Misstrauen.

»Die Hamilton-Akte.«

Der Blick, den sie ihm zuwarf, war ebenso defensiv wie verzweifelt. Sie leugnete nicht, danach gesucht zu haben. »Hast du sie?«

»Nein.« Er schüttelte den Kopf.

Sie ließ die Akten in den Karton zurückfallen. »Wie hast du es erfahren?«

»Ich habe heute Nachmittag die Nachrichtensendung gesehen. Mr und Mrs Hamilton haben in einem Interview erwähnt, dass Lee ihr Anwalt war. Sie behaupten, er hätte neue

Beweise im Fall ihrer Tochter gefunden, kurz bevor er umgebracht wurde.« Er hatte mehrere Stunden damit verbracht, alles über Lindsays Selbstmord nachzulesen, das er im Internet finden konnte.

»Ich habe heute Nachmittag noch keine Nachrichten gesehen. Wir haben so lange in der Notaufnahme festgesteckt. Haben die Hamiltons gesagt, welche Beweise Lee entdeckt hat?«

»Sie haben erklärt, sie wüssten es nicht.«

Ellie ließ sich auf den Stuhl fallen. Sie war noch immer bleich, schien in Gedanken versunken.

»Sag mir, was hier vor sich geht, Ellie.«

»Nichts.« Sie hob die Hände zum Gesicht und presste die Fingerspitzen gegen die Stirn.

»Ich weiß doch, dass etwas nicht stimmt.« Grant rückte näher, nahm eine ihrer Hände und legte seine warmen Handflächen um ihre kalten Finger. »Vielleicht kann ich dir helfen.«

Sie hob den Kopf, schaute ihm in die Augen. Einen kurzen Moment lang sah er Verzweiflung und Hilflosigkeit in ihrem Gesicht. Dann entzog sie ihm ihre Hand und schloss sie so fest zu einer Faust, dass die Knöchel weiß hervortraten. »Ich bringe die Akten in die Kanzlei.«

»Ellie, sag mir doch, was los ist! Sag mir, was du über diesen Fall weißt.« Wieder griff er nach ihrer Hand. »Du kannst mir vertrauen.«

Doch Ellie riss ihre Hand zurück. »Mit Vertrauen hat das überhaupt nichts zu tun.«

»Ich möchte dir doch nur helfen!«

»Ich weiß, aber du kannst mir nicht helfen.« Ihr Tonfall verschärfte sich. Sie nahm den Karton auf, machte drei Schritte in Richtung Tür, öffnete sie. »Ich werde Julia sagen, sie soll Carson zurückbringen.

»Danke«, sagte Grant, doch er sprach ins Leere, Ellie war verschwunden. Er hörte, wie die Haustür geöffnet und wieder geschlossen wurde.

In der Küche schüttelte Hannah gerade das Fläschchen mit der Milch, die quengelnde Faith an der Hüfte. Obwohl sie sich noch immer recht unsicher benahm, überraschte es Grant doch, wie gut seine Schwester mit dem Baby umgehen konnte.

»Ich muss zu Carsons Schule.« Der einzige Termin, an dem er mit Lehrer, Rektor und Beraterin gleichzeitig sprechen konnte, war dieser Nachmittag nach dem Unterricht gewesen. »Carson ist drüben bei Ellie. Julia bringt ihn später nach Hause. Kommst du hier eine Weile allein zurecht? Es sollte nicht lange dauern, und die Grundschule ist nicht einmal zwei Kilometer entfernt.«

»Kein Problem.« Nachdem sie sich ein Geschirrtuch geschnappt hatte, ging Hannah ins Wohnzimmer und setzte sich mit Faith aufs Sofa, um sie zu füttern. »Ach, gibst du mir bitte noch schnell die Fernbedienung, bevor du gehst? Ich möchte mir die Börsenberichte anschauen.«

»Die Börsenberichte?«

Hannah zuckte mit den Schultern. »Irgendetwas muss ich ja tun.«

Grant hatte es ebenfalls satt, einfach nur zu warten. Die Polizei hatte kaum Fortschritte in der Mordsache gemacht. Über die Zukunft der Kinder war noch keine Entscheidung getroffen worden. Die Beerdigung konnte nicht stattfinden, solange die Rechtsmedizin die Leichen von Lee und Kate nicht freigegeben hatte. Grant war erst seit ein paar Tagen in der Stadt, doch es schien ihm, als sei weit mehr Zeit vergangen.

Auf der Fahrt zur Schule dachte Grant über Ellie und deren wechselhaftes Verhalten nach. Er musste sie weiterbearbeiten. Irgendetwas stimmte ganz gewaltig nicht mit Ellie Ross. Er kannte sie zwar noch nicht lange, aber die Frau, die er heute erlebt hatte, war eine völlig andere als die lächelnde Ellie von den Grillabenden im letzten Mai und als die ausgeglichene, besonnene Frau, die am Montagabend ihre Großmutter davon abgehalten hatte, ihn zu erschießen. Heute war Ellie voller Angst gewesen.

Etwas war in den letzten Tagen geschehen, das ihre Persönlichkeit vollständig verändert hatte, und sein Instinkt sagte ihm, Ellies Verwandlung hatte etwas mit den Morden an Lee und Kate zu tun.

Kapitel 19

Donnie kauerte sich auf dem Vordersitz zusammen, lugte über das Armaturenbrett und beobachtete, wie das sexy Nachbarmädchen den kleinen Jungen zurück zum Haus der Barretts brachte. Er hatte seine Recherchen angestellt, und die Angelegenheiten der Barretts waren nach deren Ermordung am Freitagabend ja auch überall breitgetreten worden. Er wusste alles über diese Familie. Der Mann, der vor einer halben Stunde fortgefahren war, musste Major Grant Barrett sein, Lees Bruder. Er war beim Militär und deshalb die eine Person, der Donnie gern aus dem Weg gehen würde. Die blonde Frau, die er durchs Fenster gesehen hatte, das war wahrscheinlich Lees Schwester. Ihretwegen machte er sich keine Sorgen. Eine Anwältin bedeutete auch keine größere Bedrohung, als ihr toter Bruder es gewesen war. Eine einzige Kugel hatte ihn erledigt. Er hatte nicht einmal versucht, sich zu wehren.

Wenn Donnie sich den Jungen wirklich greifen wollte, war jetzt der richtige Zeitpunkt gekommen. Nur, wie sollte er ins Haus gelangen? Seit er am Tag zuvor eingebrochen war, hatte man eine Alarmanlage installiert. Obwohl er ohne diesen verdammten Hund die Kontakte an Fenstern und Türen bestimmt überwinden könnte.

Er rieb die kalten Hände aneinander. Weil er seinen Wagen im Schatten hatte parken müssen, konnten keine Sonnenstrahlen das Innere erwärmen. Seine Zehen und sein Arsch fühlten sich schon ganz taub an vor Kälte.

Die Haustür öffnete sich. Das junge Mädchen schob einen Kinderwagen hinaus, und der kleine Junge folgte. Wow – mehr Glück konnte Donnie wirklich nicht haben!

Das war absolut perfekt. Allerdings musste er sich das Mädchen dann ebenfalls schnappen. Keine Zeugen hinterlassen, das war Donnies neues Motto. Ein Sechsjähriger bereitete ihm gewiss keine Schwierigkeiten, aber beide auf einmal ins Auto zu zerren, das konnte schwierig werden. Allerdings erregte ihn der Gedanke, das junge Ding ein paar Stunden ganz allein für sich zu haben. Das war fast ebenso wichtig wie, dass er den Jungen aus dem Weg räumte.

Kinder machen Krach, er musste also schnell sein. Momentan schien die Nachbarschaft menschenleer zu sein, aber es war bereits vier Uhr, und bald würden die Leute von der Arbeit kommen. Das Zeitfenster musste sich bald schließen.

Ob das Mädchen ihn wohl verteidigen würde, wenn er sich jetzt den Jungen griff? Bestimmt war sie hin und her gerissen; da war ja schließlich auch noch das Baby. Womöglich würde sie das Baby nehmen und weglaufen, um Hilfe zu holen. Es gab zu viele Variablen in dieser Gleichung.

Nun, wie auch immer – Donnie musste einfach improvisieren.

Er rückte sich die Strickmütze zurecht und strich sich die Jeans glatt. Zu schade, dass er keine Krawatte und kein Jackett hatte, das hätte ihn seriöser aussehen lassen. Sollte er die Kapuze aufsetzen oder nicht? Nein, definitiv nicht. In dieser Gegend trugen die Leute keine Kapuzen. Er klappte die Sonnenblende herunter und betrachtete sich im Spiegel. Wie wirkte der Concealer, mit dem er die eintätowierte Träne unter seinem Auge verdeckt hatte? Es war ziemlich hartes Zeug und dafür gedacht, Narben zu verdecken, hatte ihm die Verkäuferin erklärt. Aber die blaue Tinte schimmerte ganz deutlich hindurch. Verdammte Lügnerin! Immerhin, wenigstens war die Tätowierung nun nicht ganz so offensichtlich. Hoffentlich entdeckte sie niemand, bevor er ganz nahe herangekommen war.

Er zog sich den Reißverschluss der Jacke bis unters Kinn hoch, stieg aus und ging auf die Kinder zu.

* * *

Julia senkte ihre Seite der Wippe ganz nach unten, hob Carson hoch in die Luft. Eine rote Strickmütze, tief über die Stirn gezogen, warf einen Schatten über die Augen des Jungen, und die Kälte hatte seine Wangen gerötet. Er rieb sich die Nase mit der Hand. Nun, ein wenig Schnodder am Handschuh war es wert, das erste Lächeln, das sie die ganze Woche bei ihm gesehen hatte.

War es jetzt wirklich schon fast eine Woche her seit Mr und Mrs Barretts Tod? Nein, nicht ganz – es waren erst sechs Tage, die ihr allerdings viel länger vorkamen.

Sie warf einen Blick auf den Kinderwagen, den sie neben der Wippe abgestellt hatte. Unter einem Berg aus warmen Decken schlief Faith. Sie hatte gerade ein Fläschchen ausgetrunken, als Julia Carson nach Hause gebracht und sich angeboten hatte, mit den beiden Kindern spazieren zu gehen.

Noch immer lag ein wenig Schnee auf dem Spielplatz, und dort, wo er geschmolzen war, lugte das Gras nass und matschig hervor. Major Barrett kam ihr allerdings nicht wie ein Mann vor, den ein wenig Matsch auf dem Fußboden stören würde. Außerdem brauchte Carson dringend frische Luft. Ebenso wie Julia. Sie hatte für eine bislang noch unbestimmte Zeit

Hausarrest, aber ständig nur im Haus herumzusitzen machte sie alle drei depressiv.

Nach Julias Eskapade mit Taylor war dies für lange Zeit ihre einzige Möglichkeit, etwas von der Außenwelt zu sehen. Ihre Mutter war richtig sauer. Nicht auf die schimpfende, sondern auf die ruhige Art sauer, und das machte alles nur noch schlimmer. Und jetzt drehte sie völlig durch, weil Nan sich den Fuß gebrochen hatte. Wahrscheinlich würde es ihr auch nicht gefallen, wenn sie von Nans Vorschlag erfuhr, dass Julia die Kinder auf den Spielplatz brachte.

Mit einem lauten Bellen kam AnnaBelle herangerast, ließ neben Julia einen Tennisball fallen, tänzelte jaulend herum. Julia warf den Ball quer durch den Park, und der Hund rannte hinterher.

»Ich möchte auch so weit werfen können«, bemerkte Carson und stieg von der Wippe herunter. Er lief zum Klettergerüst und hangelte sich daran hoch.

Erneut sah Julia nach dem Baby. Sie zog sich den Handschuh aus und fühlte unter der Decke, um sicherzugehen, dass Faiths Körper nicht kalt war. Ja, unter der Fleecedecke fühlte sich der Wagen mollig warm an.

Ein scharfes Bellen ließ sie aufschauen. AnnaBelle raste über den matschigen Boden auf sie zu, dann kam sie schliddernd abrupt zum Stehen.

»Wo ist der Ball, AnnaBelle?«

Doch der Hund achtete nicht auf sie, hatte die Ohren in Richtung Straße gerichtet. Dort parkte ein weißer Van. Dieses Fahrzeug hatte sie schon einmal gesehen, nur wann und wo? Julias Nacken prickelte. Sie blickte sich um. Außer ihnen war niemand zu sehen.

Ein Basketballfeld und ein Stück Rasen trennten den Spielplatz vom Gehweg, um die Kinder von der Straße fernzuhalten, doch die Entfernung zwischen dem Van und den

Kindern kam ihr bei Weitem nicht groß genug vor.

Instinktiv schaute sie sich nach Carson um, der gerade auf dem Hintern die Rutsche hinunterglitt.

»Carson!«, rief sie.

Er kam angerannt. Unter seinen Schneestiefeln flog der Matsch und bespritzte die wasserdichten Hosen. Seine Augen waren klar und hell. Er blieb vor ihr stehen, kaute an einem Handschuh. »Was ist?«

Julia legte eine Hand auf den Griff des Kinderwagens. Die Tür des Vans öffnete sich, ein Mann stieg aus. Er kam ihr bekannt vor, aber sie wusste nicht, woher.

»Da ist er wieder.« Carson machte einen Schritt zurück, seine Augen blickten ängstlich.

»Hast du den Mann schon einmal gesehen?«

Carson nickte. »Er hat an die Tür geklopft, an dem Abend, als Mommy und Daddy ausgegangen sind, erinnerst du dich?« Der Gesichtsausdruck des kleinen Jungen verdunkelte sich. Seine gesamte Freude am Herumtollen im Matsch verflog, als ihm seine neue Realität wieder bewusst wurde.

Eine Bewegung ließ Julia zurück zu dem Mann schauen. Er kam direkt auf sie zu. Sie forschte in ihrer Erinnerung, doch da war nichts außer einem merkwürdigen, unangenehmen Gefühl, das in ihr den Wunsch weckte wegzulaufen.

»Lass uns nach Hause gehen.« Sie schob den Kinderwagen in die dem Mann entgegengesetzte Richtung.

»Hey!«, rief der. »Ich muss mit dir reden.«

Julia ging schneller. Der Mann beschleunigte ebenfalls. Die Räder des Kinderwagens bewegten sich nur schwer im Matsch, Julia musste sich richtig anstrengen. Carson versuchte zu helfen, griff mit beiden Händen nach dem Griff und schob.

»Ich bin Journalist. Ich will dir nur ein paar Fragen stellen.« Immer dichter kam der Mann heran.

Sie hatte keine Chance, ihm zu entkommen, nicht mit dem Kinderwagen durch den Matsch. Julia griff in den Wagen hinein, hob Faith heraus. »Lauf, Carson. Ich glaube nicht, dass er wirklich Journalist ist.«

Ein Blick in Carsons Richtung bewies ihr, dass er das ebenfalls nicht glaubte. Carson stürmte in Richtung seines Hauses davon.

Das Baby fest an sich gepresst, lief Julia los. Vor keinem der Häuser stand ein Auto; die Bewohner waren alle noch nicht von der Arbeit zurück.

An ihrer Seite platschte Carson durch den Matsch. Seine kurzen Beine konnten nicht weit ausgreifen, und mit Faith auf dem Arm konnte auch Julia nicht schnell laufen. Der Mann holte mehr und mehr auf. Zwischen ihnen rannte AnnaBelle bellend hin und her. Julias Lunge brannte. Sie rutschte aus, wäre beinahe gefallen.

»Beeil dich!«, rief Carson. Er griff nach ihrem Ärmel und zog an ihr. Julia gewann ihr Gleichgewicht wieder, doch sie hatten kostbare Sekunden verloren. Immer näher kam der Mann, sie konnte bereits sein keuchendes Atmen hören.

Sie wimmerte leise. Endlich hatte sie den Gehweg erreicht, doch kurz darauf kratzten auch seine Stiefel auf dem Asphalt. O nein! Es trennten sie nur noch knapp zehn Meter!

Was sollte sie bloß tun?

Er musste sie bald einholen. Sie hatten nicht die geringste Chance, ihm zu entkommen. Vielleicht konnte sie ihn aufhalten, und währenddessen konnten Carson und Faith fliehen. Mit dem Baby auf dem Arm konnte sie nicht kämpfen, und Carson konnte sich gegen einen erwachsenen Mann überhaupt nicht wehren. AnnaBelle konnte zwar bellen, Julia bezweifelte jedoch, ob der Retriever den Mann tatsächlich angreifen würde.

»Carson, kannst du sie tragen?« Ohne im Lauf innezuhalten, schob sie das Baby auf seinen Arm.

Er nickte, blieb kurz stehen, um sie entgegenzunehmen, und dann bewegte er sich, so schnell er konnte mit dieser schweren Bürde, auf das Haus zu.

»Hol Hilfe!«, rief Julia ihm nach und stellte sich dem Mann in den Weg. Sie konnte nur hoffen, dass Hilfe eintraf, bevor er ihr etwas antat. Ihr gesamter Körper zitterte. Sie schaute ihm ins Gesicht und sah die grenzenlose Wut darin.

KAPITEL 20

Mit den Gedanken vollständig bei den Nachlassangelegenheiten, blätterte Hannah durch die Kontoauszüge ihres Bruders. Sie griff nach einer Büroklammer. Lee hatte alle Auszüge in einer merkwürdig geformten kleinen Schale neben der Schreibtischunterlage aufbewahrt. *Für Daddy von Carson*, das war der Schriftzug, der in großen, schiefen Buchstaben in die Fläche eingraviert worden war. Das Gefäß war grob geformt, ganz offensichtlich von einem Kind, und an einigen Stellen war der Ton eingerissen, aber Lee hatte es stolz offen präsentiert. Hannah schaute sich im Büro um. Woher hatte er bloß das Geld, das er kurz vor seinem Tod eingezahlt hatte? Sie konnte sich einfach nicht vorstellen, dass er in eine krumme Sache verwickelt gewesen sein sollte – nicht Lee. Nur, warum hatte er seine Familie in Schulden gestürzt, bloß um dieses hässliche Monster von einem Haus zu kaufen und einen BMW zu leasen? Sein Prestige, sein Image hatten ihm vorher nie etwas bedeutet. Hatte ihn endlich doch der Ehrgeiz erfasst, der Hannahs und Grants Leben bestimmte?

Wie konnte es sein, dass Lee nicht mehr da war?

Ein Schluchzen brach aus ihr hervor, und plötzlich verlor sie die Beherrschung. Sie bedeckte das Gesicht mit beiden

Händen, kämpfte gegen die Tränen an, doch vergebens. Dieser Zusammenbruch hatte sich seit dem Augenblick vorbereitet, in dem sie vom Tod ihres Bruders erfahren hatte. Jetzt ließ er sich nicht länger zurückhalten.

Sie griff nach einem Taschentuch und putzte sich die Nase. Zum Glück war Grant nicht im Haus, und Julia hatte die Kinder zum Spielplatz gebracht. So musste sie Carson wenigstens nicht noch trauriger machen mit ihrem Weinen. Er hatte sich gefreut, nach draußen zu kommen. Ein Blick auf die Uhr in der Taskleiste des Computers zeigte ihr, dass Grant jeden Augenblick zurückkommen konnte. Sie wischte sich die Augen. Sie musste sich zusammenreißen; er brauchte ihre Hilfe und nicht noch jemanden, der sich vor ihm ausheulte.

Die meiste Zeit kostete es sie enorme Kraft, zu lächeln statt zu fluchen. Was Lee zugestoßen war, es war so furchtbar ungerecht! Er war ein guter Mensch gewesen – freundlich, rücksichtsvoll. Derjenige, der ihren Vater im Pflegeheim besuchte, während der Rest des Barrett-Clans überall in der Welt die eigenen Träume verfolgte. So weit Hannah auch gereist war, da war immer das Wissen gewesen: Lee war hier. Er kümmerte sich um alles. Er war ihr ruhender Pol. Wann immer sie wollte, konnte sie zurückkehren, und nichts hatte sich verändert.

Aber damit war es jetzt vorbei. Lee war tot.

Schmerz presste ihr den Brustkorb zusammen, machte ihr das Atmen schwer. Seit dem Tod ihrer Mutter war es die Angst vor genau diesem Gefühl, vor der Hilflosigkeit, der Gewissheit, dass alles verloren war, die sie zum Einzelgänger gemacht hatte. Je weniger Menschen sie liebte, desto geringer war das Risiko, wieder dieser überwältigenden Trauer ausgesetzt zu sein.

Ein verzweifelter Schrei lenkte ihre Aufmerksamkeit zur Straße. Sie sprang auf, rannte zum Wohnzimmerfenster. Der Anblick, der sich ihr bot, ließ Furcht mit unbarmherzigen Fingern nach ihrem Magen greifen. Julia und Carson liefen aufs

Haus zu, verfolgt von einem Mann, der ihnen immer näher kam. Hannah rannte zur Tür, rutschte mit den bestrumpften Füßen über den Holzboden. Sie riss die Haustür auf. Julia übergab Carson das Baby und stellte sich dem Mann in den Weg. Bellend stand der Hund an ihrer Seite. Hannah sprang die Stufen hinunter.

Nein! Er bekam das Mädchen nicht!

Sie rannte durch die Einfahrt in Richtung der Kinder.

Der Mann wirbelte herum, lief in der entgegengesetzten Richtung davon. Hannah rannte an den Kindern vorbei, ihm hinterher. Wut beflügelte sie. Matsch drang durch ihre Socken. Sie beschleunigte.

Er lief durch den Park auf einen weißen Van zu. Hannah erreichte den Rasen in dem Augenblick, in dem er ins Auto sprang und mit quietschenden Reifen davonfuhr.

Sie blieb stehen, hielt die Hand über die Augen und versuchte, das Nummernschild zu lesen, doch es war mit Schlamm bedeckt.

Verdammt!

Sie merkte sich Marke und Modell des Wagens. Keuchend lief sie zum Haus zurück. Ihre Fitness ließ wirklich zu wünschen übrig – sie musste dringend etwas unternehmen. Julia und die Kinder hockten auf der Veranda von Ellie Ross' Haus. Neben ihnen saß Ellies Großmutter auf den Betonstufen, den Fuß im Gipsstiefel ausgestreckt, eine Schrotflinte auf dem Schoß. Die sie wegen des verletzten Handgelenks nur mit einer Hand greifen konnte. Der Lauf gegen ihr Knie gelehnt.

Hannah trat vor die Stufen. »Sind alle in Ordnung?«

Trotz der Furcht in ihren Augen nickte Julia ihr über den Kopf des Babys hinweg zu, das an ihrer Schulter ruhte. Carson warf sich die Stufen hinunter und schlang die Arme um Hannahs Taille. Sie zögerte einen Augenblick, umarmte ihn dann doch. Die Liebe, die Carson ihr bot, machte ihr Angst – sie war so stark, so rückhaltlos. War sie in der Lage, eine solche Liebe zu erwidern? Und was, wenn sie Mist baute?

Grant fuhr in die Einfahrt und sprang aus dem Wagen. »Was ist passiert?«

»Julia war mit uns im Park. Ein Mann hat uns verfolgt.« Carson löste sich von Hannah und stürzte sich in Grants Arme.

Es löste Enttäuschung und Erleichterung gleichermaßen in Hannah aus.

»Ich rufe die Polizei.« Hannah wandte sich in Richtung des Hauses, fort von Grant und Carson und dem Baby in Julias Armen, fort von der Verantwortung, der Abhängigkeit.

»Das habe ich schon erledigt«, erklärte Nan.

»Haben Sie auch Ellie angerufen?«

»Nein. Sie ist auf dem Weg nach Hause, sie wollte ein paar Akten in die Kanzlei bringen. Ich will nicht, dass sie sich beim Autofahren aufregt.«

Hannah betrachtete die Schrotflinte. Sie konnte den Mut der alten Lady nur bewundern, bezweifelte allerdings, ob diese mit ihren Verletzungen überhaupt in der Lage gewesen wäre zu schießen.

»Und ob ich schießen kann!«, verkündete Nan.

Überrascht sah Hannah sie an.

»Schätzchen, ich muss nicht Gedanken lesen können, um zu wissen, was Ihnen durch den Kopf gegangen ist.« Sie streckte die Hand aus. »Sind Sie so lieb, mir aufzuhelfen?«

»Sie sollen den Fuß nicht belasten!«, mahnte Grant und setzte Carson ab.

»Es war ein Notfall.« Nan zuckte mit den Schultern. Ihrem Gesicht war allerdings nur zu deutlich anzusehen, dass sie Schmerzen litt. Sie holte die Patronen aus dem Lauf und steckte sie in die Tasche ihrer Strickjacke.

Grant hob sie schwungvoll hoch und marschierte in Richtung des Hauses seines Bruders. »Lasst uns alle zusammenbleiben. Das macht es den Polizisten einfacher, wenn sie auftauchen. Julia, holst du bitte Nans Krücken?«

Julia reichte Hannah das Baby. Sie drückte Faith fest an sich und versuchte zu ignorieren, wie sehr sie den Geruch von Babypuder liebte. Jetzt war sie erst ein paar Tage hier, und dennoch hatten diese Kinder sich bereits ihr Herz erobert. Aber sie war ganz klar nicht dafür geschaffen, sich um Kinder zu kümmern. Nur eine Stunde war sie für sie verantwortlich gewesen, und sie hatte schmählich versagt. Grant konnte nicht einmal etwas erledigen, ohne dass Hannah die Kinder in Gefahr brachte.

Sie nahm Carson an der Hand und führte ihn ins Haus. Grant setzte Nan aufs Sofa und legte die Schrotflinte auf den Kühlschrank, außerhalb von Carsons Reichweite.

Hannah ließ sich auf einen Küchenstuhl fallen. Faith brabbelte ihr etwas ins Ohr. Nachts schrie sie zehn Stunden ohne jeden erkennbaren Grund, aber wenn ein gefährlicher Fremder sie verfolgte, fand sie das anscheinend aufregend.

Carson und Julia setzten sich zu ihr an den Tisch. Grant hockte sich vor die beiden. »Ihr seid wirklich in Ordnung?«

Sie nickten.

Er zog Carson Schuhe und Jacke aus und brachte sie zur Garderobe neben der Hintertür. Auch Julia zog sich die Jacke aus, obwohl sie vor Kälte zitterte. Sie setzte sich neben Nan, die den Arm um sie legte.

Grant schnüffelte. »Ich glaube, jemand braucht eine neue Windel.« Er nahm Faith und trug sie aus der Küche.

Hannah betrachtete ihre Füße. Ihre ehemals grauen Socken waren schwarz und völlig durchnässt. Ihre Füße kribbelten, waren beinahe taub vor Kälte, und ihre Jeans war schlammbespritzt.

Mit Bellen und Wedeln kündete AnnaBelle das Eintreffen der Polizei an.

Detective McNamara. Wie immer verriet das Gesicht des Detective nichts. Er war auch unbewegt geblieben, als sie ihn am Tag zuvor ins Kreuzverhör genommen hatte. Brachte diesen Kerl denn nichts aus der Ruhe? Sein Blick schweifte zu Carson am Küchentisch. Da, war das etwa ein Funken Zorn, der in seinen Augen aufblitzte? Vielleicht hatte er ja doch Gefühle.

»Wer von Ihnen blutet?« McNamara deutete auf die matschigen Fußspuren, von denen einige Blut zeigten.

»Das muss ich sein«, antwortete Hannah. Sie war die Einzige, die keine Schuhe getragen hatte. Sie rollte die Socken herunter. An einer Ferse war ein Schnitt zu sehen, der stark blutete. »Ich muss in etwas Scharfes getreten sein. Aber es ist nicht schlimm und muss bestimmt nicht genäht werden. Es tut nicht einmal weh.«

»Noch nicht.« McNamara kniete sich neben sie und untersuchte ihren Fuß. Seine Hände fühlten sich unerwartet rau an. »Wir müssen das reinigen. Kommen Sie.«

»Das kann ich selbst.« Sie stand auf.

»Auf Ihrer Fußsohle?« Er verdrehte nicht die Augen, aber ihr war klar, dass er genau das am liebsten getan hätte. Es erleichterte sie. Die meiste Zeit benahm sich dieser Bulle wie ein Roboter. Er legte ihr seinen Arm unter den Ellbogen.

Mit seiner Hilfe humpelte sie ins Bad. »Ich glaube, unter dem Waschbecken ist ein Erste-Hilfe-Kasten.«

»Gefunden.« Rasch hatte er den Schnitt gereinigt und ein großes Pflaster draufgeklebt. »In Ordnung so?«

»Ja«, sagte sie, obwohl der Fuß zu pochen begonnen hatte. »Ich bin nur froh, dass niemand sonst verletzt ist.«

McNamara stand auf. »Sie haben großes Glück gehabt. Den Kindern hätte wer weiß was passieren können.«

»Das müssen Sie mir nicht sagen.«

Der Detective runzelte die Stirn. »Sie müssen sich keine Vorwürfe machen. Niemand hatte eine Ahnung davon, dass die Kinder in Gefahr sind.«

Doch Hannah wusste genau, nie wieder würde sie die Augen schließen, ohne diesen Mann vor sich zu sehen, der die Kinder verfolgte. Ihre Lunge krampfte sich zusammen. Hinter ihren Rippen baute sich Druck auf. »Trotzdem, ich hätte sie zum Spielplatz begleiten sollen.«

»Sobald Sie gelernt haben, die Zukunft vorauszusagen, lassen Sie es mich wissen. Eine solche Fähigkeit würde mir meinen Job enorm erleichtern.«

Unsicher sah sie ihn an. Wie sollte sie denn das verstehen?

»Es war ein Scherz«, seufzte er. »Schauen Sie, den Kindern geht es gut. Nehmen Sie sich eine Minute Zeit, atmen Sie tief durch und freuen Sie sich darüber. Manchmal muss man seine Besorgnis mit Dankbarkeit ausbalancieren.«

Hannah versuchte es, atmete tief ein und aus. Das Gewicht auf ihrer Brust ließ nach, allerdings nur minimal. »Warum sollte jemand bloß hinter den Kindern her sein?«

»Ich weiß es nicht, und genau das macht mir am meisten Angst.« Er zog einen Stift und einen kleinen Notizblock aus der Tasche. »Ich nehme besser erst einmal Ihre Zeugenaussage auf. Wie sah der Mann aus? Beschreiben Sie mir alles genau.«

Einen Augenblick lang drängte es Hannah, all ihre Angst und Unsicherheit herauszulassen und ihm zu schildern. Aber er hatte sie nur nach nüchternen Fakten befragt und nicht angeboten, ihr privater Therapeut zu werden. Außerdem, wer hätte schon Zeit genug für diese enorme Aufgabe? Sie betrachtete seine schlanke, durchtrainierte Gestalt. Nein, der Polizist sah wirklich nicht aus wie einer der Seelenklempner, die Hannah bisher zu Gesicht bekommen hatte.

»Ich habe ihn nicht sehr deutlich gesehen. Er ist weggerannt, als ich herankam.«

Sie versuchte, sich zu fassen, und berichtete ihm logisch und geordnet von dem Vorfall. Doch alles, was sie vor sich sehen konnte, war dieser üble Kerl, wie er die Kinder jagte.

»Eine Frage noch, in einem anderen Zusammenhang.« Der Detective deutete mit dem Stift auf sie. »Vor wenigen Wochen hat Ihr Bruder zwei große Bareinzahlungen vorgenommen, knapp unterhalb der Meldegrenze. Wissen Sie, ob er irgendwelche Vermögenswerte verkauft hatte? Oder besaß er andere Konten, die er geschlossen hat?«

»Ich habe keine Ahnung.« So ungern Hannah auch die Möglichkeit in Betracht zog, dass Lee in eine illegale Sache verwickelt gewesen sein konnte – sie hatte keine Erklärung für das plötzliche Auftauchen dieser knapp zwanzigtausend Dollar.

* * *

Während Grant Faith die Windel wechselte, befasste sie sich damit, ihre Zehen in den Mund zu stecken und etwas vor sich hin zu brabbeln. Grants Brustkorb presste sich schmerzhaft zusammen. Ihr hätte weiß der Teufel was passieren können, und Carson und Julia ebenso.

Er schloss den Reißverschluss ihres einteiligen Overalls mit Füßen. Nachdem sie ihre Zehen nicht mehr erreichen konnte, kaute Faith auf ihrer Faust herum. Spucke lief ihr aus dem Mund, die er ihr mit dem Ärmel abwischte. Eigentlich hätte ihn das anekeln müssen, doch das tat es nicht.

Warum sollte jemand die Kinder verfolgen? Was wollte dieser Kerl bloß? War er derjenige, der Lee und Kate umgebracht hatte?

Er beugte sich nach unten und presste seine Stirn gegen Faiths. Mit beiden Fäusten fasste sie nach seinen Haaren, ließ sie mit einem aufgeregten Schrei wieder los, griff erneut danach. Er würde es nicht verkraften, wenn den Kindern etwas geschah. Man hatte ihnen bereits ihre Eltern genommen. Eigentlich sollte Kate hier sein, um jeden Laut des Babys zu erleben. Und eigentlich sollte es Lee sein, der Carson tröstete, wenn er Albträume hatte.

Grants Magen verkrampfte sich, und Wut brannte sich einen Weg durch seine Brust.

Sanft löste er Faiths Finger aus seinen Haaren, nahm sie hoch und drückte sie fest an sich. Sie war gerade sehr aktiv, zappelte, schlug mit den Fäusten gegen seine Schulter, und ihre Füße bewegten sich, als würde sie laufen.

Die Polizei, die sich innerhalb der von den Gesetzen gesteckten Grenzen bewegte, hatte in der Mordsache keinerlei Fortschritte gemacht. Das reichte jetzt. Es musste einfach einen Zusammenhang zwischen Lees und Kates Tod und dem Selbstmord von Lindsay Hamilton geben. Ellie wusste etwas über diesen Fall, und Grant musste sie zum Reden bringen. Außerdem musste er herausfinden, woher Lee die zwanzigtausend Dollar hatte, selbst wenn es eine unangenehme Wahrheit war, die er dabei aufdeckte. Ganz offensichtlich schwärten viele Geheimnisse in Scarlet Falls, und Grant war fest entschlossen, sie alle ans Licht zu zerren.

Er gab sich selbst zwei Versprechen. Niemand würde diesen Kindern etwas tun, und er würde den Mann finden, der seinen Bruder umgebracht hatte, und sich an ihm rächen.

KAPITEL 21

Als Ellie in ihre Straße einbog, überholte sie ein Polizeiwagen mit heulender Sirene. Sie trat aufs Gas. Nein! Das durfte nicht sein!

Der Einsatzwagen durfte nicht zu ihrem Haus unterwegs sein!

Übelkeit erfasste sie. Ein Polizeiwagen stand neben dem Park am Straßenrand, zwei weitere parkten vor Lees und Kates Haus. Sie spürte zuerst Erleichterung und dann Scham. Sie sollte wirklich nicht dankbar dafür sein, dass die Polizei vor dem Haus der Nachbarn stand statt vor ihrem eigenen. Sie sah, wie ein Polizist auf dem Spielplatz im Park Fotos machte.

Was war bloß passiert?

Ellie parkte in ihrer Einfahrt, stieg aus, knallte die Tür zu und lief in ihr Haus nach einem kurzen Blick auf das Nachbarhaus. Schweigen begrüßte sie.

»Nan!«, rief sie im Eingang. Keine Reaktion. »Julia!«

Sie lief in die Küche, ins Wohnzimmer, doch da war niemand. Auch oben in den Schlafzimmern fand sie weder Nan noch Julia.

Sie rannte aus dem Haus, zur Veranda der Barretts. Ein uniformierter Polizist stand in der Einfahrt neben einem

Einsatzfahrzeug, dessen Türen offen standen, und sprach in sein Funkgerät. Sie drückte auf die Türklingel.

Ein weiterer Uniformierter öffnete ihr.

»Ich bin Ellie Ross, ich wohne nebenan. Was ist denn passiert?«

»Bitte kommen Sie herein, Ma'am.« Er trat zurück und bedeutete ihr einzutreten.

Entsetzen ballte sich hinter ihren Rippen zusammen. Sie betrat die Eingangshalle, gerade als Grant mit Faith im Arm die Treppe herunterkam.

»Ellie!« Er eilte auf sie zu. »Es ist alles in Ordnung.«

»Was ist los?«, drängte sie. »Sind Nan und Julia hier?«

»Ja, und es ist ihnen nichts passiert.« Seine Worte klangen beruhigend, doch seine Augen waren ausdruckslos.

Trotzdem wurde Ellie plötzlich schwindelig vor Erleichterung – ihre Familie war okay. Sie stützte sich an der Wand ab.

»Hey, langsam!« Grant schob sich das Baby auf einen Arm und packte Ellie am Ellbogen, führte sie in Lees Büro. »Setz dich. Ich bin sofort zurück. Halt den Kopf nach unten und atme tief durch.«

Sie beugte sich im Schreibtischstuhl vor, stützte die Ellbogen auf die Knie und ließ die Stirn in die Handflächen sinken. Der Raum drehte sich unter ihr, ihre Sicht verschwamm. Sie schloss die Augen, konzentrierte sich ganz darauf, Luft in ihre Lunge zu saugen und wieder herauszupressen. Doch die erhöhte Sauerstoffzufuhr half nicht.

Sie sind in Ordnung. Sie sind in Ordnung. Du darfst jetzt nicht kotzen.

Obwohl sie unfähig gewesen war, die Akte zu finden, waren ihre Großmutter und ihre Tochter noch am Leben.

Mit der Betonung auf *noch*.

Sie hörte, wie sich die Bürotür schloss. Eine Hand legte sich auf ihre Schulter. Grant. Wärme und Gewicht seiner Berührung riefen sie in die Gegenwart zurück.

Alles war in Ordnung.

»Geht es dir besser?«, fragte er.

Sie hob den Kopf und nickte. Der Raum schwankte erneut, stand dann still.

»Was ist passiert?«, fragte sie noch einmal, diesmal ohne Hysterie in der Stimme.

»Julia war mit den Kindern auf dem Spielplatz, für ein wenig frische Luft.«

»Ich habe ihr doch gesagt, sie soll bei Nan bleiben!«

»Nan ist diejenige, die sie losgeschickt hat. Deine Großmutter war der Meinung, es würde alle drei aufmuntern, nach draußen zu kommen.«

»Wenn es mir darum gegangen wäre, Julia aufzumuntern, dann hätte ich ihr kein Hausverbot erteilt!« Ellie schluckte ihren Ärger herunter, aber ihre Hände ballten sich zu Fäusten.

»Im Park hat sich den Kindern ein Mann genähert. Julia hat es nicht gefallen, wie er ausgesehen hat. Sie hat sich die Kinder geschnappt und ist nach Hause gelaufen. Hannah hat den Kerl vertrieben. Niemand wurde verletzt. Ich habe deine Großmutter nur zur Sicherheit hier ins Haus gebracht. Ich wollte nicht, dass sie allein ist.« Er hielt inne, suchte ihren Blick, doch sie starrte auf ihre Fäuste. »Sie sind in Ordnung, Ellie. Deine Tochter hat genau richtig reagiert. Sie hat sich auf ihren Instinkt verlassen und dadurch alle gerettet.«

Ellie hob das Kinn. Ihre Blicke trafen auf seine. Alles in ihr schrie danach, ihm zu vertrauen. Er hatte sich um ihre Familie gekümmert, während sie nicht da war. Aber konnte sie sich auf sein Schweigen der Polizei gegenüber verlassen?

Ihre Gedanken drehten sich. Sie ließ den Kopf in die Hände sinken. Ihre Handflächen pressten gegen ihre Schläfen, wie um die schrecklichen Bilder in ihrem Kopf zu halten, die darin tobten.

»Ellie!« Hände schüttelten ihre Schultern. Sie öffnete die Augen.

»Sag mir doch endlich, was los ist!« Grant hockte vor ihr auf dem Boden, seine blauen Augen voller Besorgnis.

Sie schüttelte den Kopf. Wie konnte sie ihm denn vertrauen? Sie hatte ihn schließlich gerade erst getroffen. Er war Offizier beim Militär, er befolgte Befehle und Regeln. Er musste der Polizei alles erzählen, und ihre Familie würde unter den Folgen leiden.

»Ellie, was geht mit dir vor sich?«

Ihre Augen brannten, Angst drohte, sie zu überwältigen. Noch bevor sie etwas erwidern konnte, hatten sich plötzlich Grants Arme um sie geschlossen. Er sagte nichts, hielt sie einfach nur fest, an seine Brust gepresst. Ein paar Augenblicke lang widerstand sie, doch dann gab sie nach. Die Umarmung tat so gut! Sie vergrub das Gesicht an seinem Sweatshirt und hörte auf, gegen die Tränen anzukämpfen, die ihr nun in die Augen traten, teils aus Erleichterung, weil ihrer Familie nichts zugestoßen war, teils aus Furcht, dass sie beim nächsten Mal vielleicht nicht mehr entkommen konnte.

Ein paar Sekunden später war ihr Schluchzen wieder verebbt. Langsam wurde sie sich bewusst, dass Grant ihren Rücken streichelte, was eine mehr als beruhigende Wirkung hatte.

Sie löste sich von ihm. »Tut mir leid.« Auf dem Schreibtisch lag eine Packung Papiertaschentücher. Sie griff sich eines und trocknete sich die Augen. »Normalerweise bin ich nicht so durcheinander.«

Reiß dich zusammen!

»Sag mir, was los ist, Ellie.«

»Das kann ich nicht.«

»Warum nicht?«

Plötzlich konnte sie nicht länger schweigen, nicht länger alles vor ihm verbergen. Hilflosigkeit entriss ihr die nächsten Worte. »Weil meine Familie sterben wird, wenn ich es dir sage.«

»Was?«

»Ich habe schon zu viel verraten.« Sie stand auf. Ihre Knie zitterten. »Ich hole Julia und Nan, und dann gehen wir.«

»Julia und Nan müssen noch ihre Zeugenaussage machen. Sie können jetzt nicht gehen, und, verdammt noch mal, ich will endlich wissen, wovon zum Teufel du redest! Auch Carson und Faith waren heute Nachmittag in Gefahr. Wenn du etwas weißt, musst du es mir sagen. Ich kann es nicht zulassen, dass ihnen etwas geschieht!«

Ellie presste die Fingerknöchel gegen die Lippen. Wie auch immer sie sich verhielt, immer konnte ihrer Familie etwas geschehen. Sie hatte die Anordnungen des Kapuzenmanns befolgt, und trotzdem hatte er es auf ihre Tochter abgesehen. Selbst wenn sie die Akte tatsächlich fand und ihm gab, hatte sie keinerlei Garantie, dass er sie dann in Ruhe lassen würde. Sie konnte einfach nicht gewinnen.

»Bitte, Ellie!« Grant legte ihr die Hand auf den Arm. »Ich kann dir helfen.«

»Du musst mir versprechen, der Polizei nichts zu verraten.«

»Ich weiß nicht, ob ich dir das versprechen kann.«

»Dann kann ich es dir nicht erzählen.« Ellie entzog sich ihm.

Grant blieb stehen, blockierte ihr den Weg zur Tür. »In Ordnung. Wenn du mir alles sagst, gebe ich dir vierundzwanzig Stunden, bevor ich die Polizei informiere, falls ich es für nötig halte, das zu tun.«

»Achtundvierzig.«

»Sechsunddreißig«, erwiderte er.

»In Ordnung.« Erleichterung durchströmte Ellie. Sie war nicht allein!

»Aber warum soll McNamara eigentlich nichts davon erfahren? Er scheint mir ziemlich kompetent zu sein.«

»Der Mann mit der Kapuze hat gesagt, er bringt meine Familie um, wenn ich irgendjemanden informiere.« Plötzlich brach alles aus Ellie heraus. Sie berichtete Grant, was geschehen war, von dem Augenblick an, in dem ihr jemand im Auto die Waffe gegen den Rücken gepresst hatte, bis zu dem Paket mit dem Herzen und der Drohung. »Er hat gesagt, er beobachtet mich.«

»Hast du irgendeine Ahnung, wer er sein könnte?«

»Nein.« Sie schlang die Arme um ihre Taille.

Grant rieb sich den Nacken. »Was ich nicht verstehe, ist, was er von Julia und Carson wollte. Die beiden können doch unmöglich etwas mit dem Hamilton-Fall zu tun haben.«

»Ich gehe davon aus, er wollte mir damit Angst einjagen.«

»Und du willst der Polizei wirklich nichts sagen?«

»Nein. Sie haben Lees und Kates Mörder noch immer nicht gefunden und nicht einmal Fortschritte gemacht. Ich kann ihnen keine aussagekräftige Beschreibung des Mannes liefern; ich weiß nur, er ist von durchschnittlicher Größe und wahrscheinlich im mittleren Alter. Damit können sie nicht viel anfangen. Wenn ich die Polizei einschalte und sie den Mann nicht finden können, was glaubst du wohl, wie lange sie meine Familie beschützen? Sie haben weder die Leute noch die Zeit, mich ständig zu bewachen. In ein paar Wochen bist du nicht mehr hier, und dann bin ich mit meiner Familie allein und ihm schutzlos ausgeliefert.«

Jemand klopfte an die Tür. Beide schwiegen. Grant öffnete – es war Detective McNamara. »Ich habe Hannahs Zeugenaussage aufgeschrieben. Jetzt muss ich die Kinder befragen, und das würde ich gern auf dem Revier tun. Die Polizeizeichnerin des Bezirks ist schon unterwegs. Vielleicht kann sie ein Bild von ihm anfertigen. Falls wir danach jemanden in Verdacht haben, würde ich ihnen auch gern die Fahndungsfotos zeigen. Sind Sie damit einverstanden?«

Mit angehaltenem Atem beobachtete Ellie Grant. Was, wenn er sie jetzt verriet?

»Selbstverständlich. Wir kommen mit.« In stummer Unterstützung schob Grant die Hand unter Ellies Ellbogen. Sie folgten dem Polizisten in die Küche.

Erleichterung brachte Ellies Beinmuskeln zum Zittern. Grant hatte ihr Geheimnis bewahrt. Das bedeutete allerdings nicht, dass ihre Familie jetzt sicher war.

KAPITEL 22

In der Küche nahm Grant Hannah beiseite. Im Hintergrund hörten sie Faith fröhlich krähen. Sie lag in einem Laufgitter, Nan saß daneben. »Momentan ist noch die Polizei im Haus, aber sobald alle fort sind, musst du unbedingt den Alarm aktivieren«, mahnte Grant seine Schwester.

»Ich habe Mac angerufen und eine Nachricht hinterlassen.« Leise fügte sie hinzu: »Er hat Dads Waffensammlung, und ich habe ihm gesagt, er soll sie mitbringen.«

»Er ist schon wieder nicht ans Telefon gegangen?« Ärger und Angst kämpften in Grant miteinander. Dieser verfluchte Mac! Wie schwer ist das, einfach das Handy eingeschaltet zu lassen?

Hannah schüttelte den Kopf und sagte ebenso leise: »Er hat die Waffenkiste auf dem Dachboden. Wenn er sich nicht meldet, können wir sie uns holen.«

Grant nickte. Seine M-4 wäre ihm lieber gewesen, aber eine Maschinenpistole konnte man nur schwer im Haus verbergen. Geschweige denn sich in den Taillenbund stecken.

»Ich wünschte, ich hätte vorhin meine Glock in den Fingern gehabt«, seufzte Hannah.

»Mach dir bloß keine Vorwürfe.« Grant umarmte seine

Schwester. »Mit so etwas hat niemand von uns gerechnet. Ich verstehe es noch immer nicht. Jedenfalls werden wir ab sofort auf der Hut sein und keinerlei Risiko mehr eingehen.«

»Richtig.«

»Du kümmerst dich um Faith und Ellies Großmutter?«

»Natürlich.« Ihre Gesichtsmuskeln spannten sich an. Die Entschlossenheit ihres Gesichts wurde durch die scharfen Züge und den kantigen Haarschnitt noch verstärkt. »Ich werde dich nicht noch einmal enttäuschen.«

»Du hast niemanden enttäuscht, Hannah. Du hast diese Kinder gerettet.«

Sie wich seinem Blick aus. Er sah, dass sie sich dennoch Vorwürfe machte.

»Mich hättest du auch zu Tode erschreckt, wenn du ohne Schuhe auf mich zugestürzt wärst.« Doch Grants Versuch, die Stimmung mit einem Scherz aufzulockern, erntete nur ein schwaches Lächeln mit zusammengepressten Lippen.

Er brachte Ellie, Julia und Carson zum Minivan. Im Rückspiegel betrachtete er seinen Neffen. Der Junge schien sich gut zu halten, aber er brauchte wirklich nicht noch mehr Trauma. Für einen Sechsjährigen waren seine Augen viel zu ernst. »Möchtest du über das reden, was passiert ist, Carson?«

Der Junge schüttelte den Kopf. »Ich darf nicht.«

»Detective McNamara hat uns gebeten, nichts zu erzählen, bis wir unsere Aussage gemacht haben«, erklärte Julia.

»Und ich habe zugehört!«, verkündete Carson.

»Das hast du. Gut gemacht, Kumpel!« Grant stellte den Spiegel ein und studierte Julia. Das Gesicht des Mädchens zeigte mehr Angst als das von Carson. Sie konnte die Gefahr, in der sie an diesem Nachmittag geschwebt hatten, weit besser erfassen. Aber auch sie war unter dem Druck nicht zusammengebrochen. Sie hatten sich beide stark zusammengenommen, tapfer wie Soldaten, und nach dem, was Hannah berichtete, hatte Julia sich sehr heldenhaft verhalten.

»In Ordnung, wir sprechen später darüber.« Grant setzte zurück und fuhr in Richtung Stadt. Ein flüchtiger Blick zu Ellie zeigte ihm, dass sie starr aus dem Seitenfenster schaute. Was sie ihm gerade eben enthüllt hatte, war erschreckend.

In Gedanken sah er einen Mann vor sich, der eine Pistole auf sie richtete und ihre Familie bedrohte; und Ellie, wie sie die nächsten zwei Tage damit verbrachte, nach der Akte zu suchen.

Ellies Entführung bot Grant nur einen weiteren Grund, sich zu rächen. Er hatte nicht nachgegeben, als sie darauf bestanden hatte, der Polizei nichts zu sagen, aber in Wahrheit hätte er überhaupt nichts dagegen, den Mörder seines Bruders vor der Polizei zu finden. Außerdem hatte Ellie recht – die Polizei kam in dem Fall einfach nicht weiter, und sie konnte den Erpresser nicht gut genug beschreiben, um einen echten Hinweis zu liefern. Aber Grant wollte den Täter bestraft sehen, bevor er nach Afghanistan zurückkehrte. Das wäre einfach nicht fair, sie zurückzulassen, solange die Bedrohung weiter bestand, nachdem er sie überredet hatte, alles preiszugeben und dadurch die Sicherheit ihrer Familie aufs Spiel zu setzen.

Im Laufe der letzten Tage hatten Ellie und ihre Familie den Weg in sein Herz gefunden. In einer perfekten Welt würde er sich einfach um sie ebenso kümmern wie um seine eigene Familie, aber nichts war perfekt.

Er parkte vor dem Revier und begleitete alle hinein. Ellie und Julia setzten sich auf die Stühle im Wartebereich, Carson jedoch lief herum und musste alles anfassen. Seine kleinen Hände glitten über die Rückenlehnen der Kunststoffstühle und die Kanten der Tische, als müsste er sich physisch hier verankern, um nicht zusammenzubrechen. Grant nahm ebenfalls Platz und bot an, Carson auf den Schoß zu nehmen, doch der lehnte ab und lief weiter herum.

Sie mussten warten, bis McNamara alles organisiert hatte, und währenddessen überprüfte Grant seine Nachrichten. Mac hatte noch immer nicht auf seine SMS reagiert. Wenn seine Schwester eine Pistole hätte, dann würde er sich weit besser dabei fühlen, sie mit Faith und Nan allein zu lassen. Ihre Fähigkeiten im Nahkampf waren mittlerweile sicherlich eingerostet nach vielen Jahren als Unternehmensanwältin. Aber sie war schon immer eine hervorragende Schützin gewesen, und das hatte sie gewiss nicht verlernt. Sie besaß ihre Fähigkeiten auf diesem Gebiet, so wie Lee sich durch seine Begabung zum Lernen und Mac sich durch seinen Orientierungssinn ausgezeichnet hatten. Grant hätte wetten können – sein Bruder würde selbst aus Sibirien einen Weg hinausfinden, bewaffnet mit nicht mehr als einem Stock und einer Rolle Klebeband. Wenn Mac bloß ebenso zuverlässig wie orientierungssicher wäre! Nun, in der Zwischenzeit verfügte Hannah ja wenigstens über Nans Schrotflinte.

»Es ist alles bereit für Carson.« McNamara deutete auf eine offene Tür.

Grant legte seinem Neffen die Hand auf die Schulter und führte ihn in ein kleines Konferenzzimmer, in dem fünf Stühle um einen ovalen Tisch standen.

Der Detective blieb in der Tür stehen. Er deutete auf eine schlanke junge Frau mit langen roten Haaren und einer Brille, die am Tisch saß. »Kailee ist unsere Polizeizeichnerin. Sie wird mit Carson arbeiten, und währenddessen nehme ich Julias Aussage auf. Dann tauschen wir.«

»Ein guter Plan.« Grant nahm Platz und bemühte sich darum, entspannt zu wirken, in der Hoffnung, dies könnte auf Carson abfärben.

»Hallo, Carson, ich bin Kailee.« Kailee lächelte. Sie hatte einen Skizzenblock und einen Bleistift vor sich liegen.

»Hi, Kailee.« Carson kletterte auf Grants Schoß.

Grant legte die Arme um ihn. Was auch immer geschah, er wollte, dass der Junge sich sicher fühlte, während er sich mit einem Vorfall befassen musste, der ihm Angst gemacht hatte.

McNamara kam in den Raum und kniete sich vor Carson. »Kailee kann richtig gut Leute zeichnen. Glaubst du, du kannst den Mann beschreiben, den du heute Nachmittag gesehen hast?«

Carson drehte sich zu Grant um und schaute ihn fragend an.

Grant nahm ihn noch fester in die Arme. »Es ist okay.«

Der Junge drückte sich gegen Grants Schulter und nickte. »Ja.« Seine Stimme war leise.

»Gut. Ich bin bald wieder da.« McNamara ging hinaus und schloss die Tür hinter sich.

»So, Carson, dann berichte mir mal, wie das Gesicht des Mannes aussieht«, forderte Kailee ihn auf.

»Er weint immer.«

Kailee legte den Kopf schief. »Das ist ja interessant. Woher weißt du das?«

»Er hat eine Träne im Gesicht.« Carson deutete auf seinen eigenen Wangenknochen, direkt unterhalb der Augenhöhle. »Genau hier. Sie ist blau.«

Kailees Bleistift bewegte sich über das Papier. »Sieht sie so aus?« Sie zeigte Carson den Block. Auf dem Blatt hatte sie die Umrisse eines Gesichts gezeichnet und dann die Umrisse einer Träne unter einem Auge eingefügt.

Carson nickte eifrig.

»Hat er noch andere Bilder auf seinem Körper?«, erkundigte sich Kailee.

»Er hat einen Glücksbringer auf dem Arm.«

»Einen Glücksbringer?« Der Stift schwebte über dem Block.

Plötzlich fiel Grant eine von Carsons Zeichnungen ein. »Ein Kleeblatt?«

Der Junge lächelte und nickte wieder.

»Zeig mir, wo das Kleeblatt ist«, bat Kailee.

Carson deutete auf die Innenseite seines Handgelenks. »Hier.«

Vor Grants inneren Augen blitzte das Bild auf, wie der Mann Carson und Julia verfolgte. Die Tätowierungen schienen beide recht klein zu sein. Wie hatte der Junge sie bloß erkennen können? »Wie hast du denn die Bilder sehen können? Du bist doch gelaufen, richtig?«

»Ja, heute.« Carson warf ihm einen ernsten Blick zu. »Aber nicht beim letzten Mal, als ich ihn gesehen habe.«

Grants Herz setzte einen Schlag aus. »Du hast ihn schon einmal gesehen?«

»Er ist zu unserem Haus gekommen.«

»Wann war das?«, fragte Grant.

Carsons Augen füllten sich mit Tränen. Er wischte sich die Nase mit dem Handrücken. »Kurz nachdem Mommy und Daddy weggegangen sind.« Er schniefte, und sein kleiner Körper erzitterte mit einem einzelnen herzzerreißenden Schluchzen.

Ganz fest schloss Grant den Jungen in die Arme. Sein Blick traf den der Zeichnerin, die ihn entsetzt ansah. Der Mörder war also in der Mordnacht beim Haus gewesen. Dort hatte er Lee und Kate verpasst. Und woher hatte er gewusst, wohin sie gegangen waren?

Heute hatte er sich Carson schnappen wollen. Der offensichtliche Grund dafür jagte Grant einen eiskalten Schauer über den Rücken. Sein Neffe konnte den Mörder identifizieren.

»Carson, du musst mir erzählen, wie es kam, dass du den Mann gesehen hast.«

»Julia passt auf uns auf, wenn Mommy und Daddy ausgehen. Sie hat mir Makkaroni mit Käse gebracht. Nan hat die gekocht, extra für mich. Ich esse das gern.« Er holte tief Luft. »Faith hat geschrien, wie immer. Ich habe ferngesehen. Ich darf nicht viel fernsehen, aber Julia hat gesagt, es ist okay.« Carson lehnte die Wange gegen Grants Brust. »AnnaBelle hat gebellt. Ich wusste, jemand ist draußen. Aber ich habe nicht aufgemacht, weil Mommy und Daddy nicht da waren.« Er schwieg.

»Wie hast du den Mann denn sehen können, wenn du die Tür nicht geöffnet hast?«, fragte Kailee.

Noch bevor Carson etwas sagen konnte, ahnte Grant die Antwort. Er sah es vor sich, wie Carson den Stuhl im Flur zur Tür zog und hochkletterte.

Carson zuckte mit den knochigen Schultern, eine abrupte Bewegung auf und ab. »Ich hab durch den Spion geschaut.«

Kailee befragte ihn weiter, zeichnete. Eine Stunde später stellte Detective McNamara Carson Fragen, während die Zeichnerin mit Julia arbeitete. Der Polizist machte es kurz, ließ sich von Carson einfach nur erzählen, was geschehen war. Anschließend kamen Ellie und Julia in den kleinen Raum, der dadurch fast überfüllt wirkte. Julia setzte sich auf den verbleibenden freien Stuhl, Ellie stellte sich hinter sie. Kailee hatte inzwischen, nach den Beschreibungen der Kinder, eine grobe Zeichnung angefertigt.

Julia bestätigte, dass der Hund in der Nacht gebellt hatte, in der Lee und Kate umgebracht worden waren. »Ich war allerdings mit dem Baby beschäftigt. Ich habe niemanden an der Tür gesehen. Und es hat niemand geklingelt.«

McNamara nahm Kailees Zeichnung entgegen und sagte zu ihr: »Können Sie die Kinder bitte in den Aufenthaltsraum bringen? Da ist ein Automat mit Schokolade und so etwas.«

Carson sah Grant fragend an.

»Das ist in Ordnung. Hier bist du sicher.« Grant holte ein paar Ein-Dollar-Scheine aus der Geldbörse und gab sie Carson. »Du darfst dir alles aus dem Automaten holen, was du willst. Ich warte hier auf dich.«

Carson nahm das Geld und folgte Kailee und Julia nach draußen.

McNamara betrachtete die Zeichnung. »Die Tätowierungen deuten meiner Meinung nach auf jemanden hin, der im Gefängnis war. Das blaue Kleeblatt ist das Symbol der Arischen Bruderschaft. Wir werden die Beschreibung in die Datenbank des National Crime Information Center eingeben und schauen, ob es eine Übereinstimmung gibt. Vielleicht haben wir Glück. Außerdem sollten wir das Phantombild an die Medien geben – es könnte ihn jemand erkennen.«

Mit einem Blick zu Ellie verschränkte Grant die Arme. »Ich will nicht, dass Julias oder Carsons Name in den Nachrichten erwähnt wird.«

Mit einem grimmigen Nicken setzte Ellie sich auf den Stuhl, den ihre Tochter gerade verlassen hatte.

»Ich stimme zu«, erwiderte McNamara. »Aber eine versuchte Kindesentführung, das ist eine große Story. Bestimmt stürzen die Medien sich voll darauf. Wir können die zwei nicht ganz heraushalten, das ist nicht möglich. Ihre Namen dürfen die Journalisten allerdings nicht nennen, weil beide noch minderjährig sind. Sie haben Glück, dass die Presse noch keinen Wind von der Sache bekommen hat und Sie nicht bereits belagert. Aufhalten können wir die Reporter nicht, also können wir sie ebenso gut einsetzen.«

»In den Nachrichten habe ich gehört, dass mein Bruder bereit war, die Eltern von Lindsay Hamilton in einem Zivilprozess zu vertreten«, bemerkte Grant. »Glauben Sie, die versuchte Entführung hatte etwas damit zu tun?«

McNamara kratzte sich den Kopf. »Um ehrlich zu sein, das wissen wir nicht.«

»Im Rahmen des Interviews haben die Hamiltons auch erwähnt, Lee hätte wichtige Beweise im Fall ihrer Tochter entdeckt.«

»Wir haben keinerlei neuen Beweis in dem Fall«, erklärte der Detective. »Die Ergebnisse unserer Ermittlungen hätten niemals ausgereicht für eine Anklage. Wenn jemand gemobbt wird, bis er Selbstmord begeht, sind die Umstände weit weniger klar als bei einem Mord. Solche Fälle werden in der Presse breitgetreten, aber es ist verdammt schwer, einen wasserdichten Fall aufzubauen und die Sache vor Gericht zu bringen. Da ist es manchmal einfacher, einen Zivilprozess zu gewinnen. Schauen Sie sich nur O. J. Simpson an. Im Strafverfahren wurde er freigesprochen, aber dann hat man ihn in einem Zivilverfahren wegen widerrechtlicher Tötung verurteilt.«

»Was für eine Art von Beweisen hätte Lee denn gebraucht, um vor einem Zivilgericht zu gewinnen?«

»Das lässt sich nur schwer sagen«, antwortete McNamara ausweichend. »Wir können Ihren Bruder nicht mehr fragen, also wissen wir nicht, was er entdeckt hat. Haben Sie eine Ahnung?« Es war offensichtlich, die Polizei würde Lees Akte über die Hamiltons ebenfalls gern in die Finger bekommen.

»Nein.« Frustriert strich sich Grant über die Haare und schaute nach draußen. Durch die offene Tür sah er Carson im Warteraum vor einem runden Tisch auf einem Stuhl knien. Die Zeichnerin gab ihm eine Flasche Wasser und eine Tüte mit Brezeln. Selbst aus der Entfernung war sichtbar, wie erschöpft der Junge aussah. Seine kindliche Unschuld und Wehrlosigkeit weckten mit Macht Grants Beschützerinstinkte. »Ich bringe Carson besser nach Hause, bevor irgendwelche Journalisten ihn entdecken.«

»Geben Sie mir noch ein paar Minuten.« McNamara nahm die Zeichnung und die ausgedruckte Zeugenaussage und stand auf. »Lassen Sie uns sicherstellen, dass ich alles gehört habe, was er mir sagen kann.«

»Ich kann es einfach nicht fassen«, sagte Ellie. »Sie wissen, was das bedeutet, nicht wahr? Der Kerl ist hinter den Kindern her, weil sie ihn identifizieren können. Sie sind die einzigen Zeugen.«

Sie hatte recht. Und die Polizei hatte keine Ahnung, dass der Mann auch Ellie bedroht hatte. Sie ermittelten lediglich wegen des Einbruchs und des Angriffs auf die Kinder. Einen Augenblick lang war Grant versucht, dem Detective alles zu berichten. Aber er hatte Ellie versprochen, den Mund zu halten. Außerdem, was konnte die Polizei denn schon tun? Sie hatten Lees Akte nicht. Sie hatten keinerlei Ahnung, wer hinter all dem steckte. Sie hatten nichts außer der Beschreibung des Täters, die die Kinder geliefert hatten.

Der beste Weg war, weiter nach Lees Aufzeichnungen zu suchen und abzuwarten, ob die Polizei aufgrund der Phantomzeichnung und der Beschreibung der Kinder mögliche Verdächtige fand. Grant brauchte nichts als einen Namen, um in die Offensive gehen zu können.

KAPITEL 23

Sobald McNamara den Raum verlassen hatte, sackte Ellie in sich zusammen. Sie konnte nicht glauben, was geschah. Seit ihrer Geburt hatte sie Julia überbehütet und überbeschützt, und trotzdem war es ihr nicht gelungen, ihre Sicherheit zu garantieren.

Grant setzte sich auf den Stuhl neben ihr. Sein Gesicht wirkte so müde, wie sie sich fühlte. Er legte seine Hand auf ihre. Sosehr sie auch eine Beziehung mit ihm ablehnte, momentan, das konnte sie nicht leugnen, steckten sie gemeinsam in dieser Sache drin. Bestimmt hätte er dem Detective gern alles berichtet, aber er hatte sein Wort gehalten und nichts von ihrer Entführung erwähnt.

»Was wirst du jetzt machen?«, fragte sie ihn und starrte auf ihre miteinander verbundenen Hände.

»Ich weiß es nicht.« Mit der freien Hand rieb Grant sich über das Kinn. Seine Bartstoppeln verursachten ein kratzendes Geräusch – und verliehen ihm ein ganz neues, gefährliches Aussehen.

Sie senkte die Stimme. »Danke, dass du mich nicht verraten hast.« Sie wusste nicht, ob die Polizei den Raum abhörte, aber sie wollte nichts riskieren.

»Ich stehe zu meinem Wort.« Er drückte ihre Hand. »Allerdings werden wir diese Entscheidung möglicherweise im Laufe der nächsten Tage noch einmal überdenken müssen.«

Sie nickte. Ja, wenn sie die Akte nicht im Laufe des nächsten Tages fanden, musste Ellie der Polizei alles sagen. Sie konnte es nicht riskieren, dass der Kapuzenmann auftauchte, solange sie mit leeren Händen dastand. Vielleicht konnte man die Kinder in Schutzgewahrsam nehmen oder so etwas. Beinahe hätte sie laut gelacht. In einer Stadt mit der Größe von Scarlet Falls verfügte man ganz sicher nicht über ein Zeugenschutzprogramm, und sie bezweifelte, ob der Kapuzenmann in einer Reihe mit einem Mafiaboss stand, der die Aufmerksamkeit des FBI wert gewesen wäre.

»Ich finde, ihr solltet vorübergehend bei uns einziehen, du, Julia und Nan.« Mit dem Daumen strich Grant ihr über den Handrücken. »Ich habe ein Sicherheitssystem installieren lassen, und sowohl Hannah als auch ich werden bewaffnet sein. Mac ebenfalls, sofern ich ihn überreden kann, ein paar Tage zu bleiben. Außerdem bellt der Hund jedes Mal, wenn sich jemand dem Haus nähert.«

Sosehr Ellie auch ihre Privatsphäre schätzte – Grant bot ihr einen Schutz, den sie allein ihrer Familie nicht bieten konnte. »In Ordnung.«

»Du hast dich aber rasch entschieden.« Er hob die Augenbrauen, ersichtlich überrascht von ihrer schnellen Zustimmung.

»Zu mehreren ist man sicher, und so weiter.« Ganz sicher würde sie ihm nicht erzählen, dass sie sich schon dann sicherer fühlte, wenn sie mit ihm zusammen war. »Ich weiß allerdings nicht, wie Julia darauf reagieren wird.«

»Und was ist mit deiner Großmutter?«, fragte Grant.

»Oh, Nan wird es gefallen, bei dir einzuziehen.« Es würde ihr mehr als gefallen, wie Ellie vermutete.

»Okay. Ich schicke Hannah eine SMS und sage ihr

Bescheid.« Grant griff nach seinem Handy. »Im Haus sind jede Menge freie Schlafzimmer. Ich weiß nur nicht, wie es mit Bettwäsche aussieht.«

»Davon habe ich genug. Wir können die Details später regeln.«

»Und entweder Hannah oder ich werden Julia morgen zur Schule bringen und sie auch abholen.«

»Ich werde mir freinehmen.« Außerdem hatte Ellie auch noch jede Menge Urlaubstage angesammelt. Roger musste einfach ohne sie auskommen, bis dieses Durcheinander überstanden war. »Die Akte ist nicht im Büro. Ich habe schon überall nachgeschaut. Ich bin sogar Franks Dateien auf dem Computer durchgegangen. Da war nichts, das sich auf den Fall bezieht. Wenn du nichts dagegen hast, werde ich heute und morgen das Haus deines Bruders durchsuchen.«

»Ein guter Plan.« Er nickte. »Und du kannst mir alles berichten, was du über den Fall weißt.«

»Ich werde dir alles sagen«, versprach sie.

»Alles worüber?« Plötzlich stand Detective McNamara wieder im Raum.

Ellie stieß die Luft aus. Grants Anwesenheit hatte sie vollkommen vergessen lassen, dass sie sich auf einem Polizeirevier befand. »Über den Vater meiner Tochter.« Die Lüge kam ihr ganz unwillkürlich über die Lippen, und Ellie bedauerte es, kaum dass sie ausgesprochen war. Jetzt würde Grant bestimmt nach Julias Vater fragen, und das war ein Thema, das sie auch jetzt, fünfzehn Jahre später, noch als peinlich empfand. Aber Nan hatte recht, es wurde Zeit, endlich mit der Vergangenheit abzuschließen. Sie hatte Grant bereits ihre Familie anvertraut. Was zählte im Vergleich dazu diese alte Geschichte?

Der Blick des Polizisten wanderte auf ihre verschränkten Hände. Ob er ihr wohl glaubte? »Ich werde heute Nacht einen Streifenwagen in Ihre Straße senden. Ich weiß nicht, wie lange ich eine solche Maßnahme aufrechterhalten kann, aber für heute hat der Polizeichef sie genehmigt. Wir werden morgen noch einmal darüber sprechen.« Er wandte sich an Grant. »Sie haben eine Alarmanlage installieren lassen?«

»Ja.« Grant nickte. »Es ist ein einfaches System, aber es schützt alle Türen und Fenster.«

»Das ist besser als nichts.« Der Detective lief in dem kleinen Raum auf und ab. »Wir werden für diesen Kerl eine Fahndungsmeldung herausgeben. BOLO nennt man das – *Be On the LookOut*. Außerdem überprüfen wir unsere Akten auf Verdächtige. Sobald ich kann, komme ich vorbei, damit die Kinder sich ein paar Polizeifotos anschauen können.«

»In Ordnung.«

»Verfügen Sie ebenfalls über ein Sicherheitssystem?«, fragte McNamara Ellie.

»Nein«, antwortete sie.

Grant stand auf und half ihr hoch. »Ellie und ihre Familie werden bei uns bleiben. Wir werden für ihre Sicherheit sorgen.« Seine Stimme verriet unzweifelhafte Entschlossenheit.

Ellie jedoch war sich unsicher genug für sie beide. Ja, sie fühlte sich bei Grant sicherer, nur war das lediglich eine vorübergehende Lösung. Was war, wenn die Situation nicht bereinigt war, bevor sein Urlaub zu Ende ging?

»Was wissen Sie beide über den Hamilton-Fall?«, erkundigte sich der Detective.

Grant zuckte mit den Schultern. »Nur was in diesem Interview im Fernsehen gesagt wurde.«

»Die Hamiltons haben erklärt, dass Ihr Bruder ihr Anwalt war.« Aufmerksam beobachtete McNamara Grant.

»Ich weiß.« Grant verriet nichts. »Aber wenn Sie eine Bestätigung brauchen, müssen Sie die Anwaltskanzlei fragen. Es waren zwar ein paar Akten im Haus, aber keine davon trug den Namen Hamilton.«

»Wo sind diese Akten jetzt?«, erkundigte sich der Polizist.

»Wieder in der Kanzlei«, erwiderte Grant.

»Wie ist es mit Ihnen, Ms Ross? Sie arbeiten für die Kanzlei.« Ellie wünschte sich, dem Blick des Detective nur halb so ruhig und gefasst begegnen zu können wie Grant.

»Ja. Aber ich bin vertraglich zum Schweigen verpflichtet. Ohne Erlaubnis meines Chefs oder einen Gerichtsbeschluss darf ich nicht über die Angelegenheiten von Mandanten sprechen, tut mir leid.«

»Ich verstehe.« Die Anspannung in McNamaras Schultern verriet allerdings, wie wenig ihm das gefiel. »Ich hoffe, ich kann mir bald eins dieser beiden Dinge beschaffen.« Er forschte in ihrem Gesicht nach einer Reaktion.

Aber sie wusste wirklich nicht viel über den Fall, außer dem, was in den Nachrichten gekommen war oder als Klatsch an der Schule breitgetreten wurde. Lee hatte Lindsays Eltern ja auch gerade erst als Mandanten angenommen. Sie hob eine Hand. »Wirklich, Lee hat mir nie seine Aufzeichnungen gezeigt. Ich glaube kaum, dass ich Ihnen neue Informationen über den Fall liefern kann.«

Mit einer Ausnahme – der Tatsache, dass alle hinter der Akte her waren und wenigstens ein Mann bereit war, ihrer Familie etwas anzutun, um sie sich zu beschaffen.

»Gibt es irgendwelche Fortschritte in der Sache mit Lees Mord?«, erkundigte sich Grant.

McNamara reagierte mit einem raschen Kopfschütteln. »Ich komme dann später mit den Polizeifotos vorbei.«

Damit Julia und Carson bei der Identifizierung eines Mörders helfen konnten …

KAPITEL 24

Die Tapete im Esszimmer zeigte verblasste Hummeln im Flug. Sie lauerten an den Wänden, als könnten sie sich jeden Augenblick auf den Tisch stürzen und ein Stück Salami stehlen. In diesem riesigen Raum eine Mahlzeit einzunehmen war, als würde man in Alfred Hitchcocks klassischem Horrorfilm *Die Vögel* dinieren. Allerdings war der Küchentisch einfach nicht groß genug, um alle unterzubringen.

Grant schloss den Pizzakarton. Ihm gegenüber saßen Carson und Hannah. Julia, Ellie und Nan drängten sich um das andere Ende des Tischs, und Faith quengelte in ihrem Autositz in der Ecke. Mac hatte sich noch immer nicht gemeldet. Verdammt! Wenn Grant seinen jüngsten Bruder endlich zu fassen bekam, würde er ihm gründlich die Leviten lesen und etwas von Verantwortungsbewusstsein erzählen. Wie sollte Mac sich denn um die beiden Kinder kümmern können, wenn er nicht einmal in der Lage war, sein Handy regelmäßig aufzuladen und eingeschaltet zu lassen? Wenigstens hatte er am Nachmittag die Waffen vorbeigebracht, bevor er wieder verschwunden war. Und er hatte ein besonderes Geschenk für Grant abgeliefert, das beste Messer ihres Vaters, ein KA-BAR, ein Kampfmesser, das er als junger Ranger immer bei sich getragen hatte.

Hannah hatte sich sofort ihre Lieblingswaffe gesichert, eine Glock mit genügend Durchschlagskraft, um einen Elefanten aufzuhalten. Grant entschied sich für die Beretta, die seiner Dienstwaffe ähnlich war. Das Alarmsystem war aktiviert. AnnaBelles Aufmerksamkeit richtete sich momentan allerdings eher auf das Stück Pizza, das Carson in Händen hielt, aber Grant hatte keine Zweifel, dass der Hund seine Wache später wiederaufnehmen würde. In der Einfahrt stand ein Streifenwagen der Polizei von Scarlet Falls. Sie waren heute Nacht so sicher, wie sie nur sein konnten. Aber wer wusste schon, was morgen sein würde?

Das Aufräumen nach dem Abendessen bestand aus einem Gang zur Abfalltonne neben der Hintertür.

»Kannst du eine Weile mit Faith herumgehen?«, bat Grant seine Schwester. »Ellie und ich, wir wollen im Haus nach der Akte suchen.«

»In Ordnung.« Hannah seufzte und holte das Baby aus dem Sitz. »Weißt du was? Ich habe oben eine Babywanne gesehen. Ich werde mal versuchen, meine kleine Freundin hier zu baden. Sie beginnt schon zu riechen. Außerdem, vielleicht lenkt sie das ab.«

»Oder sie schreit die ganze Zeit«, erwiderte Grant.

Hannah machte eine wegwerfende Handbewegung. »Sie schreit so oder so, ich habe also nichts zu verlieren.«

Carson sprang vom Stuhl auf und zupfte an Hannahs T-Shirt. »Kann ich auch baden?«

»Natürlich.« Hannah lächelte.

»Ich helfe.« Julia schob ihren Stuhl zurück. »Komm, Nan, zuerst bringen wir dich aufs Sofa.«

»Danke.« Hannah packte sich das Baby auf die Hüfte und verließ den Raum. Im Laufe der letzten Tage schien seine Schwester weicher geworden zu sein, so als hätte sie ihre eisige, knallharte Fassade zusammen mit dem Kostüm abgelegt, das sie gegen Jeans eingetauscht hatte.

Julia unterstützte Nan, die aus dem Raum humpelte.

Dann verschwand Carson gut gelaunt mit Julia nach oben, der Hund auf ihren Fersen. »Ich muss zugeben, es ist nett, jemanden zu haben, der bei den Kindern hilft«, bemerkte Grant.

»War es sehr anstrengend?«, fragte Ellie.

»Der Umgang mit Carson ist ziemlich einfach. Ich hoffe nur, ich verkorkse ihn nicht für sein gesamtes Leben.«

»Er hat sich ziemlich an dich angeschlossen«, stellte Ellie fest.

»Das hat er.« Und genau das war Teil des Problems. Grant hatte nur noch drei weitere Wochen Urlaub. Mac war viel zu unzuverlässig, als dass man ihm die Kinder hätte anvertrauen können. Hannah allerdings … An diesem Abend benahm sie sich beinahe häuslich. Beinahe. Mit jedem Tag, der verging, wurde sie wieder mehr zu seiner kleinen Schwester und hatte immer weniger von der Unternehmensanwältin an sich.

»Wo sollen wir anfangen?« Ellie schob die Stühle unter den Tisch.

»Das Büro habe ich bereits abgesucht.« Grant ging zur Treppe. »Das Elternschlafzimmer ist das nächste mögliche Versteck für wichtige Dokumente.«

»Einverstanden.« Ellie nickte.

Er trat beiseite und ließ Ellie vorausgehen, genoss den Anblick ihrer schwingenden Hüften auf dem Weg nach oben. Vor dem Schlafzimmer von Lee und Kate blieb Ellie stehen. Grant hatte im Erdgeschoss nach dem Einbruch wieder Ordnung geschaffen, aber im Elternschlafzimmer herrschte noch immer Unordnung. Kleidung war überall verstreut, Schubladen standen offen und Dinge hingen heraus.

An der Schwelle zögerte Grant. »Macht es dir etwas aus, Kates Sachen aufzuräumen?« Es wäre ihm wie ein Einbruch in ihre Intimsphäre vorgekommen, wenn er die Unterwäsche seiner Schwägerin durchwühlen müsste.

»Selbstverständlich.« Grimmig öffnete sie die oberste Schublade von Kates Nachttisch.

»Wir müssen nach Orten Ausschau halten, die man leicht übersieht.« Grant schob die Kleidung im Kleiderschrank beiseite und tastete die Wände ab. Da war nichts, und in den Schuhkartons auf dem obersten Regal waren tatsächlich nur Schuhe. Andere Kartons enthielten Sommerkleidung. Grant hakte den Kleiderschrank ab. Er ging im Zimmer umher, hob die Bilder von den Wänden und schaute dahinter. Anschließend kroch er über den Fußboden, hielt Ausschau nach losen Brettern. »Weißt du, ob die beiden einen Safe hatten?«

Ellie leuchtete mit einer Taschenlampe hinter das Bett. »Nein.« Ihre Stimme klang gepresst vor Trauer.

»Wie wäre es, wenn du mir von dem Hamilton-Fall erzählst, während wir uns hier umsehen?« Nach den Informationen aus Nachrichten und Internet war er begierig darauf, Ellies persönliche Ansicht zu hören.

»Lindsay Hamilton war eine Schülerin der Scarlet-Falls-Highschool. Sie ist mit ihren Eltern von Kalifornien hierhergekommen und hat sich dem Eiskunstlaufteam angeschlossen. Schon wenige Wochen, nachdem sie dort angefangen hatte, wurde sie zur Zielscheibe von Quälereien. Angeblich wurden die Drangsalierer von zwei Mädchen angeführt, Regan Swann und Autumn Winslow. Beide Mädchen sind die Stars des Teams, Klassenbeste und so weiter. Lindsays Eltern behaupten, die Mädchen hätten Lindsay gemobbt, bis sie sich im Wald hinter dem Haus ihrer Eltern erhängt hat.«

»Wenn die Mädchen schuldig waren, warum gibt es dann nicht genügend Beweise, um sie anzuklagen?«, fragte er. »Bist du sicher, dass die Anschuldigungen nicht völlig unbegründet sind?«

»Ich weiß zu viel über Mobbing in der Eisbahn im Allgemeinen, um die Behauptungen einfach so abzutun. Eiskunstlauf ist ein Sport mit extrem hartem Wettbewerb. Du würdest es nicht glauben, was da so alles vor sich geht.« Ellie richtete sich auf und wischte sich die Hände an den Jeans ab. »Ich vermute, Regan und Autumn waren einfach klüger als die meisten und haben keine Spuren hinterlassen. Regans Vater ist ein Computerspezialist. Wenn jemand weiß, wie man elektronische Spuren löscht, dann er. Aber Lee muss irgendetwas entdeckt haben, das ihn davon überzeugte, er könnte einen Zivilprozess gewinnen. Er war ziemlich leichtgläubig als Anwalt, aber er hätte keinen Fall angenommen, ohne nicht zumindest eine Chance zu sehen, ihn auch zu gewinnen. Er hatte bereits eine Menge zu tun und keine Zeit zu verschenken. Außerdem hätte er bestimmt nicht grundlos die Hoffnung der Eltern geweckt.«

»Ja, Lee kam mir immer sehr gestresst vor, wenn ich mit ihm telefoniert habe.«

»Oh, da ist noch etwas. Das hätte ich beinahe vergessen. In der Kanzlei fehlt Geld. Rogers Vater, der Chef hinter den Kulissen, hat ihm neulich eine ordentliche Standpauke gehalten. Anscheinend wurden im Laufe der letzten Wochen mehrere betrügerische Schecks eingelöst.«

»Wie viel Geld fehlt?«, fragte Grant mit einem üblen Gefühl im Magen.

»Etwa zwanzigtausend Dollar.«

»Auf Lees Konto gab es zwei ungewöhnliche Bareinzahlungen.«

»Du denkst doch nicht …« Ellies Stimme brach. »Nein, nicht Lee. Er würde niemals etwas stehlen.«

»Ich weiß nicht. So langsam habe ich das Gefühl, ich kannte meinen Bruder nicht ganz so gut, wie ich geglaubt habe.« Er zögerte, bevor er Lees Kommode öffnete. Trotz seiner Entschlossenheit, seine Emotionen von der Aufgabe zu trennen, die er erledigen musste, zog es ihm schmerzhaft den Brustkorb zusammen, Lees Socken zu durchsuchen. Er holte ein T-Shirt aus der untersten Schublade. Seine Finger verkrampften sich im Stoff, nachdem er es ausgeschüttelt und den Schriftzug ARMY gesehen hatte, in olivgrünen Buchstaben quer über der Vorderseite. Dieses T-Shirt hatte er seinem Bruder vor zwölf Jahren geschenkt, als er zu seiner ersten Mission aufgebrochen war. Unter dem T-Shirt fand er ein sehr vertrautes Nussbaumkistchen. Er öffnete den Deckel. In dem Kistchen lag das Purple Heart, das Grant wegen seiner Verwundung im Irak verliehen bekommen hatte. Grant hatte Lee gebeten, es für ihn aufzubewahren. Darunter fand er die Medaillen ihres Vaters.

So weit Grant auch gereist war, er hatte immer gewusst, sein Bruder war hier, hielt zu Hause die Stellung und kümmerte sich um ihren Vater. Das verschaffte Grant das Gefühl, noch immer eine Heimat zu haben, obwohl er seit mehr als einem Jahrzehnt nicht mehr in Scarlet Falls lebte. Er massierte sich den harten Knoten in seiner Brust. Verdammt, Lee, was ist bloß passiert?

Er schloss den Deckel wieder, über den Medaillen und über seinen Erinnerungen.

»Hier ist die Akte nicht.« Er musste dringend aus diesem Raum. »Lass uns woanders suchen.«

Mit erstauntem Gesichtsausdruck sah Ellie ihn an. Ihre Augen wurden feucht, als sie seinem Blick begegnete. Ohne ein Wort zu sagen, ging sie zu ihm, nahm seine Hand und zog ihn hinaus in den Flur. Aus dem Badezimmer drangen Planschen, leises Murmeln und das Krähen des Babys. Ellie führte Grant den Gang entlang, durch die Tür am Ende und die Stufen hoch zum Dachboden. Im Licht von drei nackten Glühbirnen, die von den Balken herabhingen, tanzten Staubflöckchen.

»Ich glaube nicht, dass Lee die Akte hier versteckt hat«, protestierte Grant.

»Pssst!« Ellie umarmte ihn.

Völlig überrascht, wollte er sich ihr entziehen, doch sie hielt ihn fest, und endlich gab Grant nach, ignorierte die Alarmsignale seines Gewissens und erwiderte die Umarmung. Er lehnte die Stirn gegen ihre Haare und nahm den Trost an, den sie ihm bot. Sein Herz bewegte sich in einer unbehaglichen und gefährlichen Spirale. Es gefiel ihm. Viel zu sehr. Genau das war es, was seine verheirateten Freunde so sehr vermissten, wenn sie auf einer Mission unterwegs waren: den menschlichen Kontakt, das Teilen von Gefühlen. Einen Augenblick lang hielt er diese Dinge für wertvoll genug, den Schmerz dieses Vermissens auf sich zu nehmen. Aber nein, das wäre selbstsüchtig. Hier ging es nicht nur um ihn. Es wäre Ellie gegenüber nicht fair, etwas zu beginnen, das er nicht zu Ende bringen konnte. Er wechselte seinen Standort meistens jährlich, und wenn er tatsächlich General werden wollte, dann konnte er diese emotionalen Bindungen wirklich nicht gebrauchen. Sie würden ihn lediglich in Versuchung führen, Einsätze abzulehnen, die seine Karriere fördern konnten. Es war weit einfacher, ohne solche Gefühle zu leben. Genau das hatte er schließlich bis zu dieser Woche getan. Er hatte geglaubt, eine Beziehung zu seinem Bruder zu haben, doch das hatte sich als Illusion herausgestellt – er hatte Lee kaum gekannt. Die weitaus meiste Zeit seines Erwachsenenlebens hatte Grant allein und unnahbar verbracht, hatte persönliche Beziehungen und deren Komplikationen vermieden.

Aber verdammt, er schien diese weiche, warme Frau in seinen Armen einfach nicht loslassen zu können!

Sie seufzte. Ihr Körper entspannte sich. Sie lehnte sich zurück. »Es tut mir leid.«

»Was tut dir leid?«

Ihre sanften braunen Augen zeigten Mitgefühl. »Dass dir all das passiert und du nicht einmal die Zeit hast zu trauern.«

Ein leichter Schauer durchlief ihn, gefolgt von einer Welle des Verlangens, die er weder erklären noch leugnen konnte; er wusste nur, seine Seele war nichts als eine leere Hülle. Er presste seine Lippen auf ihre, ließ es zu, dass ihr Geschmack die Leere in ihm füllte. Statt sich ihm zu verschließen, klammerte sie sich an sein T-Shirt und öffnete sich ihm. Schon bald veränderte sich das, was so zärtlich und unschuldig begonnen hatte. Begehren erfasste ihn, sammelte sich tief in seinen Lenden. Ihre Kehle gab ein gieriges Stöhnen frei.

Er legte eine Hand um ihren Nacken, neigte ihren Kopf nach hinten, machte ihren Mund zugänglich für ein tieferes Eindringen. Sie schlang ihm die Arme um den Hals. Seine freie Hand glitt um ihren Körper herum, legte sich auf ihren unteren Rücken, die Finger ausgebreitet. Er drängte seine Hüften näher an sie. Da, ja, genau da!

»Grant.« Sie bewegte ihren Mund ein Stückchen zur Seite.

»Hm.« Am liebsten hätte er Ellie nackt ausgezogen, sie geliebt. Und obwohl er genau wusste, das würde nicht passieren – er hatte kein Kondom, da waren zu viele Kinder und andere Menschen im Haus, und sie befanden sich mitten in der Suche nach einem wichtigen Beweisstück –, war er nicht bereit, sie gehen zu lassen. Er hielt sie, küsste sie, dachte darüber nach, wie das wäre, sie zu lieben. Sie linderte seine Einsamkeit, gab ihm Hoffnung.

Sie wand sich. »Grant, wir können nicht …«

»Ich weiß«, flüsterte er gegen ihre Wange. »Gib mir nur eine weitere Minute. Bitte!«

Eigentlich wollte er eine ganze Stunde. Oder zehn. Himmel, wo er sich schon einmal Fantasien hingab – er wollte einen ganzen Tag mit Ellie zusammen sein, ohne jede Ablenkung.

Doch das war nicht möglich.

Widerstrebend gab er sie nach einem Kuss auf ihre Schläfe frei. »Danke.«

Ihr Mund zuckte in einem traurigen Lächeln.

»Hast du Lee und Kate sehr nahegestanden?«, kehrte er zur eigentlichen Aufgabe zurück.

»Mit Lee habe ich viele Jahre lang zusammengearbeitet, aber Kate wurde mir sofort eine gute Freundin, nachdem ich ins Nachbarhaus gezogen war. Wir hatten viel gemeinsam. Die beiden waren in dieser Gegend ebenfalls neu, waren gerade erst ein paar Monate vor mir in dieses Haus gezogen.«

»Über Kate weiß ich nicht viel«, seufzte Grant. »Ich habe jedes Jahr zwei Wochen Urlaub mit den beiden verbracht, aber ich habe das Gefühl, sie nicht so gut gekannt zu haben, wie ich das eigentlich hätte sollen.«

»Du konntest wohl kaum etwas dagegen machen, nach Afghanistan geschickt zu werden.«

Das nicht, aber er hätte sich mehr um Kontakt bemühen können, wenn er in den Staaten war. Er hatte sich so sehr auf seine Karriere konzentriert, dass er seine Familie darüber vernachlässigt hatte.

»Kate besaß ein sehr ruhiges Wesen.« Ellie wandte sich von ihm ab und begab sich zu dem achteckigen kleinen Fenster. »Sie und Lee waren sehr stolz auf dich.«

Er schob die Daumen in die vorderen Taschen seiner Jeans. »Trotzdem wünsche ich mir, ich wäre öfter hier gewesen.«

Sie nickte verständnisvoll. »Es tut mir leid, das kann ich nicht ändern. Aber momentan ist es nur wichtig, dass du für Carson und Faith da bist.«

Ja, allerdings war dies lediglich vorübergehend.

»Ich fürchte, ich weiß wirklich nicht, wo wir sonst noch suchen sollen.« Er sah sich auf dem Dachboden um. Unter den Balken standen ein paar Umzugskisten. »Schauen wir nach, was in diesen Kisten ist, und dann machen wir uns an die Gästezimmer.«

In den Kartons war Kleidung, aus der Carson herausgewachsen war. Hatten sie die für einen weiteren kleinen Jungen aufgehoben? Grant schloss den Deckel der letzten Kiste, bevor die Trauer ihn überwältigen konnte. Es hatte keinen Sinn, darüber zu spekulieren. Er schob alle Kartons beiseite, hob die Isolierung an, fand jedoch keine Verstecke.

Sie begaben sich in die Gästezimmer, überprüften alles, auch die Fußbodenbretter, die Orte unter und hinter den Möbeln. Sie hatten kein Glück.

Zwei Stunden später kam Ellie aus dem Wäscheraum. »Hast du etwas gefunden?«

»Nichts.« Grant rückte das Sofa wieder an seinen alten Platz. Sie hatten jeden Schrank und jedes Möbelstück im Haus untersucht. Jetzt blieb nur noch die Garage übrig, und er bezweifelte stark, die Akte unter dem Rasenmäher oder Lees Werkbank entdecken zu können.

Ellie wischte sich Spinnweben aus den Haaren. »Wo suchen wir als Nächstes?«

»Ich weiß es nicht. Mir sind die Ideen ausgegangen.«

Ihre Augen weiteten sich. »Und was mache ich, wenn wir die Akte nicht finden?«

Grant ging zu ihr und fasste sie bei den Armen. »Du bist nicht allein.«

»Er wird meiner Familie etwas antun!« Ihr entsetztes Flüstern zerriss ihm das Herz.

»Das werde ich nicht zulassen.« Nur, was war, wenn er Scarlet Falls verlassen musste, bevor die Bedrohung beseitigt war? »Wir müssen auf andere Weise herausfinden, was Lee entdeckt haben könnte. Lindsay Hamilton hatte in derselben Halle Eislauftraining wie Julia. Kennst du ihre Eltern?«

Ellie ließ sich aufs Sofa sinken. »Nein, ich bin ihnen niemals begegnet. Lindsay war älter als Julia. Außerdem betreibt Julia das Eiskunstlaufen nicht sehr ernsthaft. Sie geht nur zu ihrem Unterricht und einer Stunde pro Woche, wenn das Team trainiert. Ab und an konnte Kate sie dazu überreden, auch beim

Kürlaufen mitzumachen, aber Julia hat das gehasst. Die fortgeschrittenen Läufer sind auf dem Eis ziemlich aggressiv.«

»Aggressiv?« Er setzte sich neben sie und musste an die sich streitenden Hockeyspieler denken.

»Sie benehmen sich, als ob die gesamte Eisbahn ihnen gehört. Sie laufen ihr direkt in den Weg oder machen ihre Drehsprünge so nahe, dass sie sich unwohl fühlt.« Ellie rieb die Hände gegeneinander, so fest, dass sich die Haut rötete. »Julia gefällt das Eislaufen, aber nur als Hobby, nicht als Leidenschaft. Und ganz sicher liebt sie es nicht ausreichend, um sich mit dem ganzen Ärger abzugeben.«

»Kennst du Regans und Autumns Eltern?«

»Ich weiß, wer sie sind. Gesprochen habe ich mit ihnen allerdings nur selten.«

Grant legte eine Hand auf Ellies noch immer nervös reibende Finger, um sie zum Stillhalten zu zwingen. So gern hätte er alles für sie in Ordnung gebracht. In seiner Brust machte sich Frustration breit, vermischte sich mit dem Verlangen, sie auf seinen Schoß zu ziehen. »Vielleicht sind diese beiden Eisläuferinnen tatsächlich Drangsalierer?«

»Ich weiß nur eins sicher – sie reißen die gesamte Eisbahn rücksichtslos an sich.« Ihre Blicke trafen seine, und die Angst, die er in ihren Augen sah, fachte seinen Zorn nur noch mehr an. »Ich komme mir so hilflos vor. Was soll ich bloß machen?«

»Hast du die Telefonnummer der Hamiltons?«

»Ja, weil ich einen Termin von Lee mit ihnen verlegen musste. Warte, ich muss mich nur in meinem E-Mail-Konto anmelden.« Sie entzog ihm ihre Hände, und sofort vermisste er den Kontakt.

Sie gingen in Lees Büro, wo sie sich vor Hannahs Laptop setzte. »Da ist sie.«

Während Grant sich über ihre Schulter lehnte, stieg ihm der blumenhafte Duft ihrer Haare in die Nase. Er musste dem

Drang widerstehen, sie in seine Arme zu ziehen. »Ruf sie an und frag sie, ob sie bereit sind, sich mit uns zu treffen.«

»In Ordnung.« Ellie wählte die Nummer. Kurz darauf legte sie die Hand über den Hörer. »Mailbox.« Sie hinterließ eine Nachricht und legte auf.

»Glaubst du, sie rufen zurück?«

Sie dachte kurz nach, dann nickte sie. »Ja. Die beiden zeigen keinerlei Anzeichen, dass sie bereit sind, den Fall ihrer Tochter aufzugeben. Sie werden vermuten, ich hätte sie für die Kanzlei angerufen. Roger meidet sie seit Lees Tod.«

»Warum?«

»Er will sich mit der Sache nicht befassen, und ohne die Beweise, die Lee entdeckt hat, was auch immer das für Beweise sind, hat eine Klage keinerlei Chancen.«

Grant kratzte sich das Kinn. »Wer hat das größte Interesse daran, dass es nicht zu einer Klage kommt?«

»Regan und Autumn.« Ellie strich sich die Haare aus dem Gesicht. »Ich sagte ja schon, Regans Vater Corey kennt sich mit Computern aus. Das könnte erklären, wieso seine Tochter Wegwerfhandys hat und weiß, wo man sie bekommt und wie man sie benutzt.«

»Ich denke, die meisten Jugendlichen wissen das, spätestens nach einer Google-Suche. Aber ich habe im Internet gelesen, dass sich auf Lindsays Handy keine Daten mehr befanden, weil ein Handyvirus alle gelöscht hat. Das scheint schon mehr auf ein spezielles Wissen hinzudeuten. Was meinst du, ob Corey seiner Tochter wohl dabei geholfen hätte, elektronische Spuren zu beseitigen?«

»Ich würde doch hoffen, nein.« Ellie runzelte die Stirn. »Er ist ein ziemlicher Mistkerl, aber seine Tochter beim Mobbing eines anderen Mädchens zu unterstützen, das scheint mir doch etwas extrem. Möglich ist es allerdings, vermute ich.«

»Was macht Josh Winslow beruflich?«

»Er war Beamter im Jugendstrafsystem. Aber er ist zurückgetreten. Die Berichterstattung in dem Mobbingfall war wirklich brutal.«

»Ich dachte, der Presse ist es nicht erlaubt, die Namen von Jugendlichen zu nennen?«

Ellie seufzte. »Wir leben hier in einer Vorstadt. Jeder wusste, wer die beiden Beschuldigten waren.«

»Und alle haben geglaubt, dass die beiden Lindsay drangsaliert haben?«

»Nicht unbedingt. Es wurde allerdings spekuliert, ob man die beiden Mädchen geschont hat, weil Josh Beamter war.«

»Ob das wohl stimmt?«, überlegte er. »Immerhin, es ist keine Anklage gegen seine Tochter erfolgt. Ich bin mir unsicher, ob ich ihn bedauern soll oder nicht.«

»Ich weiß genau, was du meinst. Ich habe auch geglaubt, ich würde Julia sehr gut kennen, aber ganz offensichtlich habe ich mich geirrt, wenn man bedenkt, dass sie sich nachts heimlich aus dem Haus geschlichen hat. Und ich habe keine Ahnung, was ich von Josh halten soll. Wenigstens hat er keine finanziellen Probleme – seine Frau ist Chirurgin.«

Das war eine ganze Menge an Informationen, die Ellie ihm geliefert hatte. Ganz abgesehen von dem leidenschaftlichen Kuss, der die Grundfesten seiner Seele erschüttert hatte. Er hoffte, die Hamiltons konnten mehr Licht auf den Fall werfen. Was den Kuss betraf, war er allerdings mit seiner hungrigen Seele auf sich allein gestellt.

Die Türklingel ertönte, und Bellen erfüllte den Flur.

Grant ging zum Fenster. »Die Polizei.«

KAPITEL 25

AnnaBelle drehte durch. Sie bellte und lief in der Eingangshalle im Kreis. Ellie folgte Grant zur Haustür. »Bitte, kommen Sie doch herein«, sagte er, nachdem er geöffnet hatte.

Detective McNamara trat sich die Füße auf der Matte ab und kam ins Haus. Hannah brachte den Hund mit einer Hand auf dem Kopf zum Schweigen.

»Wir haben ein paar Fotos, die ich den Kindern gern zeigen würde.« McNamara hob einen großen Umschlag in die Höhe.

Dann schweiften die Blicke des Polizisten zu den Waffen, die Grant und Hannah trugen. »Ich nehme an, Sie besitzen eine Erlaubnis dafür?«

Hannah verschränkte die Arme. Ihre Augen blickten hart. »Ja. Wollen Sie sie sehen?«

»Im Augenblick nicht«, erwiderte McNamara mit einem missbilligenden Kopfschütteln. Ganz offensichtlich war er nicht einverstanden. »Können Sie damit umgehen?«

»Ja.« Sie presste die Lippen zusammen. Gegenseitiger Unwille floss zwischen den beiden hin und her.

Grant räusperte sich. »Was können wir für Sie tun, Detective?«

McNamara schüttelte den Umschlag. »Wie ich schon sagte, ich möchte Julia und Carson gern ein paar Fotos zeigen. Sind die beiden noch wach?«

»Ich glaube schon. Ich hole sie.« Ellie lief die Treppe hinauf. Sie hörte Julias Stimme aus Carsons Kinderzimmer. Als sie hineinschaute, sah sie beide auf dem Bett aneinandergekuschelt, bereits in ihren Schlafanzügen und sehr entspannt. Zwischen ihnen lag offen ein Buch, über Henry und Mudge. Julia las, dann drehte sie das Buch zu Carson, der weiterlas, recht gut, wenn auch langsamer.

Es machte Ellie traurig, diese friedliche Szene zu unterbrechen. »Könnt ihr beide bitte einen Augenblick nach unten kommen? Detective McNamara möchte euch ein paar Bilder zeigen.«

Im Bruchteil einer Sekunde verloren Carsons Augen ihre Ruhe und zeigten Furcht. Julia runzelte die Stirn und drückte aufmunternd seine Schulter. Dann führte sie ihn an der Hand hinaus in den Flur.

Im Erdgeschoss hatten Grant und der Polizist inzwischen am Küchentisch Platz genommen. Mac, der Grant endlich zurückgerufen und sich bereit erklärt hatte, ein paar Tage im Haus zu wohnen, ging mit einer quengelnden Faith auf und ab. Hannah stand gegen einen Schrank gelehnt. In ihrer Hand dampfte der heiße Kaffee in einer Tasse. Grants Schwester kannte keine Entspannung, sie brauchte Koffein rund um die Uhr.

Der Detective fuhr sich mit beiden Händen über das Gesicht. Die tiefen Ringe unter seinen Augen verrieten, wie viele Überstunden dieser Fall ihm eingebrockt hatte.

»Kann ich Ihnen auch eine Tasse Kaffee anbieten?«, fragte Hannah.

»Ja, bitte.«

Hannah goss ihm ein. Milch und Zucker lehnte McNamara ab. Er nahm gerade einen Schluck, als Julia und Carson hereinkamen.

»Hallo, Kinder. Könnt ihr euch ein paar Fotos anschauen?« Er öffnete den Umschlag. »Einer nach dem anderen, einverstanden? Julia, würdest du bitte im Flur warten?«

Sie nickte.

Carson ließ Julia los und lief zu Grant, kletterte auf seinen Schoß. Grant schloss die Arme um den Jungen und strich ihm die blonden Haare aus dem Gesicht. Ellie nahm Julia bei der Hand und führte sie in den Flur. Es war schon lange her, seit Julia ihrer Mutter zuletzt erlaubt hatte, ihre Hand zu halten, doch heute klammerten ihre Finger sich fest um die von Ellie.

»Nachdem ich mich jetzt von dem schlimmsten Schrecken erholt habe, muss ich dir noch sagen, wie stolz ich auf dich bin«, erklärte Ellie. »Du bist ganz hervorragend mit der Situation fertiggeworden.«

»Bist du stolz genug auf mich, um den Hausarrest aufzuheben?« Julias Versuch eines Scherzes zeigte Ellie, ihre Tochter ist in Ordnung.

»Keine Chance.« Sie drückte Julias Hand.

Julia zuckte mit den Schultern. »Nun, einen Versuch war es wert.«

»Aber vielleicht war ich ein bisschen zu streng zu dir.«

In der Küche raschelte Papier, dann sagte Carson leise: »Das ist er.«

»In Ordnung«, erklärte McNamara und rief nach Julia.

Grant stand auf, Carson in seinen Armen, und ging hinaus. Ellie und Julia nahmen am Tisch Platz, auf dem einige Fotos lagen, alle von jungen Männern, Weißen, in den Zwanzigern. Keiner von ihnen hatte eine Tätowierung.

Julia betrachtete die Bilder. Ihre Augen bewegten sich vor und zurück. Sie deutete auf das dritte Foto. »Das ist er, glaube ich.«

»Du glaubst?«, hakte der Polizist nach.

Julias Gesicht fiel in sich zusammen. »Er war noch etwa zehn Meter entfernt, und ich habe ihn nur ganz kurz gesehen, bevor er weggelaufen ist. Ich war nicht einmal nahe genug, um die Tätowierungen zu sehen, von denen Carson gesprochen hat. Und ich hatte ziemliche Angst.«

Ellie legte ihrer Tochter den Arm um die Schultern. Sie war gleichermaßen stolz und entsetzt, wie mutig Julia die beiden Kinder verteidigt und sich dabei selbst einem Risiko ausgesetzt hatte.

»Können die Kinder wieder gehen?«, fragte Grant von der Tür aus.

»Ja.« McNamara nickte. »Ich danke euch beiden.«

Julia übernahm Carson. Ellies Magen krampfte sich zusammen. Bestimmt hatten beide Kinder in der Nacht Albträume. Aber wenigstens waren Julia und sie in einem Zimmer untergebracht. So war sie da, wenn Julia sie brauchte.

Grant setzte sich wieder. »Und?«

»Die Kinder haben beide Donnie Ehrlich identifiziert. Julia hat zwar etwas gezögert, aber Carson war sich ganz sicher. Donnie wohnt hier im Ort. Er ist einundzwanzig und hat achtzehn Monate wegen Identitätsdiebstahl verbüßt. Dann gibt es noch eine Anklage wegen Körperverletzung, aber daraus hat er sich mithilfe von gemeinnütziger Arbeit herausgewunden. Er ist seit drei Monaten wieder auf freiem Fuß.«

»Identitätsdiebstahl und Körperverletzung?«, bemerkte Ellie. »Von dort ist es ein langer Weg bis zu einem Mord und einer Kindesentführung. Gab es davor auch Jugendstrafen?«

»Diese Akten sind unter Verschluss.« McNamaras Gesichtsausdruck ließ Ellie jedoch vermuten, dass Donnie auch als Jugendlicher schon auffällig geworden war.

»Der Mann auf dem Foto hat aber keinerlei Tätowierungen«, wandte sie ein.

Der Detective schob die Bilder zu einem ordentlichen Stapel zusammen und steckte sie wieder in den Umschlag. »Träne und Kleeblatt sind Tätowierungen, die er in der Haft bekommen hat. Das sind Polizeifotos von seiner Verhaftung. Wir werden ihn zum Revier bringen und ihm ein paar Fragen stellen. Ich rufe Sie morgen früh an, um Sie darüber zu informieren, ob wir ihn gefunden haben.«

»Danke.« Grant begleitete den Polizisten zur Tür. Nachdem McNamara gegangen war, führte er Ellie in Lees Büro und schloss die Tür. Er setzte sich auf die Kante des Schreibtischs. »Kam dir der Kerl auf dem Bild bekannt vor? Könnte er der Mann gewesen sein, der dich entführt hat?«

Sie stand vor ihm, hob die Hand. »Ich kann es nicht sagen. Ich habe sein Gesicht nicht gesehen. Die Umrisse seines Körpers allerdings könnten passen.«

»Was ist mit seiner Stimme?« Wieder rieben seine Hände über die rauen Bartstoppeln. »Würdest du sie wiedererkennen, wenn du ihn sprechen hörst?«

Sie dachte über das Erlebnis im Wagen nach. »Ich bezweifle es. Er hat die ganze Zeit geflüstert.«

»Hatte er einen Akzent?«

»Ich habe keinen gehört.« Sie presste eine Hand gegen ihren Kopf, in dem sich der Film ihrer Entführung in einer Endlosschleife abspielte. »Und was jetzt?«

»Jetzt schlafen wir erst einmal.« Erschöpfung zeichnete sich in seinem Gesicht ab. Er massierte sich die Schläfen und lachte grimmig. »Als wäre das in Faiths Gegenwart möglich!«

»Heute Nacht sind vier Erwachsene hier im Haus, die alle sehr wohl in der Lage sind, mit dem Baby auf und ab zu gehen. Ich bin dafür, dass du jetzt ins Bett gehst. Du siehst aus, als hättest du nicht mehr geschlafen, seit du nach Hause gekommen bist.« Ellie legte ihm die Hand auf den Arm.

Er schaute sie mit geneigtem Kopf an, ohne ihr zu widersprechen. »Sie ist ziemlich schwierig. Bist du sicher, dass du sie übernehmen möchtest?«

Ellie hob eine Schulter an. »Sie ist nur ein Baby.«

»War Julia auch schwierig, als Säugling?«

»Eigentlich nicht, damals war ich erst achtzehn. Ich hatte keine Ahnung, was ich tun sollte. Zum Glück gab es Nan, aber sie musste morgens früh zur Arbeit. Zu der Zeit war sie noch Lehrerin.«

»Was ist eigentlich mit Julias Vater? Du hast ihn heute Nachmittag erwähnt, also bin ich jetzt natürlich neugierig.«

Erneut bedauerte sie, dass ihr der Satz auf dem Revier herausgerutscht war. »Ich wurde schwanger, als ich noch auf der Highschool war. Mein Freund war nicht bereit, Vater zu sein.«

»Was war mit deinen Eltern?«

Nun wurde das Thema noch unbequemer als ihre Schwangerschaft mit achtzehn. Aber zum Teufel, sie hatte genug davon, ständig so zu tun, als wären diese schrecklichen Jahre während ihrer Schulzeit niemals passiert. Vielleicht hatte Nan wirklich recht – es wurde Zeit, Frieden mit der Vergangenheit zu schließen. »Sie wollten, dass ich Julia zur Adoption freigebe. Als ich mich weigerte, haben sie mich vor die Tür gesetzt. Ich bin so froh, dass ich Nan hatte.«

Wie sich alles entwickelt hätte, geschehen wäre, wenn sie noch jünger gewesen wäre und ohne eine Großmutter hätte auskommen müssen, die bereit war, selbst dem eigenen Sohn die Stirn zu bieten, darüber wollte Ellie lieber nicht nachdenken. Sowohl ihr eigenes Leben als auch das ihrer Tochter hätten weit schlimmer verlaufen können.

»Ist Julias Vater noch am Leben?«

»Keine Ahnung. Ich habe zuletzt von ihm gehört, als sie noch ein Baby war.«

»Wirklich?« Grant klang fassungslos.

Sie zuckte mit den Schultern. »Er wollte mit der Rolle als Vater überhaupt nichts zu tun haben. Wie meine Eltern war er der Meinung, ich müsste Julia zur Adoption freigeben, und als ich dann sagte, das könne ich nicht, hielt er alles andere für mein Problem. Er ist in Nordkalifornien aufs College gegangen, also so weit weg von mir, wie es nur möglich war, ohne die Vereinigten Staaten zu verlassen.«

»Du hättest ihn auf Kindesunterhalt verklagen können.«

Verärgert schüttelte Ellie den Kopf. »Ich wollte nichts von ihm. Wer weiß, vielleicht ist er tot oder im Gefängnis. Oder er ist verheiratet, mit zweieinhalb Kindern. Es ist lange her.« Unerwartete Bitterkeit stieg in Ellies Kehle auf. Dabei hatte sie gedacht, sie sei darüber hinweg, so herzlos verlassen worden zu sein. »Ich hatte nicht vor, ihn um irgendetwas anzubetteln.«

»Das kann ich mir überhaupt nicht vorstellen, ein Kind haben und sich gar nicht darum kümmern.« Trauer verschleierte seine Augen. Ob er daran dachte, was sein Bruder bei Carson und Faith alles versäumen musste? »Und wie kommt es, dass du dich auf einen solchen Typen überhaupt eingelassen hast?«

»Ich war ein Teenager und ziemlich rebellisch.« Sie starrte auf seinen muskulösen Unterarm unter ihrer Hand. »Und er war ziemlich sexy.«

Grant lachte. »Ich habe immer geglaubt, Jungs seien die Einzigen, die in solchen Kategorien denken.«

»Wenn das stimmen würde, dann gäbe es nicht so viele Mädchen, die auf der Highschool schwanger werden.«

»Da hast du allerdings recht.«

Plötzlich kam Ellie der Gedanke, dass sie vielleicht tatsächlich zu streng mit Julia gewesen war. Sie hatte sie immer dazu erzogen, sich um Bildung zu bemühen und unabhängig zu sein, aber in anderen Bereichen hatte sie womöglich falsch gehandelt. Natürlich, Taylor war älter als Julia, aber Ellie hatte sich nicht einmal die Zeit genommen, ihn besser kennenzulernen, bevor sie Julia verboten hatte, sich mit ihm zu treffen. Ihre Tochter war vernünftig, und an diesem Nachmittag hatte sie Klugheit und Mut bewiesen. Also musste Ellie ihr erlauben, einige Entscheidungen selbst zu treffen. Innerhalb angemessener Grenzen.

Sie zog ihre Hand zurück und ließ sich auf den Stuhl fallen.

»Kate war ebenfalls mit ihren Eltern zerstritten«, bemerkte Grant.

»Ich weiß. Es war eins der Dinge, die wir gemeinsam hatten.«

Grant schwang sich vom Schreibtisch, drehte sich um und ging auf die Tür zu. »Hannah hat Kates Eltern angerufen. Sie werden im Laufe der Woche hier eintreffen.«

Ellie hob den Kopf. »Ich weiß nicht, ob das so eine gute Idee war.«

»Aber ihre Tochter ist tot. Haben sie nicht ein Recht darauf, das zu erfahren?« Er blieb stehen. Unsicherheit zeichnete sich auf seinem Gesicht ab.

»Vielleicht«, gab sie zu. »Aber Kate hatte keinerlei Kontakt zu ihnen. Wusstest du, dass sie seit ihrer Hochzeit mit Lee kein Wort mehr mit ihr gesprochen haben?«

Grant fuhr herum. »Was? Wieso das denn?«

»Sie sind sehr reich. Kate sagte, sie seien alter Geldadel.« Ellie blickte beiseite. »Sie haben sie gewarnt, Lee sei nur hinter dem Vermögen her.«

»Das ist doch lächerlich!« Seine Kiefermuskeln spannten sich an. »Mein Vater war Colonel in der Armee. Er hat sein Leben für dieses Land gegeben. Ist das etwa nichts wert? Außerdem, wir waren nicht reich, aber doch weit entfernt von ärmlichen Verhältnissen.«

Ellie hob die Hand. »Ich stimme dir ja zu, ebenso wie Kate. Deshalb wollte sie mit ihren Eltern nichts mehr zu tun haben.«

»Warum gibt es bloß so viel Streit in Familien?« Grant

rieb sich die Stirn, als würde sie schmerzen. »Ich wünschte, ich müsste niemanden zur Beerdigung einladen. Es wird alles schon anstrengend genug, auch ohne zusätzliches Drama.«

»Was habt ihr denn geplant?«

»Momentan wissen wir das noch nicht. Wir können überhaupt nichts planen, bis der Rechtsmediziner seine Genehmigung erteilt. Allerdings wollte Mac sich um die ersten Vorbereitungen kümmern. Ich weiß nicht einmal, wie viele Leute überhaupt kommen werden.«

Ellie kalkulierte es rasch im Kopf. »Mit der Anwaltskanzlei und den Mandanten und den Familien aus dem Eislaufverein musst du mit mindestens hundert Personen rechnen. Ich würde sogar mehr einplanen. Die beiden waren in der Gemeinde sehr beliebt.«

»Um Carsons willen hätte ich lieber eine kleine Feier.«

»Wird er teilnehmen?«

»Die Beraterin in der Schule hat gesagt, ich soll ihn selbst die Entscheidung treffen lassen, aber ich werde ihn auf jeden Fall nicht allein lassen, jetzt, wo jemand versucht hat, ihn zu entführen. Wenn er nicht zur Beerdigung gehen möchte, bleibe ich ebenfalls zu Hause. Oder vielleicht gibt es auch überhaupt keine Beerdigungsfeier.«

»Die Leute hier werden zumindest einen Gottesdienst erwarten.«

»Es kümmert mich nicht, was die Leute erwarten.« Grant nahm sein Herumlaufen wieder auf, angetrieben von innerer Unruhe. »Carson allein ist derjenige, der zählt. Wenn er tatsächlich zur Beerdigung gehen möchte, ist eine kleine Feier sicher sehr viel besser für ihn.«

Ellie runzelte die Stirn. »Du hast natürlich recht ...«

»Aber?«

Durch die Tür war Faiths Schreien zu hören.

»Kein Aber. Du gehst jetzt schlafen. Ich kümmere mich

ein paar Stunden um Faith. Wenn ich müde werde, wecke ich jemanden auf, damit er mich ablöst. Du hast mir vorhin gesagt, ich bin in dieser Situation nicht allein – aber du bist es ebenfalls nicht.« Sie machte zwei Schritte auf ihn zu, legte sanft die Hand gegen seine Wange. Der impulsive und plötzliche Wunsch, ihn zu berühren, überraschte sie, aber sie wollte unbedingt seine Bürde erleichtern, nachdem er immer bereit war, die Belastungen aller auf sich zu nehmen. »Ich weiß, du wirst nicht in Scarlet Falls bleiben. Momentan allerdings stecken wir gemeinsam in der Sache.«

»Wir sollten jedoch unseren Gefühlen nicht zu sehr nachgeben. Was auch immer zwischen uns geschieht, es kann nichts Langfristiges sein. Ich bin ein Karrieresoldat, Ellie, ein Offizier der Infanterie. Wo auch immer die Armee gerade kämpft, das ist der Ort, an den man mich schickt. Die Basis in Afghanistan wurde ein Dutzend Mal bombardiert. Scharfschützen und Selbstmordattentäter sind eine ständige Bedrohung. Jetzt, als Major, erlebe ich zwar weniger Gefechte, doch das ist keine Garantie dafür, dass ich unverletzt wieder nach Hause komme.«

»Im Leben gibt es keine Garantien. Schau dir doch nur an, was Lee und Kate zugestoßen ist.«

»Ich weiß. Und uns beiden ist klar, es ist eine vollkommene Umkehrung der Dinge, dass Lee tot ist und nicht ich.« Er hielt inne, wandte einen Moment den Blick ab. »Bevor er im Rollstuhl saß, habe ich von meinem Vater nur sehr wenig gesehen. Es war nicht nur das Militär, es war auch sein Ehrgeiz, der ihn von uns ferngehalten hat. Ich will niemanden zurücklassen, nur weil ich mich zu sehr auf meine Karriere konzentriere.« Er beugte sich herunter und gab ihr einen sanften Kuss auf den Mund. Dann sah er ihr direkt in die Augen. »Aber ich kann einfach nicht widerstehen.«

Ebenso wenig brachte sie das fertig. Seine Ehrlichkeit und sein Wunsch, das Richtige zu tun, rührten sie.

Ellie legte eine Hand gegen seine Brust. Unter ihrer Handfläche schlug sein Herz stetig, geschützt von harten Muskeln. »Ich gehe mit offenen Augen das Risiko ein, und ich erwarte nicht, dass unsere Beziehung von Dauer sein wird.«

»Ich will dir nicht wehtun.«

»Das weiß ich, und ich bin dir dankbar dafür.«

Erneut küsste er sie, ließ seine Lippen einen sehnsüchtigen Atemzug lang auf ihren ruhen. »Gute Nacht, Ellie.«

»Gute Nacht.« Sie schaute ihm nach, als er davonging. So klar ihr auch war, dass ihnen beiden in wenigen Wochen der Abschied drohte, das konnte ihn nicht weniger schmerzhaft machen.

KAPITEL 26

Endlich hatte Ellie das gesamte Frühstücksgeschirr im Geschirrspüler untergebracht. Sie trank ihre dritte Tasse Kaffee. Die halbe Nacht mit dem Baby herumzulaufen hatte ihr Gehirn in einen Nebel getaucht. Nicht dass sie hätte schlafen können. Die Unterhaltung mit Grant am Abend zuvor, seine Küsse, das alles hatte ihr Adrenalin in Wallung gebracht. Die prickelnde Aufregung, die ein einziger Kuss in ihrem Bauch ausgelöst hatte, wäre eher eines Teenagers würdig gewesen. Wobei sie sich, um ehrlich zu sein, nicht an einen einzigen Mann erinnern konnte, auf den sie in dieser Weise reagiert hätte. Ohne jede Mühe konnte sie sich viele gemeinsame Jahre mit Grant vorstellen, Jahre gemeinsamer Erinnerungen, und fühlte sich, wenn sie aufrichtig war, ziemlich betrogen, weil diese Jahre nicht stattfinden konnten.

Grant war im Büro und ging mit Mac zusammen Papierkram durch. Hannah war oben mit den Kindern. Nan schnarchte auf dem Sofa vor sich hin. Die Schmerztabletten machten sie müde.

In ihrer Tasche vibrierte ihr Handy. Sie schaute auf das Display. Die Nummer kam ihr bekannt vor, also war es nicht der Kapuzenmann. Sie nahm den Anruf an. »Hallo.«

»Können Sie mir vielleicht mal verraten, was Sie eigentlich vorhaben?«

Jetzt erkannte sie die Nummer. »Frank?«

»Ja. Was zum Teufel geht hier vor sich, Ellie?« Warum zum Teufel rief Frank sie an? Und warum von seinem Handy aus, nicht vom Festnetz im Büro?

»Ich weiß nicht, wovon Sie reden.«

»Sie haben etwas von meinem Computer kopiert.« Franks Stimme wurde leiser. »Und ich habe gesehen, wie Sie Schreibtische in der Kanzlei durchsucht haben.«

Verflucht! Franks Computerkenntnisse waren weiter fortgeschritten, als sie vermutet hatte.

»Und jetzt nehmen Sie sich einen Tag frei? Sie nehmen sich doch niemals frei!« In Franks Stimme schwang Angst.

»Meine Großmutter braucht mich.«

Er schwieg einen Augenblick. »Warum sind Sie heute nicht zur Arbeit gekommen?«, fragte er dann.

»Wissen Sie was, Frank? Das geht Sie überhaupt nichts an!« Es verwunderte Ellie, warum es ihn so durcheinanderbrachte, wenn sie einen Tag Urlaub nahm. Normalerweise ließ er sie kaum etwas von seinen Arbeiten erledigen.

»Wussten Sie, dass in der Kanzlei Geld fehlt?«, flüsterte er.

»Ja.«

Wieder sagte Frank eine Weile nichts. Wahrscheinlich musste er es erst einmal verdauen, dass sie mehr wusste als er. »Sie legen sich besser nicht mit mir an!«

Die Verbindung wurde beendet.

Was zum Teufel sollte das denn?

* * *

Vom Schreibtischstuhl aus deutete Grant auf den Bildschirm von Macs Laptop. »Ist er das?«

Mac zog den alten Stuhl näher heran und beugte sich über Grants Arm. »Das behauptet jedenfalls die Bildunterschrift.«

Eine Online-Suche hatte sie zu einem Fahndungsfoto von Donnie Ehrlich geführt, in einem kurzen Nachrichtenartikel über seine Verhaftung vor Jahren. Detective McNamara hatte ihnen keine Kopie des Fotos dagelassen, also hatten sie selbst danach suchen müssen. Donnie war mehrfach verhaftet worden, obwohl lediglich eine Verurteilung als Erwachsener erfolgt war.

»Er ist nur zwei Jahre jünger als du. Kennst du ihn vielleicht?«

»Nein«, antwortete Mac. »Aber die Berichte von seinen Tätowierungen machen mich froh, die Bande verlassen zu haben, bevor ich im Gefängnis gelandet bin.« In einer übertrieben dramatischen Bewegung schüttelte er sich die Haare aus dem Gesicht. »Ich bin sowieso viel zu hübsch fürs Gefängnis.«

»Dein Abstecher auf die dunkle Seite ist nichts, worüber du Scherze machen solltest.« Grant warf mit einer Büroklammer nach ihm. »Und das Gleiche gilt für die Entziehungskur.«

Mac fing die Büroklammer auf. Sein Gesicht wurde ernst. »Ich habe meine Verwandlung Lee zu verdanken. Er hat mich niemals aufgegeben. Ich wette, er war auch derjenige, der Mom dazu gebracht hat, mich auf dem Sterbebett zu bitten, dass ich mein Leben endlich in Ordnung bringe.«

»Er wusste genau, für sie würdest du es tun«, erwiderte Grant leise. Das war absolut typisch für Lee – er hatte so lange versucht, Mac zurück auf den richtigen Weg zu helfen, bis er endlich eine Möglichkeit gefunden hatte, die funktionierte. Diese eiserne Entschlossenheit hatte ihn zu einem guten Anwalt gemacht. Hatte sie auch zu seinem Tod beigetragen?

»Natürlich. Ich war damals zwar ein richtiges Arschloch, aber nicht abgebrüht genug, um Mom ihren letzten Wunsch zu versagen.«

Grant betrachtete seinen Bruder. Als er zur Armee gegangen war, war Mac fünfzehn gewesen. Lee besuchte noch die Schule und hatte mit der rapiden Verschlechterung im Gesundheitszustand ihres Vaters fertig werden müssen. Als ihre Mutter dann ebenfalls krank geworden war, hatte Mac rebelliert, und Lee hatte einfach zu viel um die Ohren gehabt. Ein Mensch kann eben nicht an allen Orten gleichzeitig sein. Vielleicht hätte Grant Macs Probleme verhindern können, wenn er hier gewesen wäre, oder sie wenigstens abmildern.

Auf jeden Fall nahm er eine ganze Wagenladung von bedauernden Schuldgefühlen mit zurück nach Afghanistan.

»Hast du irgendeine Idee, wo wir Donnie finden könnten?«

Mac kratzte sich am Kinn. »Ich kann mich mal umhören. Ich kenne da jemanden, der uns vielleicht helfen kann.« Er klickte auf »Ausdrucken«. Der Drucker auf dem Aktenschrank wummerte und quietschte und spuckte eine Kopie des Fotos aus.

»Du wirst doch nicht etwa jemanden aus deiner alten Bande aufsuchen?«

»Es ist unsere beste Chance.«

»Ist das nicht gefährlich?«

Mac schüttelte den Kopf. »Ach was! Mir wird schon nichts passieren.«

»Und woher weißt du, dass dieser Kerl noch immer Mitglied deiner alten Bande ist?« Grant konnte es nicht verhindern, dass seine Stimme eine väterliche Strenge annahm. »Du hast doch nicht etwa noch Kontakt zu ihm?«

»Ich bin ihm nur im Laufe der Jahre einige Male über den Weg gelaufen.« Macs Tonfall verriet Empörung. »Du glaubst doch nicht etwa, ich will zu diesem Leben zurückkehren?«

»Ich hoffe doch nicht.«

Mac lachte. »Grant, inzwischen bestehen meine Tage daraus, Otter zu beobachten. Das ist ziemlich weit davon

277

entfernt, für einen Drogendealer zu arbeiten.«

Grant zuckte zusammen. »Tut mir leid. Ich sollte dir einfach vertrauen.«

»Nun, wir haben uns in den Jahren, seit du weggegangen bist, nicht sehr oft gesehen.« Mac hob die Schultern, ließ sie wieder fallen.

»Ich weiß, und das tut mir ebenfalls leid.«

»Du hast in einem Krieg gekämpft. Ich glaube, ich kann es dir nachsehen.« Er holte das Foto vom Drucker.

Auch wenn Mac ihm seine Abwesenheit nicht übel zu nehmen schien, plagte Grant ein schlechtes Gewissen. Er hätte öfter hier sein müssen. Schließlich hatte ihn niemand gezwungen, jede Mission und jeden Einsatz anzunehmen, den man ihm angeboten hatte. Er hatte sein eigenes Begehren, rasch aufzusteigen, über die Bedürfnisse seiner Familie gestellt und es Lee überlassen, mit der Demenz ihres Vaters und Macs Vorstoß in die Welt der Kriminalität fertigzuwerden. Einmal im Jahr war er dann für zwei Wochen Urlaub aufgekreuzt, wie eine große Berühmtheit, die sich zu einem Besuch herablässt. Die wahre Größe hatte jedoch Lee besessen. Jeden Tag hatte er sich mit allem möglichen Mist herumgeschlagen. Mittlerweile sah es allerdings so aus, als sei auch Lee der Schwäche verfallen, die ein Charakterzug der Barrett-Familie war: blindem Ehrgeiz.

Mac legte ihm die Hand auf die Schultern. »Ehrlich, Grant, es ist alles in Ordnung, so wie es gekommen ist. Wenn du nicht zum Militär gegangen wärst, dann hätte Dad mich oder Lee unter Druck gesetzt, eine solche Karriere zu wählen. Und es liegt doch auf der Hand, wir waren beide nicht für die Armee geschaffen. Lee war zu sensibel und ich zu faul. Du hast uns beiden einen Gefallen getan, als du dich entschieden hast, den Traum unseres Vaters zu leben. So mussten wir das nicht mehr tun.«

Da hatte Mac allerdings nicht ganz unrecht. Lee hätte es niemals über sich gebracht, jemanden zu erschießen; nicht einmal, um einen Kameraden zu schützen. Es war kein Charakterfehler, einfach nur eine Tatsache. Lee hatte immer fest daran geglaubt, dass alle Menschen von Grund auf gut sind. Kein Mann zog in den Krieg und kam als derselbe Mensch zurück, der er vorher gewesen war. Grant musste sich darauf einstellen, den Rest seines Lebens mit Albträumen zu leben – aber Lee hätten solche Erfahrungen vollkommen zerstört.

Mac faltete den Ausdruck zusammen. »Das reicht jetzt mit der Gefühlsduselei. Ich muss los. Freddie sucht man am besten früh am Tag auf.«

»Ich komme mit.«

»Das ist, fürchte ich, keine gute Idee.« Mac betrachtete Grant von Kopf bis Fuß. »Du passt in diese Kreise einfach nicht hinein. Es ist eine ziemlich üble Gesellschaft.«

»Mach dir darüber mal keine Gedanken. Ich habe jede Menge üble Dinge gesehen.«

»Ich vermute mal, das hast du.« Mac zuckte mit den Schultern. »Ich weiß ja, du bist es gewohnt, Befehle zu geben, aber diesmal musst du schon mir folgen.«

»Okay.« Als würde überhaupt irgendjemand in der Familie Grants Anweisungen befolgen. Er schloss den Browser. Seine Beretta ruhte so schwer an seiner Hüfte, wie seine momentanen Probleme damit auf seiner Seele lasteten, dass niemand auf ihn hörte. Waffen und Instabilität waren eine ganz schlechte Kombination. Aber die Bullen hatten Donnie Ehrlich nun einmal nicht aufspüren können, wie McNamara ihnen vorhin mitgeteilt hatte. Und Grant konnte nicht nach Afghanistan zurückkehren, solange der Mörder seines Bruders auf freiem Fuß und noch immer eine Bedrohung für seine Familie war. Irgendjemand musste Donnie aufhalten. Carson hatte es verdient, endlich wieder ohne Albträume schlafen zu können.

Mac steckte den Ausdruck in die Hosentasche und lief nach oben, um seine Geldbörse zu holen. Grant machte einen Abstecher in die Küche. Der Duft von frischem Kaffee verlockte ihn. Ellie trank aus einer Tasse, während sie frisch gewaschene Babykleidung zusammenlegte.

»Du musst das nicht machen«, sagte er.

»Ich brauche etwas zu tun.« Sie zog das letzte Paar winziger Babysocken ineinander und stellte den Wäschekorb beiseite. Ihr Anblick erhellte die Dunkelheit, die in ihm herrschte. Am liebsten hätte er sie an sich gerissen und sie ins Bett getragen. Es war pathetisch – er wollte mit ihr zusammen schlafen, und zwar tatsächlich schlafen. Natürlich wollte er sie auch lieben, nur zu brennend; aber die Anziehungskraft, die sie auf ihn ausübte, ging weit tiefer als Sex. Aus irgendeinem Grund wurde er die Vorstellung nicht los, dass er seine Albträume leichter verkraften könnte, wenn sie neben ihm im Bett lag. Es war ein Gefühl, das ihm völlig fremd war.

»Kaffee?«, fragte sie.

»Nein, aber danke.«

Nan schnarchte auf dem Sofa, man konnte es in der Küche hören. Hannah kam die Treppe herunter, und ihr erster Weg führte sie zur Kaffeemaschine. Sie stellte das Babyfon auf die Theke.

»Wo sind die Kinder?«, erkundigte sich Grant.

»Sie sind beide eingeschlafen.« Hannah goss sich Milch in den Kaffee und trank die halbe Tasse auf einmal aus. »Ich fühle mich, als hätte mich ein Minivan überfahren.« Sie hatte die dritte Babyschicht übernommen. »Hat Carson heute Nacht ebenfalls nicht geschlafen? Er sieht total erschöpft aus.«

»Er ist um Mitternacht zu mir ins Bett gekrochen.« Grant hatte das nichts ausgemacht – der Junge war gerade rechtzeitig gekommen, um einen schlimmen Albtraum zu unterbrechen.

»Du hast also heute Nacht auch nicht viel Schlaf bekommen?« In Ellies Gesicht zeigte sich Mitgefühl.

»Das ist schon in Ordnung«, erwiderte Grant. »Ich musste schon oft ohne Schlaf auskommen.«

»Aber gut ist das nicht«, widersprach Ellie.

»Mac und ich gehen einkaufen«, log Grant. »Braucht jemand etwas?«

Misstrauisch betrachtete Hannah ihn mit zusammengekniffenen Augen.

»Milch und Brot.« Ellie füllte ihre Tasse auf. »Und Kaffee.«

»Milch, Brot, Kaffee – alles klar.« Grant ging zur Tür. Hannah folgte ihm auf den Fersen.

»Und wohin geht ihr wirklich?«, flüsterte sie.

»Wir werden ein wenig herumfahren.«

»Das nehme ich dir nicht ab.« Hannah verschränkte die Arme. »Du machst dich auf die Suche nach Donnie.«

Grant antwortete nicht.

»Ich sollte euch begleiten«, schlug sie vor. »Ich bin ein besserer Schütze als Mac.«

»Du bist auch ein besserer Schütze als ich. Und genau deshalb will ich, dass du hierbleibst und alle beschützt.«

Sie verzog das Gesicht. »Mir gefällt das nicht.«

»Ich weiß.« Er küsste sie auf die Wange. »Und deshalb liebe ich dich.«

Sie zog die Augenbrauen zusammen.

Normalerweise zeichnete ihre Familie sich nicht gerade durch öffentliche – oder selbst auch nur private – Liebesbezeugungen aus. Aber vielleicht war es ein Fehler, dass er Gefühle so sehr scheute. Er wünschte sich, er hätte Lee seine Liebe wenigstens einmal offen gezeigt, doch jetzt war es zu spät dafür.

Er legte seiner Schwester die Hand auf die Schulter. »Ich verlasse mich auf dich.«

Sie nickte angespannt.

»Wir sind bald zurück.« Er nahm seine Jacke aus dem Schrank im Flur.

Die Augen seiner Schwester wurden weich, zeigten die Zuneigung, die sie nicht in Worte fassen konnte. »Das will ich doch hoffen.«

»Ganz sicher.« Und wenn all das vorbei war, mussten die Barretts endlich anfangen, mehr Zeit miteinander zu verbringen.

Mac kam die Stufen herunter. »Ich bin bereit.«

»Dann lass uns aufbrechen.« Grant öffnete die Tür und blickte sich auf der Straße um, bevor er zu seinem Mietwagen ging. In der Nachbarschaft schien es ruhig zu sein.

Mit dem Daumen deutete Mac auf seinen Geländewagen. »Sollen wir nicht lieber mein Auto nehmen?«

»Nein. Ich will nicht, dass irgendjemand uns erkennt, außer es wäre absolut nötig.« Grant setzte sich ans Steuer. »Außerdem habe ich schließlich für die verdammte Autoversicherung bezahlt.«

»Meinetwegen.« Mac stieg auf der Beifahrerseite ein.

»Wohin fahren wir?«

»Zuerst zum alten Betriebshof der Bahn. Dort treibt sich Freddie in der letzten Zeit herum.« Mac überprüfte das Magazin seiner Neun-Millimeter-Waffe und steckte sie ins Schulterholster zurück.

Sie schwiegen beide, während Grant durch die Stadt fuhr. Er hielt vor einem geschlossenen Tor mit diversen Warnschildern an – *Privateigentum*, *Zutritt verboten* und so weiter. Niemand beachtete sie. Im verlassenen Betriebshof fanden seit Jahrzehnten illegale Aktivitäten statt: Bierpartys und Sex für Minderjährige, Drogendeals und mehr. Sie stiegen aus.

Mac zog eine kleine Drahtschere aus der Tasche. »Falls wir keinen Eingang finden, schaffen wir uns unseren eigenen.«

Grant betrachtete die fast zwei Meter hohe Abtrennung aus Maschendraht, auf der drei Reihen Stacheldraht angebracht worden waren. »Pass auf, dass der Zaun nicht unter Strom steht.«

Sein Bruder verdrehte die Augen. »Als wäre das mein erster Einbruch!«

»Dazu sage ich besser nichts.«

»Der Strom wurde schon vor Jahren abgeschaltet.« Mac ging voraus, die Abtrennung entlang. Hinter ein paar Büschen fand er ein Loch, wo ein Stück vom Zaun grob herausgetrennt worden war. Er warf die Drahtschere auf das Metall. Nichts geschah, es zischte nicht, und es war auch kein elektrischer Blitz zu sehen. Der Strom war tatsächlich abgeschaltet. »Siehst du?«

Sie kletterten durch das Loch. Hinter dem Zaun wuchs das Unkraut kniehoch, der Untergrund war matschig. Sie liefen zwischen den Gleisen entlang; verlassene Frachtwagen bildeten einen Tunnel um sie herum. Grants Haut juckte; er hatte das Gefühl, jemand beobachtete sie. Er duckte sich, um unter die alten Eisenbahnwagen zu schauen. Ihm gefiel nicht, dass die Wagen seine Sicht einschränkten. Vor ihnen stieg eine dünne Rauchsäule in den wolkenverhangenen Himmel auf. Sie bewegten sich weiter. Die ersten Wagen waren noch benutzbar gewesen, doch diese jetzt nicht mehr, und zwischen den verrosteten, nicht mehr benutzten Gleisen reichte ihnen das Unkraut bis zur Taille.

»Wart mal.« Grant kletterte über die Leiter aufs Dach eines Wagens und schaute sich um. Er sah niemanden. Dennoch wurde er das Gefühl nicht los, dass da jemand war. Er kehrte auf den Boden zurück. »Bist du sicher, dass wir einfach so anmarschiert kommen sollten? Mir wäre weit wohler, wenn Hannah uns von hinten mit einem Scharfschützengewehr Deckung geben würde.«

»Das ist schon in Ordnung.« Mac ging einfach weiter. »Dies hier ist Freddies Reich, und er schuldet mir was. Ich bin mir sicher, uns beobachtet jemand schon die ganze Zeit. Wenn

Freddie uns umbringen wollte, dann wären wir längst tot.«

»Wie beruhigend!« Adrenalin strömte durch Grants Körper, und seine Nerven zuckten. Was war, wenn man sie hier aus einem Hinterhalt heraus überfiel? Was war, wenn dieser Kerl, von dem Mac behauptete, er schulde ihm etwas, einfach beschloss, seine Schuld mit einer Kugel auszulöschen? Schweiß lief über seinen Rücken. Er öffnete den Reißverschluss der Jacke, um die Hitze herauszulassen – und um besser nach seiner Waffe greifen zu können.

Mac blieb stehen und schlug ihm gegen den Arm. »Du hättest die Pistole im Auto lassen sollen!«

»Auf keinen Fall!« Grant folgte seinem Bruder, der sich wieder in Bewegung gesetzt hatte, über die Gleise. »Es ist nicht das erste Mal, dass ich mit jemandem zusammentreffe, dessen Loyalität in Zweifel steht. Ich werde schon damit fertig.« Wenn sie sich in Afghanistan mit den Stammesführern getroffen hatten, war das immer eine heikle Angelegenheit gewesen. Es war nur schwer vorauszusehen, wer mit wem verbündet war, und das konnte sich darüber hinaus auch noch blitzschnell ändern. Allerdings war Grant momentan nicht sein normales, diszipliniertes Selbst.

»Sie werden mächtig in der Überzahl sein. Wenn du die Waffe ziehst, kann das unseren Tod bedeuten.«

Wie die Wirbel eines Rückgrats standen verlassene Frachtwagen herum. Ein Hund bellte, seine Kette rasselte. Aus der rostigen Tür eines schwarzen Eisenbahnwagens beugten sich zwei Männer. Neben einer Art Lichtung brannte ein rauchendes Feuer in einer Tonne. Einer der Männer trug Motorradstiefel und eine Lederjacke, der andere Cargohosen und eine schwarze Fleecejacke. Ihre Umgebung wirkte wie die von Obdachlosen, doch die Männer waren ersichtlich fit und wohlgenährt und schienen keine Not zu leiden.

»Kennst du sie?«, fragte Grant.

Mac schüttelte den Kopf. »Nein.«

Die zwei Männer sprangen vom Wagen, die Schultern gestrafft, die Brust herausgestreckt, die Haltung aggressiv.

Lederjackenmann hielt sich zurück und überließ seinem Freund die Führung. Der betrachtete Grant und Mac misstrauisch unter einer schwarzen Strickmütze, die er tief ins Gesicht gezogen hatte. Die Männer kreisten Grant und Mac nun von beiden Seiten ein.

»Wollt ihr was von uns?«, fragte der Anführer. Sein Tonfall ließ vermuten, er wollte, dass sie sich so schnell wie möglich wieder verzogen, bevor ihnen noch etwas zustieß.

»Vielleicht«, antwortete Mac. »Ist Freddie hier?«

Grant überließ Mac die Unterhaltung. Er trat zurück, um die flankierende Bewegung der beiden zunichte zu machen, und lehnte sich mit dem Rücken gegen einen kaputten Frachtwagen. Zumindest konnte sich ihnen jetzt niemand ungesehen nähern.

Der Anführer beugte sich vor und legte den Kopf schief. »Du kennst Freddie?«

»Allerdings.« Ruhig hielt Mac dem Blick des anderen stand. »Sag ihm, Mac will ihn sehen.«

Das weckte sichtlich Interesse. Verstohlen schaute Grant sich um. Die Haare in seinem Nacken richteten sich auf und vollführten einen wilden Tanz. Er spürte weitere Blicke auf sich. Sie sollten nicht hier im Freien herumlungern, während der Feind sich in Deckung befand. Seine Hand zuckte zur Waffe, doch er wusste, das war die falsche Bewegung. Er hatte keine Ahnung, wie viele bewaffnete Kerle sie beobachteten. Verdammt! Er hätte sich von seinem Bruder nicht zu dieser Sache überreden lassen dürfen. Jetzt standen sie mitten im Nichts. Zwei Schüsse, eine Schaufel, und niemand würde sie jemals wiederfinden.

Der Anführer drehte sich um und ging zum Eisenbahnwagen zurück. Zwei Minuten später war er wieder da, und der Mann, der ihm folgte, war mindestens zwei Meter groß, mit einem muskelbepackten Körper, der um die hundertfünfzig Kilo wiegen musste. Mit null Gramm Fett. Von einem zurückweichenden Haaransatz fielen Haare auf seine Schultern herab, die halb grau und halb blond waren, ebenso wie sein buschiger Schnurrbart und sein zotteliger Bart.

Ohne Zögern ging er auf Mac zu. Das erste Mal zeigten Macs Augen Furcht. Grants Lunge stellte vorübergehend den Dienst ein. Er ballte die Hand zur Faust, um sich davon abzuhalten, die Pistole zu ziehen.

»Mac!« Der Hüne umarmte seinen Bruder ungestüm. Dann trat er zurück, die Hand noch immer auf Macs Schulter. Sein Blick fiel auf Grant, und sein Gesicht verdüsterte sich. »Wer zum Teufel ist das?«

»Mein Bruder«, erwiderte Mac, dem seine Erleichterung deutlich anzusehen war.

»Ach ja? Dein Bruder? Also ich kenne deinen Bruder, und das ist er nicht.« Mit dem Daumen deutete Freddie in Grants Richtung. »Der Typ sieht eher wie ein Bulle aus.«

Mac schüttelte den Kopf. »Du kennst meinen Bruder Lee. Das ist mein anderer Bruder. Er ist beim Militär. War im Irak und in Afghanistan.«

Freddie nickte. Sein Gesichtsausdruck verwandelte sich, aus Misstrauen wurde – was? Respekt? »Danke für deine Dienste, Mann.«

Das war das absolut Letzte, was Grant zu hören erwartet hätte. »Ähm … keine Ursache.«

»Lass uns irgendwohin gehen, wo wir ungestört sind.« Freddie schlang den Arm um Macs Schulter und führte ihn an der Tonne mit dem Feuer vorbei zu einem Eisenbahnwagen. Sie kletterten hoch. Das Innere war mit einer ausrangierten Polstergarnitur ausstaffiert worden. Auf einem provisorischen Tisch lagen Plastikbeutel mit Haschisch und weißem Puder, dahinter standen zwei Kerle mit Maschinengewehren, und ein dritter, fast so massig wie Freddie, zählte die Plastiktüten und stopfte sie dann in eine Tasche. Der rasiermesserscharfe Schnitt seiner blonden Haare hätte dem Titelblatt des *Esquire* Ehre gemacht. Seine Kleidung verzichtete auf das Leder, das die anderen aus Freddies Bande zu bevorzugen schienen. Es war die typische europäische Freizeitkleidung – dunkle Jeans und ein weißes Hemd, dessen Kragen offen stand. Trotz der Gegensätze in der Kleidung mussten die beiden Männer miteinander verwandt sein, das konnte man sehen. Dieser Typ war bestimmt Freddies Sohn, vermutete Grant.

Er schaute auf. »Mac!« Er lächelte strahlend.

»Rafe! Wie zum Teufel geht's dir?« Mac klopfte Rafe auf die Schulter und schlang einen Arm um ihn.

Grant schaute beiseite. Er hatte keine Ahnung gehabt, dass Mac einen Drogendealer kannte, der allem Anschein nach eine massive Operation betrieb. Und Freddie hatte Lee erwähnt. Offensichtlich hatte Lee diese Wahrheit ebenfalls vor Grant verborgen.

Mac ließ sich auf einen Sessel fallen. Für Grants Begriffe machte er es sich hier ein bisschen zu bequem.

Mit gerunzelter Stirn schaute Freddie zwischen Grant und den Drogen hin und her. »Bist du sicher, dass er kein Bulle ist?«

»Absolut«, bestätigte Mac.

»Dad, es ist Mac«, protestierte Rafe. »Er würde niemals einen Bullen hierherbringen!«

Grant lehnte sich gegen die Wand und versuchte, lässig auszusehen. »Ihre Geschäfte sind mir völlig schnuppe«, log er.

»Okay, und was wollt ihr von mir?« Freddie verschränkte die massiven Arme vor der Brust. »Ich würde mir ja gerne einbilden, dass ihr mich einfach nur besucht, aber ihr beide seht aus, als wärt ihr in einer Mission unterwegs.«

»Damit hast du recht.« Mac beugte sich vor und stützte die

287

Unterarme auf die Knie. »Wir sind auf der Suche nach einem Typen.«

Freddie nickte. »Was hat er angestellt?«

Mac holte den Ausdruck hervor und reichte Freddie das Foto. »Er hat unseren Bruder Lee umgebracht, den, der Rafe und mir aus diesem … Schlamassel geholfen hat, vor Jahren.«

Freddie faltete das Papier auseinander und hob die Augenbrauen. Er strich sich über den Bart.

»Kennst du ihn?«, erkundigte sich Mac.

»Er kommt mir bekannt vor.« Freddies graue Augen verrieten nichts. Er gab Rafe das Foto, der es ebenfalls betrachtete, ohne sich etwas anmerken zu lassen.

»Kann ich das behalten?«, fragte Freddie, nachdem Rafe das Bild zurückgegeben hatte.

»Natürlich«, antwortete Mac.

Freddie faltete das Blatt wieder zusammen. »Ich sage dir morgen Bescheid. Wo finde ich dich?«

»In Lees Haus.« Mac presste die Handflächen auf die Knie. »Ich weiß deine Hilfe wirklich zu schätzen.«

Mit geradezu väterlicher Zuneigung legte Freddie ihm erneut die Hand auf die Schulter. »Mann, ich schulde dir was, und zwar ordentlich, das weißt du doch.«

»Um ehrlich zu sein, bin ich es, der Mac etwas schuldet«, korrigierte Rafe. »Schließlich hat er mein Leben gerettet.«

Freddies Augen wanderten zu seinem Sohn, zeigten eine verräterische Feuchtigkeit. Er schluckte und wandte sich wieder an Mac. »Ich bin mir sicher, morgen habe ich was für dich. Aber wir haben noch etwas anderes zu besprechen.«

Grants Muskeln spannten sich an.

»Dein toter Bruder schuldet mir zwanzigtausend Mäuse«, erklärte Freddie. »Normalerweise verleihe ich kein Geld, aber ich wollte ihm einen Gefallen tun, weil er Rafe doch einmal aus der Patsche geholfen hat.«

»Ich nehme an, der Nachlass kann für die Schulden aufkommen«, bemerkte Grant. Diese Information hatte ihre gute Seite. Wenn das Geld ein Darlehen von Freddie war, dann hatte Lee es wenigstens nicht gestohlen. Sein Bruder musste verdammt verzweifelt gewesen sein, um zu solchen Mitteln zu greifen. Warum hatte er nicht Grant oder Hannah angerufen? Hatte er sich geschämt? Oder wollte er seine Familie einfach nicht um Geld bitten? Was auch immer dahintersteckte – sie hatten bei ihm schmählich versagt.

Freddie zuckte mit den Schultern. »Das ist eine rein geschäftliche Angelegenheit. Aber da Mac ja beinahe zur Familie gehört, verzichte ich auf die Zinsen, sofern ich das Geld bis Ende der Woche zurückbekomme.«

»Und wenn wir nicht zahlen können?«

Freddies Augen verdunkelten sich. »Die Strafe für Nichtzahlung ist ziemlich hoch.«

»Mach dir mal keine Sorgen, wir werden das Geld schon aufbringen.« Mac klopfte Freddie auf die Schulter. »Danke für deine Hilfe.«

Rafe brachte die beiden Brüder zum Zaun zurück. Dort bot er Grant zum Abschied die Hand.

Und Grant nahm sie. Ja, die Drogen im Eisenbahnwagen hatten ihn entsetzt. Die Firma Freddie & Sohn handelte bestimmt auch mit Waffen. Drogen und Waffen, das gehörte zusammen wie Makkaroni und Käse. Und jetzt mussten sie bis Ende der Woche zwanzigtausend Dollar auftreiben. Solange es allerdings bedeutete, dass sie Donnie Ehrlich aufstöbern konnten, hätte Grant selbst mit dem Teufel persönlich einen Pakt geschlossen.

KAPITEL 27

»Ich hasse es zu warten.« Unruhig lief Ellie in dem kleinen Büro hin und her.

Grant klappte den Laptop zu. »Du brauchst Beschäftigung.«

Tatsächlich war jedoch Warten ihre Hauptbeschäftigung. Sie wartete auf den Rückruf der Hamiltons. Auf den nächsten Tag, für den Macs Freund Freddie ihnen Informationen versprochen hatte. Und auf den Ablauf der sechsunddreißig Stunden, die Grant ihr gegeben hatte, bevor er der Polizei alles sagen wollte. »Wenn ich gewusst hätte, wohin du heute Morgen gegangen bist, dann wäre ich mitgekommen.«

»Ich weiß. Genau deshalb habe ich dir ja nichts verraten. Macs Freund traut Fremden nicht. Es hätte verdammt gefährlich werden können.«

Ellie blieb stehen und sah ihn an. »Bitte belüg mich niemals wieder!«

»Ich verspreche es dir.«

Doch Ellies Vertrauen war dünn und zerbrechlich wie eine Eierschale. Es brauchte nicht viel, um es zu zerstören. Wenn Grant sie verriet, würde ihr das einen schweren Schlag versetzen. Seit Julias Vater sie verlassen hatte, war er der erste Mann, dem sie überhaupt bereit war ihr Vertrauen zu schenken.

»Ich kann nicht einmal staubsaugen.« Sie verschränkte die Hände auf dem Rücken, wirbelte herum und marschierte in die entgegengesetzte Richtung. »Wir dürfen keinen Krach machen.«

Faith lag im Wohnzimmer in ihrem Kindersitz und schlief. Und sie hatten aus leidvoller Erfahrung lernen müssen, wenn sie übermüdet oder aufgeregt war, machte das ihre Koliken noch schlimmer.

»Ich bin mindestens eine Stunde hartes körperliches Training am Morgen gewohnt. Mich macht es ebenfalls wahnsinnig, hier herumzusitzen. Der einzige Sport in den letzten Tagen war das Herumlaufen mit dem Baby.« Grant stand auf und streckte sich. »Was für eine Art Sport treibst du normalerweise?«

Ellie beobachtete das Spiel seiner Muskeln unter seinem hautengen T-Shirt. Dabei stellten ihre angespannten Nerven sich ein höchst unpassendes Ventil für ihre überschüssige Energie vor. »Ich renoviere.«

»Bauarbeiten als Sport?« Grant lachte.

»Wenn wir wenigstens irgendetwas erreichen könnten!« Die ganze Angelegenheit füllte sie mit dem Gefühl vollkommener Hilf- und Nutzlosigkeit. »Ich bin es gewohnt, aktiv zu sein. Mit solchen Auszeiten kann ich einfach nicht umgehen.«

Er lächelte. »Ich glaube nicht, dass es viele Dinge gibt, mit denen du nicht umgehen kannst.«

Momentan gab es nur eine einzige Sache, mit der sie gerne umgehen würde …

Woher zum Teufel stammte denn dieser Gedanke?

Ellie hustete. Sie sollte diesen beengten Raum besser verlassen. Hier war sein massiger, solider Körper ihr ständig viel zu nahe. Es war eindeutig, sein Kompliment hatte keinerlei erotischen Doppelsinn besessen, aber ihr Kopf, zu ausgehungert nach Sex und überaktiv, ließ sich nicht bremsen. Eine intime Beziehung war jedoch niemals einfach, und bei Grant, das wusste sie, würde Intimität sich als besonders schwierig erweisen. Sie empfand einfach zu viel für ihn.

»Ich sollte den Tisch decken oder so etwas.« Noch immer konzentrierten sich ihre Gedanken auf den Umgang mit ihm, aber sie lief hinaus, in Richtung Küche. Sie hatte die Makkaroni mit Käse bereits am Morgen vorbereitet, und außerdem war für das Abendessen noch Schinken im Kühlschrank. Vielleicht waren ja zwei Kinder und ihre Großmutter das benötigte Eiswasser für ihre Libido.

»Warte«, rief er ihr nach. »Es ist noch ewig Zeit bis zum Abendessen.« Er ging zum Fenster und schaute durch die Jalousie hinaus. »Willst du wirklich zu deinem Haus gehen und weiter renovieren?«

»Ja. Das mache ich normalerweise, wenn ich nicht bei der Arbeit bin.«

»Okay, dann komm.« Er ging zu ihr und nahm ihre Hand. »Wir sagen dem Polizisten im Streifenwagen Bescheid, dass wir eine Weile im Nachbarhaus sind.«

Vorher machten sie noch einen Abstecher in die Küche, wo Hannah an ihrem Laptop saß und tippte.

»Ellie muss eine Weile in ihr Haus. Ich begleite sie. Wirst du hier mit allem fertig?« Grant sprach leise.

Hannah schaute ins benachbarte Wohnzimmer. Nan saß auf dem Sofa und schaute fern, den Fuß im Gips hochgelegt. Vor ihr schlief Faith im Kindersitz. Mac, Julia und Carson waren oben und spielten ein Brettspiel.

»Das sollte kein Problem sein«, erwiderte Hannah flüsternd.

»Danke. Der Alarm ist eingeschaltet. Ruf mich an, wenn du etwas brauchst.«

Hand in Hand gingen Grant und Ellie zur Tür. Grant drückte eine Taste auf der kleinen Fernbedienung, um die Alarmanlage wieder einzuschalten. Nachdem er dem Polizisten Bescheid gesagt hatte, der in der Einfahrt parkte, zog er Ellie in ihr Haus, in dem er zunächst alle Räume überprüfte, bevor er zu ihr ins Wohnzimmer ging.

»Woran arbeitest du gerade?«

Ellie stand mitten im Raum und betrachtete die Fortschritte, die sie erzielt hatte. »Ich habe Löcher vergipst und die Leisten abgeschmirgelt, aber damit bin ich schon fast fertig.«

»Was kommt als Nächstes? Anstreichen?«

»Nein. Wahrscheinlich werde ich warten, bis auch die Küche erledigt ist, und alles zur selben Zeit anstreichen.« Sie schaute auf den Vorschlaghammer, der hinter dem Bogendurchgang im Esszimmer an der Wand lehnte.

»Was steht also sonst auf der Liste?«

Sie lief ins Esszimmer, schloss die Hände um den Stiel des Vorschlaghammers, nahm ihn auf und ging in die Küche. »Diesen Raum habe ich gehasst, seit ich hier eingezogen bin.«

Die Betrachtung der riesigen gelben Blüten ließ Grant zusammenzucken. »In der Tat, er wirkt ein wenig altmodisch.«

»Altmodisch?«, schnaubte sie. »Das war alles schon zu der Zeit hässlich, als man es ausgesucht hat.«

»Was hast du mit der Küche vor?«

Den Hammer noch immer in der Hand, zog sie einen Ordner aus einer Schublade. »Das sind die Pläne.«

Während Grant ihr über die Schulter schaute, drückte sich sein Körper gegen ihren. »Also diese Wand muss eingerissen werden. Ein interessantes Design. Wer hat den Plan gezeichnet?«

»Ich.«

»Ich bin beeindruckt.« Sein Kompliment verursachte ihr ein warmes Gefühl im Magen.

»Das ist immerhin das vierte Haus, das ich renoviert habe.« Plötzliche Energie füllte Ellies Muskeln. Sie holte zwei Sicherheitsbrillen aus ihrer Werkzeugkiste, lehnte den Hammer gegen die Schenkel, streifte sich die eine Brille über und warf die andere Grant zu.

Lächelnd setzte er sie auf.

Sie ging zur Wand, die Küche und Esszimmer trennte, hob den Hammer hoch über ihre Schulter und schwang ihn wie einen Baseballschläger. Der schwere Stahl versank tief in der Wand, ein Wandpfosten splitterte, Gipsbeton zerbarst, grauer Staub stieg auf. Erneut schlug sie gegen die Wand. Zufriedenheit durchströmte ihren Körper. Es war belebend, endlich etwas zu haben, an dem sie die ganze frustrierte Hilflosigkeit und Wut über die ihrer Familie drohende Gefahr und den Mann, der sie erpresste, auslassen konnte. Nach einer Weile reichte sie Grant den Hammer. »Willst du auch mal?«

»Und ob. Ist das eine tragende Wand?«

»Nein.«

Seine Schwünge richteten erheblich mehr Schaden an als ihre. Nun, er war eben auch sehr viel stärker. Sie wechselten sich beim Einreißen der Mauer ab. Sie genoss das Spiel seiner Muskeln nahezu ebenso sehr wie seine Hilfe bei einer Arbeit, die sie normalerweise allein erledigen musste. Die Zusammenarbeit mit Grant machte die schwierige Aufgabe zu einem Vergnügen. Eine Stunde später war von der Mauer nur noch Schutt zu ihren Füßen übrig.

»Das war fantastisch.« Sie legte den Hammer beiseite und nahm die Sicherheitsbrille ab. »Allein hätte ich einen ganzen Tag dafür gebraucht.« Obwohl das Einreißen der Mauer nur ein kleiner Teil der geplanten Küchenrenovierung war, fühlte es sich dennoch geradezu symbolhaft an. Die traumatischen Ereignisse der letzten Woche hatten Ellie gezwungen, in ihrem Leben Prioritäten zu setzen und Dinge zu verändern, auch innere Mauern einzureißen.

»Ich bin froh, dass ich helfen konnte. Um ehrlich zu sein, hat es sogar Spaß gemacht.« Auch Grant setzte die Sicherheitsbrille ab und reichte sie Ellie. Mit Ausnahme der Ringe um seine Augen herum von der Brille war sein gesamtes Gesicht mit

Staub bedeckt. Schweiß zeichnete sich auf der Vorderseite seines T-Shirts ab. »Es ist schon beinahe dunkel. Wir werden also bis morgen warten müssen, bevor wir diesen Schutt nach draußen bringen.«

Ellie zuckte mit den Schultern. »Ich muss ohnehin erst einen Schuttcontainer bestellen.«

Grant lachte. »Willst du mir damit sagen, du bist deinem Zeitplan voraus?«

»Ja, ich war mit der Mauer etwas voreilig, aber das macht nichts. Ich muss mich ohnehin daran gewöhnen, mich an Veränderungen anzupassen.« Diese Aussage bezog sich auf eine ganze Reihe von Dingen aus ihrem Leben, aber auf dem ersten Platz stand Julia. Ihre Tochter war dabei, erwachsen zu werden, und sobald all dies vorbei war, musste Ellie es auch zulassen.

Innerhalb vernünftiger Grenzen.

Sie durfte nicht automatisch davon ausgehen, dass Julia die gleichen Fehler begehen würde, die sie selbst gemacht hatte. Von ihrem misslungenen nächtlichen Abenteuer einmal abgesehen, war sie eine geradezu beispielhaft gute Tochter gewesen.

Es gab noch etwas, das auf der Liste sehr weit oben stand.

Sie ging zu Grant und schlang ihm die Arme um den Hals. Seine Augen weiteten sich überrascht und färbten sich dann dunkler vor Leidenschaft, als er erkannte, was sie vorhatte. »Es hat sich gut angefühlt, einfach loszulassen.«

»Da kann ich nicht widersprechen.« Er beugte sich zu ihr herunter und küsste sie. Seine Lippen öffneten sich, seine Zunge erkundete, zunächst vorsichtig, ihren Mund.

Adrenalin schoss durch Ellies Adern, als sie seinen Kuss erwiderte, der sofort leidenschaftlicher wurde. Grant unterbrach die Verbindung, jedoch nur, um seine Lippen ihren Hals entlang nach unten gleiten zu lassen, von ihrem Kiefer bis zum Schlüsselbein. Sie legte den Kopf in den Nacken, damit er alles besser erreichen konnte. Eine Welle des Begehrens erhitzte ihr

Blut, und ein Stöhnen stieg von ganz tief in ihr auf, hallte in ihren Knochen wider, entkam endlich ihren Lippen.

»Ich bin ganz schmutzig!«, protestierte sie.

»Ich ebenfalls«, keuchte Grant. »Das stört mich nicht.«

»Wir sollten das nicht tun.« Sein Stöhnen gab dem ihrem Antwort, seine Hand suchte sich den Weg unter ihren Pullover. Seine Handflächen fühlten sich rau an auf ihrer Haut.

Doch das war alles nicht genug.

»Du hast recht. Wir sollten das definitiv nicht tun.« Sie stieß ihn von sich, zerrte sich den Pulli über den Kopf, warf ihn beiseite. Ihr BH folgte. Kühle Luft traf ihre heiße Haut. Ihre Nippel richteten sich auf, als würde er sie berühren. Ihr gesamtes Leben lang hatte sie ihre Impulse zurückgehalten. Es war eine unglaubliche Befreiung, jetzt ihren Körper für ihn bloßzulegen.

Sie wollte ihn, und sie würde ihn sich holen, selbst wenn es nur für ein paar Wochen oder Tage oder Stunden war. Dank Grant fühlte sie sich lebendig, und das Leben war zu unsicher, um auf auch nur einen einzigen Augenblick des Glücks zu verzichten, der sich ihr bot.

Er presste eine Hand gegen ihre Brust. »Himmel, Ellie … ein Mann kann nur bis zu einer gewissen Grenze standhaft bleiben!«

»Ich will ja gar nicht, dass du standhältst.« Sie griff nach dem Saum seines T-Shirts und zerrte es ihm über den Kopf, warf es dann quer durch den Raum. Sein Anblick war schon im engen T-Shirt beeindruckend, aber ohne war er absolut atemberaubend. Ihre Blicke glitten über jeden köstlichen Quadratzentimeter des wie gemeißelt wirkenden Brustkorbs, bis hin zu seinen Bauchmuskeln, die sich deutlich abzeichneten. Seine Jeans saß tief auf seinen Hüften. Mit den Fingerspitzen folgte Ellie der dünnen Linie blonder Haare, die an seinem Nabel begann und nach unten verlief.

Grant hatte seinem T-Shirt nachgeschaut, als es davonflog. Er schluckte hart, sein Adamsapfel hüpfte. Er trat einen Schritt zurück, sah Ellie ins Gesicht und hob die Hände. »Du weißt, ich kann nicht in Scarlet Falls bleiben. Ich muss zurück. Das hier ist keine gute Idee.«

»Ich weiß.« Ellie umfasste ihre Brüste mit beiden Händen und erwiderte seinen Blick mit einem verspielten Aufblitzen. Als sie sich mit den Daumen über die Brustspitzen strich, fiel Grant ersichtlich das Atmen immer schwerer, und sie registrierte es mit einem diebischen Vergnügen. Sie war niemals ein unanständiges Mädchen gewesen, nicht einmal auf der Highschool; sie hatte einfach nur einen einzigen Fehler gemacht. Aber jetzt kam sie sich geradezu sündhaft verrucht vor.

Es fühlte sich herrlich an. Befreiend. Erregend.

»Ellie!« Grant trat einen weiteren Schritt zurück.

Sie ließ es nicht zu, dass er sich ihr entzog, folgte ihm. Direkt vor ihm blieb sie stehen, hakte die Finger in den Bund seiner Hose und zog ihn näher an sich heran. Die Berührung, Haut an Haut, jagte noch mehr Hitze, noch mehr Verlangen durch ihre Adern. Sie presste sich an ihn. Seine rauen Brusthaare rieben ihre Nippel. »Ich will dich. Ich brauche dich. Hier. Und jetzt.«

Sie schob ihre Hand zwischen sie beide, drang in den Bund seiner Hose ein, strich über seinen Unterleib, berührte seine Erektion mit einer Fingerspitze.

Er sprang regelrecht zurück. »Himmel!«

»Hmm!« Sie leckte mit der Zunge über seinen Nippel, öffnete den obersten Knopf seiner Jeans, den Reißverschluss. Dann umfasste sie seine Härte vollständig mit der Hand. »Mein Gott, du bist so heiß!«

»O ja, ich habe das Gefühl zu verbrennen …«, murmelte er. Er wehrte sich nicht länger, griff nach ihren Jeans, zerrte sie ihr über die Hüften. Eine kräftige Hand drängte sich zwischen ihre Beine, tauchte ein in ihre Feuchte.

Lust ließ Ellies Knie zittern. Schwer ließ sie sich gegen ihn fallen. Ungeduldig zog sie an seiner Jeans, seinen Boxershorts, bis seine Erektion endlich vollständig frei lag. Sie wollte, sie musste ihn in sich spüren! »Hast du ein Kondom? Wenn nicht, ich habe eins oben.« Es war das Überbleibsel einer Reihe von Verabredungen, die sich vielversprechend angelassen und in Enttäuschung geendet hatten, noch bevor sie ein Kondom gebraucht hatte.

Grant zog ihr Jeans und Slip herunter auf die Knie, holte eines ihrer Beine aus beidem ebenso heraus wie aus dem Stiefel. »Geldbörse. Hintere Hosentasche.«

Aha … wenn er ein Kondom mit sich herumtrug, hatte er also offensichtlich doch nicht vorgehabt, sich Ellies Bett fernzuhalten. Es sei denn, er hatte öfter Bedarf an Kondomen … o nein, darüber wollte sie jetzt nicht nachdenken. Sein Privatleben war seine eigene Angelegenheit. Ihr ging es lediglich um einen angenehmen Augenblick in einer schrecklichen Woche.

Sie holte das kleine Folienpäckchen hervor, riss es mit den Zähnen auf, holte den Inhalt heraus und streifte ihm den Gummi über.

Mit etwas, das an Verzweiflung grenzte, schaute er sich im Raum um. Der Boden war mit Schutt bedeckt. Der provisorische Arbeitstisch war nicht solide genug. Er führte sie rückwärts, zur gegenüberliegenden Wand, strich über ihren Po, vergrub die Hand wieder zwischen ihren Beinen. Seine Finger ließen Wellen der Lust durch sie hindurchbranden. Ihre Hüften kreisten, sie stöhnte. Ein Finger drang in sie ein, dann zwei.

Der Druck, die Dehnung, es war einfach nicht genug! Gierig drängte sie sich seiner Berührung entgegen, spreizte die Beine, um Platz für ihn zu schaffen. »Mehr«, keuchte sie. »Brauche … mehr …«

Seine Hände griffen ihre Oberschenkel. Mühelos hob er sie hoch, glitt mit einem einzigen eleganten Stoß in sie hinein. Ihre

Körper ergänzten sich perfekt zu einem völlig neuen Ganzen.

»Ja!« Genau das war es, was sie brauchte – ihn. Sie klammerte sich an seine Schultern. »Grant!«, flüsterte sie.

Die Hitze seiner Haut verschmolz mit ihrer. Sein Mund presste sich gegen die Seite ihres Halses, seine Lippen nahe an ihrem Ohr. Er zog sich zurück, drang erneut in sie ein. Sie reagierte darauf mit einer elektrisierenden Welle der Lust, die in ihrem Bauch begann und sich von dort aus in ihrem gesamten Körper ausbreitete, bis in Finger- und Zehenspitzen.

»Ellie!«

Sie umschlang seinen Nacken, suchte seine Lippen mit ihrem Mund. Das Spiel ihrer Zungen ahmte die Bewegungen ihrer Hüften nach, die sich zunehmend beschleunigten. Der Griff seiner Hände an ihren Oberschenkeln verfestigte sich, und immer tiefer gruben sich ihre Finger in sein Fleisch. Mit jedem seiner heftigen Stöße knallte ihr Rücken gegen die Wand. Die Erregung baute sich mehr und mehr auf. Sie bog den Rücken durch, um jeden Zentimeter von ihm genießen zu können. Beinahe verzweifelt sehnte sie sich jetzt nach der Erlösung, bewegte ihre Hüften schneller, immer schneller.

»Hey, langsam!« Er nahm eine Hand von ihren Schenkeln, presste gegen ihren Schoß. Langsam kreiste sein Daumen, traf eine Stelle, deren Berührung ihr kleine elektrisierende Schläge zu versetzen schien. Endlich! Sie umklammerte ihn mit Armen und Beinen, als sie kam. Sein Körper reagierte mit einem letzten Stoß, dann mit einem Stöhnen, das klang, als werde es aus den tiefsten Tiefen seiner Seele gerissen.

Eine schwindelerregende Freude stieg in ihr auf, löste sich als Lachen von ihren Lippen.

Mit gerunzelter Stirn hob Grant den Kopf. »Das ist nicht ganz die Reaktion, auf die ich gehofft habe.«

Noch immer kichernd, küsste sie ihn und blickte an ihnen beiden herunter. Seine Jeans lagen um seine Knie, ihr Slip baumelte von einem Fußgelenk, sie trug noch immer einen ihrer Stiefel, er sogar beide.

Er seufzte. »Ja, so bemühe ich mich normalerweise nicht darum, einen guten ersten Eindruck zu hinterlassen.«

»Mach dir mal keine Sorgen.« Sie umfasste seine Wangen und küsste ihn erneut. »Du hast einen sehr guten Eindruck hinterlassen.«

»Trotzdem hätte ich gern etwas mehr Bewegungsfreiheit, falls wir vorhaben, das zu wiederholen.« Er hielt kurz inne. »Aber vielleicht ist das keine gute Idee. Ich hoffe nur, wir werden es nicht am Ende beide bedauern.«

Sie legte einen Finger gegen seine Lippen. »Ich bedauere nichts.«

Doch Schmerz hatte bereits begonnen, sich in ihr zu sammeln. Wer weiß, was sich unter anderen Umständen zwischen ihnen hätte entwickeln können. Im Laufe von nur einer Woche hatte Grant den Weg zu ihrem Herzen gefunden. Er war ein ganz besonderer Mann; ein Mann, von dem sie sich vorstellen konnte, das Leben mit ihm zu teilen.

Mein Gott, sie benahm sich vollkommen lächerlich! Sie waren sich gerade erst begegnet. Vielleicht hingen ihre Gefühle Grant gegenüber mit der Sicherheit zusammen, die er ihrer Familie bieten konnte. Schließlich hatte Ellie keinerlei Erfahrung mit erfolgreichen Beziehungen.

Aber es spielte so oder so keine Rolle. Ein Berufssoldat würde sich niemals mit häuslichem Glück zufriedengeben. Sie musste sich damit abfinden, dass sie nicht mehr erwarten konnte als ein wenig Zärtlichkeit, ein wenig fantastischen Sex und eine bittersüße Erinnerung. Sie durfte sich nicht zu sehr daran gewöhnen, ihn um sich zu haben. Bald war er nicht mehr da, und sie war wieder allein.

KAPITEL 28

Lindsay, Januar

Ich humpele in den Umkleideraum. Meine Knie brennen von einem gewaltigen Sturz beim Doppelaxel. Vor der U-förmigen Kabine, in der sich mein Spind befindet, bleibe ich stehen. Die Haare in meinem Nacken stellen sich auf. Ich kann es fühlen, jemand beobachtet mich. Ein Schauer läuft mir über den Rücken, und mein Magen krampft sich zusammen. Ich komme mir vor, als wäre ich das nächste Opfer des Vampirs in einem Horrorfilm. Ich drehe mich um, eine Hand bereits am Kombinationsschloss. Auf der anderen Seite des Raums stehen Regan und Autumn vor Regans offenem Spind. Das Blitzen in ihren Augen verrät, wie aufgeregt sie sind. Sie sind vielleicht keine Blutsauger, aber sie saugen den Willen zum Leben aus meiner Seele.

Ich weiß, ich weiß, das klingt viel zu melodramatisch. Ich sollte weniger Comics lesen.

Mom hat es tatsächlich getan. Letzte Woche hat sie sich bei der Schule und bei Victor wegen der beiden beschwert. Sie hat gesagt, der Rektor habe versprochen, mit ihnen zu reden. Victor

allerdings wird kein Wort sagen. Er versucht zwar, mich ein wenig
zu schützen, aber hey, schauen wir den Tatsachen doch ins Auge:
Sie haben die Macht, nicht er. Seine Karriere ist ohnehin schon in
Gefahr. Jeder sagt, der Verein hier ist seine letzte Chance. Und was
bitte soll ein Eislauftrainer machen, wenn ihn niemand für das
Eislauftraining bezahlt?

Wie auch immer …

Die beiden sind richtig sauer. Jeder Tag seitdem war der
schlimmste überhaupt.

Gestern habe ich mir den Finger in den Hals gesteckt und
gekotzt, damit ich zu Hause bleiben konnte, aber heute hat Mom
mir nicht abgenommen, dass ich krank bin.

»Du darfst sie nicht gewinnen lassen!«, hat sie mich gedrängt.

Sie hat nicht die geringste Ahnung. Verlieren wird hier nur
einer, und zwar ich. Schon sechs Wochen lang sind Regan und
Autumn und ihre Giftnudeln jetzt hinter mir her. Ich bin ihre
Mission. Der Zweck ihres Lebens ist, mir meines zu vergiften.

Mein Vater hat die Telefongesellschaft angerufen. Sie haben
die Nummer gesperrt. Doch ein paar Tage später trafen SMS-
Nachrichten von anderen Nummern ein. Die Telefongesellschaft
hat erklärt, es seien Wegwerfhandys, die man nicht nachverfolgen
kann. Ich habe meine Eltern ja gewarnt, die beiden sind verdammt
klug, aber sie haben mir nicht geglaubt. Außerdem ist Regans Vater
ein Computerfreak.

Dad hat gesagt, er geht jetzt zur Polizei. Er wollte mir mein
Handy wegnehmen, aber das ist meine einzige Verbindung zu Jose.
Allerdings hat er mich gezwungen, alle Konten in den sozialen
Medien zu schließen, weil richtig gemeine Kommentare gepostet
worden sind. Sie schneiden mich von allem ab.

Morgen begleitet meine Mutter mich nach der Schule zu einem
Psychiater. Als wäre ich nicht schon verrückt genug – jetzt nimmt
mich auch noch ein Seelenklempner auseinander. In Kalifornien

hatte ich auch einen, aber das war nur wegen der Medikamente für meine Hyperaktivität – ADHS. Diesmal liegt die Sache anders. Diesmal vermuten sie, ich sei tatsächlich irre.

Und trotz all der Anstrengungen, die meine Eltern unternehmen, bin ich völlig allein.

Ich stelle die richtigen Zahlen ein. Das Gewicht und die Intensität der Aufmerksamkeit der Mädchen prickeln heiß in meinem Rücken. Was haben sie bloß vor? Unter meinen Armen bricht der Schweiß aus, und das liegt nicht an den Anstrengungen des Trainings.

Diese Mädchen hassen mich. Inzwischen bin ich schon mehr als zwei Monate in Scarlet Falls. Ich warte ständig darauf, dass es ihnen langweilig wird, mich zu triezen. Kostet es sie nicht ziemlich viel Zeit, sich ständig neue Möglichkeiten auszudenken, mir eins auszuwischen? Das Junior-Eislaufteam hat es dieses Jahr in die Vorauswahl geschafft, und sie trainieren jeden Tag vor und nach der Schule. Werden sie es denn nie leid? Außerdem haben Regan und Autumn ja auch noch die Versammlungen der nationalen Ehrengesellschaft und der Schülermitverwaltung, an denen sie teilnehmen müssen. Und ihre Haare mit den Strähnchen zu glätten kostet sie bestimmt mindestens eine halbe Stunde am Tag. Ihre Frisur sitzt immer perfekt.

Mein Instinkt warnt mich, ihnen den Rücken zuzukehren, aber Mom wird bald hier sein, und ich will auf keinen Fall, dass sie in die Halle kommt, um nach mir zu suchen. Dann hätte sie nämlich Zeit, mit Victor zu reden, und mein Leben ist schon beschämend genug, auch ohne dass alle anderen Menschen darin ständig über meine öffentliche Demütigung diskutieren.

Ich öffne meinen Spind – und weiche erschrocken zurück. Im Spind hängt eine Barbiepuppe mit einem Strick um den Hals. Sie hat schwarze Haare, wie ich, und jemand hat auf einer Seite einen rosafarbenen Streifen gemalt, um meine pinkfarbene Strähne nachzuahmen. Sie haben sogar die Fingernägel schwarz lackiert. Auf der Brust ist ein Zettel angebracht. »Tu allen einen Gefallen und stirb.«

Ich hole meine Kleidung heraus und schließe den Spind wieder. Ich tue so, als hätte ich nichts gesehen, aber die Schadenfreude der Mädchen verbrennt mir den Rücken. Rasch ziehe ich mich um. Selbst wenn ich mal einen guten Tag habe, schäme ich mich dabei immer. Ich bin einfach viel zu dürr. Siebzehn bin ich jetzt und habe noch immer keine Titten. Seit wir hierhergezogen sind, ist auch meine Akne zurückgekehrt – es ist, als ob meine Haut mit dem Feind zusammenarbeitet, um mich noch hässlicher aussehen zu lassen.

Bereits in meinem schwarzen T-Shirt und den militärischen Cargohosen stelle ich einen Fuß auf die Bank, um mir die Kampfstiefel zuzuschnüren. Die meisten anderen Mädchen sind inzwischen bereits gegangen. Ich blicke über die Schulter. Regan und Autumn sind ebenfalls verschwunden. Habe ich sie etwa enttäuscht, weil ich keine Szene gemacht habe? Ich hoffe es. Obwohl ich mir gar nicht so sicher bin, dass es ihnen langweilig wird, mich zu ärgern, und sie mich in Ruhe lassen, wenn ich sie ignoriere. Womöglich sehen sie das nur als Herausforderung und bemühen sich noch mehr darum, mir das Leben schwer zu machen.

Beides ist möglich. Wahrscheinlich hängt es unter anderem davon ab, ob ein mögliches weiteres Opfer ihre Aufmerksamkeit weckt. Momentan jedenfalls bin ich ihre Zielscheibe, das wissen alle.

Ich werfe die Barbiepuppe in meine Sporttasche. Ich habe keine Lust, sie morgen wieder in meinem Spind zu sehen. Außerdem ist es das erste echte physische Beweisstück ihres Mobbings. Auf dem Weg nach draußen schubst mich plötzlich jemand hart von hinten. Ich gehe zu Boden. Schmerz tobt in meinen angeschlagenen Knien, als sie auf den Beton knallen. Meine Sporttasche schliddert den Gang entlang, meine Handtasche rutscht mir aus der Hand, und der Inhalt verteilt sich überall. Warum müssen ausgerechnet die Tampons am weitesten rollen?

Hastig krieche ich über den Boden und sammele alles wieder ein. Wo ist meine Sporttasche? Ich entdecke sie neben der Tür. Der Reißverschluss steht offen. Ich schaue hinein – die Barbiepuppe ist verschwunden, als hätte sie niemals existiert. Mein Beweis hat sich gerade in Luft aufgelöst.

KAPITEL 29

Grant drosselte die Geschwindigkeit des Mietwagens und betrachtete die Reihe der teilweise zerfallenen Gebäude. Über eine Strecke von etwa dreißig Metern standen sich zwei Reihen von jeweils zehn zusammenhängenden Gewerbeeinheiten gegenüber. Den für das Parken und Anliefern vorgesehenen Bereich bedeckte gefrorener Schneematsch. Trotz des neuen Schneefalls war das Unkraut zu sehen, das sich einen Weg durch die Risse im Asphalt gebahnt hatte. Auf den Feldern der Umgebung lag stellenweise Schnee. Die Backsteinwände waren in einem besseren Zustand als die Dächer, und in den meisten Einheiten waren die Fenster und Türen eingeschlagen worden.

»Ist das die Adresse?« Grant kurbelte das Fenster ein paar Zentimeter herunter und lauschte. An einem Fahnenmast am Eingang zur Anlage flatterte eine halb zerfetzte amerikanische Flagge. Der Anblick des zerrissenen Sternenbanners fachte seinen Ärger an.

Mac schaute auf das Blatt liniertes Papier in seiner Hand. »Es ist die Adresse, die Freddie uns genannt hat.«

Am frühen Morgen hatte ein zehnjähriger Junge in Pfadfinderuniform an die Haustür geklopft. Er hatte Mac eine Tafel Schokolade verkauft und ihm mit dem Wechselgeld zusammen einen Zettel überreicht, auf dem stand: *Letzte bekannte Adresse: Alte Gewerbeeinheiten BFF, Earl.*

»Wie konnte Freddie denn wissen, wo sich Donnie aufhält?«

Mac zuckte nur gelassen mit den Schultern; Grant war angespannt genug für sie beide. Wind hatte Schnee von den offenen Feldern gegen die Gebäude geweht. Obwohl es etwas wärmer geworden war, bedeckten noch immer ein paar Zentimeter die Gehwege. Mac betrachtete sich die Fußabdrücke im Schneematsch und deutete auf eine Einheit in der Mitte. Dach und Fenster schienen hier noch intakt zu sein. »Anscheinend hat er sich hier häuslich niedergelassen.«

Überall anders war der Schnee unberührt. Grant bemerkte ebenfalls keine weiteren Anzeichen davon, dass eine der anderen Einheiten bewohnt war, fuhr jedoch zur Sicherheit einmal um den gesamten Komplex herum. Hinter der Einheit, auf die Mac gedeutet hatte, stand ein Fahrzeug.

Er stellte den Wagen ab und zog seine Beretta, überprüfte das Messer, das er sich in den Stiefel gesteckt hatte. Es war sicher und erreichbar. Die beiden Brüder stiegen aus.

Grant lief zum Gebäude und kauerte sich unter eines der Fenster, Mac begab sich in die Position auf der anderen Seite der Tür. Vorsichtig lugte Grant über die Fensterbank und schaute ins Innere. Das Haus war nicht sehr breit, und der hintere Teil war ein einziger offener Raum. Ein paar offene Türen führten in Büros oder Aufenthaltsräume weiter vorn. Ein Kerosinheizofen brannte neben einer Matratze auf dem Boden, auf der ein Mann unter einem Berg von Decken schlief. Im Raum verteilt waren ein paar alte Gartenstühle, ein Spieltisch und ein Campingkocher. Auf dem Tisch standen Konservendosen aufgereiht neben einem Stapel von roten Plastiktrinkbechern. Überall auf dem Zementboden lagen Plastiktüten und Abfall und neben einem Rucksack ein paar Kleidungsstücke.

Mac holte ein Werkzeug aus der Tasche, kniete sich vor die Hintertür und machte sich am Schloss zu schaffen. Grant beobachtete währenddessen weiter den Mann im Haus. Ein leises Klicken zeigte an, dass die Zylinder des Schlosses sich geöffnet hatten. Mac lächelte, und Grant fragte sich, welche anderen Fähigkeiten sein Bruder wohl im Laufe der Jahre nicht verlernt hatte, seit er auf den Pfad der Tugend zurückgekehrt war.

Mit einer ungeduldigen Handbewegung bedeutete Grant seinem Bruder, sich von der Hintertür zu entfernen. Mac verdrehte die Augen und hob die Hände. Ohne einen Laut schwang die Tür auf. Grant rannte zur Matratze und riss die Decken von dem schlafenden Mann, einem mageren Kerl in den Zwanzigern. Er richtete die Beretta auf ihn und legte gleichzeitig den Finger der freien Hand gegen die Lippen. Dem Mageren fielen beinahe die Augen heraus.

Dann überließ Grant es Mac, den Mann in Schach zu halten. Er überprüfte die anderen Räume.

»Bist du allein hier?«, fragte er, nachdem er zurückgekehrt war.

»Ja.« Der Magere nickte eifrig.

»Bist du Earl?«

Wieder nickte der Kerl, leckte sich über die trockenen Lippen.

Mit seinen behandschuhten Händen tastete Grant ihn ab. Er fand ein Springmesser und eine Neun-Millimeter-Waffe, die er beide beiseitelegte. Im Stiefel steckte ein weiteres kleines Messer. Die Jacke, die neben der Matratze auf dem Boden lag, förderte nichts weiter zutage.

Grant deutete mit einer Kopfbewegung auf die Pistole und die Messer. »Drei Waffen, aber kein Ausweis. Earl, entweder bist du absolut paranoid, oder du steckst in ernsthaften Schwierigkeiten.«

»Was wollt ihr von mir?« Earl zitterte. Das Heizgerät war nicht groß genug, um einen solchen Raum zu erwärmen, obwohl es ihn überhaupt erst bewohnbar machte.

»Erzähl mir mehr über deinen Freund Donnie«, forderte Grant ihn auf.

»Ich habe Donnie schon eine Weile lang nicht mehr gesehen.« Earl wich Grants Blick aus.

Lügner!

»Weißt du was, Earl? Ich kann es überhaupt nicht leiden, wenn man mich anlügt.« Grants Blick wanderte zu Earl.

»Okay, okay!« Earls Stimme zitterte. »Donnie hat ein paar Wochen hier geschlafen, als er aus dem Gefängnis gekommen ist, aber dann ist er abgehauen. Ich habe ihn schon eine ganze Weile nicht mehr getroffen.«

»Mit wem treibt er sich denn herum?«

»Keine Ahnung«, log Earl mit einem abrupten Schulterzucken.

Grant machte einen Schritt auf ihn zu. Earl kauerte sich zusammen, seine Augen geweitet. Über seine Stirn lief ein Schweißtropfen, und Grant stieg der durchdringende Geruch von Angst in die Nase. Das war gut. Dieser Mistkerl belog ihn ganz frech, während sein Kumpel Donnie hinter Grants Familie her war. Nachdem er Lee und Kate kaltblütig erschossen hatte. Das Bild, wie Lees Gesicht in einem roten Nebel explodierte, schnürte Grant einen Augenblick lang die Kehle zu. Zorn stieg in ihm auf, betäubte das Aufbegehren seines Gewissens. Alles in ihm wurde so kalt und hart wie der Zementboden, auf dem er stand.

»Du warst niemals im Krieg, was, Earl?« Mit zusammengekniffenen Augen betrachtete er ihn.

Earl zuckte zusammen, schüttelte den Kopf.

»Nein, du siehst mir auch nicht aus wie ein Soldat. Eher wie ein verdammter Feigling.« Grant beugte sich herunter und holte das Kampfmesser aus dem an seinem linken Unterschenkel befestigten Futteral. Die fast achtzehn Zentimeter lange Klinge funkelte im Licht, das durch die rückwärtigen Fenster hereinströmte.

»Heilige Scheiße!« Earl rutschte beiseite.

»Die Taliban enthaupten ihre Gefangenen mit einem solchen Messer. Mein Messer ist allerdings schön scharf – sie bevorzugen stumpfe Messer. Je länger es dauert, desto mehr schreit das Opfer. Und das ist eine weitere großartige Folge der Serie *Terrorismus heute.*« Grant griff den Mageren bei der Kehle und zerrte ihn von der Matratze herunter auf den blanken Boden. »Allerdings braucht es eine sehr stabile Oberfläche dafür.«

Dem Feigling trat eine Träne aus dem Auge, und er begann zu keuchen. »O Gott! Nicht! Bitte!«

Er wand sich. Grant spießte ihn mit seinem Knie auf dem Brustkorb so unbeweglich auf wie ein Insekt, und genau das war er schließlich auch. Earl ruderte mit Armen und Beinen. Grant erhöhte den Druck seines Knies. Zufriedenheit erfüllte ihn, als Earl nach Luft rang.

Er packte den Mageren an den Haaren, drehte seinen Kopf zur Seite und legte das Messer gegen die Seite seines Halses. »Wenn ich seitlich anfange, bist du schneller verblutet und musst nicht so lange leiden.« Er führte das Messer nach vorn. »Ein Schnitt in die Luftröhre hingegen sorgt dafür, dass du in deinem eigenen Blut ertrinkst. Dann dauert es erheblich länger. Natürlich kann ich auch im Nacken beginnen. Angeblich ist das am wenigsten schmerzhaft. Der Schnitt durchtrennt dein Rückenmark, und du spürst nichts mehr. Ich habe die verschiedensten Arten von Enthauptungen beobachtet. Sie kamen mir alle ziemlich übel vor. Wie soll ich vorgehen? Schnell oder langsam? Wie möchtest du sterben?«

Earl rang nach Luft.

»Dein Kumpel Donnie hat unseren Bruder und seine Frau

getötet.« Grant ließ den Mann den kalten Stahl der Klinge spüren, ohne seine Haut zu ritzen. Dann nahm er sein Knie hoch und ließ ihn ein paarmal Atem holen. »Du wirst mir jetzt sagen, wo ich ihn finden kann, oder deine Weigerung ist das Letzte, das du in deinem Leben tust.«

»Ich kann nicht! Er bringt mich um, wenn ich ihn verrate!« Earl atmete so heftig, als hätte er gerade ein Hindernisrennen in Rekordzeit hinter sich gebracht. Dabei würde er es nicht einmal über das erste Hindernis schaffen.

»Und wenn du es nicht tust, bringe ich dich um. Genau hier, und genau jetzt.« Grant erhöhte den Druck seines Knies wieder.

»Okay, stopp!«, stieß Earl hervor. »Donnie wohnt bei irgendeiner Tussi, die er aufgerissen hat. Sie lebt in der Happy-Valley-Wohnwagensiedlung.«

»Wie heißt sie?«

»Tammy. Ihren Nachnamen kenne ich nicht und auch nicht die Hausnummer. Ich war nur einmal da. Jedenfalls, sie hat überall Schweine. Draußen sind Statuen von Schweinen, neben der Tür ist eine Flagge mit einem Schwein, und überall im Wohnwagen sind verfluchte Schweine. Du kannst es kaum verfehlen.«

»Sagst du mir auch die Wahrheit?« Grants Hände zitterten. Abschaum wie dieser Kerl ruinierte das Land, für dessen Verteidigung er sein Leben aufs Spiel setzte. Wenn er diesen Feigling erledigte, tat er seinem Land damit nur einen Gefallen.

»Grant!« Mac packte ihn an der Schulter. »Reiß dich zusammen! Du darfst ihn nicht umbringen.«

Grant ließ sich von seinem Bruder nach oben ziehen. Earl wich kriechend zurück zur Matratze und rollte sich zusammen.

Noch immer raste Adrenalin durch Grants Adern. Er steckte das Messer wieder zurück. Das Zittern seiner Finger beruhte auf Zorn, nicht auf Angst. Das Einzige, das ihn an dieser Begegnung erschütterte, waren die Leichtigkeit und die Sicherheit, mit der er das Messer eingesetzt hatte.

»Sollte ich herausfinden, dass du mich belogen hast, gibt es auf der ganzen Welt keinen Winkel, an dem du dich vor mir verstecken kannst. Und übrigens ... du wirst Donnie kein Wort sagen!«

Earl schüttelte den Kopf. »Nein, ich sage Donnie nichts.«

»Wenn ich erfahre, dass du ihn gewarnt hast, werde ich dich finden, dich kastrieren und enthaupten und in den Hudson werfen. In dieser Reihenfolge.« Grant sammelte Earls Waffen ein und steckte sie in seine Taschen. »Ich schlage vor, du verschwindest. Du willst doch bestimmt nicht, dass Donnie dich jetzt findet.«

»Nein, das will ich nicht.« Earl rappelte sich hoch und stopfte Kleidung und Lebensmittel in den Rucksack.

Zwei Minuten später saßen Grant und Mac wieder im Wagen.

Sein Bruder betrachtete ihn argwöhnisch. »Einen Augenblick lang habe ich gedacht, du bringst ihn wirklich um.«

Grant fuhr zurück nach Scarlet Falls. »Beruhig dich mal wieder. Das war alles nur vorgespielt.« Mac hatte ihn noch niemals in voller Kampfstimmung erlebt. Allerdings wusste Grant ganz genau, es war nicht nur Vorspielen gewesen; noch immer konnte er die Wut direkt unter der Oberfläche seiner Haut spüren, bereit, willig und in der Lage, in purem Zorn einen unbewaffneten Mann zu töten. Aber Earl war ja gar nicht derjenige, der Lee und Kate umgebracht hatte.

Beinahe hätte Grant die Kontrolle verloren. Das durfte nicht noch einmal passieren. Ihm kam es vor, als würde seine Wut mit jedem Augenblick steigen, den er mit seiner Familie und vor allem mit Carson und Faith verbrachte. Und mit steigender Wut wuchs auch die Gefahr, dass er durchdrehte. Grant hatte erlebt, wie so etwas geschah, und sobald ein Mann diese

Grenze erst einmal überschritten hatte, gab es kein Zurück mehr. Der Schaden, den er dann anrichtete, ließ sich nie wiedergutmachen.

»Was jetzt?«, erkundigte sich Mac.

»Jetzt fahren wir zum Wohnwagenpark.« Dieser Umweg passte jedoch gar nicht in ihren Zeitplan; dann kamen sie zu spät nach Hause zurück. Grant fuhr an den Rand und sah sich die Karte auf seinem Smartphone an. »Es ist nur etwa drei Kilometer von hier.«

»Vielleicht sollten wir einfach der Polizei sagen, wo Donnie sich aufhält«, schlug Mac vor.

»Bei diesem Szenario gibt es zwei Probleme. Zum einen müssten wir ihnen erklären, woher wir diese Information haben. Und zum anderen wissen wir nicht, ob Earl tatsächlich die Wahrheit gesagt hat.«

»Ich glaube nicht, dass Earl gelogen hat«, gab Mac zurück. Grant warf ihm einen Seitenblick zu. »Was ist?«

»Ich mache mir Sorgen um dich.«

»Ich bin in Ordnung.«

»Nein, das bist du nicht!« Macs Stimme zeigte zunehmende Bitterkeit. »Ebenso wenig, wie ich in Ordnung bin. Oder wie Hannah und die Kinder es sind. Und weißt du, warum?«

Die Frage musste rhetorisch gemeint sein, also hielt Grant lieber den Mund.

»Weil Lee und Kate ermordet worden sind, deshalb!« Mac verschränkte die Arme vor der Brust. »Wir haben unseren Bruder verloren. Zwei Kinder sind jetzt Waisen. Unter den Umständen kann überhaupt niemand in Ordnung sein.«

Grant seufzte. »Was ich gemeint habe, ist, ich bin so in Ordnung, wie ich es angesichts dieser Umstände nur sein kann.«

»Blödsinn! Wir haben zwar in den letzten Jahren nicht viel Zeit miteinander verbracht, aber ich weiß trotzdem, in dir geht irgendetwas vor.«

Schweigend fuhr Grant weiter. Vom Beifahrersitz strahlte Mac Ärger aus.

Endlich entschloss sich Grant zu einer Erklärung. »Kurz bevor man mich von Lees Tod benachrichtigt hat, ist etwas passiert.« Ohne die Augen von der Straße zu nehmen, konnte Grant dennoch Macs Blick auf sich spüren. Er schilderte ihm mit knappen Worten den Hinterhalt. »Ich habe das einmal durchgerechnet. Wenn man den Zeitunterschied bedenkt, könnte ich dem Kerl genau zur gleichen Zeit eine Kugel in den Kopf verpasst haben, in der Lee und Kate ermordet wurden.« Dass er jedes Mal, wenn er die Augen schloss, das in einem roten Nebel explodierende Gesicht von Lee vor sich sah, erwähnte er jedoch lieber nicht. Die Parallelität der Ereignisse war auch so schon erschreckend genug.

»Ich kann mir vorstellen, wie dich das mitnimmt.« Mac kratzte sich den Dreitagebart. »Sprich einfach mit mir, Grant. Und wenn du mit mir nicht reden kannst, dann finde jemanden, der dir helfen kann. Es gibt doch Psychiater beim Militär, oder?«

»Das kommt schon alles wieder in Ordnung. Ich hatte nur keine Zeit, die Sache gleich nach dem Hinterhalt richtig zu verarbeiten. Direkt an Ort und Stelle ist es am leichtesten.«

»Hattest du solche Probleme schon öfter?« Mac schien erstaunt.

Mühsam suchte Grant nach Worten, um zu beschreiben, wie das sinnlose Abschlachten, die Grausamkeit und der Horror einen Mann für immer zeichneten. Endlich entschied er sich für einen einzigen knappen Satz: »Niemand zieht in einen Kampf und verlässt ihn als derselbe Mensch, der er vorher war.«

Mit nachdenklichem Gesicht lehnte Mac sich im Sitz zurück. »Tut mir leid. Ich dachte immer, du liebst deine Arbeit.«

»Niemand kann Kämpfe lieben.« Grant musste an all die guten Männer denken, bei denen er miterlebt hatte, wie sie verkrüppelt und getötet worden waren, an all die Särge, drapiert mit der Flagge, vor denen er salutiert hatte, an all die weinenden Witwen und die Kinder mit den entsetzten Gesichtern.

»Und warum machst du es dann?«

»Aus Pflichtgefühl. Unser Land braucht Soldaten. Ich bin mein ganzes Leben lang auf die Armee vorbereitet worden, um unsere Bürger und die Werte zu schützen, für die die Vereinigten Staaten stehen.«

»Menschen wie Lee und Kate.« Mac nickte.

»Ironisch, nicht wahr? Ich habe sie Tausende von Kilometern von dem Ort entfernt geschützt, an dem man sie ermordet hat.«

»Nun mach mal halblang!« Mac hob die Hände. »Selbst deine Heldenschultern können sich dafür keine Schuld aufladen. Wenigstens nicht mehr, als auch Hannah und mich trifft. Niemand von uns hat sich wirklich um Lee gekümmert und wusste, was in seinem Leben tatsächlich vor sich ging. Wenn jemand von uns Lee im Stich gelassen hat, dann waren wir es alle. Und glaub ja nicht, dass wir uns nicht ebenfalls schuldig fühlen, Hannah und ich.«

»Jedenfalls werde ich Lee nicht noch einmal im Stich lassen.« Den Rest des Weges schwieg Grant. Eigentlich hätte es ihn nicht schockieren sollen, diese Erwähnung der miteinander geteilten Schuld. Natürlich spürten Mac und Hannah ebenfalls Reue und ein schlechtes Gewissen. Keiner von ihnen hatte gewusst, mit welch ungeheuren Problemen Lee zu kämpfen gehabt hatte. Waren sie alle drei so sehr mit sich selbst beschäftigt gewesen, hatten sie alle so wenig Interesse an Lee gezeigt, dass er das Gefühl gehabt hatte, seine Schwierigkeiten nicht mit ihnen teilen zu können? Die Antwort war ein sehr offensichtliches und lautes Ja.

Irgendwann würde Ehrgeiz noch einmal den Niedergang der Barretts herbeiführen.

Der Wohnwagenpark befand sich auf einem Feld mitten im Nichts. Wald umgab eine offene Fläche in der Größe von zwei

Fußballfeldern. Unbefestigte Wege durchkreuzten ein Raster aus quadratischen kleinen Grundstücken. Grant fuhr die Zufahrt entlang, über der ein verblichenes grünes Schild verkündete, dass sie jetzt den Wohnwagenpark »Happy Valley« betraten.

Anschließend fuhr er die Feldwege einen nach dem anderen entlang. Der Matsch wühlte und spritzte unter den Reifen.

Ein besonders tiefes Schlagloch erschütterte den gesamten Wagen. Mac hielt sich am Griff über der Tür fest. »Wir hätten doch meinen Geländewagen nehmen sollen.«

»Ich hatte nicht damit gerechnet, dass wir die asphaltierten Straßen verlassen müssen.«

»Dort!« Mac zeigte mit dem Finger. »Ich habe ein Schwein gesehen.«

»Dieser Mistkerl!« Grant fuhr an einem Wohnwagen vorbei, der ausstaffiert war wie ein Minibauernhof. Vor den Fenstern waren schwarze Fensterläden angebracht. Ein etwa einen halben Meter hoher Lattenzaun umgab ein Fleckchen Rasen, der mit Unkraut durchsetzt und mit Schweinefiguren verziert war. Neben der Tür wehte die angekündigte Schweineflagge.

»Es steht kein Auto davor.« Mac rieb sich das Kinn. »Wie können wir uns hier bloß anschleichen? Es gibt nirgendwo Deckung.«

»Allerdings nicht.« Grant entdeckte ein leeres Grundstück weiter vorn und stellte den Wagen darauf ab. »Ein plötzlicher Überfall kommt hier nicht infrage. Was schlägst du stattdessen vor?«

»Lass uns mal mit den Nachbarn reden. Ich habe plötzlich ein großes Interesse an diesem freien Platz. Und versuch vielleicht mal, die Leute nicht gleich zu Tode zu erschrecken«, riet Mac und umklammerte den Türgriff.

»Ich werde es versuchen.« Grant verdrehte die Augen. »Bis wir Donnie gefunden haben. Danach kann ich für nichts mehr garantieren.«

»Das ist in Ordnung.« Mac stieg aus. »Das Reden übernehme besser ich.« Er betrachtete Grant von Kopf bis Fuß. »Dir würde niemand abnehmen, dass du dich für einen Platz in einem Wohnwagenpark interessierst.«

Grant blickte an sich herunter. »Was stimmt denn nicht mit meinen Klamotten?«

»Nichts. Sie sind nur zu ... gebügelt.« Macs Kleidung hingegen bewegte sich in Richtung »ungepflegt«. Seine Wanderschuhe waren abgestoßen, und die Löcher in seinen Jeans waren auf natürlichem Weg entstanden und keine modische Aussage.

Er lief an einem Wohnwagen vorbei und steuerte auf den zu, der auf dem Nachbargrundstück zur Schweinefarm stand. Dort klopfte er an die Tür.

Ein dürrer Mann mittleren Alters in Flanellhemd, Jeans und braunen Arbeitsschuhen öffnete ihm. Sein Bart im Stil der Bee Gees war ordentlich geschnitten. Dennoch wirkte er, als sei er direkt den Siebzigerjahren entsprungen. »Ja?«

Mac trat von der Wohnwagentreppe herunter, um den Mann nicht zu bedrängen. Er deutete mit dem Daumen über seine Schulter. »Mich interessiert das Grundstück. Darf ich ein paar Fragen stellen?«

»Klar.« Der Mann zog sich eine Kappe des Baseballteams der New Yorker Mets über die unordentlichen, stellenweise angegrauten Haare und schloss sich den Brüdern auf der Betonplatte vor dem Wohnwagen an. »Ich muss zur Arbeit, aber ein paar Minuten habe ich noch Zeit.«

»Ich bin Mac.« Er streckte die Hand aus.

Der Baseballfan schüttelte sie. »Bob.«

Mac verschränkte die Arme vor der Brust. »Wie ist dieser Park denn so?«

»Ganz okay.« Bob zuckte mit den Schultern. »Die Leute kümmern sich um ihre eigenen Angelegenheiten. Manche sind schon ewig hier, aber es gibt immer mal einen Wechsel.«

»Ist es hier nachts ruhig? Ich muss wegen meiner Arbeit früh aufstehen.«

»Himmel, ich hasse die Frühschicht«, schnaubte Bob. »Die Tussi nebenan und ihr Freund haben ziemlich perverse Vorlieben, und zwar bevorzugt nachts. Das nervt. Manchmal schlafe ich mit Kopfhörern. Die Fenster öffnen, das kannst du vergessen.«

»Sind die beiden schon lange hier?«

»Sie ja, aber er ist ziemlich neu. Ich hoffe, er verzieht sich bald wieder. Sie verbraucht Männer wie andere Leute Servietten. Der Kerl scheint ein ziemlich fauler Hund zu sein. Wahrscheinlich ein Exsträfling. Sieht ziemlich brutal aus.« Bob deutete auf sein Gesicht, unterhalb des Auges. »Er hat so eine blaue Tätowierung hier.«

»Ah.« Mac gab einen nichtssagenden Laut von sich.

»Hier an diesem Ort leben drei Arten von Menschen.« Bob hielt die Hand hoch und zählte an den Fingern ab. »Alte Leute, die pleite sind; hart arbeitende Leute, die versuchen, irgendwie durchzukommen; und Abschaum. Der Freund ist Abschaum, schmarotzt bei einsamen Weibern.« Aus seiner Stimme sprach der reine Abscheu.

»Vielleicht klopfe ich mal bei ihnen und schaue mir das selbst an.«

Bob warf einen Blick auf den mit Schweinen geschmückten Wohnwagen. »Sie ist nicht zu Hause. Muss bei der Arbeit sein. Sie ist Kassiererin im Walmart an der Autobahn.«

»Hm … ich brauche wirklich meinen Schlaf.« Mac scharrte mit dem Schuh über den Beton. »Vielleicht komme ich mal nachts vorbei und höre mir das selbst an.«

»Tu das.« Bob nickte. »Hey, ich muss los. Will mir keinen Rüffel einfangen, weil ich zu spät komme.«

»Danke für die Info, Mann.«

»Keine Ursache.« Bob stieg in seinen Pick-up und fuhr davon.

»Und, was meinst du?«

Grant schaute sich um. Niemand war zu sehen. »Kannst du wieder deine Zauberkräfte beim Schloss einsetzen?«

»Natürlich. Bei Tageslicht ist das allerdings ziemlich tollkühn.«

»Ich fühle mich ziemlich tollkühn.«

»Okay.« Mac folgte ihm zum Wohnwagen, hob die Hand und tat so, als würde er klopfen. Grant stellte sich direkt hinter ihn, schützte ihn vor zufälligen Blicken. Zwei Sekunden später hatte Mac das Schloss geknackt. Grant drängte seinen Bruder aus dem Weg, zog die Beretta und trat ein. Er schnüffelte. Etwas roch ziemlich mies.

Etwas roch tot.

Auch Mac inhalierte. Dann reichte er Grant ein paar Latexhandschuhe. »Das riecht gar nicht gut.«

»Trägst du immer Einmalhandschuhe mit dir herum?«

Sein Bruder zuckte mit den Schultern. »Ich dachte mir nur, wir könnten sie vielleicht brauchen. Ich bin gern vorbereitet.«

»Ein vollständiger Schutzanzug wäre vielleicht eine bessere Vorbereitung gewesen.«

Durch die Tür traten sie direkt in den Wohnbereich, in dem nichts Auffälliges zu sehen war. Grant ging durch die Küche in einen Schlafraum, in dem alle möglichen BDSM-Sexspielzeuge auf dem Bett verstreut lagen: Handschellen, Peitschen, ein Halsband mit spitzen Nieten und ein kleiner roter Ball, an dem Lederriemen befestigt waren. »Ist das ein Ballknebel?«

»Da fragst du den Falschen.«

Wenige Minuten später entdeckte Grant auf seiner Suche einen braunen Umschlag ganz unten in einer Schublade. Er öffnete und schüttelte ihn. Ein Bild von Lee und Kate fiel heraus. Sie kamen gerade aus ihrem Haus, und Lee hatte den Arm um

Kates Taille gelegt, sagte etwas zu ihr, dicht an ihrem Ohr. Sie lehnte den Kopf in seine Richtung. Unten auf dem Foto stand die Adresse. »Verdammte Scheiße!«

Grant drehte das Bild um. Auf der Rückseite standen Notizen, die Arbeitsplätze der beiden, Autokennzeichen, E-Mail-Adressen, ihre Terminpläne. In der Mitte hatte jemand die Anmeldedaten für ihre Online-Kalender aufgeschrieben. Daher wusste der Kerl also, wo er die beiden finden konnte. Grants Magen verkrampfte sich. Sein Blick fiel auf die letzte Notiz: *5000 Dollar.*

»Schau mal, was ich gefunden habe«, meldete sich Mac vom anderen Ende des Raums.

Grant zog sein Handy hervor und fotografierte das Bild, Vorder- und Rückseite.

Mac hielt einen teuren Laptop in die Höhe. »Was bitte macht jemand, der von einer Kassiererin lebt, mit einem solchen Gerät?«

»Wahrscheinlich hat er es geklaut. McNamara hat doch erwähnt, Donnie hat wegen Identitätsdiebstahl gesessen.«

Mac schob den Computer in den Schrank zurück und ging zu Grant. Als er das Foto und die Notizen sah, sog er scharf die Luft ein. »Jemand hat den Kerl dafür bezahlt, sie umzubringen.«

Statt der heißen Wut, die Grant erwartet hatte, floss Eis durch seine Adern. Vor ihm lag der Beweis, dass jemand Donnie Ehrlich angeheuert hatte, um Lee und Kate zu ermorden. Grant spürte nicht die geringste Neigung, die Polizei zu holen. Er wollte hier auf der Lauer liegen, auf diesen Kerl warten, ihn dann hinterrücks überfallen und töten. Nachdem er ein Geständnis aus ihm herausgeprügelt hatte. Grant wollte Donnies Blut an seinen Händen – und das Blut der Person, die ihn beauftragt hatte. Aber er würde es nicht tun. Er würde sich für das Richtige entscheiden. Schließlich hatte er als Soldat geschworen, sein Land zu verteidigen, und das umfasste auch alle Gesetze dieses Landes. Mit Selbstjustiz konnte er die Demokratie nicht schützen.

Dennoch zitterten seine Hände, als er das Foto in die Schublade zurücklegte.

»Was machen wir jetzt?«

»Es gibt einen Ort, den wir noch nicht durchsucht haben.« Grant öffnete die Tür zum Badezimmer. Sein Magen zog sich beim Anblick – und beim Gestank – zusammen. Die Leiche lag auf der Seite in der Badewanne. Sie war nackt, in eine durchsichtige Plastikplane eingehüllt wie in einen Kokon, die Ränder sorgfältig mit Klebeband geschlossen. Um den eingewickelten Körper herum lag Eis, und viele der Plastiktüten, in denen Geschäfte zerstoßenes Eis verkaufen, waren auf dem Boden verstreut. Die mehreren Lagen Plastik ließen die Gesichtszüge verschwimmen, aber Grant konnte eine schlanke Gestalt, lange dunkle Haare und ein weit offen stehendes blaues Auge erkennen. Ein weiterer Zornesanfall drohte seine mühsame Selbstbeherrschung zu zerstören.

Mac schaute über seine Schulter. »Ich nehme an, das ist die Kassiererin?«

»Wahrscheinlich, ja.«

»Jetzt müssen wir es der Polizei melden.«

Grants Blick wanderte über die Dosen und Flaschen von Haarspray und Bodylotion, über all die persönlichen Dinge, die diese Kassiererin nie wieder benutzen würde, kehrte dann zu ihrer Leiche zurück. Was für eine elende Verschwendung! »Ja, es wird Zeit.«

Sie verließen den Wohnwagen und kehrten zum Auto zurück. Grant fuhr ein Stück, hielt an und zog sein Handy hervor.

»Rufst du diesen Detective an?«, erkundigte sich Mac.

»Ja.«

»Das machst du am besten anonym«, riet Mac.

»Eine gute Idee.« Grant fuhr zum Eingang des Wagenparks. An der Außenwand des Büros hing ein öffentliches Telefon.

»Mal schauen, ob das funktioniert.« Grant parkte hinter dem Büro und nahm ein paar Münzen aus dem Aschenbecher. Das Telefon gab einen Freiton von sich. McNamara antwortete nicht. Grant hinterließ eine Nachricht auf dem Anrufbeantworter, auf die Gefahr hin, dass der Polizist seine Stimme erkannte, wischte seine Fingerabdrücke vom Hörer und kehrte zum Wagen zurück.

»Warten wir hier?«

»Nein.« Auch wenn es Grants gesamte Willenskraft kostete, verließ er den Wohnwagenpark. Wie Granatsplitter siedete der Wunsch unter seiner Haut, den Mörder seines Bruders zur Rede zu stellen, doch ganz tief innen hatte er Angst, die Kontrolle zu verlieren. Womöglich brachte er Donnie um, bevor er herausgefunden hatte, wer sein Auftraggeber war. »Ich will Donnie nicht vorwarnen.«

»Wenn er uns allerdings zu sehen bekommt, haut er garantiert ab.«

»Hoffen wir, dass die Polizei ihn zu fassen kriegt und erfährt, wer ihn angeheuert hat. Sein Zeug war schließlich noch im Wohnwagen, ich vermute also, er kommt hierher zurück.« Trotz seines ruhigen, vernünftigen Auftretens schrien Grants Herz und Seele nach Rache, und sein Instinkt sagte ihm, Donnie würde seinen Drohungen garantiert schneller nachgeben als allem, das die Polizei mit ihm anstellen konnte. Am richtigen Ort eingesetzt, konnte nichts so überzeugend sein wie eine scharfe Klinge.

Seine Finger verkrampften sich um das Lenkrad. »Ich kann nur beten, wir tun das Richtige.«

»Das tun wir«, versicherte Mac. »Ich kenne mich damit aus, wie es ist, außerhalb des Gesetzes zu leben. Es ist kein guter Ort.«

»Das denke ich mir, ja.«

Eindringlich deutete Mac mit dem Finger auf ihn. »Du weißt genau, Lee hätte nicht gewollt, dass wir Risiken eingehen. Wenn wir tot sind oder im Gefängnis stecken, können wir uns nicht um die Kinder kümmern. Außerdem, wie sollen wir jemals herausfinden, wer dahintersteckt, wenn du durchdrehst und den Kerl umbringst?«

Anscheinend konnte Mac seine Gedanken lesen.

»Ich weiß. Trotzdem gefällt es mir nicht.« An einem Halteschild schickte Grant Ellie eine SMS, dass sie auf dem Rückweg nach Hause seien. Ja, er konnte das durchziehen. Einfach würde es allerdings nicht werden, nur dasitzen und abwarten zu müssen. Er konnte sich lediglich für eine begrenzte Zeit zurückhalten. Und wenn die Polizei Donnie nicht aufspürte, begab Grant sich auf die Jagd.

Kapitel 30

Das große Badezimmer im Haus der Barretts bedurfte dringend einer Renovierung. Während Ellie ihrer Tochter eine komplizierte Zopffrisur verpasste, plante sie in Gedanken, wie man den Raum weit besser nutzen konnte.

Ob man die Badewanne mit den Klauenfüßen wohl wiederherstellen konnte? Das hing davon ab, wie tief der Rost ins Material eingedrungen war. Jedenfalls würde das dem Bad ein ganz besonderes Flair verleihen. Der klobige Toilettentisch musste natürlich verschwinden. Zwei Sockelwaschbecken nebeneinander passten erheblich besser zum Haus.

Julia saß vor ihr auf einem Schreibtischstuhl, den sie aus dem Gästezimmer geholt hatten. Auf dem Toilettentisch stand aufrecht ein iPad, und es lief ein Video, in dem ein Mädchen genau den Haarstil demonstrierte, den Julia bei ihrer Eislaufvorführung im Rahmen des Frühlingsfestes tragen wollte.

»Wenn ich es heute nicht zum Training schaffe, darf ich bei der Show nicht mitmachen, hat Trainer Victor gesagt.«

»Ich weiß.« Ellie legte eine Haarsträhne über eine andere und zog beide fest. »Es sind noch Stunden Zeit. Major Barrett hat versprochen, uns zur Halle zu fahren, wenn er rechtzeitig zurück ist.«

»Ich mag ihn. Auch wenn er Taylor und mich in Schwierigkeiten gebracht hat.«

»Es war nicht Major Barrett, der euch in Schwierigkeiten gebracht hat; das wart ihr selbst.« Ellie hatte die nächste Anweisung betreffs der Haare versäumt. Sie musste zwei Strähnen wieder auseinanderflechten und das Video ein Stückchen zurückspulen. Dann versuchte sie es erneut. So war das schon besser. Auf dem Eis durfte man sich wirklich nicht mit unordentlichen Haaren blicken lassen. »Was du getan hast, war ziemlich gefährlich. Was hast du denn von Taylor eigentlich erwartet?«

»Ich weiß nicht.« Julia hob die Schultern.

»Halt still!« Ellie flocht die Haare und steckte die Strähnen an die richtige Stelle. Aber noch immer zog Panik ihr das Zwerchfell zusammen, wenn sie daran dachte, wie Julia sich heimlich aus dem Haus geschlichen hatte, während Donnie Ehrlich hinter ihr her war.

»Du bist verrückt!«

»Ich bin nicht verrückt.« Ellie befestigte das Ende des Zopfes mit einem Haargummi und steckte es mit Haarnadeln fest. »Ich habe nur Angst. Es ist meine Aufgabe, dich zu beschützen. Das kann ich nicht, wenn du so etwas machst. Was wäre denn gewesen, wenn dich dieser Mann beobachtet und auf dich gewartet hätte?«

»Damals wusste ich doch noch gar nichts von ihm«, protestierte Julia.

»Das stimmt. Du hattest keine Ahnung, dass er da draußen ist, aber jetzt weißt du es. Schließ die Augen.« Ellie sprühte Haarspray auf das Haar ihrer Tochter. Dann nahm sie den Handspiegel und zeigte ihr damit im großen Spiegel den Hinterkopf. Sie hatte den Zopf zu einem Knoten geschlungen. »Und, was meinst du?«

Julia lächelte. »Es ist sehr hübsch. Ich hoffe nur, es hält während des Trainings.«

»Deshalb machen wir ja heute Abend einen Test.« Ellie legte den Handspiegel beiseite und stoppte das Video. »Sieh mal, ich weiß, ich war sehr streng mit dir. Wenn all das vorbei ist, werde ich mir die Zeit nehmen, Taylor besser kennenzulernen.«

»Ich darf mit ihm ausgehen?«

»Momentan kann ich dir noch gar nichts versprechen. Vielleicht fangen wir am besten damit an, dass er uns zu Hause besucht. Er muss natürlich ein Auto fahren, das sicher ist. Bestimmt habe ich noch andere Bedingungen, sobald ich die Gelegenheit habe, darüber nachzudenken, aber grundsätzlich ja. Du wirst bald sechzehn; ich glaube, die Zeit ist gekommen.«

»Und wie viele Bedingungen wirst du aufstellen?«

»Ich werde versuchen, vernünftig zu sein und einen Ausgleich zwischen meiner Vernunft und deiner Sicherheit zu finden. Aber du musst mir versprechen, dass du dich nie wieder heimlich aus dem Haus schleichst.«

»Abgemacht.« Julia stand auf und umarmte sie. Ellie schloss die Augen und genoss die Umarmung. Solche Gesten wurden immer seltener, je älter ihre Tochter wurde.

»Jetzt lauf ein wenig herum und schau mal, ob der Zopf hält.«

»Ich habe Carson eine Runde *Candy Land* versprochen.«

»Danke, dass du mit den Kindern hilfst«, sagte Ellie. »Ich weiß, dass Major Barrett das sehr zu schätzen weiß.«

»Ich mag Carson.«

»Er mag dich auch.«

Julia lief hinaus auf den Flur. Wie sie so unbeschwert glücklich sein konnte, während irgendwo der Mann lauerte, der hinter ihr her war, das konnte Ellie beim besten Willen nicht verstehen. Sie räumte das Badezimmer auf und ging in das Zimmer, das sie mit ihrer Tochter teilte. Sie hörte Carsons und

Julias Stimmen – kindhaft, unschuldig, lieb. Wer sollte wohl einem von diesen beiden etwas antun wollen? Ihr Handy meldete den Eingang einer SMS. Grant war unterwegs. Sie ignorierte die Freude, die diese Nachricht in ihr auslöste. Das war weder sein Heim noch ihres, und in ein paar Wochen brach er wieder auf. Er wusste nicht einmal, wann er anschließend wieder hierherkommen konnte.

Heiß schossen ihr die Bilder ihrer erotischen Eskapade durch den Kopf. Beinahe verzweifelt hatte sie ihn gewollt, die physische Verbindung mit ihm Ausdruck der Gefühle, die sie noch nicht bereit war einzugestehen. Aber ob sie es nun zugab oder nicht – die Möglichkeit von Liebe schwebte um ihr Herz herum.

Ihr Handy vibrierte. Diesmal war es ein Anruf, keine SMS, und die im Display angezeigte Nummer war die der Hamiltons. Sie schloss die Tür, um ungestört zu sein, und tippte auf den grünen Button, um den Anruf entgegenzunehmen. »Hallo.«

»Ellie Ross?«, fragte eine weibliche Stimme.

»Ja.«

»Aubrey Hamilton.«

»Mrs Hamilton, danke für Ihren Rückruf.«

»Um ehrlich zu sein, ich bin schwer enttäuscht, dass Ihre Kanzlei so lange gebraucht hat, um sich mit uns in Verbindung zu setzen.« Mrs Hamiltons Tonfall verriet ihre Verärgerung.

»Oh, was das betrifft …« Schuldgefühle nagten an Ellie. In der Hoffnung, die Frau würde anschließend nicht gleich auflegen, sprach sie weiter. »Dies war kein offizieller Anruf der Kanzlei.«

»Wie bitte? Ich verstehe nicht. Wir warten schon seit Tagen auf einen Rückruf von Mr Peyton. Aber Sie haben nicht deswegen angerufen?«

»Nein, tut mir leid. Ich muss mit Ihnen reden. Können wir uns treffen? Ich möchte das lieber persönlich erklären.«

»Einverstanden«, erwiderte Mrs Hamilton nach kurzem Zögern. »Ein privates Treffen wäre sicher sinnvoller. Können Sie zu mir kommen, oder ist es Ihnen lieber, wenn ich Sie besuche?«

Ellie wollte nicht, dass Mrs Hamilton zum Haus kam. »Werden Sie immer noch von der Presse belagert?«

»Nein. Der Tod unserer Tochter ist nicht mehr interessant. Die Reporter haben ihre Posten verlassen, als die Polizei erklärt hat, es gebe nicht genügend Beweise für eine Anklage.« Mrs Hamilton klang bitter. »Sie haben uns zu diesem Interview gedrängt, aber nur, weil Mobbing ein so heißes Thema ist.«

Ellie schaute auf die Tür. »Ich werde einen Begleiter mitbringen. Sagen wir, in einer halben Stunde?«

»In Ordnung.« Mrs Hamilton nannte ihre Adresse. »Mein Mann und ich, wir werden da sein.«

»Wir sehen uns dann.« Ellie legte auf und schickte Grant eine SMS, in der sie ihm von dem geplanten Treffen berichtete. Sie sagte Julia und Hannah Bescheid, dass sie mit Grant zu den Hamiltons fahren müsse, und versprach, rechtzeitig zurück zu sein, um Julia zur Eishalle zu bringen. In Gedanken versunken, lief Ellie in der Eingangshalle auf und ab, bis der Hund zur Haustür rannte und das Eintreffen eines Autos meldete. Sie wollte das Baby nicht wecken und brachte AnnaBelle zurück zu Hannah.

»Danke«, flüsterte Hannah.

Ellie lief aus dem Haus. Mac kam ihr bereits entgegen; sein Gesicht verriet ihr, dass etwas nicht stimmte. Sie trat an Grants offene Fahrertür. »Lass uns meinen Wagen nehmen«, schlug sie vor.

»Okay, aber ich fahre«, stimmte Grant zu. Er verschloss den Mietwagen.

Sie gingen zu Ellis Minivan und stiegen ein.

»Was ist passiert?«, fragte sie.

»Wir haben herausgefunden, wo Donnie sich aufhält.«

Grant fuhr los. Die Knöchel seiner um das Lenkrad verkrampften Hände traten weiß hervor.

»Und wie habt ihr ihn gefunden, wenn die Polizei keine Ahnung hat, wo er sich aufhält?«

Grant antwortete sehr langsam, als ob er seine Worte sorgfältig wählen würde. »Mac kennt Leute auf der anderen Seite des Gesetzes.«

»Wirklich?« Nie hätte sie vermutet, dass dieser so zerzaust wirkende Biologe über eine dunkle Vorgeschichte verfügt.

»Zu unser aller Leidwesen hat er in seiner Jugend eine rebellische Phase durchgemacht.«

»Wir alle haben in unserem Leben schlechte Entscheidungen getroffen. Wichtig ist nur, er hat das hinter sich gelassen.« Als sie diese Worte aussprach, erkannte Ellie: Das traf auf sie ebenso zu wie auf Mac. Nan hatte in der Tat recht. Es wurde tatsächlich Zeit, dass sie sich den dummen Fehler verzieh, den sie auf der Highschool gemacht hatte.

»Ich weiß, aber es war nicht einfach, die Tiefe von Macs Absturz zu ermessen. Ich war ja ständig unterwegs und hatte keine Ahnung.« Er runzelte die Stirn. »Ich glaube, das beunruhigt mich weit mehr als das, was geschehen ist. Ich habe es Lee überlassen, sich um alles zu kümmern, und mir war niemals bewusst, welch hohe Verantwortung er tragen musste.«

»Hat er dir gegenüber jemals etwas erwähnt?«

»Nein.«

»Du warst in Kriegsgebieten, Grant. Wahrscheinlich war er der Meinung, du hättest schon genug um die Ohren.«

»Wusstest du über die finanziellen Schwierigkeiten der beiden Bescheid?«

»Keiner von ihnen hat direkt etwas gesagt, aber ich wusste, Kate hatte Probleme mit der Hypothek und den Leasingzahlungen für den BMW. Sie konnten es sich nicht leisten, das Haus so herzurichten, wie ich das mit meinem tue.

Allerdings ist mein Haus auch kleiner und hat weniger gekostet. Und die Hypothek war geringer, weil ich nach dem Verkauf des letzten Hauses eine hohe Anzahlung leisten konnte.«

»Ich kapiere nicht, warum sie sich ein Haus gekauft haben, das sie sich nicht leisten konnten. Zugegeben, das Haus, in dem sie vorher gewohnt haben, war ziemlich klein. Mit zwei Kindern wäre das sehr eng geworden, aber doch garantiert besser, als in solchen Schulden zu stecken.«

Ellie drückte seine Hand. »Lee wollte in der Kanzlei unbedingt als Partner aufgenommen werden. Sieben Jahre lang hat er dort gearbeitet, und Mr Peyton senior, Rogers Vater, hat ihm erklärt, wenn er Partner werden wolle, müsse er auch in entsprechenden Umständen leben.«

»Das ergibt doch keinen Sinn!«

»Der alte Mr Peyton ist ein sehr oberflächlicher Mensch«, erklärte Ellie. »Er hätte nie jemanden zum Partner gemacht, der nicht nach außen hin erfolgreich auftrat. Ich bin mir allerdings nicht sicher, warum Lee den Hamilton-Fall übernommen hat, noch dazu an einem für seine Karriere so entscheidenden Zeitpunkt. Bevor Peyton senior Frank eingestellt hat, gab es für Lee keinerlei Konkurrenz. Er war sich sicher, die Partnerschaft bald in der Tasche zu haben. Als Frank sich jedoch ebenfalls darum bemühte, war es ziemlich riskant, das Mandat zu akzeptieren.«

»Lee hat sich also für Peyton den Arsch aufgerissen, und als Dank dafür hat der ihm einen Konkurrenten vor die Nase gesetzt.«

»Ja, genau das, leider. Wahrscheinlich hat er sich überlegt, er könnte mehr aus Lee herausholen, wenn er ihn unter Druck setzt.«

»Vielleicht war Lee einfach überzeugt, es sei richtig, den Fall zu übernehmen. Er war immer sehr optimistisch und fest davon überzeugt, alles würde ein gutes Ende nehmen. Meistens hatte er damit sogar recht; diesmal allerdings nicht, fürchte ich.« Grant sagte eine Weile lang nichts.

»Du verschweigst mir etwas«, stellte sie fest.

Er nickte. »Bist du sicher, dass du es wissen willst?«

»Ja.« Eine böse Vorahnung machte sich in ihrer Brust breit, aber sie wollte nicht vor einer Wahrheit beschützt werden, die Einfluss auf die Sicherheit ihrer Familie haben konnte.

»Anscheinend hat Donnie seine Freundin umgebracht. Er hat sie in der Badewanne ihres Wohnwagens auf Eis gelegt.«

Sie zuckte zusammen. »Ich weiß gar nicht, warum mich das so sehr schockiert. Schließlich hat er bereits Lee und Kate umgebracht.« Dieser weitere Mord brachte ihr die Gefahr, in der ihre Familie schwebte, allerdings nur umso mehr zu Bewusstsein. »Hast du die Polizei informiert?«

»Ja, und mach dir keine Sorgen, ich habe ein öffentliches Telefon benutzt und meinen Namen nicht genannt.« Grants Haltung war angespannt. Er steuerte den Wagen mit einer Hand, die andere lag auf seinen Schenkeln. Er ballte sie zur Faust, öffnete sie wieder, mehrere Male. Äußerlich gab er sich den Anschein einer stoischen Reaktion, doch in Wirklichkeit musste es ihn stark mitgenommen haben, die Leiche dieser Frau zu finden.

»Ich habe mir keine Sorgen gemacht.« Erneut griff sie nach seiner Hand. Fest schlossen sich seine Finger um ihre, und ein wenig der Anspannung in seinen Muskeln ließ nach.

Ellie gab ihm Anweisungen, wie er zu fahren hatte. Die Hamiltons lebten in einer Siedlung mit großen Häusern auf großen Grundstücken. An das Anwesen grenzte eine Wiese und dahinter lag ein Wald.

»Lindsay hat sich im Wald hinter dem Haus aufgehängt, richtig?« Grant steuerte den Wagen in eine lange Einfahrt.

»Ja.« Ellie legte eine Hand auf ihren Magen, in dem sich Unruhe aufbaute. Der Gedanke, so nah an einem Ort zu leben, an dem das eigene Kind sich umgebracht hat, verursachte ihr Übelkeit. »Wie können sie hier bloß weiter wohnen?«

Er parkte vor den Eingangsstufen. »Vielleicht sind sie noch nicht bereit loszulassen.«

Mrs Hamilton öffnete ihnen. Sie war überschlank, geradezu mager, und trug eine zerknitterte Seidenhose und einen unförmigen Pullover, der viel zu weit war; so, als hätte sie kürzlich abgenommen und sich nicht die Mühe gemacht, neue Kleidung zu kaufen. Ihr Gesicht und ihre Lippen waren farblos. An ihrem Scheitel zeigte sich eine deutlich sichtbare graue Linie. Das Haus selbst war ebenso elegant und ungepflegt wie die Hausherrin. Auf den teuren Möbeln lag Staub, und Schmutzspuren verunzierten die roten Eichenböden.

Ellie stellte Grant vor.

Mrs Hamilton führte sie in ein kleines Studio auf der Rückseite des Hauses.

Auf dem Sofa dort saß ein Mann, den Blick vage auf den Wald gerichtet, der durch Glastüren sichtbar war. Er ließ sich gar nicht erst vorstellen, sondern sagte gleich: »Ich gehe jeden Tag hinaus und sitze eine Weile unter diesem Baum. Sie halten das wahrscheinlich für verrückt.«

»Nein, Sir. Die ganze Situation ist so abgrundtief falsch. Und ich vermute, Sie können es einfach nicht begreifen.« Grant setzte sich auf den Ohrensessel schräg gegenüber von Mr Hamilton. »Ich bin Lees Bruder, Major Grant Barrett.«

»Ihr Bruder war ein guter Mensch.« Mr Hamilton schaute Grant kurz an, dann wanderte sein Blick wieder zu den Glastüren. »Er wollte uns helfen.«

Ellie spürte eine aus Trauer geborene Verbindung zwischen den beiden Männern und überließ Grant die Führung. Sie setzte sich neben Grant, und Mrs Hamilton nahm auf dem Sofa Platz, jedoch nicht direkt neben ihrem Mann. Der mittlere Platz blieb frei. Die innere Entfernung zwischen den beiden schien allerdings noch weit größer zu sein als die Ausmaße eines Sofakissens.

Grant beugte sich vor und stützte die Unterarme auf den Knien ab. Dabei hob sich seine Jacke, und Ellie sah die Waffe an seiner Hüfte. So natürlich, wie er sie trug, hatte sie die schon beinahe vergessen gehabt. »Hat mein Bruder Ihnen erklärt, wie genau er Ihnen helfen wollte?«

»Nein. Wir haben uns nur so gefreut, als er unseren Fall angenommen hat. Niemand sonst hat Mitgefühl gezeigt, außer ihm. Es tut mir leid, dass er tot ist.« Wieder blickte Mr Hamilton in Richtung der Bäume, seine Augen verschleiert vor Schmerz. »Glauben Sie wirklich, es könnte eine Verbindung zwischen dem Mord und dem Fall meiner Tochter geben?«

»Wir sind uns nicht sicher«, erwiderte Grant, seine Stimme rau. »Aber ich hoffe, Sie verstehen, warum wir das überprüfen müssen.«

»Das tue ich.« Mr Hamilton schauderte. Er nahm seine Brille ab und reinigte sie mit dem Saum seines Pullovers. »Wir hätten ahnen müssen, was los ist, als sie mit dem Eislaufen aufhören wollte. Sie liebte das Eislaufen; es war das Letzte, das sie freiwillig aufgegeben hätte. Wir hätten sie gleich aus der Schule nehmen und zurück nach San Francisco gehen sollen. Sie war so unglücklich hier … es hat mir das Herz zerrissen …« Seine Stimme brach.

»Ich wollte nicht, dass diese schrecklichen Mädchen gewinnen«, warf Mrs Hamilton leise ein. »Ich hatte einfach Angst, es könnte sie für immer zeichnen, wenn sie aufgab und davonrannte.«

»Über einen dauernden Schaden müssen wir uns ja jetzt keine Sorgen mehr machen, richtig?« Die Stimme ihres Mannes war messerscharf. »Ihr war das egal. Sie wollte einfach nur dieser Gruppe gemeiner, verwöhnter Gören entkommen, die sich einen Spaß daraus gemacht haben, sie leiden zu lassen.«

Ohne darauf etwas zu erwidern, wandte Mrs Hamilton sich von ihm ab, nahm die Beine hoch und zog sie unter sich. »Jeder in der Stadt, auch die Polizei, hat sich mehr auf Lindsays emotionale Probleme konzentriert. Wir haben immer betont, dass sie keine solchen Probleme hatte, bevor wir hierhergezogen sind, aber das schien keine Rolle zu spielen.«

»Das verstehe ich nicht. Es war doch einfach genug nachzuweisen«, bemerkte Grant.

»Sie war in Kalifornien wegen ADHS bei einem Psychiater und hat Medikamente genommen. Ihre konkreten emotionalen Probleme hier waren zwar neu, jedoch war sie eben vorher bereits einmal in psychiatrischer Behandlung. Dann hat der neue Arzt hier ihr ein Antidepressivum verschrieben. Das haben wir allerdings niemandem erzählt, weil sie uns gebeten hat, es für uns zu behalten.« Mrs Hamilton seufzte. »Sie schien sich sogar ein wenig besser zu fühlen.«

Mr Hamilton bewegte sich. Sein Mund verriet, er stimmte seiner Frau darin nicht zu. »Ich wollte nicht, dass sie dieses Zeug nimmt. Auf dem Beipackzettel stand etwas von Selbstmordgefahr als Nebenwirkung. Wie zum Teufel kann denn das sein? Ein Antidepressivum, das Selbstmordgedanken auslöst? Der Arzt hat uns eine Liste von Symptomen gegeben, auf die wir achten sollten. Ganz offensichtlich haben wir sie übersehen.«

Mr Hamilton rutschte auf dem Sofa hin und her. »Das ist ja der wahre Grund, warum niemand den Fall annehmen will. Man wirft uns vor, wir hätten entscheidende Informationen zurückgehalten, die möglicherweise in Schule und Eislaufhalle zu Veränderungen geführt hätten.« Mrs Hamilton verschränkte die Finger und presste sie zusammen, bis die Knöchel weiß hervortraten. »Außerdem wird behauptet, die Medikamente könnten ebenso wie unser Missverstehen ihrer Stimmung entscheidende Faktoren sein, die zu ihrem Selbstmord beigetragen haben. Manche gingen sogar so weit zu sagen, Lindsay habe schon vor unserem Umzug hierher an einer nicht diagnostizierten psychischen Krankheit gelitten.«

In Ellies Augen waren diese Argumente durchaus nachvollziehbar, doch das behielt sie für sich. Die Hamiltons erstickten in Schuld und gegenseitigen Vorwürfen. Sie wollten einfach nicht glauben, dass sie teilweise für den Tod ihrer Tochter selbst verantwortlich waren, und das konnte Ellie sehr gut verstehen.

»Sie halten das nicht für möglich?«, fragte Grant sanft.

Mrs Hamilton rang die Hände. »Bevor wir hierhergezogen sind, schien sie immer glücklich zu sein.«

»Sie war glücklich!«, blaffte ihr Mann. »Wir hätten zurückgehen sollen, aber du hast sie ja glauben lassen, sie sei ein Versager, weil sie diesen Mädchen nachgeben wollte.«

Seine Frau zuckte zurück, als hätte er sie geschlagen.

Mr Hamilton stand auf. »Es tut mir leid.« Er lief zu den Glastüren, öffnete sie, überquerte die Terrasse, stieg die Stufen hinunter und ging über die Wiese in Richtung Wald. Sein Zorn blieb als spürbare elektrische Spannung im Raum zurück.

Mit ausdruckslosen Augen schaute Mrs Hamilton ihm nach, dann wandte sie sich an Grant. »Ihr Bruder war besonders an Kopien der Drohnachrichten per SMS interessiert, die Lindsay erhalten hatte, aber ich habe keine Ahnung, warum. Sie kamen von einem Wegwerfhandy, und die Polizei konnte nicht nachweisen, wer sie geschickt hat. Das Handy selbst wurde niemals gefunden. Ich bin mir sicher, es wurde zerstört. Lindsay erhielt auch Bilder und Videos, aber eine der Nachrichten hatte einen Anhang mit einem Virus, der hat alles gelöscht. Selbst die Experten bei der Polizei konnten die Daten nicht rekonstruieren. Ich wusste vorher nicht einmal, dass es so etwas wie einen Handyvirus überhaupt gibt.« Sie hielt inne und zupfte an ihren Fingernägeln. »Am Montag nach seinem Tod hatten wir den nächsten Termin mit Ihrem Bruder.«

Grant beugte sich weiter vor. »Haben Sie Kopien der SMS-Nachrichten?« Als sie nickte, fügte er hinzu: »Darf ich sie lesen? Ich verspreche Ihnen, ich bringe sie zurück.«

»Ich nehme an, es spielt keine Rolle. Dies ist kein offener Fall mehr. Ich mache Ihnen eine Kopie.« Sie stand auf und verließ den Raum. Wenige Minuten später war sie mit einem Stapel Papier zurück. »Ich weiß nicht, warum Sie sich die Mühe machen, aber ich danke Ihnen. Wir konnten bisher keinen anderen Anwalt finden, der die Sache übernimmt. Obwohl ...« Sie zögerte. »Das stimmt nicht ganz. Mindestens ein Dutzend Anwälte hat sich bei uns gemeldet, aber keiner von ihnen besitzt Lees Format. Wir wollten dem Fall nicht durch die Auswahl eines Anwalts schaden, der nicht absolut integer ist. Und wir wollten, dass man uns ernst nimmt.«

»Ich werde diese Kopien niemandem zeigen, und falls ich etwas entdecken sollte, lasse ich es Sie wissen.« Grant stand auf. »Ich danke Ihnen für Ihre Zeit.«

Mrs Hamilton brachte sie zur Tür, und sie gingen zum Wagen zurück.

»Und, was meinst du?«, fragte Ellie.

»Sie machen sich selbst und gegenseitig Vorwürfe – er wollte zurückgehen, sie wollte durchhalten. Also fühlt er sich schuldig, weil er nicht für seine Tochter gekämpft hat, und sie fühlt sich schuldig, sie nicht aus der Situation herausgeholt zu haben.«

»Die ganze Atmosphäre ist vergiftet. Ich frage mich, wie es vor Lindsays Tod um diese Ehe bestellt war.«

»Wer weiß das schon?« Grant wendete. »Das kann jeden Menschen zerbrechen, wenn das eigene Kind Selbstmord begeht. Aber die Tatsache, dass sie sich vorher nicht darüber einigen konnten, was zu tun war, sagt mir, sie hatten damals wahrscheinlich auch schon Probleme.«

In Ellies Handtasche vibrierte es. Sie holte das Handy

hervor. »Diese Nummer kenne ich nicht.« Ihre Stimme zitterte. »Ist es dieselbe Nummer, von der die Drohnachrichten kamen?«

»Nein.« Ellie öffnete die SMS.

»Wahrscheinlich verwendet er ein Wegwerfhandy und zerstört es gleich anschließend. So würde ich jedenfalls vorgehen.«

Sie las die Nachricht laut vor. **Ich habe nichts davon gesagt, dass du mit den Hamiltons reden sollst.**

Grant schaute sich um. »Hier kann uns niemand gesehen haben.«

Ellie blickte zurück. »Es sei denn, er versteckt sich im Wald.«

»Und wieso sollte er das Haus der Hamiltons beobachten?« Grant hielt an und stieg aus.

Ellie ging zu ihm. »Was ist los?«

»Woher sollte er wissen, dass wir hier sind?« Grant lief um das Fahrzeug herum. »Hast du eine Taschenlampe im Wagen?«

»Ja.« Ellie holte sie ihm.

Während Grant alles überprüfte, Kotflügel, Stoßstangen, auch die Unterseite des Wagens, rieb sie sich die Oberarme gegen die Kälte.

»Verdammt!« Er zog einen wenige Zentimeter großen schwarzen Kasten hervor, der mit Klebeband an der Unterseite des Minivans befestigt gewesen war.

»Was ist das?«

»Sieht wie ein GPS-Peilsender aus.«

»O mein Gott!«, rief Ellie erschrocken. Sie legte die Hand vor den Mund. »Damit kann er all meine Fahrten nachverfolgen?«

»Genau das.«

»Bekommt er es mit, wenn du den Sender entfernst?«

»Nein. Solange der Sender Signale aussendet, wird er einfach vermuten, er verrät ihm weiterhin den Standort deines Autos.« Grant richtete sich auf. »Ich weiß, ich habe versprochen,

McNamara nichts zu sagen. Ich finde allerdings, wir sollten ihn jetzt anrufen.«

»Aber er hat doch gesagt, er tut meiner Familie etwas an, wenn ich die Polizei informiere!« Angst stieg in Ellie hoch.

Grant hielt das Gerät in die Höhe. »Wir haben die Akte aber auch nicht gefunden und wissen nicht, wo wir noch suchen sollen.«

Tränen brannten in Ellies Augen. Was sollte sie nur tun? Grant hatte ja recht. Die sechsunddreißig Stunden, die er ihr gegeben hatte, waren ohnehin abgelaufen. Immerhin diskutierte er mit ihr und zwang sie nicht, ihre Meinung zu ändern. Tatsache war, sie konnte dem Kapuzenmann nicht geben, was er haben wollte. Trotzdem kam es ihr gefährlich vor, seinen Anweisungen zuwiderzuhandeln und die Polizei einzuschalten.

»Schau mal, Ellie, ich kann nicht einfach danebenstehen und all das geschehen lassen, ohne etwas zu unternehmen. Wie wäre es, wenn wir zuerst einmal zurückfahren, die SMS-Nachrichten lesen und anschließend einen Plan aufstellen?«

Wieder vibrierte Ellies Handy. »Er hat eine neue SMS geschickt.«

Wenn du die Akte morgen nicht hast, ist deine Familie tot.

KAPITEL 31

Grant schaute von einer Seite mit SMS-Nachrichten auf dem Schreibtisch hoch. »Die sind wirklich übel.«

»Das sind sie allerdings.« Ellie saß ihm gegenüber, ihren eigenen Stapel Kopien auf einem Klemmbrett. »Was sind das bloß für Kinder, die andere auffordern, sich umzubringen?«

»Ich habe keine Ahnung. Aber wie gemein die SMS auch sind, das hilft alles nichts, solange man nicht nachweisen kann, wer sie geschickt hat.«

Ellie rieb sich den Nacken. »Ich weiß nicht, was ich tun soll. Er wird sich morgen melden, und wir haben die Akte nicht.«

»Wir haben zwei Möglichkeiten – wir können die Polizei informieren, oder wir stellen unsere eigene Akte her. Er kann ja nicht wissen, ob es die echte Akte ist.«

»Daran habe ich nie gedacht.« Ellie straffte sich, als würde die kleine Hoffnung, die er gerade aufgezeigt hatte, ihr neue Kraft verleihen.

»Ich bin mit meinem Nachdenken noch nicht am Ende. Ich glaube, ich weiß sogar etwas noch Besseres.« In seinem Kopf waren einige Ideen entstanden. Der Gedanke, in der Sache die Initiative zu ergreifen, versetzte ihm einen Energiestoß. Er wollte sich persönlich um Lees Mörder kümmern, und das war der wahre Grund, warum er nicht darauf bestand, dass Ellie den Detective anrief. »Hast du in den SMS-Nachrichten irgendwelche Hinweise gefunden?«

»Nein.« Ellie legte das Klemmbrett auf den Schreibtisch zurück und streckte sich. »Ich muss nach Hause, um neue Kleidung zu holen, und Julia braucht noch ein paar Sachen für das Eislauftraining heute Abend.«

Die Erwähnung des Nachbarhauses ließ Grant unwillkürlich daran denken, was beim letzten Besuch dort geschehen war. Er kämpfte seine steigende Erregung nieder. Das durfte sich nicht wiederholen. Ellie verdiente es nicht, verletzt zu werden. Allerdings war es schwer, dem Trost zu widerstehen, den er bei ihr gefunden hatte.

»Ich begleite dich.« Grant stand auf und nahm das Babyfon vom Schreibtisch. »Ich sage nur rasch Hannah Bescheid.«

»Ich frage Julia und Nan, ob sie noch etwas anderes aus dem Haus brauchen.« Ellie ging nach oben, wo Julia gerade ihre Hausaufgaben machte. Carson war eingeschlafen, todmüde nach einer weiteren nahezu schlaflosen Nacht und ein wenig Herumtoben draußen mit Grant und dem Hund.

Hannah arbeitete in der Küche an ihrem Laptop, als Grant den Kopf durch die Tür streckte. Auf dem Tisch vor ihr waren Stapel von Papieren ausgebreitet. Faith schlief in ihrem Sitz.

»Vielleicht sind die Kinder in Wirklichkeit Vampire, die das Tageslicht verabscheuen«, bemerkte er.

Hannah seufzte. »Das würde einiges erklären.«

»Ist das deine Arbeit oder etwas für den Nachlass?«, erkundigte er sich.

Sie schaute auf. »Arbeit.«

»Wo ist Mac?«

»Oben. Er wollte ein wenig schlafen und dann die erste Baby-Herumtragen-Wachmann-Schicht übernehmen.«

»Prima.« Mit einer Kopfbewegung deutete Grant auf das

Baby. Ihre Schreianfälle waren in den letzten beiden Nächten in größeren zeitlichen Abständen gekommen. Er konnte nur hoffen, die Koliken ließen langsam nach. »Willst du es riskieren, sie oben ins Kinderbett zu legen?«

»Um Himmels willen, nein.« Hannah verzog das Gesicht. »Kennst du nicht das Sprichwort? Wecke nie ein schlafendes Baby.«

»Ich bin für eine Weile mit Ellie nebenan. Sie braucht ein paar Sachen.« Er stellte das Babyfon auf eine freie Tischecke. Der Sender stand in Carsons Zimmer; das Haus war so groß, man konnte ihn unten nicht hören, wenn er aufwachte. »Horchst du auf Carson?«

Hannah nickte. »Natürlich.«

»Wenn einer der beiden aufwacht, kannst du mir eine SMS schicken.«

»In Ordnung.« Sie beugte sich wieder über die Papiere.

Im Flur ging Grant voraus und überprüfte zuerst den Bereich vor und hinter dem Haus durch die Fenster, bevor er die Alarmanlage ausstellte und die Haustür öffnete, die er sofort hinter ihnen wieder schloss. Dann reaktivierte er die Alarmanlage mit der Fernbedienung.

Auch in Ellies Haus lief Grant voraus, die Beretta in der Hand. Ein schneller Rundgang durchs Haus überzeugte ihn, dass hier niemand war. Im Flur oben blieb er stehen.

»Alles in Ordnung.« Er steckte die Waffe wieder ins Holster.

Ellie ging in ihr Schlafzimmer. Grant folgte ihr und lehnte sich gegen die Wand. Sie legte eine kleine Tasche auf eine Kommode am Fuß des Betts, ging kurz hinaus und kam mit einem Arm voller Kleidung zurück.

Grants Handy meldete sich. Er schaute auf das Display und hoffte, die SMS kam nicht von Hannah. Er brauchte wirklich eine Auszeit. Ein Fingerwisch holte Macs Nachricht auf die Anzeige: **Rechtsmediziner hat die Leichen freigegeben**.

Sein Gehirn widerstand dieser Nachricht.

»Ist alles in Ordnung?« Ellie suchte seinen Blick.

Er legte das Handy beiseite. »Ja.«

»Okay. Ich bin hier fast fertig.« Sie runzelte die Stirn. Sie glaubte ihm offensichtlich nicht, aber er besaß die Energie nicht, es ihr zu erklären. Erschöpfung legte sich wie ein schweres Gewicht über seinen Körper. Sehnsüchtig betrachtete er das Bett. Die langen Nächte mit Albträumen und weinenden Kindern forderten ihren Tribut. »Hast du etwas dagegen, wenn ich einen kleinen Powerschlaf einlege?«

Ellie schaute auf, einen gefalteten Pullover in der Hand. »Nein. Soll ich hinausgehen?«

Grant streckte sich auf dem Bett aus. »Um ehrlich zu sein, wäre es mir lieber, wenn du dich zu mir legst.«

»Gern.« Sie ließ sich neben ihm auf dem Bett nieder.

Er rollte herum, schlang einen Arm um sie und vergrub die Nase in ihren Haaren. Sie roch nach Blumen. »Weck mich in einer halben Stunde.«

Jahrelange Übung sorgte dafür, dass er in wenigen Sekunden eingeschlafen war.

»Grant?« Ellies Flüstern holte ihn zurück. »Das war jetzt eine Stunde, aber wenn du möchtest, kannst du weiterschlafen.«

Er öffnete die Augen. »Du solltest mich doch nach einer halben Stunde wecken!«

»Du hast tief und fest geschlafen.« Ihr Gesicht war nur wenige Zentimeter von seinem entfernt, und ihre Hand ruhte auf seiner Schulter. Ein Gefühl der Zufriedenheit erfasste ihn. Dieser Augenblick im ruhigen Schlafzimmer fühlte sich fast schmerzhaft normal an. Es war der erholsamste Schlaf, der ihm seit seinem Eintreffen hier vergönnt gewesen war. Das war etwas, woran er sich gewöhnen könnte – ihr Anblick beim Aufwachen.

Er streckte die Hand aus und berührte eine Haarsträhne,

die ihr über die Schulter fiel. Jeder Augenblick, seit er die Nachricht von Lees Tod erhalten hatte, war angefüllt gewesen mit Sorge, Trauer und Angst. Er wollte nicht, dass dieser friedvolle Moment endete. Nur für ein paar Minuten wollte er sich dem Gefühl hingeben, es sei für ihn völlig normal, neben einer schönen Frau aufzuwachen. Wie das wohl wäre, das immer zu erleben, eine Intimität, die auf weltbewegende Weise alltäglich war?

»Willst du weiterschlafen? Du warst fast die ganze Nacht auf.«

Schlafen? Das hatte mit dem, was er genau jetzt am liebsten tun würde, nicht das Geringste zu tun. Er ließ die Haarsträhne fallen und legte die Hand um ihren Nacken, zog sie auf seine Brust herab. Misstrauen und Begehren gleichermaßen standen in ihren Augen. Beides brachte Grants Blut in Wallung. Er hob den Kopf und legte seine Lippen sanft auf ihre. Das leise Stöhnen, das er damit auslöste, traf seinen Körper wie ein elektrischer Schlag. Ihr Mund öffnete sich. Sofort drang er mit seiner Zunge ein, wünschte sich mehr. Ellie konnte ihn heilen, aber es wäre selbstsüchtig, sie um Hilfe zu bitten. Was auch immer sich zwischen ihnen entwickelte, es konnte nicht von Dauer sein.

Dennoch zog er sie nun ganz auf seine Brust, schlang die Arme um sie und vertiefte den Kuss. Seine Zunge streichelte ihre. Sie reagierte, öffnete den Mund weiter, forderte mehr. Immer tiefer drang er ein. Er begehrte sie und brauchte sie, und das löschte endlich den Schmerz aus, den er seit mehr als einer Woche mit sich herumtrug. Er wollte nur noch Ellie, er wollte in sie eintauchen, bis nichts mehr sonst existierte, und er wollte es intensiv genug, die Beschränkungen ihrer Beziehung zu vergessen. Nur für jetzt, nur für einen Nachmittag, das war alles, was er wollte.

Seine Hand glitt unter ihren Pulli, streichelte die weiche Haut ihrer Taille. Ein weiteres leises Stöhnen spornte ihn an;

er wanderte weiter nach oben, bis er ihre von der weichen Baumwolle ihres BHs umgebene Brust umfasste. Ihre Finger krallten sich in sein T-Shirt, und das Kratzen ihrer Fingernägel ließ seine Erektion pochen. Er hob die Hüften an, presste sich an sie. Sie setzte sich auf, zog sich den Pullover aus und warf ihn auf den Boden.

»Bist du dir sicher?«

Statt zu antworten, öffnete sie den vorderen Verschluss ihres BHs und befreite ihre Brüste daraus. Klein und rund, passten sie in ihren Proportionen hervorragend zu ihrem schlanken Körper. Grant nahm eine der Rundungen in die Hand, strich mit dem Daumen über den Nippel. Ellie bog den Rücken durch, drängte sich seiner Berührung entgegen. Lust verwandelte ihr Gesicht – aus dem netten Mädchen von nebenan wurde ein erotischer Traum.

Aber er wollte, brauchte mehr Berührung. Rasch setzte er sich auf und zerrte sich das T-Shirt vom Leib, streifte die Jeans herunter und holte das Kondom aus der Geldbörse.

Ellie glitt vom Bett und entledigte sich des Restes ihrer Kleidung. Als sie sich wieder zu ihm legte, rollte er herum, bis sie unter ihm lag. Ja, genau danach hatte er sich gesehnt, Haut an Haut, Hitze an Hitze! Das war es, wonach es seinen Körper verlangte. Ihre Hand wanderte über seinen Bauch, bis sie seine Härte erreicht hatte. Begierig auf mehr, pulsierte seine Erektion gegen ihre Finger.

Er griff nach ihrem Handgelenk. »Lass es uns ein wenig langsamer angehen.«

»Sagt der Mann, der es einfach nicht gewohnt ist, Kinder um sich zu haben.« Tiefer griff Ellie ihm zwischen die Beine, umfasste seine Hoden. Seine Hüften reckten sich ihr entgegen. »Unsere Zeit ist begrenzt. Ich kann dir garantieren, man wird dich rufen, gerade wenn es interessant wird.«

Er ahnte, wie recht sie hatte. »Für meine Begriffe ist alles schon sehr interessant, aber lass mir einfach meinen Willen; nur für ein paar Minuten.« Er wollte sie wirklich genießen, er brauchte genau das, um sich später daran erinnern zu können, in den einsamen Stunden, wenn er wieder in Afghanistan war.

Er glitt ihren Körper entlang nach unten. Der Duft ihrer Haut, salzig und süß zugleich, vertrieb alle Gedanken aus seinem Kopf und ließ nur die an sie übrig. Er bewegte den Mund über ihren Bauch, weiter nach unten, leckte, schmeckte sie. Ihr immer intensiver werdendes Stöhnen zeigte seiner Zunge den Ort, an dem ihre Lust am größten war. Sie drängte sich ihm entgegen, ihre Finger krallten sich in seine Haare. Ein geradezu schamlos primitiver Laut des Begehrens von ihr brachte seine Erektion zum Zucken. Er wollte, dass dieser Augenblick so lange wie möglich anhielt, aber sie hatte recht – ihnen stand nur eine kurze Zeit zur Verfügung.

Mit einem Gefühl der Schwere, ja, fast des Bedauerns öffnete er die Packung und streifte sich das Kondom über, rutschte wieder nach oben. Prüfend führte er eine Hand zwischen ihre Beine.

»Grant!« Sie schlang ihm die Beine um die Hüften. Ihr Flüstern drang atemlos und drängend an sein Ohr. »Jetzt. Bitte! Ich bin mehr als bereit für dich.«

Zuerst ganz langsam eroberte er sich ihren Schoß, wollte sanft und zärtlich sein, doch Leidenschaft strömte durch ihn hindurch, und ohne sein Gehirn um Erlaubnis zu bitten, nahm er sie mit einem heftigen Stoß. Sie wich zurück.

»Es tut mir leid«, murmelte er.

»Warum hast du aufgehört?« Sie bog den Rücken durch. Ihre Fersen bohrten sich in seinen Po, zogen ihn tiefer in sich hinein.

»Ich dachte, ich hätte dir wehgetan.« Er keuchte, und seine Muskeln zitterten vor Anstrengung stillzuhalten.

»Offensichtlich nicht.« Unter ihm bewegte sie die Hüften.

»Hör auf zu denken. Und das ist ein Befehl!«

»Jawohl, Ma'am!« Er zog sich zurück, eroberte sie erneut. Ihre Muskeln umschlossen ihn, als könnte sie nicht genug von ihm bekommen.

Ihre Augen weiteten sich, ihre Pupillen riesig. »Grant!« Sein Name war ein Stöhnen auf ihren Lippen. »Mehr!«

Er stützte sich mit den Händen ab und presste seine Hüften gegen sie. Ihr Körper bog sich durch, ihre Fingernägel gruben sich in seine Schultern. Sein Körper, sein Verlangen übernahmen die Führung, steigerten Geschwindigkeit und Drängen seiner Bewegungen. Sie hob ihm die Hüften entgegen, und rasch fanden sie einen natürlichen Rhythmus in ihrer Verschmelzung.

Ellies Muskeln spannten sich an. Sie schloss die Augen, und ein kehliger Laut entfuhr ihren Lippen. Sie klammerte sich an ihn, und er gab nach, ließ es zu, dass es ihn überkam. Lust schoss seinen Rücken entlang, als er ein letztes Mal tief in sie stieß. Mit ihrem ganzen Körper umschloss Ellie ihn, trieb auf der pulsierenden Welle ihres gemeinsamen Höhepunkts.

Grants Arme gaben nach, und er brach auf ihr zusammen. Langsam nahm sie die Beine von seinen Hüften. Er küsste ihren Mundwinkel. »Ich danke dir.«

»Eigentlich sollte ich dir danken.« Ihr Tonfall war unbekümmert, doch in ihren Augen stand Sorge. »Wenn du das nächste Mal mehr Bewegungsfreiheit brauchst, sag einfach Bescheid, ich komme dem Wunsch gerne nach.«

Der Augenblick nahm eine bittersüße Schärfe an, als ihm bewusst wurde, dass es wahrscheinlich kein nächstes Mal gab, doch Grant weigerte sich, das kleine Glück loszulassen, das ihn erfüllte. Sie hatte ihm gerade ein Geschenk gemacht, das Geschenk der Freiheit von der Trauer, die sein Herz seit Tagen zu ersticken drohte. Es war wie eine Reinigung für seine Seele. Ellies warmer Körper war besser als jede Therapie, doch der

Nachmittag war bereits nahezu vergangen. Wie sie zuvor gesagt hatte, ihre Zeit war begrenzt. »Ich erinnere mich noch daran, als ich dich das erste Mal gesehen habe.«

»Ja, beim Grillen.«

»Genau. Du hast ein gelbes Sommerkleid getragen, und deine Beine waren sonnengebräunt. Ich konnte den Blick nicht von dir wenden. Wenn ich nicht ein paar Tage später hätte zurückkehren müssen …«

Sanft legte Ellie die Hände um seine Wangen. Ihre Augen waren feucht. Sie zog seinen Kopf zu sich herunter und küsste ihn zärtlich auf die Lippen. Grants Herz schwoll an, bis er das Gefühl hatte, es müsste aus seiner Brust hervorbrechen. Es war alles zu viel, es kam zu schnell, und es war der falsche Zeitpunkt. Dennoch wusste er genau, er konnte glücklich sein mit nicht mehr als Ellie in seinem Leben.

»Ich bin gleich zurück.« Er erhob sich und ging ins Badezimmer. Eigentlich hatte er nur schnell das Kondom entsorgen und zu ihr zurückkehren wollen, doch als er wieder ins Zimmer kam, bereit, sich erneut an sie zu kuscheln und ihren nackten Körper zu genießen, saß sie bereits und streckte ihm sein Handy entgegen.

»Du hast eine SMS bekommen.«

Sofort musste er an die letzte SMS denken, die er bekommen hatte, und wie eine unaufhaltsame Flut kehrten Trauer und Angst zurück, fast so, als hätten sie sich nicht eben geliebt.

Die Nachricht war von Hannah. Beide Kinder waren wach, und sie musste an einer Telefonkonferenz teilnehmen.

Enttäuschung schlug über ihm zusammen. Es war keine Zeit für zärtliche Intimitäten nach dem Sex. Die wenigen Minuten – viel zu wenige – mit Ellie hatten ihm neue Energie verliehen. Sie hatten ihm gezeigt, was sein könnte, und genau deshalb durften sie sich niemals wiederholen. Er wollte sich nicht an etwas gewöhnen, das er bald wieder aufgeben musste.

»Hast du alles, was du brauchst?« Grant griff nach seinen Strümpfen. »Das war Hannah. Wir müssen zurück.«

»In Ordnung.« Sie deutete auf seine Wade. »Wovon hast du das?«

»Granatsplitter.« Mit der Hand strich Grant über die Reihe von grauen Unebenheiten unterhalb einer Brandnarbe, unter denen seit seinem ersten Einsatz im Irak winzige Metallsplitter steckten.

»Sie haben sie einfach drin gelassen?«

»Der Arzt hat gesagt, es richtet mehr Schaden an, zu versuchen, sie herauszuholen, als sie einfach dort zu lassen. Ich habe das schon seit Jahren.« Er zuckte mit den Schultern. »Ich weiß, es ist hässlich, aber es tut nicht weh.«

Sie stellte sich vor ihn und drehte ihn mit den Händen auf seiner Schulter. Er spürte, wie ihre Finger sanft über die unregelmäßige pinkfarbene Narbe auf seinem Rücken glitten. »Und das?«

»Eine Pistolenkugel. Ebenfalls im Irak.«

Er wandte sich zu ihr zurück und nahm ihre Hände. »Jetzt weißt du, warum ich nicht will, dass du dich an mich bindest.«

Statt zu antworten, stellte sie sich auf die Zehenspitzen und gab ihm einen sanften Kuss.

»Wir verschwinden besser.« Sie wandte sich ab und zog sich an.

Grant tat das Gleiche, mit einer frischen Wunde im Herzen. Nachdem er seine Stiefel übergestreift hatte, nahm er ihre Tasche mit der Kleidung. Ellie verschloss die Haustür hinter ihnen. Er sah sich auf der Straße nach Anzeichen einer heimlichen Beobachtung um. Schaute ihnen der Kapuzenmann, wie Ellie ihn nannte, gerade jetzt zu? Ganz offensichtlich verließ er sich nicht allein auf den Peilsender. Die Fotos, die er Ellie geschickt hatte, bewiesen, dass er sie auch persönlich überwacht hatte. Doch im Augenblick hatte Grant nicht das Gefühl, als wären fremde Augen auf ihn gerichtet. An der Straße parkten ein paar Fahrzeuge. Keines der Autos sah aus, als säße jemand darin, doch er nahm sich vor, das später zu überprüfen. Er hatte genug davon, darauf zu warten, bis die Polizei die Dinge auf legalem Weg erledigte. Sein Urlaub schwand dahin. Die Situation musste bereinigt und seine Familie ebenso wie Ellies sicher sein, bevor er zur Armee zurückkehrte.

Er hatte einen Plan entwickelt, und morgen würde er ihn in die Tat umsetzen. Sie betraten die Veranda und sahen einen silbernen Mercedes, der vor dem Haus parkte.

»Wer ist das?«, fragte Ellie.

»Das Kennzeichen stammt aus Boston. Wahrscheinlich sind es Kates Eltern. Hoffentlich war es kein großer Fehler, sie anzurufen.«

KAPITEL 32

Ellie folgte Grant ins Haus. In der Eingangshalle stand ein älteres Ehepaar. Hannah nahm ihnen gerade die Mäntel ab und hängte sie in den Garderobenschrank.

»Das sind Kates Eltern, Bill und Stella Sheridan«, erklärte Hannah und stellte dann Grant und Ellie vor. »Gehen wir in die Küche. Ich habe Kaffee gekocht.«

Bill war groß, hatte dichte silberfarbene Haare und ging leicht gebeugt. Die grauen Haare seiner überschlanken Frau zeigten einen perfekten Pagenschnitt in Kinnhöhe, spitz und kantig wie ihr Gesicht. Ihre Kleidung, Hosen und Pullover, waren leger, aber elegant.

Mit einem Stirnrunzeln betrachtete Stella die abblätternde Tapete im Flur. In der Küche stellte Hanna Tassen und die Kaffeekanne auf den Tisch. Faith rührte sich im Sitz und gab einen quengelnden Laut von sich. Die Sheridans gingen zu ihr.

»Das ist Ihre Enkelin, Faith.« Grant kniete sich vor den Sitz und löste den Gurt, nahm das Baby hoch und hielt sie in Richtung der Sheridans.

Vorsichtig streckte Stella die Hand aus und berührte Faiths pummeligen Schenkel. »Babys sollten im Kinderbett schlafen.«

»Sie leidet unter Koliken«, klärte Grant sie auf.

Stella schüttelte den Kopf. »Säuglinge brauchen eine feste Routine, Major. Legen Sie sie einfach ins Bettchen und überlassen Sie sie sich selbst. Sie wird eine Weile weinen, aber es bald gelernt haben, unabhängig zu werden. Solange Sie Faith ständig verwöhnen, wird sie niemals begreifen, dass sich nicht die ganze Welt um sie dreht. Sie sagten, es gibt noch einen älteren Jungen?«

»Ja. Carson ist sechs. Er macht gerade Nachmittagsschlaf.« Hannah maß das Pulver für das Fläschchen ab.

»Das muss eine schreckliche Woche für ihn gewesen sein.« Stella nahm die Hand wieder von Faiths Bein. War Kates Mutter etwa nervös? Schließlich hatte sie ihre Enkel noch niemals gesehen. Welches Bedauern verbarg sich wohl hinter ihren grauen Augen?

»Ja, das ist eine schwere Zeit für ihn.« Grants Augenbrauen zogen sich zusammen. Hannah reichte ihm das Fläschchen, und er setzte sich mit Faith auf dem Arm an den Tisch. Die Sheridans nahmen ihm gegenüber Platz. Ellie überlegte, der Familie Gelegenheit zu geben, sich ungestört zu unterhalten, und den Raum zu verlassen, doch die Trauer in Grants Augen hielt sie zurück. Sie nahm den Stuhl neben seinem, presste ihren Schenkel gegen seinen. Er warf ihr einen dankbaren Blick zu.

Bill ignorierte die Tasse Kaffee, die Hannah vor ihm auf den Tisch stellte. »Wann ist die Beerdigung?«

Grant hob Faith zur Schulter und ließ sie ein Bäuerchen machen. »Wir haben noch nichts geplant. Der Rechtsmediziner hat die Leichen gerade erst vor wenigen Stunden freigegeben.«

Bei der Erinnerung daran, wie Grant sich beim Schlafen an sie geklammert hatte, zog sich Ellies Herz zusammen. Er hatte ihr nichts davon gesagt. Traute er ihr etwa nicht? Gestern hatte er sie belogen, als er mit Mac unterwegs gewesen war. Gab es noch mehr, das er ihr verschwieg?

»Was ist mit den Kindern? Was soll mit ihnen geschehen?«

Grant räusperte sich. »Darüber haben wir noch keine Entscheidung getroffen.«

»Welche Möglichkeiten bestehen?« Stella verschränkte die Finger und stützte die Ellbogen auf den Tisch. »Ist einer von Ihnen verheiratet?« Ihr Blick wanderte zwischen Hannah und Grant hin und her.

»Nein«, gab Grant zu und fragte dann: »Warum hatten Sie zu Kate all die Jahre keinen Kontakt?«

»Kate hat ihre Entscheidung getroffen. Sie hat uns zurückgewiesen.« Stellas Wangen färbten sich rot. »Wir alle machen Fehler, und jetzt haben wir keine Gelegenheit mehr, unsere wiedergutzumachen. Das ist etwas, das ich bis zu dem Tag bedauern werde, an dem ich sterbe.« Sie legte die Handflächen auf den Tisch. »Major, meiner Meinung nach ist es die beste Lösung für die Kinder, wenn wir sie bei uns aufnehmen. Wir verfügen über ein ausreichendes Einkommen, um die beste Betreuung und private Erziehung sicherzustellen. Außerdem kennen wir einen ausgezeichneten Kinderpsychologen, und wir haben bereits Erkundigungen über qualifizierte Kindermädchen eingezogen. Bei uns wird es ihnen an nichts fehlen.«

Außer an Liebe, dachte Ellie bei sich, doch sie hielt den Mund. Das ging sie nichts an. Und die Sheridans waren nicht böse, nur sehr steif und distanziert. Allerdings brauchte Carson Körperkontakt, und Ellie konnte sich nicht vorstellen, wie einer der beiden ihn nach einem Albtraum in die Arme nahm.

»Ich finde, Sie sollten Carson erst einmal sehen, bevor wir langfristige Pläne besprechen«, erwiderte Grant.

Stella nickte. Sie mussten nicht lange warten. Schlaftrunken und zerzaust tauchte Carson in der Küchentür auf. Grant übergab das Baby Hannah, und Carson kletterte auf seinen Schoß.

»Carson, das sind deine Großeltern«, erklärte Grant.

»Hallo, Carson. Schön, dich kennenzulernen.« Stella

berührte ihn am Arm. »Du siehst aus wie deine Mommy, als sie klein war.«

Carson legte eine Hand vor die Lippen und flüsterte in Grants Ohr. »Ich kenn die nicht.«

Grant klopfte ihm auf den Rücken. »Das ist schon in Ordnung.«

Nun war es Bill, der sich räusperte. »Wenn du willst, kannst du uns Grandma und Grandpa nennen.«

Carson versteckte das Gesicht an Grants Brust und schlang ihm die Arme um den Nacken.

Stella zog ein Taschentuch aus der Tasche und wischte sich die Augen. »Wie wäre es, wenn wir morgen wiederkommen, nachdem er sich etwas an die Vorstellung gewöhnen konnte?«

»Ich glaube, das ist eine gute Idee.« Carson auf dem Arm, erhob sich Grant.

Ellie presste eine Hand auf den Schmerz in ihrer Brust. Wie schlimm das sein musste, nach einer mehr als zehnjährigen Entfremdung von der eigenen Tochter plötzlich zu erfahren, dass sie eines gewalttätigen Todes gestorben war, bevor man sich hätte wieder versöhnen können.

»Behalten Sie unser Angebot im Hinterkopf«, sagte Stella.

»Wie ich schon sagte, wir haben noch keine Entscheidungen getroffen.« Gemeinsam brachten sie die Sheridans zur Tür. Hannah holte die Mäntel.

»Kinder brauchen Stabilität.« Bill half seiner Frau in den Mantel. »Denken Sie daran.«

In der Tür blieb Stella noch einmal stehen. »Wir sind in einer Pension untergebracht.« Sie gab Grant eine Visitenkarte. »Ich habe meine Handynummer auf die Rückseite geschrieben. Bitte rufen Sie mich an, wenn Sie wegen der Beerdigung mehr wissen.«

Grant schloss die Tür hinter ihnen, gerade als Mac die Treppe herunterkam. »Wer hat Hunger?«

»Ich!« Carson hob den Kopf von Grants Schulter. Grant setzte den Jungen ab, und Carson folgte Mac in die Küche.

Hannah lehnte die Wange gegen Faiths Kopf. »Sie sind nicht unbedingt die liebevollsten Großeltern, die man sich vorstellen kann.«

»Unsere Familie ist auch nicht gerade perfekt. Die letzten Jahre über haben wir uns kaum gesehen.«

»Trotzdem … ich weiß nicht.« Hannah schüttelte den Kopf. »Carson schien nicht gerade begeistert von ihr zu sein, und sie wollte nicht einmal das Baby halten.«

»Sie steht unter einem ziemlichen Schock. Bestimmt ist sie immer davon ausgegangen, sie hat Zeit, sich mit Kate auszusöhnen. Und jetzt ist es zu spät.« Grant seufzte. »Zum Glück haben sie nicht zu sehr gedrängt. Ich bin mir nicht sicher, ob er schon bereit ist. Er hat überhaupt noch nicht gefragt, was in Zukunft werden soll. Er schafft es kaum durch einen einzelnen Tag.« Sprach Grant über Carson oder über sich selbst? »Aber er wird sich an sie gewöhnen.«

Hannah starrte ihn an. »Du kannst doch wohl nicht etwa ernsthaft in Erwägung ziehen, die Kinder diesen Leuten zu überlassen? Oder vielmehr, ich sollte besser sagen, ihren bezahlten Hilfskräften.«

Innerlich stimmte Ellie Hannah voll zu, aber es war an den Barretts, eine Entscheidung zu treffen, nicht an ihr, auch wenn ihr das Herz wehtat beim Gedanken an Carson. Der kleine Junge hing sehr an Grant, was Ellie nur zu gut verstehen konnte. Sie wollte gar nicht erst darüber nachdenken, was war, wenn er wieder aufbrechen musste.

»Ich weiß nicht«, entgegnete Grant. »Bist du bereit, deinen Job aufzugeben? Ich werde noch mindestens einen weiteren Monat in Afghanistan sein, und es würde mich gar nicht überraschen, wenn der Einsatz verlängert wird, so wie meistens. Möglicherweise bin ich bis zum Herbst in Übersee. Mac wird bald nach Südamerika gehen. Was sollen wir denn sonst tun?«

Ellie wusch das Babyfläschchen aus und stellte es in den Geschirrspüler. Neben ihr lehnte sich Grant gegen die Arbeitsplatte. Er hatte sich heute noch nicht rasiert. Die blonden Bartstoppeln ließen sie daran denken, wie er sie geliebt hatte. Etwas so Intensives – oder ans Herz Gehendes – hatte sie noch nie zuvor erlebt. Ihr Gesicht erhitzte sich. Sie zog den Rollkragen ihres Pullovers höher, um die roten Stellen zu verbergen, an denen seine Bartstoppeln ihre Haut aufgerieben hatten.

Sie lehnte sich in seine Richtung, stoppte sich dann jedoch wieder. Sie hatte ihm einen tröstenden Kuss geben wollen. Nein, diese Form intimer Häuslichkeit konnte es zwischen ihnen beiden niemals geben. Und es erschreckte sie, wie sehr sie sich genau das wünschte. Grant war so ganz anders als jeder andere Mann, mit dem sie jemals zusammen gewesen war. Er war stark, zuverlässig, ehrlich. Wenn sie es sich erlauben würde, könnte sie sich nur zu leicht Wochenenden voller glückseliger, langweiliger Gewöhnlichkeit vorstellen, mit Grant, der auf sinnliche Weise zerzaust war. Der sie mit dem leidenschaftlichen Versprechen von mehr bei nächster Gelegenheit küsste. Während die Familie völlig ahnungslos war.

Nun, nicht Nan. Der entging so leicht nichts.

Ellies Handy vibrierte einmal. Eine SMS. Eine zweite Vibration brachte ihren Hüftknochen zum Erzittern. Sie zog das Gerät heraus. Alles Blut war ihr aus dem Gesicht gewichen.

Sie wagte es nicht, auf das Display zu schauen, bevor sie allein und ungestört war. Mit einem raschen »Entschuldigt mich« verließ sie die Küche.

Aus den Augenwinkeln heraus sah sie, dass Grant ihr folgte, als sie ins Büro ging.

Er schloss die Tür. »Ist es dieselbe Nummer wie vorhin?«

»Nein, eine neue.«

»Und? Was schreibt er?«

Sie las die Nachricht vor: **Hast du die Akte?**

»Schreib zurück: Ja.«

»Was?«

»Ich habe genug von den Spielchen mit diesem Kerl.« Grants Augen zeigten plötzlich ein eisiges Blau. »Heute stellen wir ihm eine Akte zusammen.«

Ein Gefühl des Unvermeidbaren erfasste sie. Grant hatte recht – das musste ein Ende finden. Mit ruhigen Fingern tippte sie **Ja** und schickte die SMS ab.

Sie starrten sich an. Beinahe fünf Minuten vergingen.

»Ich glaube, die Antwort hat ihn überrascht«, stellte Grant fest. »Das ist gut.«

Dann kam die Reaktion. Wieder las Ellie vor: **Acht Uhr heute Abend. Derselbe Parkplatz. Komm allein, oder es werden alle sterben.**

* * *

In Ellies Minivan fuhr Grant auf den Parkplatz des St.-Paul's-Secondhandshops. Er rückte sich die Perücke zurecht und machte sich auf dem Fahrersitz klein. Links stand ein Backsteingebäude, und vor ihm befand sich eine größere Asphaltfläche. Eine Lampe auf der Rückseite des Gebäudes warf einen Flecken Helligkeit auf den Parkplatz. Alles andere lag im Dunkeln. Der Shop lag ein wenig außerhalb des Gewerbegebiets, und das nächste Gebäude war fast einen Kilometer entfernt.

Hier waren sie ungestört.

Alle Sinne aufs Äußerste angespannt, parkte Grant in der dunkelsten Ecke und suchte die Umgebung ab, doch es war niemand zu sehen. Mit einem Knopfdruck schaltete er die Scheinwerfer aus. Die Innenbeleuchtung hatte er bereits vorhin zu Hause deaktiviert. Auf dem Beifahrersitz lag Ellies Handy, neben dem GPS-Peilsender. Der Kapuzenmann wusste also, dass der Wagen hier war.

Wo steckst du bloß, Donnie?

Hätte Grant ein solches Vorhaben organisiert, wäre er lange vor dem verabredeten Termin eingetroffen, um die Umgebung zu sichern. Der Kapuzenmann jedoch war noch nicht hier, also war er wahrscheinlich ein Amateur. Heiß und schnell floss Adrenalin durch Grants Adern. Heute Abend konnte er dem Mörder seines Bruders ins Gesicht blicken und herausfinden, wer ihn beauftragt hatte, und dann konnten er und seine Familie endlich den Heilungsprozess beginnen. Er kurbelte das Fenster herunter und lauschte in die Nacht. Er hörte ein Fahrzeug herankommen. Reifen knirschten auf dem Salz und Sand, die nach dem Schmelzen des Eises zurückgeblieben waren.

Ein Auto fuhr auf den Parkplatz, hielt hinter dem Minivan. So weit, so gut. Der Fahrer stieg aus. Im Rückspiegel sah Grant, wie die schwarz gekleidete Gestalt im Kapuzenpullover sich auf dem Parkplatz umschaute, bevor der Kerl sich dem Minivan näherte. Im Licht der Scheinwerfer seines Wagens schimmerte das Metall einer Waffe. Wortlos streckte Grant die Akte aus dem offenen Wagenfenster, und zwar vertikal, sodass sie sein Gesicht verdeckte.

Der Kapuzenmann trat vor, bis er neben der Fahrertür stand. Hastig grabschte er nach der Akte, von Aufregung erfasst. Grants Hand schloss sich um den Türgriff. Er zog und öffnete mit einem plötzlichen Ruck die Tür. Von der vollen Wucht der Tür getroffen, ging der Mann zu Boden. Akte und Waffe flogen ihm aus der Hand und schlitterten über den Asphalt. Aus dem Ordner lösten sich leere Blätter. Grant sprang aus dem Auto und stürzte sich auf den Kerl, angetrieben von rasendem Zorn.

Aus den Augenwinkeln heraus sah er Mac über das angrenzende Feld heranlaufen; dort hatte er ihn zur Rückendeckung lange vor dem Treffen postiert.

Grant saß auf der Brust des Mannes. Zornig riss er ihm die Kapuze und die Bandana darunter vom Kopf. Er hob die Hand – und erstarrte.

Es war nicht Donnie, der dort lag. Es war Corey Swann, der ihn anstarrte.

»Du hast meinen Bruder ermordet!« Grants Finger ballten sich zur Faust. Er brauchte sein Messer. »Ich sollte dir gleich hier die Kehle aufschlitzen!«

»Wovon reden Sie?«, keuchte Corey, halb erstickt unter Grants Gewicht. »Ich habe niemanden umgebracht.«

Verdammt! Corey musste Donnie angeheuert haben, um Lee umzubringen, aber er hatte ihm nicht zugetraut, die Akte beschaffen zu können. »Okay, du hast jemanden dafür bezahlt, ihn umzubringen. Das ist das Gleiche.«

Corey hustete.

Grant zog das Kampfmesser seines Vaters aus der Lederscheide an seiner Wade und presste die Klinge gegen die Kehle des anderen. »Ich weiß Bescheid über den Peilsender. Ich weiß, dass du Ellies Familie bedroht hast. Und ich habe die SMS-Nachrichten gesehen, die du geschickt hast. Du hast ein Wegwerfhandy benutzt, genau wie deine Tochter, als sie Lindsay Hamilton drangsaliert hat.«

Corey rang nach Atem. Widerstrebend verschob Grant ein wenig sein Gewicht, damit er Luft holen konnte.

»Ja, ich habe sie bedroht«, japste Corey. »Aber ich habe niemandem etwas getan. Ich wollte nur die Akte.«

»Warum?«, fragte Grant. Vage war er sich bewusst, dass Mac nun neben ihm stand. »Was steht in der Akte?«

»Ich weiß es nicht!«, rief Corey verzweifelt. »Aber Ihr Bruder hat etwas gefunden, das meine Tochter belastet. Ich musste herausfinden, was es war, und es zerstören.«

»Du weißt nicht einmal, was es ist?« Entsetzen durchflutete Grant. Dieser Kerl hatte Leute bedroht, um zu verhindern, dass seine Tochter wegen eines Verbrechens zur Rechenschaft gezogen wurde, das sie begangen hatte.

»Nein. Und was auch immer es ist, niemand ist in der Lage, es herauszufinden.« Im Licht der Scheinwerfer schimmerten Coreys Augen feucht. Sein Gesicht zeigte nichts als Angst. »Ich habe nur Ellie bedroht, mehr nicht. Ich hatte Angst, Lee könnte Beweise gefunden haben, und dann hätte man meine Tochter womöglich doch angeklagt. Das konnte ich nicht riskieren. Selbst eine Zivilklage hätte ihre Zukunft zerstört. Ich kann nicht zulassen, dass ein einziger Fehler ihr gesamtes Leben zerstört.«

»Ein Fehler? Sie hat ein Mädchen in den Selbstmord getrieben!«

»Sie hat niemanden umgebracht! Die Göre hatte psychische Probleme. Damit konnte doch niemand rechnen, dass sie sich aufhängt, nur weil ihr jemand ein paar kleine Streiche spielt.«

»Kleine Streiche?«, erwiderte Grant. »Ich habe die SMS gelesen, die deine Tochter an Lindsay geschickt hat. Sie war auf brutale Weise und absichtlich grausam. Sie hat dieses Mädchen gnadenlos verfolgt.«

»Regan hatte keine Ahnung, dass sie Medikamente nahm. Hätte sie es gewusst, dann hätte sie sie in Ruhe gelassen, da bin ich sicher.« Aus Coreys Augen sprach jedoch keine Überzeugung. Er erfand Ausreden, und das wusste er auch ganz genau.

»Das Mädchen ist ihnen völlig egal, was?«

»Ich muss mein Kind schützen.«

»Und wie wäre es damit, ihr beizubringen, ein anständiger Mensch zu sein? Sie zu zwingen, die Konsequenzen ihres Handelns zu tragen? Ist es dir so völlig gleich, was für eine Art Mensch du großgezogen hast?«

Coreys Augen verhärteten sich. Der Zug war ganz eindeutig abgefahren und bereits auf halbem Weg nach Kalifornien.

Mac tippte Grant auf die Schulter. »Du darfst ihn nicht umbringen.«

»Ich könnte ihn ein wenig verletzen.« Die Klinge lag direkt an Coreys Halsschlagader, aber er konnte sie mühelos an eine andere Stelle bringen, an der sie weniger Schaden anrichtete.

»Grant, lass uns die Polizei anrufen«, drängte Mac. »Wir müssen Donnie finden.«

Donnie. Verfluchte Scheiße! Der Kerl konnte überall sein.

Grant packte Corey bei den Haaren und verstärkte den Druck der Messerklinge. »Aus diesem Winkel kann ich dir den verdammten Kopf abtrennen. Also, wo ist er, Corey? Wo ist Donnie?«

Coreys Gesicht verzog sich vor Abneigung. »Ich weiß nicht, wovon Sie reden.«

»Du *darfst* ihm nichts tun!« Mac zog sein Handy hervor und wählte eine Nummer.

Doch genau das wollte Grant, dem anderen etwas antun. Während er zuhörte, was Mac der Polizei erklärte, vernebelte rote Wut seine Sicht und verwirrte seine Gedanken. Dieser Kerl hatte damit gedroht, Ellies Familie umzubringen, und jetzt hielt er Informationen zurück. Sobald die Bullen hier waren, würde er überhaupt nichts mehr sagen und auf einem Anwalt bestehen.

»Grant!« Mac riss ihn an der Schulter zurück. »Lass ihn in Ruhe!«

Das drang endlich zu Grant durch. Er nahm das Messer von Coreys Kehle, ließ dessen Haarschopf los. Der Kopf des anderen fiel zurück, und sein Körper wurde durch ein aus Selbstmitleid geborenes Schluchzen geschüttelt. Grant stand auf und steckte das Messer ein.

»Und was jetzt?«, fragte Mac. »Die Polizei kann jeden Augenblick hier sein.«

»Wir fesseln ihn an etwas, und dann trennen wir uns. Einer

von uns fährt zum Haus zurück, der andere zur Eislaufhalle. Was ist dir lieber?« Grant schaute sich um. Der Motor von Coreys Wagen lief noch. »Ich nehme sein Auto. Ich hoffe nur, die Bullen bringen ihn zum Reden.«

Ein scharrendes Geräusch ließ Grant herumwirbeln, gerade als Corey sich auf seine Beine stürzte. Er verlor das Gleichgewicht und kam zu Fall, landete mit seinem vollen Gewicht auf Coreys Schultern. Der mit dem Gesicht zuerst auf den Asphalt knallte und reglos liegen blieb.

»So viel also zu seiner Befragung durch die Polizei«, bemerkte Mac. »Und wie sollen wir jetzt herausfinden, wo Donnie ist?«

Grant rappelte sich auf und stieß Corey mit dem Stiefel an – keine Reaktion. »Hey, ich konnte doch nicht damit rechnen, dass dieser Idiot mich angreift! Ich habe ihm ja nicht einmal etwas getan! Es ist seine eigene Schuld.«

»Das spielt jetzt keine Rolle mehr.« Mac hob die Hände. »Ein bewusstloser Mann kann uns überhaupt nichts sagen.«

»Mist!« Grant fuhr sich durchs Haar. Und was jetzt? Er deutete auf Ellies Wagen. »Ich habe ein paar Kabelbinder im Auto.«

Mac holte sie und reichte sie Grant.

Er band Coreys Hände auf dem Rücken zusammen, zog den Mann bei den Füßen zum Gebäude und fesselte ihn an eines der Gasrohre, die vom Haus aus in den Boden verliefen. »Von unterwegs aus rufe ich McNamara an, berichte ihm alles und bitte ihn, Leute zum Haus und zur Eislaufhalle zu schicken.«

Mac ging zum Minivan. »Wohin soll ich fahren?«

»Ich weiß es nicht.« Grant begab sich zu Coreys Wagen und überlegte laut. »Donnie war hinter Carson und Julia her, und Julia ist in der Eislaufhalle beim Training, zusammen mit Ellie. Ich muss sicherstellen, dass ihnen nichts geschieht.«

Aber wen würde Donnie sich zu greifen versuchen – Carson oder Julia?

Die Eisbahn war ein recht öffentlicher Ort. Als Grant vorhin Ellie und Julia dort abgeliefert hatte, hatten sich bereits Dutzende von Eltern auf der Tribüne versammelt. Das Haus war ein einfacheres Ziel, und außerdem hatte Carson den Mann deutlicher gesehen, war der bessere Zeuge. Die Wahrscheinlichkeit sprach also dafür, dass Carson Donnies Ziel war. Außerdem war die Eishalle am anderen Ende der Stadt; womöglich trafen sie gar nicht vor der Polizei dort ein.

»Ich fahre zum Haus, du zur Eishalle«, entschied Grant und fuhr los. Er rief den Detective an. McNamara war zwar extrem verärgert, versprach aber dennoch, sofort Einsatzwagen zur Halle und zum Haus zu schicken. Grant trat das Gaspedal durch. Er musste unbedingt vor der Polizei ankommen. Und er musste Ellie und Hannah anrufen und sie warnen. Sein Instinkt sagte ihm, der Überfall auf Corey war völlig falsch gelaufen. Er wählte Hannahs Telefonnummer, überfuhr in der Aufregung ein Stoppschild. In seinem Kopf rasten die Gedanken. Er hatte eine wichtige Information übersehen, und jetzt konnte er nur hoffen, dass sein Fehler nicht Menschen, die er liebte, das Leben kostete.

KAPITEL 33

Donnie parkte seinen Van etwas vom Haus der Barretts entfernt. Er hatte jetzt endgültig genug von diesen Leuten, hatte es satt, herumgeschubst zu werden. Und das galt auch für seinen Klienten. Zwei Leute hatte er für diesen Versager umgebracht! Natürlich, es hatte ihm Spaß gemacht, aber er verdiente trotzdem eine Bezahlung für seine Anstrengungen und das Risiko, das er eingegangen war. Der feige Mistkerl traute sich nicht einmal, seine eigene Drecksarbeit zu erledigen. Nun, dafür würde er jetzt bezahlen. Donnie war ein Killer. Mit ihm legte sich niemand an.

Seine Gedanken wanderten zurück zu der Nacht, in der er seine Freundin erwürgt hatte. Ihr Tod war ein Unfall gewesen, aber wie geil es sich angefühlt hatte! Noch immer jagten Schauer über Donnies Rücken, wenn er sich an die letzte Session mit seiner Sklavin erinnerte. Es würde schwer werden, dieses Hochgefühl zu übertreffen. Jetzt musste er einen neuen Ort finden, an dem er bleiben konnte. Auch wenn er sie in Eis gepackt hatte, bald war die Verwesung weit genug fortgeschritten, um die Nachbarn zu alarmieren. Es war viel zu riskant, zum Wohnwagen zurückzukehren. Bevor er sich um eine neue Bleibe kümmerte, hatte er allerdings erst einmal diesen Job zu erledigen.

Er öffnete die hintere Tür des Vans und holte seinen Rucksack heraus. Im Geiste schlug er weitere zehn Prozent auf seine Rechnung auf. Billig war es nicht, sich seine Mühe und seinen Ärger zu erkaufen. Er schnallte sich den Rucksack um, nahm die Benzinkanister und ging die Straße entlang. Wenn er dieses verdammte Beweisstück nicht finden konnte, dann musste er es eben zerstören. Es musste irgendwo im Haus sein, und sobald er das Haus in Asche gelegt hatte, war auch der Beweis Geschichte. Und der kleine Mistkerl, der ihn wiedererkannt hatte, war dann ebenfalls kein Problem mehr. Ins Gefängnis ging Donnie auf jeden Fall nicht zurück.

Genug war genug. Er hatte diesen ganzen Mist hinter sich, und im Laufe der nächsten zehn Minuten war auch der letzte verbleibende Rest erledigt.

Dann konnte er seinen Klienten aufsuchen und sein Geld verlangen, und am nächsten Wochenende war er schon an irgendeinem Strand in Florida.

Das riesige Haus ragte gegen den klaren schwarzen Himmel auf. Das Gebäude war ohnehin so hässlich wie die Sünde. Wenn er es abfackelte, tat Donnie allen einen Gefallen. Er marschierte über den Rasen vor dem Haus. Der Schnee war geschmolzen, und der gesamte Untergrund war matschig. Am Ende der Veranda angekommen, öffnete er den ersten Kanister und schüttete das Benzin aus. Der scharfe Geruch des Kraftstoffs erfüllte die Nachtluft. Den Inhalt von Kanister Nummer zwei verteilte er auf den Schindeln der Außenmauer an der Seite des Hauses. Anschließend kniete er sich ins nasse Gras und holte römische Lichter, Flaschenraketen und einen Kasten heraus. »Cake« nannte man den. Es war ein Verbundfeuerwerk, verschiedene Feuerwerksbatterien für ein komplettes Feuerwerk, die man alle auf einmal in die Luft jagen konnte. Wie auch immer. Donnie brauchte keine sorgfältig kalkulierte Explosion, er brauchte einfach nur ein nettes großes Feuerchen. Die Zeit für Raffinesse war vorbei. Dieses alte Pulverfass von einem Haus sollte rasch vollkommen in Flammen stehen. Dann war er das Beweisstück und die Zeugen auf einen Schlag los.

Aufregung jagte durch sein Blut, als er das Feuerwerk auf der Veranda ausbreitete. Er trat zurück – und hielt ein Feuerzeug an die Zündschnur, die ihm am nächsten war.

* * *

Im Schneidersitz auf dem Teppich im Wohnzimmer sitzend, beendete Hannah das Telefonat mit ihrem Bruder. Bei dem Gedanken, dass Lees und Kates Mörder hinter den Kindern her war, jagte ihr eine Gänsehaut über den Körper. Neben ihr strampelte Faith auf einer Decke. Damit sie das Herumrollen üben konnte – und hoffentlich müde genug wurde, um später zu schlafen –, hatte Hannah sie immer wieder auf den Bauch gerollt. Faith rollte sich zurück auf den Rücken und quietschte vor Vergnügen. Nan saß auf dem Sofa und strickte, den Fuß im Gips auf einen Hocker gelegt. Carson kniete an dem niedrigen Tisch neben Nan mit einem Malbuch. Der Hund schlief, den Kopf auf Carsons Bein gelegt.

Die ruhige, friedliche Szene weckte Angst in Hannah. Die Sicherheit aller Menschen hier in diesem Raum hing allein von ihr ab. Das enorme Gewicht dieser Verantwortung überstieg jedes Geschäft, das sie jemals ausgehandelt hatte.

Hannah nahm das Baby hoch, das vor sich hin brabbelte, und setzte es sich auf die Hüfte. Noch immer lehnte Faith sich zur Unterstützung gegen Hannahs Körper, aber inzwischen konnte sie Kopf und Oberkörper ungestützt aufrecht halten. Hannah ging in den Wäscheraum und überprüfte die Anzeige der Alarmanlage. Das grüne Licht blinkte und zeigte ihr an, dass das System aktiviert war und ohne Probleme lief. Sie trug Faith zurück ins Wohnzimmer, stellte sich vor das Fenster und spähte hinaus. Da war nichts. Sie ging von Raum zu Raum. Obwohl sie keinerlei Anzeichen für etwas Beunruhigendes sah, kribbelte ihr Rückgrat, und ihr Magen verkrampfte sich. Etwas geschah gerade; sie konnte spüren, wie die Gefahr näher kam.

Oder hatte Grants Warnung nur eine Paranoia ausgelöst?

Der Hund lief an ihr vorbei, mit einem tiefen Knurren. Hannah folgte AnnaBelle zum Fenster.

Eine Bewegung an der Ecke des Hauses weckte ihre Aufmerksamkeit. Sie presste das Gesicht gegen die Scheibe. Dort, am Rand der Veranda, flackerte ein Licht hell auf, bevor es ruhig und gleichmäßig weiterbrannte, und beleuchtete dabei kurz die Silhouette eines Mannes. Der Hund bellte.

Scheiße!

Feuer!

Hannah drückte das Baby fest an sich, nahm das Handy und wählte die Nummer der Feuerwehr. Ihre Panik unterdrückend, lief sie in den Flur. Das gesamte Haus war gebaut wie eine Festung. Alles zielte darauf ab, Eindringlinge abzuhalten. Nichts war dafür geschaffen, es schnell zu verlassen. Zum Glück waren sie wenigstens alle im selben Raum. AnnaBelle raste von Fenster zu Fenster.

»Wir müssen jetzt sofort zur Hintertür gehen.« Durch das Küchenfenster sah Hannah die Garage. Sie nahm einen Schlüssel aus einer Schale auf dem Tisch. »Wir gehen alle in die Garage und setzen uns in den Minivan.«

Nan fing Hannahs Blick auf. In ihren Augen zeigte sich Besorgnis. »Komm, Carson, beeilen wir uns.«

Mit einer Hand reichte Hannah Nan ihre Krücken.

Von der Straße aus war ein pfeifendes Geräusch zu hören, gefolgt von einem leisen Knall.

Nan nahm die Krücken und gab Hannah einen Schubs. »Warten Sie nicht auf mich, schaffen Sie die Kinder hier raus. Los!«

Hannah zögerte. Mit ihrem verletzten Handgelenk schaffte die alte Frau es kaum, auf ihren Krücken auch nur wenige

Meter zurückzulegen. Aber die Kinder gingen vor. Sosehr sie es auch hasste, Nan zurückzulassen, Hannah rannte zur Hintertür.

»AnnaBelle!«, rief Carson, als Hannah ihn über die Schwelle schob. Hinter ihnen knisterte bereits Feuer, doch der Hund bellte noch immer aus dem Wohnzimmer. Sie pfiff nach dem Hund, ließ die Tür offen stehen und lief zur Garage. Carson drehte sich um, schrie mit herzzerreißender Angst in der Stimme nach Nan und dem Hund. Hannah zerrte ihn mit sich.

»Nein, wir können sie nicht allein lassen!«, rief er.

»Ich hole sie gleich.« Hannah öffnete das Garagentor und half Carson in den Minivan. Das Baby noch immer auf dem Arm, setzte sie sich auf den Fahrersitz und fuhr den Wagen rückwärts aus der Garage, über das Gras und zu Ellies Einfahrt. So weit würde das Feuer sich hoffentlich nicht ausbreiten. Dann stieg sie aus und legte Faith in ihren Sitz. »Kannst du sie anschnallen, Carson?«

Er nickte, das Gesicht nass von Tränen.

»Weißt du, wie man die Türen verriegelt?«

Wieder nickte er. Hannah legte den Autoschlüssel auf den Beifahrersitz. »Du musst die Türen hinter mir verriegeln und darfst sie erst dann wieder öffnen, wenn alles sicher ist.«

»Okay.«

»Ich bin sofort zurück.« Hannah sprang aus dem Wagen. Hinter sich hörte sie das Klicken der Türschlösser.

Hannah raste zurück, betete, dass der Minivan weit genug vom Feuer entfernt war. Als sie an der Hintertür ankam, brannte der vordere Teil des Hauses bereits, und schwarzer Rauch drang aus der Tür. Sie zog sich den oberen Teil ihres Pullovers über die Nase. Pfeifen und Krachen und das Knistern von Flammen erfüllten das Haus.

»Nan!« Hannah musste husten. Sie machte sich bereit, direkt in eine dicke schwarze Rauchwolke hineinzulaufen. Dann sah sie aus dem Augenwinkel heraus eine Bewegung. Ein Mann rannte über den Hinterhof, direkt auf den Minivan zu – und die Kinder.

Kapitel 34

Mit quietschenden Reifen bog Grant in die Siedlung ein.

Nach Hannah hatte er Ellie angerufen und ihr erzählt, was geschehen war. Ihr und Julia ging es gut. Angesichts der Menge in der Eishalle sollten sie sicher sein, und Mac musste jede Minute zu ihnen stoßen. Nun wählte er noch einmal Hannahs Nummer. Es klingelte viermal, dann kam die Ansage.

Verdammt! Frustriert schlug er auf das Lenkrad ein.

Jetzt hatte er die Straße erreicht. Das leise Heulen von Sirenen verriet ihm, dass die Polizei bereits unterwegs war. Dann sah er die Flammen aus Lees Haus schlagen; sein Herz raste. Nein!

In der Mitte der Straße brachte er den Wagen zum Stehen, ließ den Motor laufen und die Tür offen und rannte auf die Vordertür zu, doch die Veranda war vollkommen von Flammen eingehüllt. Er lief um das Gebäude herum. Rasch verschaffte er sich einen Überblick über die Szene. Er sah seine Schwester ins Haus laufen, und ein Mann war unterwegs zu Ellies Vorgarten, in dem der Minivan stand. Und er sah, wie Carson das Gesicht gegen die Scheibe presste.

Grant zögerte einen Augenblick. Innerlich zerrissen, entschied er sich für die Kinder. Noch während er auf den Mann zuraste, schaltete sein Körper automatisch in den Kampfmodus. Er überholte ihn, warf ihn zu Boden und landete auf ihm. Der Kerl rollte auf den Rücken. Dabei rutschte die Kapuze herunter.

Donnie Ehrlich.

Rasende Wut trieb Grants ersten Hieb an. Er hörte Knochen brechen, als seine Faust auf Donnies Gesicht traf. Blut spritzte. Grant schlug wieder und wieder auf ihn ein. Dieser Mistkerl musste dafür bezahlen, was er seiner Familie angetan hatte.

Dann holte ein lauter Knall ihn urplötzlich aus seinem Zornanfall.

Hannah!

* * *

Ellie betrachtete die Menge um sich herum. Vor zehn Minuten waren noch etwa zwanzig Eltern auf der Tribüne gewesen, doch die meisten der Kinder hatten ihre Figuren bereits geübt und waren gegangen. Trotzdem, sie war alles andere als allein. Am Eingang zur Eisfläche hatten sich die verbleibenden Eisläufer und die Trainer versammelt, schauten ihren Teamkollegen zu und warteten, bis sie selbst an der Reihe waren. Dann wurde Julias Name über den Lautsprecher ausgerufen; sie war als Nächste an der Reihe.

Die Nervosität, die Ellie erfüllte, hatte nichts mit der Probeaufführung ihrer Tochter zu tun. Sie musste ständig an Grants Anruf denken. Sie konnte es nicht fassen, dass Corey Swann derjenige war, der sie erpresst hatte. Erneut suchte sie die Umgebung ab. Grant hatte sie gewarnt – Donnie Ehrlich war noch immer auf freiem Fuß. Hier allerdings war niemand, der nicht dazugehörte.

Das Training an diesem Abend lief ebenso ab, wie eine Woche später das Frühlingsfest vonstattengehen sollte. Das Team von Julia mit seinem niedrigeren Rang musste bis zum

Ende der Show warten. Zu Anfang des Festes war immer am meisten los. Also kam zuerst das beste Team an die Reihe, und anschließend konnten diese Eisläufer das Fest genießen. Bis zu dem Zeitpunkt, an dem die jüngeren Kinder ihren Auftritt hatten, war die Tribüne meistens schon fast leer; damit musste man einfach rechnen.

Die fortgeschrittenen Eisläufer betrieben die Sache am ernsthaftesten. Sie trainierten jeden Tag mehrere Stunden, vor und nach der Schule. Ein solches Engagement musste natürlich belohnt werden. Allerdings ging das Primadonnagehabe der fortgeschrittenen Läufer Ellie schwer auf die Nerven, und nach dem Mobbing an Lindsay Hamilton konnte Ellie die Mädchen nie wieder mit denselben Augen betrachten. Inzwischen hatte sie diese gemeinen SMS-Nachrichten gelesen, und wenn die Polizei es auch nicht nachweisen konnte, dass Regan und Autumn sie geschrieben hatten – jeder wusste, sie waren es gewesen.

»Was glauben Sie, ist Autumns Choreografie wohl einfallsreich genug?«, fragte eine Männerstimme.

Ellie schaute sich nach dem Mann um. Neben der Eisbahn unterhielt sich Joshua Winslow gerade mit Trainer Victor. Der Trainer verschränkte die Arme vor dem Körper. »Machen Sie sich mal keine Sorgen, Autumn wird an den nationalen Wettkämpfen teilnehmen. Wir haben den gesamten Sommer Zeit, ihre Figuren zu perfektionieren.«

»Vielleicht sollten wir einen neuen Choreografen einstellen.« Josh runzelte die Stirn. »Mir kamen einige der Figuren recht altbacken vor.«

»Mit ihren Figuren ist alles in Ordnung«, beharrte Victor.

»Aber Autumn ist damit nicht zufrieden, und schließlich ist es ihre Karriere. Wenn sie einen neuen Choreografen haben will, werden wir einen einstellen.« Verärgert hob Josh die Hände und ließ Victor stehen, der sich frustriert mit der Hand übers Gesicht rieb.

Ellie wandte sich ab. Solche Tobsuchtsanfälle von Eltern waren nichts Neues.

Sie musste an Corey denken. Zorn und Entsetzen wallten in ihr auf. Er hatte damit gedroht, ihre Familie umzubringen, nur um die Beweise in die Finger zu bekommen, die Lee aufgetrieben hatte, was auch immer das für Beweise waren. Steckte Corey womöglich auch hinter dem Mord an Lee und Kate? War er so weit gegangen, um seine Tochter vor den Folgen ihres Handelns zu beschützen?

Die ersten Takte der Musik für Julias Auftritt waren zu hören, und Ellie richtete ihre Aufmerksamkeit auf ihre Tochter. Sie winkte ihr zu, als Julia sich mitten auf dem Eis in Position begab. Mit der Anmut, die angesichts ihrer Fähigkeiten und ihres Stands zu erwarten war, vollführte sie ihre Figuren. Als sie zum Einzelaxel ansetzte, der schwierigsten Figur, hielt Ellie den Atem an. In dieser Woche hatte sie nicht viel trainiert, und Kates Tod hatte ihre Begeisterung für den Sport sehr gedämpft. Sie sprang hoch, wirbelte herum und landete mit nur ein wenig Wackeln.

Ellie stieß den Atem aus.

Mit einer Drehung und dem strahlendsten Lächeln, das sie seit Lees und Kates Tod gezeigt hatte, beendete Julia ihre Vorführung. Vielleicht kam doch alles wieder in Ordnung. Corey war verhaftet worden, und bald musste die Polizei auch Donnie finden. Ellie begab sich zum Eis und wartete auf Julia.

»Gut gemacht!« Sie schlang einen Arm um die Schultern ihrer Tochter.

Julia blieb stehen und blickte auf die Bank neben dem Eingang zum Eis. »Hast du meine Kufenschoner?«

»Nein.«

»Dann muss sie jemand mitgenommen haben.« Julia runzelte die Stirn.

»Wir besorgen dir morgen ein neues Paar.«

»Eine sehr schöne Vorführung, Julia.« Victor kam auf sie zu. »Ich behalte dich im Auge.«

»Ja, ich bin sogar nach dem Axel richtig gelandet.« Julia lächelte, dann wurde sie wieder ernst. »Zu schade, dass Mrs Barrett nicht hier sein kann. Glaubst du, sie kann mich sehen, Mom?«

»Ich weiß es nicht. Vielleicht.« Ellie seufzte.

»Das wäre schön, wenn sie noch immer über mich wachen könnte.« Julia stakste über den Beton.

»Ja, das wäre es.« Ellie hatte vor, ihre Tochter in den Umkleideraum zu begleiten. Normalerweise wartete sie draußen, aber nicht heute. Nicht eine Sekunde ließ sie Julia aus den Augen, bis Donnie gefasst war. Sie betraten den Gang aus Betonschalstein, der zu den Umkleideräumen führte.

Josh Winslow folgte ihnen. Er packte Ellie beim Arm. Ihr Puls beschleunigte sich.

Julia verschwand im Umkleideraum.

»Ich habe keine Zeit für so etwas!« Ellie wollte ihm den Arm entreißen, doch er hielt sie fest.

»Ihre Tochter hat sich heute Abend auf dem Eis recht gut gemacht. Aber vergessen Sie nicht, sie besitzt nicht genug Talent für das fortgeschrittene Team.« Josh beugte sich vor, kam ihr nahe genug, dass sie den Alkohol in seinem Atem riechen konnte. »Das wissen Sie, nicht wahr?«

»Was zum Teufel ist bloß los mit Ihnen?« Ellie stieß ihn vor die Brust. »Lassen Sie mich in Ruhe!«

Er grinste höhnisch. »Bilden Sie sich bloß nicht ein, Ihre kleine Zicke wäre eine Konkurrenz für meine Tochter.«

O mein Gott – war Josh etwa ebenfalls in die Sache verwickelt? Er und Corey waren gut befreundet. Angesichts der Feindseligkeit in seinen Augen erfasste sie Angst.

»Es sind alles nur Kinder, die eislaufen. Verlieren Sie das mal nicht aus den Augen.«

»Jetzt, wo Kate nicht mehr da ist, gibt es für Julia keine Vorzugsbehandlung mehr.«

»Wovon reden Sie?« Ellie versuchte erneut, den Arm zurückzuziehen, doch Josh griff energischer zu. »Julia mag das Eislaufen, aber für sie ist es nicht mehr als ein Hobby. Ihre Fähigkeiten liegen weit unter denen von Autumn. Was haben Sie bloß für ein Problem?«

»Solange wir uns einig sind, sie ist keine Konkurrenz für Autumn, ist alles in Ordnung.«

»Sie sind vielleicht komisch! Und jetzt lassen sie mich los!« Sie drückte ihm die Handkante gegen die Kehle.

Er würgte und taumelte zurück.

Ellie machte einen Schritt rückwärts und sah sich im leeren Gang um. Die schallisolierte Tür zur Eishalle war geschlossen.

Eine Hand gegen die Kehle gelegt, trat Josh näher an sie heran. Sie wich zurück, bis sie an der Wand stand. »Du verfluchtes Miststück!«

* * *

Grant schaute auf Donnie herab. Sein Gesicht war eine blutige Masse, seine Augen waren geschlossen. Er röchelte. Wie oft hatte Grant zugeschlagen? So schnell würde der Typ nicht wieder aufstehen. Das war gut, dann brauchte Grant ihn nicht zu fesseln.

Er stand auf, lief auf das Haus seines Bruders zu, folgte dem Bellen des Hundes durch den dichten schwarzen Rauch. Im Eingang ließ er sich auf den Boden fallen und bewegte sich kriechend weiter. Bald traf er auf Hannah, die verzweifelt versuchte, Nan in Richtung der Hintertür zu ziehen. AnnaBelle, die das Haus nicht ohne die Menschen verlassen wollte, tänzelte bellend neben ihnen.

»Ich habe sie«, brüllte Grant über das Brüllen des Feuers.

Hannah griff nach dem Halsband des Hundes, taumelte zum Ausgang. Grant hob Nan hoch und folgte ihr.

Sie stolperten in Richtung des Nachbarhauses. Sirenen heulten auf der Straße, blaue Lichter wirbelten und blinkten.

Zwischen den Häusern kam McNamara auf sie zugerannt.

Vorsichtig legte Grant Nan ins Gras. Ihre blutunterlaufenen Augen standen offen, und sie hustete. Erleichtert richtete Grant sich auf. Sie war bei sich, hatte nicht das Bewusstsein verloren. Neben ihm ließ sich ein Sanitäter auf die Knie nieder, die Sauerstoffmaske bereits in der Hand. Grant trat zurück und stürzte dabei beinahe über Donnies noch immer reglose Gestalt. Er blickte hinunter. Das Gesicht des Killers war rohes Fleisch.

Eine rußverschmierte Hannah half Carson aus dem Minivan. Schluchzend lief der Junge zu Grant, der ihn auf den Arm nahm und Carsons Gesicht von dem am Boden liegenden Mann abwandte. O Gott, hatte Carson es etwa beobachtet, wie er über Donnie hergefallen war?

McNamara stemmte die Hände gegen die Hüften. Er betrachtete die mitgenommene kleine Gruppe. Kurz blieb sein Blick auf Hannah haften, bevor er Grant anschaute, als hätte er ihn als den Schuldigen identifiziert. Hannah holte Faith aus dem Auto und presste sie an sich. Das Baby war rot im Gesicht und hatte einen Schluckauf.

»Ist das Donnie?«, fragte der Detective.

»Ja.« Ruhig begegnete Grant dem frustrierten Blick des Polizisten, dann deutete er mit einer Kopfbewegung auf Carson, der noch immer am ganzen Leib zitterte, um deutlich zu machen, dass er in seiner Gegenwart nicht bereit war, sich weiter zu äußern.

McNamara schien verstanden zu haben. Er winkte einen uniformierten Polizisten und einen Sanitäter heran und befahl ihnen, sich um Donnie zu kümmern. »Sind Ellie und ihre Tochter noch in der Eishalle?«, fragte er dann Grant.

»Das sollten sie zumindest.« Grant hob Carson an und tastete in seiner Hosentasche. Verflucht, wo war sein Handy? Er musste es verloren haben. »Inzwischen sollte Mac bei ihnen sein. Haben Sie einen Streifenwagen zur Halle geschickt?«

»Das habe ich. Der sollte inzwischen ebenfalls eingetroffen sein.«

»Ich rufe Ellie an, ob alles in Ordnung ist.« Grant hustete und zwang seine wunde Kehle zum Rufen. »Hannah! Hast du dein Handy?«

Seine Schwester überprüfte ihre Taschen und schüttelte den Kopf. »Es muss im Haus herausgefallen sein.« Sie keuchte und hustete ebenfalls.

Das weckte die Aufmerksamkeit eines weiteren Sanitäters, der sie zwang, sich auf die Stoßstange des Minivans zu setzen, und ihr eine Sauerstoffmaske überstreifte. Doch als er versuchte, ihr Faith abzunehmen, stieß Hannah seine Hand beiseite und presste das Baby nur umso fester an sich.

Carson lehnte sich zurück, wischte sich die laufende Nase am Unterarm. »Ich habe ein Handy, Onkel Grant.« Er hielt ein Gerät hoch.

Grant nahm es. »Woher hast du das, Carson?«

»Es lag unter dem Sitz im Auto. Ist herausgerutscht.« Der kleine Junge hob die mageren Schultern.

»Ist dies das Handy deiner Mutter?«, erkundigte sich McNamara.

Carson schüttelte den Kopf. »Nein, sie hat ein Ei-Fon.«

Dieses Gerät war kein iPhone. Es war ein Wegwerfhandy, mit Kamera- und Videofunktion. Grant reichte es McNamara, der den Saum seines Jacketts über die Hand legte, bevor er es entgegennahm. Er schaltete das Handy ein.

Dann überprüfte er die Nachrichten auf dem Gerät und reichte Grant sein eigenes Handy. »Rufen Sie Ellie damit an.«

Der Polizist entfernte sich von ihnen.

Grant wählte Ellies Handynummer, die er mittlerweile glücklicherweise auswendig kannte. Es klingelte. Und klingelte. Und klingelte. Panik stieg in ihm auf.

»Sie antwortet nicht.« Grant legte auf und rief seinen Bruder an.

Mac meldete sich beim ersten Klingeln. »Ich habe bereits versucht, dich anzurufen. Ich bin vor ein paar Minuten angekommen, und ein Polizist ist ebenfalls hier, aber wir haben Ellie noch nicht gefunden.«

McNamaras Hand legte sich auf Grants Arm. »Carson, schaust du bitte mal, ob mit deiner Tante Hannah alles in Ordnung ist?«

»Such weiter nach ihr«, sagte Grant zu seinem Bruder. »Ich rufe dich gleich zurück.« Widerstrebend stellte er den Jungen auf den Boden. Nicht einmal das Gewicht dieses kleinen Körpers hatte ausgereicht, um ihn davon zu überzeugen, dass seine Familie dem Feuer tatsächlich relativ unversehrt entkommen war. Hannah und Nan waren beide bei Bewusstsein, sprachen mit den Sanitätern. Donnie hatte man Handschellen angelegt und lud ihn jetzt auf eine Trage. Die Katastrophe war abgewendet. Dennoch meldete sich Grants Instinkt voller Unruhe zu Wort. Er konnte sich erst entspannen, wenn auch Ellie und Julia gesund und sicher hier waren.

McNamara hielt das Handy hoch. Das Display zeigte ein Video. Der Detective spielte es ab. Alles in Grant gefror zu Eis.

Kapitel 35

Lindsay, Februar

Ein Tag ist wie der andere, nichts als Elend. Die Pillen, die ich jetzt nehme, betäuben mich ein wenig, aber nicht genug. Außerdem machen sie mich müde. Ich schlafe besser, aber ich habe schon seit Wochen nicht mehr alle Hausaufgaben gemacht. Um ehrlich zu sein, könnte ich den ganzen Tag schlafen und nie mehr aufwachen.

Mir ist inzwischen alles egal.

Die Wände im Wartezimmer sind ziemlich dünn. Ich kann es hören, wie der Psychiater und meine Mutter sich darüber unterhalten, ob ich womöglich die Schule wechseln sollte, vielleicht eine private Akademie gar nicht weit weg besuchen oder sogar Hausunterricht erhalten.

Genau in diese Richtung drängt der Arzt meine Mutter. »Sie müssen daran denken, was für Lindsay das Beste ist.«

Aber bei Mom ist diese Haltung »niemals aufgeben« ganz tief verwurzelt. Mit dieser Haltung hat sie es geschafft, in drei Jahren das College abzuschließen, ein Stipendium für ein Aufbaustudium zu bekommen und in Eigeninitiative Spanisch zu lernen.

Für eine so kluge Frau ist sie allerdings verdammt ahnungslos.

377

»Aber erziehe ich sie dann nicht dazu, beim kleinsten Hindernis aufzugeben?«, fragt sie. »Und verstärke ich die anderen Mädchen nicht in ihrem Verhalten, wenn ich Lindsay von der Schule nehme? Das passiert doch jedem von uns an irgendeinem Punkt in unserem Leben, dass andere uns drangsalieren oder mobben. Welche Lektion lernt denn Lindsay, wenn wir nachgeben? Wenn sie das Eislaufteam verlässt, haben die anderen Kinder gewonnen und Lindsay verliert. Sie muss lernen, für sich selbst einzutreten.«

Den Rest der Unterhaltung blende ich einfach aus. Für Mom bin ich eine große Enttäuschung, ich kann es ihrer Stimme anhören. Sie wünscht sich, ich wäre stärker, mehr wie sie.

Aber das bin ich nun einmal nicht.

Mir kommt es vor, als hätte man mich mit leeren Händen in ein Gefecht geschickt. Mir stehen keinerlei Möglichkeiten offen. Ich habe keine Freunde, die mich unterstützen. Keine Waffen, mit denen ich zurückschlagen kann. Ehrlich, was kann ich denn schon tun? Sie sind klüger als ich, alle. Ich bin wertlos.

Ich möchte aufgeben. Kapitulieren. Wenn ich bloß nie mehr zur Schule zurückgehen müsste! Heute Morgen habe ich Mom einfach ganz direkt gesagt, dass ich nicht mehr zum Eislaufen gehe. Zwingen kann sie mich dazu nicht. Die Eishalle ist mein Guantánamo. Es überrascht mich, dass Regan und Autumn noch keine Wasserfolter im Umkleideraum an mir ausprobiert haben.

Zur Schule will ich auch nicht mehr. Wenn ich mit dem Seelenklempner gesprochen habe, komme ich mir ganz ungeschützt und verletzlich vor, als hätte mir jemand alle Kleider ausgezogen und ich wäre nackt. Aber es hilft alles nichts – ich muss wieder in die Schule. Meine Mutter bringt mich kurz nach dem Mittag zurück. Die Gesichter der Lehrer, als ich hereinkomme, verraten mir, sie halten mich für eine Heulsuse. Regan und Autumn täuschen sie alle. Sie sind hervorragende Schülerinnen mit absolut null disziplinarischen Problemen, und es gibt keinerlei Beweise, dass sie hinter dem Mobbing stecken. Mit Ausnahme dieser SMS-Nachrichten von dem Wegwerfhandy gibt es nicht einmal Beweise dafür, dass überhaupt Mobbing stattfindet. Es ist mein Wort gegen ihres.

Dad ist sauer. Er war schon sechs Mal in der Schule, und er hat sich mit dem Leiter der Eishalle gestritten. Jedes Mal kommt er völlig frustriert nach Hause. Er ist niemand, der sich gern mit anderen anlegt. Deshalb gewinnt Mom auch immer, wenn die beiden sich streiten, und das tun sie dauernd. Gestern Abend allerdings habe ich gehört, wie er gesagt hat: »Ich gebe dir Zeit bis zu den Frühlingsferien. Wenn sich die Lage bis dahin nicht verbessert hat, nehme ich sie von der Schule.«

»Die Hamiltons geben nicht auf«, war ihre Antwort.

Ich schaffe es ohne einen Vorfall durch den Tag. Das passiert nicht sehr oft, aber ich wage es nicht, mich darüber zu freuen. Und recht habe ich. Mein Spind klemmt, und bis ich endlich den Hausmeister gefunden habe und der mir geholfen hat, die Tür zu öffnen, habe ich den Bus verpasst. Ich habe die Wahl: Entweder warte ich eine ganze Stunde auf den nächsten, oder ich gehe zu Fuß nach Hause, durch den Wald. Der Weg dauert höchstens eine Viertelstunde, und eine weitere Stunde in der Schule zu verbringen ist das Letzte, das ich will. Der Ort ist wie ein Gefängnis. Ich will einfach nur nach Hause, aber ich habe keine Lust, Mom oder Dad anzurufen. Außerdem liegt Moms Arbeitsstelle am nächsten, und selbst sie muss eine halbe Stunde fahren. Und sie hat sich ja schon den Morgen freigenommen, für diesen Termin mit dem Psychiater.

Das sind mir die liebsten Stunden, die Zeit, wenn ich aus der Schule komme und bevor meine Eltern zurück sind. Bevor sie mich über den Tag ausfragen.

»Was ist heute passiert?«

»Hast du es aufgeschrieben?«

Ich soll über das Mobbing Protokoll führen. Allerdings schreibe ich nur etwa die Hälfte aller Vorfälle auf. Es niederzuschreiben bedeutet, es noch einmal zu erleben. Dabei ist einmal doch nun wirklich genug, oder etwa nicht?

Ich will meine Zeit für mich allein heute nicht verlieren. Also schließe ich meinen Spind und hänge den Rucksack um. Vor der Tür schlägt mir die Winterluft ins Gesicht. Wenn ich es einmal positiv betrachte, habe ich mir durch meine Verspätung eine unangenehme Busfahrt erspart, auf der die anderen mich dauernd anstarren. Zitternd vor Kälte marschiere ich über den Parkplatz. Das Leichtathletikteam läuft an mir vorbei, warm eingepackt in Laufhosen und Mützen. Dann bin ich allein.

Ich bin gern allein.

Sobald ich die Straße überquert habe und im Wald bin, schützen die Bäume mich vor dem Wind. Das ist gar nicht mal so schlecht. Vielleicht sollte ich überhaupt nicht mehr mit dem Bus nach Hause fahren. Mom fährt morgens immer als Erste los, und in der letzten Zeit hat Dad mich heimlich mit dem Auto zur Schule gebracht. Wenn ich zu Fuß nach Hause gehe, erspare ich mir die Folter der Busfahrt vollständig.

Der Gedanke muntert mich auf. Ich gehe schneller. Für nächste Woche ist ein Schneesturm vorausgesagt, aber heute ist die Luft klar. Der Boden ist gefroren und fühlt sich unter meinen Füßen hart wie Fels an. Ein Vogel fliegt aus einem Gebüsch und erschreckt mich. Tief atme ich die Luft ein, die nach Kiefern riecht, und beobachte ein Kaninchen, das über den Weg hoppelt. Das ist richtig nett. Das erste Mal, seit ich hier auf der Schule angefangen habe, entspanne ich mich. Ich habe mich immer als ein Großstadtkind gesehen, aber vielleicht kann ich es lernen, die Natur zu lieben. Allerdings hält meine friedliche Stimmung nur kurz an.

Auf einer Lichtung warten sie auf mich, Regan, Autumn und vier andere Kinder. Zwei von ihnen sind Jungen, die auf Sex aus sind. Sie machen alles, was die Mädchen sagen, damit die ihnen einen blasen. Regan ist in ihrer Klasse ganz berühmt für ihre Blowjobs. Ich kapiere es wirklich nicht, wie die Lehrer und die Schulverwaltung sich so von ihr hinters Licht führen lassen. Ich *würde die Augen verdrehen, wenn ich nicht so furchtbare Angst hätte.*

Sofort weiß ich, es war kein Zufall, dass ich den Bus verpasst habe. Ich bin ihnen direkt in den Hinterhalt gelaufen.

Dabei bin ich schon fast zu Hause. Ich kann bereits die helle Stelle sehen, wo sich der Pfad zur Wiese hinter meinem Haus öffnet. Wenn ich renne, kann ich in fünf Minuten auf der Veranda sein.

Mein Herz sprintet los, macht das, was meine Füße tun wollen. Aber meine Kampfstiefel fühlen sich an wie am Boden festgefroren, und meine Beinmuskeln sind schwach. Schweiß läuft mir den Rücken herunter, durchnässt den Bund meiner Jeans.

»Schau mal, wer da ist«, höhnt Regan.

Ich zwinge meine Füße, sich in Bewegung zu setzen, gehe zurück, um zu versuchen, ihnen zu entkommen. Über ihren Köpfen sehe ich die Freiheit. Meine Fluchtmöglichkeit ist genau hier. Ich sehe es ihren Augen an, Regan hat etwas ganz Besonderes geplant. Wir sind hier weder in der Schule noch in der Eishalle. Es gibt keine Überwachungskameras im Wald, und kein Erwachsener ist in Rufweite. Hier draußen gibt es keine Grenzen für das, was sie mir antun können.

Die Möglichkeiten schießen mir durch den Kopf. Ich drehe mich um, fange an zu laufen. Ich habe noch keine drei Schritte geschafft, als mich auch schon einer der Jungen beim Arm packt und zur Lichtung zurückzerrt.

Feuchtigkeit läuft mir übers Gesicht. Ich kann nicht sagen, ob es Schweißtropfen oder Tränen sind, nicht einmal, als es mir salzig in den Mund läuft. Ich zittere so sehr, dass meine Zähne aufeinanderschlagen.

Sie haben mich eingekesselt.

Regan beugt sich vor. »Hast du etwa Angst?«

»Sie sollte Angst haben.« Autumn grinst.

Ich reiße meinen Blick von ihrem Gesicht los und schaue mich um.

Da ist ein Seil, über einen Ast oben geworfen, und darunter steht ein Holzklotz, auf der schmalen Seite. Mein Gehirn verweigert das weitere Denken, als ich die Schlinge am Ende des Seils sehe. Alles in mir ist wie betäubt.

Die beiden Jungs halten mich an den Armen. Ich wehre mich, aber sie sind viel stärker als ich. Das Einzige, was ich erreiche, ist, dass ich mir die Schultern verrenke, aber ich kann es kaum spüren, wie sie sich im Schultergelenk bewegen. Adrenalin bringt meinen Puls zum Rasen. Mir ist schwindelig, ich ringe keuchend nach Luft.

»Einmal Lächeln fürs Video.« Autumn tritt vor mich, ein Handy in beiden Händen. Sie hält den Augenblick für die Nachwelt fest.

»Ich hab dir doch gesagt, wir helfen dir gern dabei, Selbstmord zu begehen. Ohne eine solche Hässlichkeit wie dich kann die Welt nur ein besserer Ort sein.« Regan legt die Schlinge um meinen Hals

Jemand fesselt mir die Hände hinten auf dem Rücken. Bei den Armen hebt man mich auf den Holzklotz. Die Sohlen meiner Stiefel finden nur wenig Halt auf dem unsicheren Stand. Das Seil wird angezogen, bis es nicht mehr durchhängt. Eines der anderen Kinder sichert das Ende am Baumstamm.

»Steh auf, du blöde Kuh!« Regan schlägt mir mit der Hand auf den Hintern.

Ich strecke meine Beine. Dann trete ich nach ihr. Meine plötzliche Bewegung löst den Griff der Jungs. Aber ich verfehle Regan, verliere das Gleichgewicht. Der Holzklotz wackelt. Am Rand meines Gesichtsfelds sehe ich Rot. Meine Kehle wird so eng, es kommt mir vor, als würde ich durch einen Strohhalm atmen.

»Haltet sie fest!«

Mein Stiefel trifft auf einen Kopf.

»Autsch!«

Meine Füße können nicht aufhören auszutreten; es ist, als seien sie überhaupt nicht mit meinem Körper verbunden. Panik füllt meinen Kopf. Meine Lunge brennt. Das Seil ist nicht straff genug, um mir die Luft ganz abzuschneiden, aber ich kann kaum noch atmen. Meine Blase gibt nach, warme Nässe fließt mir die Beine herunter, durchweicht meine Jeans.

»Sie hat sich vollgepisst!« Autumn lacht. »O mein Gott, das ist noch besser, als wir erwartet haben.« Ich entdecke sie am Rande meiner Sicht. Nahezu unbeteiligt, losgelöst von meinem zappelnden, zuckenden Körper, beobachte ich, wie sie einmal um mich herumgeht, um mich von allen Seiten aufzunehmen.

Mein Körper schaltet den vollen Fluchtmodus ein, ich habe keinerlei Kontrolle mehr darüber. Ich schlage und trete um mich, versuche, mich den Jungs zu entziehen, die meine Beine greifen wollen. Der Holzklotz wackelt stärker.

»Halt still, du dummes Ding!«, kreischt Regan und packt meine Schenkel. »Sonst stirbst du wirklich!«

Mit dem Knie erwische ich sie unter dem Kinn. Ich höre, wie ihre Zähne gegeneinanderschlagen. Mit einem lauten Grunzen weicht sie zurück.

»Schneidet das Seil durch!«, brüllt einer der Jungs.

»Genau, ihr habt gesagt, es ist nur ein Spaß«, stimmt der andere zu. »Ihr habt versprochen, ihr nichts zu tun.«

»Wir werden ihr auch nichts tun. Also gut, holt sie herunter.« Autumn kichert, aber ihre Stimme ist vor Aufregung heller. »Ich habe genug Aufnahmen.«

Ein Messer in der Hand, kommt Regan auf mich zu.

Meine Füße verlieren endgültig den Halt. Der Holzklotz kippt um, etwas kracht, und ich falle in die Dunkelheit hinein.

KAPITEL 36

Grant drehte sich der Magen um, als er sah, wie Lindsays Füße hin und her schwangen. Dann zeigte das Video den Waldboden.

»O mein Gott, sie ist tot!«, kreischte jemand.

»Was sollen wir jetzt bloß machen, Regan?«, fragte eine Stimme. »Wir müssen hier verschwinden. Wir brauchen ein Alibi.«

»Halt die Klappe! Niemand wird vermuten, dass es etwas anderes war als ein echter Selbstmord.« Sie hielt inne, als würde sie in Gedanken die Möglichkeiten durchgehen. »Wir rufen Victor an. Er wird uns hier abholen und sich etwas ausdenken.« Die Stimme war ruhig. Da war nur ein ganz schwaches Zittern, aber ansonsten verriet der Tonfall nur eine Emotion: Verärgerung.

»Victor wird uns niemals helfen.«

»O doch, das wird er, wenn er keine Lust hat, im Gefängnis zu landen.«

Der Handybildschirm wurde schwarz.

»Victor ist in der Eishalle, mit Ellie und Julia.« Grant blickte zu Nan, Hannah und Carson. »Ich muss sie holen!«

Nan winkte ihm zu. Ihre Augen über der Sauerstoffmaske waren weit aufgerissen und zeigten Angst. Hannah nahm Faith in einen Arm und legte den anderen Carson um die Schultern.

»Ich fürchte, ich werde Sie verhaften müssen, wenn ich will, dass Sie hierbleiben«, seufzte McNamara.

»Damit haben Sie vollkommen recht.« Grant wandte sich zur Straße, wo der Motor von Coreys Wagen, in dem er gekommen war, noch immer lief. Allerdings war das Auto von den Rettungsfahrzeugen vollkommen eingeparkt.

»Dann kommen Sie besser mit mir mit.« McNamara rannte zu seinem Wagen, einem zivilen Fahrzeug, dessen Blaulicht von etwas im Baum auf Ellies Rasen reflektiert wurde. Grant lief zu der Stelle. Oben auf einem Ast war eine Überwachungskamera angebracht.

»Was ist los?«, rief der Detective.

Grant sprintete zum Wagen und stieg ein. »Ich habe gerade eine Drahtlos-Videokamera entdeckt. Ich glaube, ich weiß jetzt, wie Corey Ellies Haus überwacht hat.«

Der Polizist fuhr los.

Erneut rief Grant Mac an und berichtete ihm von Victor. McNamara forderte vom Büro des Sheriffs per Funk Verstärkung an.

Auf dem Weg zur Eishalle konnte Grant nur beten, dass sie Ellie und Julia rechtzeitig erreichten.

Der Detective fuhr mit Blaulicht, aber ohne Sirene. »Wir wissen nicht, was später passiert ist. Eigentlich hat Victor keinen Grund, Ellie oder Julia etwas anzutun.«

Doch Grant wusste genau, was passiert war. Diese Mädchen hatten Lindsay Hamilton umgebracht, wenn auch ungewollt, und ihr Trainer hatte das Verbrechen vertuscht.

* * *

Ellie versuchte, sich Josh zu entwinden, doch er hielt sie mit einem Knie auf. Verdammt, jeden Augenblick konnte Julia wieder herauskommen, und ihre Tochter wollte Ellie auf keinen Fall irgendwo in Joshs Nähe sehen.

Ein weiteres Mal stieß sie ihn gegen die Brust, doch er grinste nur höhnisch. Ganz offensichtlich genoss er seine physische Überlegenheit. Sie blickte herunter. Ihr Knie befand sich in einer perfekten Linie mit seinem Schritt. Sie spannte sich an, zog das Bein zurück, um mit mehr Kraft zustoßen zu können. Sie hatte nur einen Versuch, ihn einen kurzen Augenblick lang auszuschalten. Wenn sie ihr Ziel verfehlte, machte sie ihn nur noch wütender.

Die Tür zur Eishalle öffnete sich.

»Lassen Sie sie los, Josh!«, hallte Victors Stimme durch den Gang.

Gott sei Dank! Erleichterung ließ Ellie gegen die Wand sinken. Victor kam auf sie zu. Mit einem wütenden Blick trat Josh zurück.

Der Trainer stellte sich zwischen Josh und Ellie. »Gehen Sie nach Hause, Josh. So dürfen Sie nicht mit einer Dame reden.«

Josh machte ein finsteres Gesicht, doch er gab nach. »Denken Sie daran, was ich gesagt habe.« Zornig stapfte er den Korridor entlang und verschwand in der Halle. Mit einem lauten Klacken schloss sich die Metalltür.

In Jeans und Sweatshirt kam Julia aus dem Umkleideraum, den Griff ihrer Sporttasche über der Schulter und die Schlittschuhe in der Hand. Sie reichte sie Ellie. »Ein Schnürsenkel ist gerissen.«

Ellie nahm die Schlittschuhe entgegen und wandte sich an Victor. »Ich danke Ihnen.«

»Keine Ursache.« Seine grauen Augen zeigten Wut; auf Josh natürlich.

Erneut öffnete sich die Tür zur Eishalle, und Mac stürmte in den Gang. »Ellie!«

Ihm folgte ein Polizist.

Schock zeichnete sich in Victors Gesicht ab. Er griff in seine Tasche und zog eine Pistole hervor, die er auf Ellie richtete. »Sie kommen mit mir.«

Ellie hatte keine Zeit, darüber nachzudenken, warum Victor sie mit der Waffe bedrohte – oder warum er überhaupt hier in der Eishalle eine Pistole mit sich führte. Sie kannte nur ein Ziel: ihre Tochter zu schützen.

»Julia, lauf!«, schrie Ellie und stürzte sich auf den Trainer, achtete dabei darauf, dass sie selbst sich zwischen Julia und der Waffe befand.

Allerdings war Victor ein Athlet, dessen Körper aus soliden Muskeln bestand. Der Aufprall brachte ihn nicht einmal ins Wanken. Stattdessen packte er sie an ihrem Pferdeschwanz und zog sie als Schutzschild vor sich. Erleichtert sah Ellie Julia entkommen. Schluchzend rannte das Mädchen auf Mac zu.

»Lassen Sie die Waffe fallen!« Der Polizist hatte seine Waffe auf Victor gerichtet.

Mac schob Julia hinter sich. Er suchte Ellies Blick. Zorn schärfte seine Gesichtszüge.

Victor presste Ellie den Pistolenlauf gegen die Schläfe. Das Metall bohrte sich in ihre Haut. »Wenn Sie mir folgen, bringe ich sie um.«

Er zerrte sie den Gang hinunter zu einem Notausgang, der zum Parkplatz für die Angestellten hinter der Halle führte. Hinter ihnen fiel die Tür mit einem schweren Klicken ins Schloss. »Beeilen Sie sich!« Ein heftiger Ruck an Ellies Haaren ließ sie das Gleichgewicht verlieren.

Sie stolperte, versuchte mühsam, mit ihm Schritt zu halten. »Warum tun Sie das?«

»Wegen dieser Gören gehe ich ganz sicher nicht ins Gefängnis!« Victor ging auf einen schwarzen Geländewagen zu, der ein paar Meter entfernt stand. »Ich habe einen Fehler gemacht, einen einzigen. Ich habe mich von dieser kleinen

Schlampe Regan verführen lassen, und seitdem bezahle ich dafür. Die blöde Kuh wollte das Handy behalten, um sich das Video immer wieder anschauen zu können, aber ich habe es ihr weggenommen. Wenn ich die Sache schon für sie bereinigen musste, dann auf meine Weise.«

»Ich verstehe überhaupt nichts.«

Victor ignorierte sie, sprach einfach weiter, zornig, fieberhaft. »Es ist alles Kates Schuld. Sie hat gehört, wie ich mich mit Regan gestritten habe, und das Handy gestohlen. Sie wollte es der Polizei geben. Ich habe sie an unsere Affäre erinnert und ihr gedroht, ihrem Mann alles zu erzählen. Sie hat geschwankt, viele Wochen lang, aber am Ende hätte sie das Richtige getan, das weiß ich. Sie wäre zur Polizei gegangen. Schließlich hat sie sich auch von mir getrennt, um ihre Ehe zu retten.«

Von welchem Handy sprach er da bloß? Schock betäubte Ellies Kopfhaut. Victor hatte also Sex mit Regan *und* eine Affäre mit Kate gehabt? Moment, das bedeutete doch … »Sie haben Kate und Lee umbringen lassen! Aber warum denn bloß?«

In seine eigenen Gedanken verloren, reagierte Victor nicht. Er schubste sie in Richtung des Wagens. »Steigen Sie ein.«

Plötzlich waren sie von Blaulichtern umgeben. Mehrere Polizeiwagen fuhren auf den Parkplatz, parkten quer und versperrten beide Ausfahrten. Polizisten sprangen heraus, richteten die Waffen auf Victor und Ellie. Victor presste sich mit dem Rücken gegen seinen Geländewagen und hielt Ellie vor sich. »Keinen Schritt weiter, sonst erschieße ich sie!«

* * *

»Mac sagt, Julia ist in Sicherheit, aber Victor hat Ellie in seiner Gewalt. Sie sind auf dem Parkplatz hinter der Halle.« Grant steckte sein Handy ein.

Der Detective fuhr um die Eishalle herum. Neben ihnen kamen drei Einsatzwagen zum Stehen.

»Da!« Grant deutete auf die Stelle, an der Victor Ellie bei den Haaren über den Asphalt zerrte. Wut und Angst verschmolzen in Grants Brustkorb.

McNamara griff nach dem Funkgerät und forderte einen Scharfschützen und einen Verhandlungsführer für Geiselnahmen an. Er stellte sein Auto ebenfalls quer und stieg aus, die Waffe in der Hand.

Grant schloss sich dem Detective an, der geduckt hinter dem Wagen stand, den Motorblock als Schutz vor sich. Über die Motorhaube hinweg beobachteten sie Victor und Ellie. »Er wird ganz bestimmt nicht warten, um sich mit der Polizei zu unterhalten.«

Wenn Grant Ellie nur erreichen könnte, bevor Victor auf sie schoss, würde er den Trainer mit bloßen Händen umbringen, und genau das wollte er mit einer wilden Intensität, die ihn erschrecken müsste.

Ein Polizist neben ihnen holte ein AR-15-Maschinengewehr aus dem Kofferraum seines Wagens, nahm hinter dem Motor Deckung und zielte über die Motorhaube auf Victor.

»Ist er ein guter Schütze?«, fragte Grant.

McNamara warf einen Blick auf den Kollegen. »Ja. Wenn wir es schaffen, für ein wenig Abstand zwischen den beiden zu sorgen, kann Officer Tate ihn erledigen, sobald es so aussieht, als wolle er abdrücken.«

»Lassen Sie sie gehen, Victor!«, brüllte McNamara. »Sie können nicht entkommen.«

»Wir werden uns jetzt ins Auto setzen und davonfahren!«, schrie Victor. Er zog Ellie in Richtung der Fahrertür, den Lauf der Waffe gegen ihre Stirn gepresst. Ellies Blick begegnete Grants, die Augen weit aufgerissen vor Furcht. Nur etwa zehn Meter trennten sie, aber es hätten ebenso gut mehrere Kilometer sein können. Der dringende Wunsch, Victor umzubringen, seine Kehle unter den Händen zu spüren, nahm von Grant Besitz.

»Sie werden es niemals von diesem Parkplatz schaffen!«, rief der Detective.

Grants Herz hämmerte in seiner Brust. Er war zur Untätigkeit verdammt, konnte ihr nicht helfen. Der Schütze neben ihm wechselte die Position. Ellies Kopf war zu nahe an Victors. In Gedanken sah Grant Ellies Kopf in einem roten Nebel explodieren. Das zerstörte Gesicht des Aufständischen. Lee. Die Bilder bedrängten Grant, eine Übelkeit erregende Diashow aus Blut und Tod. Wie viele Menschen hatte er sterben sehen? Wie viele Männer hatte er fürs Leben verstümmelt erlebt, in Stücke gerissen, im Sand verblutend?

Victor bewegte sich seitwärts. Seine Hand suchte nach dem Griff der Fahrertür. Sein Blick glitt zur Seite, der Pistolenlauf entfernte sich ein wenig von Ellies Schläfe. Sie reagierte rasch, schwang die Schlittschuhe in ihrer Hand über die Schulter. Sie trafen Victor mitten ins Gesicht. Ein Schuss löste sich, hallte in der feuchten Nachtluft wider. Blut spritzte. Ellie fiel zu Boden. Grants Herz blieb stehen. Er sprintete bereits auf Ellie zu, bevor Officer Tate feuern konnte und Victors Körper zuckte und zur Seite fiel.

Grant rannte über den Asphalt, gefolgt von den Polizisten. Ellie! Blut zeigte sich auf ihrem hellblauen Pullover. Er kniete sich neben sie, seine Hände an ihrem Kopf, suchte nach der Verletzung. Er musste die Blutung stillen. Sie durfte nicht tot sein, sie durfte es einfach nicht!

»Grant!« Sie bewegte sich. »Ich bin in Ordnung.«

Seine Finger strichen weiter durch ihre Haare. Sie stoppte das panische Abtasten mit ihren Händen. »Das ist Victors Blut, nicht meins.«

Unfähig, ihre Worte zu begreifen, schaute sich Grant um. Victor lag auf dem Boden, auf dem Rücken. Die Kugel des

Polizisten hatte ihn in der Schulter erwischt. Inzwischen hatte man ihm Handschellen angelegt. Ein Polizist übte Druck auf die Schulterwunde aus, ein anderer auf die große Schnittwunde in seinem Gesicht, um die Blutungen zum Stillstand zu bringen. Die Schlittschuhe hatten ihm die Stirn aufgerissen, und zwar so tief, dass mitten in all dem Blut weiß der Schädel zu sehen war. Als Victor keinen Schaden mehr anrichten konnte, übernahm ein Rettungssanitäter seine medizinische Versorgung.

Ellie zupfte an seinem Arm, holte seine Gedanken zu ihr zurück. »Lass uns hier verschwinden.«

»Natürlich.« Er nahm sie in die Arme und richtete sich auf.

»Ich kann gehen«, wehrte sie ab.

»Ich weiß, aber jetzt in diesem Augenblick möchte ich dich einfach nur festhalten.« Er wünschte sich, er müsste sie nie wieder loslassen.

Sie lehnte den Kopf gegen seine Brust. »Ich habe nichts dagegen.«

Er trug sie ein paar Meter und legte sie ins Gras. Ein zweiter Sanitäter eilte herbei.

»Mir ist nichts passiert«, sagte sie.

Grant nahm ihre Hand. Er brauchte die ständige körperliche Verbindung, um sich selbst davon zu überzeugen, dass sie tatsächlich in Ordnung war.

»Okay, lassen Sie mich das einfach überprüfen.« Der Sanitäter säuberte ihr Gesicht mit Verbandmull und Wasser. »So, mehr kann ich nicht tun. Ich sehe nicht einmal einen Kratzer. Sind Sie sicher, dass Ihnen nichts wehtut?«

»Ja, absolut. Ich danke Ihnen.«

Der Sanitäter ließ sie allein.

Dann kam McNamara heran und stellte sich vor sie, die Hände in die Hüften gestemmt. »Sie sind nicht verletzt?«

»Nein«, erwiderte Ellie. »Aber ich habe keine Ahnung, was überhaupt los ist.«

Grant drückte ihre Hand. Körperlich mochte sie unverletzt sein, aber die Ereignisse der letzten Woche würden ihr seelische Narben hinterlassen. »Lindsay Hamilton hat nicht Selbstmord begangen«, erklärte er. »Regan und Autumn wollten ihr einen ziemlich üblen Streich spielen, und das ist auf furchtbare Weise schiefgegangen. Aus irgendeinem Grund hat Victor den beiden geholfen, das zu vertuschen.«

»O nein!« Ellie presste eine Hand gegen die Kehle. »Victor hat etwas davon gesagt, dass Regan ihn verführt habe.«

»Dann hat sie also damit gedroht, ihn anzuzeigen, wenn er ihr nicht hilft.« Grant schaute zu dem Polizisten hoch. »Wo liegt in diesem Bundesstaat die Altersgrenze für Unzucht mit Minderjährigen?«

Der Detective seufzte. »Er ist älter als einundzwanzig, also bei sechzehn Jahren. Das hätte ihm bis zu vier Jahren Freiheitsstrafe einbringen können.«

Die Hintertür zur Eishalle öffnete sich, und Mac kam heraus, gefolgt von Julia. Er hielt sie zurück, bis er überprüft hatte, dass alles in Ordnung war, dann ließ er sie gehen. Schluchzend lief sie auf ihre Mutter zu und schlang die Arme um sie. Ellie tröstete ihre Tochter mit einer Hand; die andere weigerte sich, Grant loszulassen. Nach all den schrecklichen Dingen, die im Laufe der letzten Woche geschehen waren, hatte er endlich sein Glück gefunden.

Kapitel 37

Leise schlich sich Grant in das Zimmer im *Residence Inn*. Carson und Hannah teilten sich ein Doppelbett. Seine Schwester lag auf der Seite, einen Arm um den Jungen geschlungen, und schnarchte leise vor sich hin. Grant zog die Bettdecke über Carsons Schulter. Anschließend ging er zum tragbaren Kinderbett und legte Faith kurz eine Hand auf den Rücken. Es war lange nach ihrer Geisterstunde, und sie schlief tief und fest. Das Heben und Senken ihres Körpers unter seiner Handfläche zog ihm den Brustkorb zusammen. Beinahe hätte er alle drei bei diesem Brand verloren.

Mit einem tiefen Atemzug verließ er den Raum wieder und schloss leise die Tür hinter sich. Dann ging er am zweiten Schlafzimmer vorbei, in dem Julia und Nan im Bett lagen, und betrat die Küchenecke. Der Anblick von Ellie, die gerade Kaffee kochte, weckte weitere Gefühle in ihm – Dankbarkeit, Zuneigung und Verlangen. Da war immer dieses Verlangen, wie es schien.

Er trat hinter sie und legte ihr die Arme um die Taille. »Ich hätte einen weiteren Raum buchen sollen. Dann könntest du ebenfalls schlafen.«

»Es ist schon fast Morgen. Außerdem bin ich viel zu aufgeregt, um still liegen zu können.« Sie lehnte sich zurück, den Kopf an seiner Brust. »Aber wenn du dich hinlegen willst, können wir das Sofa in ein Bett verwandeln.«

Ihre Haare waren noch nass von der Dusche, aber noch immer sah Grant sie vor sich, mit Victors Blut bespritzt. Diesen Anblick würde er niemals vergessen können.

»Ich bin in Ordnung.« Sein Kinn ruhte auf ihrem Kopf. »McNamara wird bald hier sein. Er hat mir vor ein paar Minuten eine SMS geschickt.« Die gesamte Straße war nach dem Brand noch immer gesperrt gewesen. Nachdem sie alle auf dem Polizeirevier ihre Zeugenaussagen gemacht hatten, brachte ein Polizeiwagen sie zum Motel, und ein uniformierter Polizist hatte ihnen Grants Handy aus dem Mietwagen und ein paar Kleidungsstücke aus Ellies Haus besorgt. Im Minimarkt gegenüber vom Hotel hatten sie sich alles Restliche besorgen können, das sie für die Nacht brauchten.

Leise klopfte es an die Tür. Widerwillig löste er sich von ihr und ließ Detective McNamara ein.

»Danke.« Der Polizist nahm eine Tasse Kaffee entgegen und setzte sich an den kleinen Eichenholztisch. Ellie und Grant schlossen sich ihm an.

»Muss ich meine Anwältin wecken?«, fragte Grant.

»Bitte nicht.« McNamara seufzte. »Ich bin hier, um Sie aufs Laufende zu bringen, und nicht, um Sie zu verhaften.«

Hannah hatte in der Nacht auf dem Polizeirevier elegant eine Anklage wegen Behinderung der Justiz vom Tisch gebügelt.

Auf einen Zug leerte der Polizist die halbe Tasse. »Also, nach dem, was wir bisher herausfinden konnten, hat es Regan und Autumn geärgert, dass Victor sich so intensiv um das neue Mädchen gekümmert hat. Deshalb haben sie beschlossen, sie zu drangsalieren. Der Schuss ging allerdings nach hinten los – Victor hatte ein schlechtes Gewissen und versuchte, Lindsay zu schützen. Das hat die beiden Mädchen nur noch zorniger gemacht – und gemeiner. Sie wussten, Lindsay stand kurz davor, das Eislaufen aufzugeben. Mit dieser Sache im Wald wollten sie ihr den letzten Schubs dafür geben. Sie haben das Video ja gesehen.« McNamara blickte zu Grant. »Der Streich ist so schiefgegangen, wie es nur möglich war, und hat Lindsay das Leben gekostet.«

Die Erinnerung an das Video ließ Grant nach Ellies Hand greifen. Sie war sein Anker.

»Regan und Autumn sind zu Victor gegangen. Regan hatte einiges gegen ihn in der Hand. Er versprach, den Mädchen ein Alibi zu verschaffen, falls es irgendwelche Zweifel an der Todesursache geben sollte, und er hat Regans Wegwerfhandy an sich genommen. Sie wollte das Video unbedingt behalten, aber Victor wusste, das war keine gute Idee. Er wusste auch, dass es nicht ausreichte, das Video einfach zu löschen. Man hätte es dennoch wiederherstellen können. Deshalb hat er die Übergabe des Handys zu einer Bedingung für seine Zusammenarbeit gemacht. Eigentlich wollte er es zerstören, nachdem er in der Eishalle fertig war. Allerdings war es später plötzlich verschwunden, und Kate war die Einzige, die an diesem Abend ebenfalls in der Halle war. Ein halbes Jahr zuvor hatten Victor und Kate eine Affäre. Ihre berufliche Beziehung war also ohnehin bereits belastet, und sie zeigte ihm die kalte Schulter. Kate hatte sein Gespräch mit den Mädchen mit angehört und das Handy aus der Tasche der Jacke in seinem Büro gestohlen. Die beiden stritten sich über die Sache, immer wieder, mehrere Wochen lang. Victor drohte damit, Lee von der Affäre zu erzählen, wenn Kate ihm das Handy nicht zurückgab. Er wusste, sie würde am Ende die Polizei informieren. Deshalb hat er Donnie damit beauftragt, Kate umzubringen und das Handy zu beschaffen.«

Ungläubig starrte Grant ihn an. »Das Ziel war also Kate, nicht Lee?«

»Das ist verrückt!« Ellie drückte seine Finger.

»Und wie schafft es ein Eislauftrainer, einen Auftragskiller zu finden?«, erkundigte sich Grant.

»Donnie hat eine Weile Eishockey gespielt«, erklärte McNamara. »Es gibt da so ein Programm für straffällig gewordene Jugendliche. Außerdem wissen wir, Victor war Donnies erster Klient. Bevor er verhaftet wurde, hat Donnie unseres Wissens noch nie jemanden getötet. Die meisten seiner Straftaten hatten mit dem Internet zu tun. So wusste er zum Beispiel genau, wo er Lee und Kate finden konnte, weil es ihm gelungen war, sich in ihre Kalender-App einzuhacken. Im Gefängnis ist Donnie dann allerdings von einem Mithäftling überfallen worden. Die Arische Bruderschaft hat ihm anschließend geholfen, seinen Angreifer umzubringen, der Mitglied einer gegnerischen Bande war. Dabei hat Donnie irgendwie eine Neigung zur Gewalt entwickelt. Der Tod seiner Freundin beruht auf einem Unfall bei erotischer Atemkontrolle. Die beiden hatten eine Vorliebe für BDSM. Beim letzten Mal hat er offensichtlich die Kontrolle verloren.«

Grant verschränkte seine Finger mit Ellies.

»Außerdem konnte die Feuerwehr in den Ruinen des Hauses ein paar Dinge finden, die wir gesucht haben.« Der Detective zog einen großen Umschlag aus seiner Aktentasche. »Da ist einmal das Testament Ihres Bruders. Dessen Inhalt mit dem vorliegenden Fall nichts zu tun hat.«

»Wo haben Sie es gefunden?« Grant berührte den Umschlag.

»Ihr Bruder hat den alten Speiseaufzug als Versteck genutzt«, erwiderte McNamara. »Er hatte die Öffnung zugenagelt. Die Bretter sind verbrannt, aber der Aufzugschacht selbst besteht aus Backstein. Deshalb hat der Inhalt das Feuer überstanden. Auch die Hamilton-Akte haben wir dort gefunden.«

»Was genau wusste Lee denn jetzt über den Hamilton-Fall?«, wollte Grant wissen. »Obwohl, eigentlich spielt es ja jetzt keine Rolle mehr, nachdem wir wissen, er war gar nicht das Ziel.«

»Er fand etwas heraus, das wir alle übersehen haben.« McNamara trommelte mit den Fingern auf der Tischkante. »Lindsay erhielt ein paar ziemlich gemeine Fotos per SMS, nur hat der Virus ja alle Daten auf ihrem Handy gelöscht. Aber sie hatte einen guten Freund in Kalifornien, mit dem sie in ständigem Kontakt stand. Er heißt Jose. Lee hat ihn angerufen und dabei herausgefunden, dass Lindsay ihm eins der Fotos weitergeleitet hat, bevor der Virus auf ihr Handy geriet. Es zeigte eine erhängte Puppe, die man genau wie Lindsay zurechtgemacht hatte. Bei dieser Aufnahme haben Regan und Autumn einen Fehler gemacht. Das Foto war mit Geo-Tags versehen.«

»Geo-Tags?«

»In das Foto eingebettet finden sich Informationen über den Standort, an dem es aufgenommen wurde«, erklärte der Detective. »Und dieses Foto ist in Regans Haus entstanden. Lee hatte also tatsächlich etwas gefunden, mit dem er eine Verbindung zwischen dem Mobbing und einem der Mädchen herstellen konnte.«

»Und was ist mit Corey Swann?«, fragte Ellie.

»Der sagt momentan kein Wort, aber wir haben das Wegwerfhandy bei ihm gefunden, von dem aus er Ihnen die Erpresser-SMS geschickt hat. Die Kamera vor Ihrem Haus war mit Bewegungssensoren ausgestattet. Er hat sein eigenes Netzwerk genutzt, um sich selbst die Aufnahmen dieser Kamera zu schicken. Ganz ehrlich ...«, der Polizist schüttelte den Kopf, »›Julia1‹ ist wirklich kein sehr sicheres Passwort. Wir konnten uns mühelos Zugang zu den Daten auf dem Handy verschaffen. Jedenfalls, er konnte das Haus in Echtzeit beobachten oder sich die Aufnahmen irgendwann später anschauen. Und der Besitz des Handys allein reicht bereits für eine Anklage wegen

Erpressung aus. Ich bin mir allerdings sicher, wir werden im Laufe unserer Untersuchung noch weitere Beweise finden.«

Der Polizist stand auf. »Rufen Sie mich an, wenn Sie Fragen haben. Ich überlasse Sie jetzt wieder sich selbst. Sie müssen das alles erst einmal verarbeiten – und sich ausruhen.«

Ellie verschloss hinter McNamara die Tür. Grant saß noch immer am Tisch. Seine Finger spielten mit dem Umschlag.

»Willst du ihn nicht öffnen?«, erkundigte sie sich.

»Nein. Ich will auf Mac und Hannah warten.« Er stand auf und streckte sich. »Das Sofa sieht plötzlich sehr einladend aus. Wie wäre es, wenn wir uns einfach eine Weile hinsetzen, bis die anderen aufwachen?«

Er zog sie zum Sofa. Den Arm um ihre Schultern geschlungen, lehnte er sich zurück und schloss die Augen. Er konnte die vielen Informationen von McNamara kaum alle aufnehmen. Kate hatte eine Affäre gehabt? Auf jeden Fall war sie das Ziel des Mörders gewesen, weil sie Informationen für sich behalten hatte, statt die Polizei zu informieren. Wochenlang war sie im Besitz dieses Handys gewesen, hatte geschwankt, voller Angst, ihren Mann zu verlieren, wenn er von ihrer Untreue erfuhr.

Ellie legte die Hand auf seine Brust, direkt über seinem Herzen. »Ist alles in Ordnung?«

»Ich brauche nur ein wenig Zeit, um all das zu verarbeiten.«

Faith meldete sich aus einem der Schlafzimmer.

»Ich hole sie.« Ellie stand auf.

Mit einer Hand auf ihrem Arm hielt er sie zurück. »Nein, ich übernehme das.«

Zeit nachzudenken war möglicherweise das Letzte, das er jetzt gebrauchen konnte.

KAPITEL 38

»Bitte entschuldigen Sie.« Auf dem Weg zum Zimmer seines Vaters blieb Grant am Schwesternzimmer stehen. Seit dem Brand war erst ein Tag vergangen. Ellie, Julia und Nan waren in ihr Haus zurückgekehrt, und Hannah und die Kinder waren noch immer im Motel. Das alte Gebäude war nicht zu retten.

Eine Schwester in einem pinkfarbenen Kittel schaute ihn über den Rand ihrer Lesebrille hinweg an und blies sich den kurzen graublonden Pony aus den Augen. »Ja?«

»Ich bin Colonel Barretts Sohn.« Grant zögerte. »Ich war letzte Woche schon einmal hier, und dieser Besuch ist nicht gut verlaufen. Er hat sich sehr aufgeregt, als ich ihm erklärte, dass ich sein Sohn bin. Er hat mich nicht erkannt.«

Ihr Mund verzog sich zu einem traurigen Lächeln. »Das geschieht leider oft. Auch Ihren Bruder hat er meistens nicht erkannt, falls Sie das tröstet.«

»Tatsächlich nicht?«, fragte Grant überrascht.

»Nein. Ihr Bruder hat sich immer mit dem ansprechen lassen, wofür der Colonel ihn gerade gehalten hat.«

»Was meinen Sie damit?«

»Wenn Ihr Vater dachte, Ihr Bruder sei Private First Class Anderson, hat er darauf reagiert.« Sie nahm die Brille ab.

»Mr Barrett wollte dem Colonel einfach einen friedlichen Tag verschaffen. Er hat herausgefunden, es ist einfacher, ihm etwas vorzulesen, als sich mit ihm zu unterhalten. Es regt den Colonel sehr auf, wenn er die Worte nicht richtig herausbringen kann. Er weiß genau, dass er sich an viele Dinge nicht erinnern kann, und das frustriert ihn. Demenz erschwert auch die Kontrolle über Gefühle.« Ihre Augen zeigten Mitgefühl. »Versuchen Sie, ihn mit Colonel anzusprechen, nicht mit Dad, und nennen Sie ihm Ihren Vornamen. Ich weiß, es schmerzt, dass er sie nicht wiedererkennt, aber das ist nicht seine Schuld. Wenn Sie ihn Dad nennen, impliziert das automatisch eine enge Beziehung, und er fühlt sich sofort unter Druck gesetzt, sich zu erinnern. An manchen Tagen mag er Sie vielleicht sogar überraschen und wissen, wer Sie sind, aber das wird nicht mehr sehr oft geschehen.« Sie hielt inne und fügte dann hinzu: »Sie können das nicht wieder in Ordnung bringen.«

Endlich gelang es Grant, diese Aussage als Wahrheit anzunehmen und zu akzeptieren.

»Seine Gesundheit insgesamt hat sich im Verlauf des letzten Jahres erheblich verschlechtert.« Sie streckte die Hand aus und berührte Grants Arm. »Es tut mir leid. Soll ich dem Arzt sagen, dass er Sie einmal anruft?«

»Ja, bitte.« Grant gab ihr seine Handynummer. »Sie müssen ohnehin noch die Angaben für den Kontakt im Notfall ändern.« Er nannte ihr auch Macs und Hannahs Nummern.

Sie tippte die Daten in den Computer ein.

Auf dem Weg zum Zimmer seines Vaters ließ sich Grant ihre Ratschläge noch einmal durch den Kopf gehen. Sein Vater war wach und starrte ausdruckslos auf das Fernsehgerät an der gegenüberliegenden Wand, dessen Ton ausgestellt war. Dann richteten sich die verschleierten Augen auf Grant. »Wer sind Sie?«

»Colonel, ich bin Grant.« Er holte tief Luft und wartete.

»Was machen Sie hier?«

Auf dem Betttablett sah Grant ein Buch liegen. »Ich möchte

Ihnen vorlesen.«

Sein Vater nickte, noch immer misstrauisch, aber mit der Antwort offensichtlich zufrieden.

Grant näherte sich dem Bett, setzte sich auf den Stuhl daneben, nahm das Buch und begann laut zu lesen. Sein Vater lehnte sich zurück und schloss die Augen. Er war vollkommen ruhig. Lee hatte recht – es spielte keine Rolle, ob ihr Vater sich an ihre Namen erinnerte. Vielleicht spielten sehr viele Dinge eigentlich keine Rolle.

Zwei Kapitel weiter war der Colonel eingeschlafen; und Grant wusste genau, was er tun musste. Nein, nicht nur tun musste, sondern auch tun wollte.

Auf dem Weg zurück ins Motel spürte er eine gewisse Zielstrebigkeit.

Vor der Motelsuite parkte der silberne Mercedes. Kates Eltern saßen im Essbereich mit Hannah am Tisch. Carson saß auf Hannahs Schoß, und Faith strampelte in einem Kindersitz auf dem Boden.

»Onkel Grant!« Carson rannte auf ihn zu.

Grant nahm ihn hoch. Der Junge zitterte. »Was ist denn los, Kumpel?«

»Sie haben gesagt, sie holen uns«, schniefte Carson.

Grant betrachtete sich die Gesichter um den Tisch herum.

Stella Sheridan stand auf und strich sich die Falten aus der grauen Hose. »Wir dachten, wir nehmen die Kinder gleich mit, nachdem sie ja jetzt kein Zuhause mehr haben. Dadurch sparen wir alle Zeit. Je eher sie sich an ihr neues Heim gewöhnen können, desto besser.«

»O nein, ich denke nicht.« Grant presste Carson fester an sich. Kleine Finger krallten sich in sein Sweatshirt.

Stella verschränkte die Arme. »Je mehr die Kinder sich an Sie anschließen, desto schwieriger wird es, wenn Sie später wieder aufbrechen.«

»Das würde stimmen, wenn ich denn irgendwann wieder aufbrechen würde.« Grant schob sich Carson auf die Hüfte. Der Junge roch nach Gras und Schweiß. Vielleicht hatte Hannah mit ihm einen Spaziergang gemacht.

Hannahs Kopf fuhr hoch. »Was hast du gesagt?«

»Ich habe eine Härtefallentlassung aus dem Dienst beantragt.« Grants Herz fühlte sich so leicht an wie noch zu keinem Zeitpunkt, seit er von Lees Tod erfahren hatte. »Ich habe gerade mit meinem kommandierenden Offizier gesprochen.«

Stellas Gesicht fiel in sich zusammen. Die Falten um ihren Mund herum vertieften sich. »Trotzdem … Sie sind Junggeselle. Was wissen Sie denn schon darüber, wie es ist, zwei Kinder großzuziehen?«

»Das werde ich dann schon herausfinden«, erwiderte Grant.

»Nun, wir werden sehen, was unser Anwalt dazu zu sagen hat.« Stella reckte das Kinn, ihre Augen plötzlich hell und kalt.

Faith quengelte, und Hannah nahm sie hoch. »Wo wir schon bei diesem Thema sind. Ich habe heute Morgen das Testament der beiden überprüft. Lee und Kate haben Grant als Vormund der Kinder benannt. Rechtlich haben Sie also nicht die geringste Chance.«

Stella wandte sich um und nahm ihren Mantel von der Stuhllehne. Sie starrte auf den Fußboden und wischte sich mit dem Daumen eine Träne aus dem Gesicht. »Dürfen wir die Kinder trotzdem ab und zu sehen?«

»Selbstverständlich«, antwortete Grant. »Sie dürfen sie besuchen, wann immer Sie wollen.«

Mit einem enttäuschten Seufzen stand Bill auf und half seiner Frau in den Mantel. »Sie wissen, wo Sie uns erreichen, falls Sie Ihre Meinung ändern sollten.«

Die beiden umarmten Carson kurz, und Stella küsste Faith auf die Stirn, bevor sie gingen.

»Du lässt es nicht zu, dass sie uns holen, richtig?« Carson lehnte den Kopf gegen Grants Schulter.

»Auf keinen Fall, Kumpel.« Grant rieb ihm den Rücken. »Ihr beide bleibt bei mir. Ist das in Ordnung?«

Carson nickte und schlang die Arme um Grants Hals.

»Und du bleibst wirklich hier?«, wollte Hannah wissen.

»Das werde ich. Ich weiß nicht, was die Dinge verändert hat – Lees Tod oder zu viele Einsätze mit zu vielen Kämpfen. Jedenfalls, ich habe nicht den geringsten Wunsch, zum Militär zurückzukehren.«

»Und was wirst du tun?«

»Du meinst, nachdem ich Freddie seine zwanzigtausend gegeben habe?«

»Ich habe das Geld schon von meiner Bank angefordert. Ich gehe mal davon aus, er will alles in bar?«

»Eine gute Annahme.« Grant lächelte seine Schwester an. »Wir können uns den Betrag teilen.«

»O nein, das übernehme ich.« Hannah schüttelte den Kopf. »Hast du schon Pläne für später?«

»Ich weiß es nicht. Mir stehen viele Möglichkeiten offen.« Und sobald Lieutenant Colonel Tucker ihm die Einleitung der Entlassung schriftlich bestätigt hatte, wollte er mit Ellie über einige dieser Möglichkeiten reden. Die Trauer über den Tod seines Bruders war noch immer überwältigend, aber das erste Mal seit dieser Nachricht spürte Grant wieder so etwas wie Hoffnung.

Tuckers Worte hallten noch immer in seinem Kopf nach: *Grant, Sie haben Ihrem Land dreizehn Jahre Ihres Lebens geschenkt. Die Operation hier steht ohnehin kurz vor dem Abschluss. Gehen Sie – leben Sie. Erfreuen Sie sich an dem, was Sie die letzten Jahre über geschützt haben. Sie haben ehrenvoll gedient, aber jetzt werden Sie anderswo gebraucht.*

* * *

Zwei Tage später

Ellie schob die Schutzbrille hoch und hob den Küchenschrank an, den sie gerade aus der Wand gerissen hatte. Halb trug sie den Schrank, halb zog sie ihn, schleppte ihn zur Tür hinaus, am Blumenbeet vorbei, mit seinen ersten grünen Trieben der Narzissen, und am immer grüner werdenden Rasen bis zum Bordstein. Die Luft besaß noch immer einen eisigen Biss, aber endlich kündigte sich der Frühling an. Ihnen standen noch ein paar kalte, unangenehme Tage bevor, aber das neue Leben war erwacht.

Grant fuhr in die Einfahrt. »Kann ich dir helfen?«

Ihr Herz klopfte, als er aus dem Minivan stieg. Sie konnte es kaum glauben, wie sehr sie ihn während der letzten beiden Tage vermisst hatte. Es würde verdammt schwer werden, wenn er bald wieder aufbrach. »Wie geht es den Kindern?«

»Der Raum in Macs Hütte ist ziemlich beengt.« Grant nahm den Küchenschrank und warf ihn mühelos in den Schuttcontainer. »Aber nach der Beerdigung am Mittwoch wird Hannah zu ihrer Arbeit zurückkehren, und in ein paar Wochen bricht Mac nach Südamerika auf. Wir anderen drei werden für eine Weile dort gut zurechtkommen, und AnnaBelle gefällt es hervorragend mitten im Wald. Sie hat mir schon jetzt genügend Stöcke gebracht, um ein Baumhaus zu bauen.«

»Es wird eine kleine Beerdigungsfeier?«

»Nur die Familie und die engsten Freunde. Du wirst doch kommen?« Nackter Kummer stand in seinen Augen.

Ihr Herz schmerzte vor Mitgefühl. Bisher hatte er noch keine Gelegenheit gehabt, den Tod seines Bruders zu betrauern. »Natürlich.«

»Was wird mit dem Haus geschehen?« Sie deutete auf die ausgebrannte Ruine von Lees und Kates Heim.

»Es ist nicht zu retten.«

Er hatte sich nicht rasiert, und sie spürte den Wunsch, über seine Bartstoppeln zu streichen, doch sie hielt sich zurück. Die Augenblicke, die sie miteinander geteilt hatten, es waren gestohlene Momente gewesen, und sie hatten ihr Ende gefunden. »Das ist zu schade.«

»Das stimmt, aber auf diese Weise gibt es für die Kinder einen neuen Anfang. Ich werde das Grundstück verkaufen, sobald der Schutt weggeräumt wurde. Für Carson sind zu viele dunkle Erinnerungen mit diesem Ort verbunden.«

Die Kinder würde sie ebenfalls vermissen. Ellie schluckte den schmerzenden Kloß in ihrer Kehle hinunter, um die nächste Frage zu stellen. »Wann brichst du wieder auf?«

»Gar nicht.« Er beugte sich herunter und drückte ihr einen Kuss auf die Lippen.

Der pure Schock machte es ihr unmöglich, seinen Kuss zu erwidern. »Was meinst du damit?«

»Ich gehe gar nicht zurück. Ich verlasse das Militär.«

»Das verstehe ich nicht. Ich dachte, die Armee sei dein Leben?«

Mit dem Finger strich Grant ihr über die Wange. Dabei fiel ein Stück Gips zu Boden. »Mac hat neulich etwas zu mir gesagt, das mich zum Nachdenken gebracht hat. Ich habe den Traum meines Vaters gelebt, nicht meinen eigenen. Ich will nicht ständig unterwegs sein. Ich will Carson und Faith aufwachsen sehen. Ich will für sie auf die gleiche Weise da sein, auf die Lee immer für seine Familie da war. Ich will mich, so gut ich kann, um meinen Vater kümmern.« Er nahm Ellies Hand. »Und ich möchte dich besser kennenlernen. Ich bin mir nicht sicher, was sich da zwischen uns entwickelt, aber ich will dem nicht den Rücken kehren. Ich habe mich in der Vergangenheit von guten Dingen abgewandt, aber damit hat es jetzt ein Ende.«

405

Ellie konnte nicht glauben, was sie da hörte. Er blieb! Ihr Herz flatterte, wenn sie an die Möglichkeiten dachte, die sich dadurch ergaben. »Musst du deswegen deine gesamte Militärkarriere aufgeben? Kannst du nicht versuchen, in New York stationiert zu werden? Oder als Reserveoffizier dabeizubleiben?«

»Das könnte ich, aber ich will es nicht. Solange ich beim Militär bleibe, selbst in der Reserve, besteht immer die Gefahr, dass man mich zu einem Einsatz holt.« Jetzt nahm er ihre beiden Hände in seine. »Improvisierte Bomben. Selbstmordattentäter. Scharfschützen. Diese Gefahren bestehen immer, selbst wenn ich jetzt als Major weit weniger Gefechte erlebt habe als damals als Lieutenant oder als Captain. Carson und Faith haben bereits ihre Eltern verloren. Ich kann die Zukunft nicht kontrollieren, aber ich kann mein Bestes versuchen, um für sie am Leben zu bleiben. Sie verdienen diese Stabilität.«

»Und was wirst du machen?«

»Ich weiß es nicht; ich habe noch keine Entscheidungen getroffen. Ich besitze ein paar Ersparnisse. Seit Jahren habe ich den größten Teil meines Solds zur Bank getragen. Und dann sind da die Lebensversicherungen von Lee und Kate. Es hat mir Spaß gemacht, die Wand in deiner Küche einzureißen. Ich möchte dir gern helfen, die Küche herzurichten. Dinge einzureißen und etwas Neues zu erschaffen, das ist momentan ein sehr anziehender Gedanke.«

Freude machte sich in Ellies Brust breit, und ihre Augen füllten sich mit Tränen. »Und ich dachte, ich müsste dir jetzt Lebwohl sagen.«

Mit dem Daumen wischte Grant ihr eine Träne von der Wange. »Bist du einverstanden, dass ich bleibe?«

Endlich kamen seine Worte bei ihr an. Er ging nicht zurück nach Afghanistan oder nach Texas oder irgendwohin sonst. Sie schlang ihm die Arme um den Hals.

»Ich nehme das mal als ein Ja.« Er küsste sie. »Bitte sag mir, dass ich in der Küche noch etwas zertrümmern kann.«

»Darüber mach dir mal keine Sorgen.« Sie lachte. »Wenn ich es allein erledigen muss, dauert das endlos. Mit einem starken Mann an meiner Seite geht alles erheblich schneller.«

»Genau das bin ich – der starke Mann.« Grant ließ seinen beeindruckenden Bizeps spielen. »Die nächsten beiden Tage werden sehr schwer werden. Ich weiß nicht, wie Carson auf die Beerdigung reagieren wird. Er sagt, er möchte mitkommen, aber wer weiß schon, was das in ihm auslöst. Und Kates Eltern sind natürlich wütend auf mich, weil ich ihnen die Kinder nicht überlasse und keine große Trauerfeier organisiere.«

»Wie kann ich dir helfen?«

»Indem du mich arbeiten lässt.« Er zog sie zum Haus zurück. »Ich könnte jetzt ein wenig Vorschlaghammertherapie gebrauchen.«

Die Erinnerung daran, wie sie das letzte Mal in der Küche zusammengearbeitet hatten, erhitzte Ellies Wangen. Sie legte ihm den Arm um die Taille und lehnte sich an ihn, genoss das Gefühl seines Körpers gegen ihren, solide und real. »Du darfst jederzeit meine Küche einreißen.«

KAPITEL 39

Vier Monate später

»Und, was meinst du?« Grant schlang den Arm um Ellies Schultern. »Du bist schließlich die Expertin.«

Sie standen nebeneinander und betrachteten, blinzelnd im Licht der untergehenden Sonne, das alte Bauernhaus. Je tiefer die Sonne hinter den Bäumen verschwand, desto mehr legte sich die Julihitze. Das Gebäude war im traditionellen Stil erbaut worden, mit zwei Stockwerken und einer Veranda um das gesamte Haus herum, die nach einer Schaukel verlangte.

Der Immobilienmakler hatte sich bereits diskret zurückgezogen, stand neben seinem Auto und überließ sie ihrer Diskussion. Wieder einmal.

»Die Struktur ist gesund.« Ellie blätterte durch den Bericht des Gutachters. »Es gibt keine Farben, die Blei enthalten, keine Termiten, keine Radonbelastung.«

»Fünf Schlafzimmer und eine Einliegerwohnung für die Großmutter – da könnten wir uns so richtig ausbreiten.« Grant gab Ellies Arm einen Stups. Das war jetzt ihre sechste Hausbesichtigung.

»Und die Küche ist riesig.« In Gedanken sah Ellie es bereits vor sich, wie die Kinder dort ihre Hausaufgaben machten, während Nan kochte.

Carson und AnnaBelle rannten vorbei, die Pfoten des Hundes und die Schuhe des Jungen voller Matsch.

»Was hältst du davon, Carson?«, rief Grant.

Mitten im Löwenzahn blieb Carson stehen und warf einen Stock für den Hund. »Da hinten ist ein Bach! Wir hätten beinahe einen Frosch gefangen.«

Der Bach war nicht einmal zwanzig Zentimeter tief. Wenn Grant sich anstrengte, konnte er das leise Plätschern des Wassers über die Felsen hören.

»Okay, Carson ist also dafür.« Ellie lachte. »Dir ist aber hoffentlich klar, dass wir das gesamte Haus entkernen müssen? Und wir werden es niemals schaffen, Carson und AnnaBelle vom Matsch fernzuhalten.«

»O ja, das ist mir bewusst.« In Ellies altem Haus hatte Grant den Großteil der Küchenrenovierung übernommen, mit Unterstützung von Julia und Nan bei den Kindern. Nans Knöchel war inzwischen verheilt. Grant hatte jede Minute der harten Arbeit genossen. Das war seine Therapie, Arbeit mit seinen Händen, und ebenso wie Faiths Herumkrabbeln ihre nächtlichen Schreianfälle beseitigt hatte, schlief auch Grant besser, nachdem er sich den ganzen Tag über körperlich angestrengt hatte. Allerdings vermutete er, es könne eine weitere Verbesserung herbeiführen, wenn Ellie erst einmal an seiner Seite schlief. Das war ein weiterer Grund, warum er unbedingt dieses Haus kaufen wollte. Außerdem kam Mac bald aus Südamerika zurück, und schon für Grant und die Kinder allein war es in der Hütte ziemlich eng.

»Nan, Julia, was sagt ihr beiden?«, rief Ellie.

Julia trug Faith auf ihrer Hüfte, aber das Baby zappelte. Jetzt, wo sie krabbeln konnte, wollte sie nicht mehr herumgetragen werden. Grant streckte die Arme aus, und Julia reichte ihm das Baby. Er tat, als würde er sie fallen lassen, fing sie im letzten Moment wieder auf, und sie quietschte vor Vergnügen.

»Es ist fantastisch.« Mit verschränkten Armen betrachtete Nan den Hof. »Und hier könnte man einen kleinen Pavillon aufstellen, für die Hochzeit.«

»Nan!«, seufzte Ellie.

Ihre Großmutter tat ganz unschuldig. »Ich meine ja nur.«

Grant schob sich Faith wie einen Fußball unter den Arm und gab Ellie einen Kuss. »Also mir gefällt der Gedanke.«

Sie hatten bereits über eine Hochzeit gesprochen. Sie wollten die Dinge nicht überstürzen, aber es war ein Schritt in die richtige Richtung, jetzt gemeinsam dieses Haus zu kaufen. Momentan waren sie noch damit zufrieden, einfach so viel Zeit wie nur möglich miteinander zu verbringen. Im Augenblick reichte es Grant, sie nachts in seinem Bett zu haben.

»Habe ich dir eigentlich schon erzählt, was heute bei der Arbeit passiert ist?«, sagte Ellie. »Roger hat Frank gefeuert.«

»Wirklich?« Grant überraschte das nicht sehr. Frank war ein widerlicher Kerl.

»Er hat Schulden gemacht, um sich als zukünftiger Sozius zu positionieren, und dann hat er beschlossen, ein paar gefälschte Schecks seien der einzige Ausweg.« Sie schüttelte den Kopf. »Hätte er nur noch ein oder zwei weitere Monate durchhalten können, wäre er ganz sicher zum Partner gemacht worden.«

»Manche Leute bekommen eben nie genug.« Grant allerdings hatte das Gefühl, sogar übergenug zu haben. Faith quengelte und fuchtelte mit den Fäusten. »Okay, wir müssen eine Entscheidung treffen. Unser Boss wird langsam ungeduldig. Also, wie entscheiden wir uns?«

»Bitte!« Julia presste die Handflächen gegeneinander.

»Ja, lass es uns tun«, verlangte Nan.

»Es ist ein großes Projekt«, warnte Ellie. Sie betrachtete die Gesichter um sich herum. »Also gut. Wir kaufen es.«

Grant gab Julia Faith zurück, schlang die Arme um Ellie und küsste sie. »Ich liebe dich!«

Ellie erwiderte Grants Kuss und zerzauste gleichzeitig Carson die Haare. »Ich liebe euch beide.«

Grant drehte sich zum Makler um und rief: »Wir nehmen es! Wie bald können wir den Vertrag unterschreiben?«

Dieses letzte Kapitel seines Lebens hatte auf die denkbar schlechteste Weise begonnen, aber endlich hatte Grant das Leben gefunden, das er wollte, und er würde keine weitere Sekunde mehr verschwenden.

DANKSAGUNG

Ein Buch zu veröffentlichen ist ein Teamprojekt. Wie immer, danke ich meiner hervorragenden Literaturagentin Jill Marsal für ihre unverzichtbare Hilfe mit diesem Buch und ihre Unterstützung bei nahezu jeder Facette meiner Karriere. Zusätzlich gilt mein Dank der Lektorin Shannon Godwin und dem gesamten Team bei Montlake.

Ein Dank geht auch an die Menschen, die meinen morgendlichen Sprint mit mir teilen: Kendra Elliot, KM Fawcett, Rayna Vause und Chris Redding. Das tägliche »Cyberflogging« half mir dabei, mit den schwierigen Stellen in diesem Buch fertigzuwerden. Ein ganz besonderer Dank gilt Rayna für technische Unterstützung, KA Mitchell für hervorragende Ideen zum Handlungsverlauf und Kendra. Ihre zufällige Bemerkung über die enorme Schärfe von Schlittschuhkufen hat mir die Inspiration zum großen Finale eingegeben. Ein letzter Dank gebührt Michael Parnell für seine Unterstützung in Bezug auf den militärischen Jargon.

Zeitfracht Medien GmbH
Ferdinand-Jühlke-Straße 7
99095 Erfurt, Deutschland
produktsicherheit@kolibri360.de

Druck:
CPI Druckdienstleistungen GmbH
im Auftrag der
Zeitfracht Medien GmbH
Ein Unternehmen der Zeitfracht - Gruppe
Ferdinand-Jühlke-Str. 7
99095 Erfurt